한그루

조정래 대하소설

2

제1부 격랑시대

해냄

차례

한강

제1부 격랑시대

17

희생이 남긴 것

공덕동의 언덕바지 비탈동네는 성북동 골짜기의 판자촌들보다 한결 더 어수선하고 수선스러웠다. 가난이 덕지덕지 묻은 누더기 같은 집들이 촘촘하게 박혀 있는 데다 동네 가운데로 뚫린 좁은 비탈길에는 리어카, 우마차, 자전거 그리고 사람들이 뒤섞여 다니고 있었다. 무허가 집들이 많은 만큼 그 사이사이로 좁고 비탈진 골목들이 수없이 이어져 있었다. 거기다가 번지수도 들쭉날쭉이어서 집 찾기가 여간 고역이 아니었다.

유일표와 이상재는 그 동네를 벌써 한 시간 넘게 헤매며 진땀을 흘리고 있었다. 6월 하순으로 접어들기 시작한 날씨는 여름 기운이 완연한 데다가 사람 둘이 자유롭게 팔을 저으며 비켜가기 어렵게 좁은 골목골목에는 바람도 잘 통하지 않았다. 그리고 그 비탈진 골목마다 더위를 타고 온갖 악취들이 뒤범벅되어 기승을 부리고 있었다.

"야, 일표야, 우리 뭐 시원한 것 마시고 보자."

다시 동네 가운데 길로 나서게 되자 이상재가 손등으로 이마의 땀을 문지르며 더운 숨을 토해냈다.

"……"

유일표는 이상재를 빤히 쳐다보았다. 그 눈길에는 거부의 뜻이 뚜렷했다.

"와, 니 또 깡 부리나? 금강산도 식후경이라 캤는데, 허진이만 친구고 나는 눈에 안 비나?"

이상재의 사투리 앞세운 시비에 유일표는 그만 픽 웃었다.

"그래, 나도 목탄다."

둘이는 길가의 냉차장수를 찾아갔다.

"참, 믿어지지 않는 게 너무 많다."

칼피스잔을 단숨에 비운 이상재가 고개를 갸웃거렸다.

"뭐가?"

"변두리 구석도 아닌데 서울에 이리 가난한 동네가 있다는 것도 그렇고, 독립투사 후손이 이런 데 산다는 것도 그렇고 말이야."

"짜식, 누가 부잣집 아들 아니랠까 봐. 기와집만 꽉 찬 동네서 하숙하니까 이런 동네는 첨 봤겠지. 그런데 허진이가 신문배달 한다는 걸 알았으면서도 얼마나 가난한지 짐작을 못했어?"

유일표는 어이없다는 듯 코웃음을 흘렸다.

"건어물상이 부자는 무슨 부자야. 공장이 서넛씩이나 있는 장경식이네 정도 돼야 부자지. 아저씨, 한 잔 더 주세요." 이상재는 빈

유리잔을 내밀고는, "난 말야, 독립투사 후손이 왜 이렇게 살아야 하는지 골목을 돌고 돌면서 아무리 생각해도 알 수가 없어." 그의 땀 찬 얼굴이 찡그려졌다.

"이것이 한국이야!"

"머시라? 그기 무신 소리고?"

이상재의 눈이 갑자기 커졌다.

"학생, 이것 받아요."

이상재는 눈길을 유일표에게 박은 채 팔만 냉차장수에게로 뻗쳤다.

유일표는 자신의 말이, 서울에 첫발을 디딘 날 '이것이 서울이다' 했던 형의 말을 흉내낸 것임을 깨달았다. 그렇게 말을 하긴 했지만 이상재의 의문을 시원하게 풀어줄 만큼 그 이유를 알고 있는 것이 아니었다. 자신도 그 연유가 수수께끼이고 궁금하기는 마찬가지였다.

"친일파들이 득세하면서 독립투사나 그 집안 사람들을 괄시하고 푸대접했기 때문이지 뭐야."

모른다고 하기가 싫어서 유일표는 이규백 형에게 들었던 말을 종합해서 이렇게 얼버무렸다.

"글쎄……, 나도 그런 짐작은 하는데, 그게 말야……."

이상재는 미심쩍은 얼굴을 풀지 못했다.

"야, 또 찾아보자. 곧 해 넘어가겠다."

유일표는 옹색한 입장을 벗어날 겸 해서 가방을 추슬러 들었다.

"야, 너도 한 잔 더 마셔."

"아냐, 난 됐어."

"무신 소리 하노. 니 몸은 어데 쇠로 맹글었나. 땀은 똑같이 흘리 놓고. 아저씨, 뻬덕 한 잔 더 주이소."

유일표는 다시 칼피스를 마시며 언제나 그렇게 마음 쓰는 이상 재의 정에 목메임을 느끼고 있었다. 어서 그 고마움을 몇 배로 갚 을 날이 오기를 고대하며.

그들은 다시 어지럽게 얽힌 골목골목을 더듬기 시작했다.

허진은 사흘 동안 무단결석이었다. 이상하게 생각하고 있던 이상 재는 사흘째가 되자 무슨 큰일이 생겼음을 느꼈다. 그런데 마침 담 임선생이 허진하고 친한 사람을 찾았다. 담임선생이 건네준 것은 약도가 없는 허진의 주소였다. 이상재는 주소를 들고 2학년이 되면 서 반이 달라진 유일표를 찾아갔다.

"혹시 허진이란 학생 집 아세요? 신문배달을 하는 아인데요."

"개네 할아버지가 독립투사고요."

둘이는 다시 이 말을 번갈아 해가며 30분 가까이 비탈진 골목들 을 오르내리고 있었다. 손에 든 주소와 번지수가 가까워지는 듯싶 다가 엉뚱하게 멀어지는 번지수가 나오고는 했다.

"하 참 애믹이네. 이래 엉망이 돼갖고 우편배달부가 얼매나 애묵 고 짜증나겠노."

"걱정 마라. 가난한 사람들은 편지 쓸 일도 별로 없으니까."

유일표는 말동무해 주려고 이렇게 말을 받으며 앞장서고 있었다.

"허진이 학생?"

오십객의 아주머니가 헐어빠진 옷이 부끄러운 듯 터는 시늉을 하며 되물었다.

"예에, 할아버지가 독립투사고요."

아주머니가 아는 듯한 기미를 재빨리 눈치채고 이상재가 덧붙였다.

"독립투사면 뭘 해. 그런 일 하다 죽은 사람만 바보고 불쌍하지." 아주머니는 혀를 차듯이 옆으로 침을 뱉고는, "허진이 학생이 학교에 안 가서 찾아온 모양이구만? 그 학생 이젠 학교에 더 못 다닐 거야" 하며 곧 우는 것 같은 얼굴이 되었다.

"아니, 왜요?"

유일표의 다급한 물음이었다.

"학생 아버지가 죽었어, 쥐약 먹고. 따로 배운 것 없어서 시계수리공으로 근근이 입에 풀칠해 왔는데 그만 중병이 걸렸어. 위암인가 그렇다는데, 수술비도 없고 살아날 가망도 없으면서 약값 축내고 하니까 식구들이나 살리자 하고 쥐약을 먹은 거지 뭐. 나라 위해 좋은 일 하면 뭘 해. 집안만 폭싹 망하는걸. 다 망쪼 든 나라야. 가아, 내가 데려다줄 테니까."

아주머니는 한숨을 쉬며 앞장섰다.

유일표는 충격으로 어지러운 것 같기도 하고 가슴이 꽉 막힌 것 같기도 했다. 세상에 그럴 수가 있는가……, 그럴 수가 있는가……, 너무 기막히고 어이없을 뿐 다른 생각은 아무것도 떠오르지 않았다.

이상재도 충격이 너무 커서 정신이 멍해져 있었다. 치료비가 없어 쥐약을 먹고 죽고……, 학교에 다닐 수 없게 되고……, 그런 가난이 도무지 실감되지 않았다.

"너희들, 너희들……, 여긴 왜 왔어, 뭐 하려고 왔어."

허진은 반가워하는 것이 아니라 당황해서 안절부절못하며 그들을 곧 밀어낼 것 같은 느낌으로 허둥거렸다.

"야 허진, 그러지 말어. 난 이보다 더 나쁜 집에서 자취하며 살아."

유일표가 허진의 어깨를 감싸잡았다.

"그럼, 친구간에 챙피할 게 뭐 있냐. 저 아주머니한테 이야기 대충 들었어. 얼마나 상심이 크냐."

이상재가 어른스럽게 조의를 표하며 허진의 손을 잡았다.

"나가자. 실은 이게 우리 집이 아니고 셋방만 하나라 너희들이 앉을 데도 없어. 할머니가 앓아 누우셨거든."

기운이 하나도 없이 말하는 허진의 꺼칠한 얼굴에 눈물이 흐르고 있었다.

"아니, 우리 진이 친구들이 왔다구? 아이구 고마우셔라. 어디 보자, 어디."

저쪽 끝방에서 아까 그 아주머니의 부축을 받으며 흰 끈으로 머리를 동인 한 할머니가 나오고 있었다.

"뭐 하러 나오세요. 또 쓰러지실려고."

허진이 급히 그쪽으로 뛰었다.

"난 괜찮아. 어디 친구들 좀 보자."

유일표와 이상재는 할머니 앞으로 빨리 걸음을 옮겨 모자를 벗고 고개를 깊이 숙였다.

"이상재라고 합니다."

"유일표라고 합니다."

"그래, 그래. 잘들도 생겼구만. 고마우이."

　주름살이 골 깊게 팬 할머니는 가늘게 뜬 눈으로 손자의 두 친구를 바라보며 우는 듯 웃음을 지어내고 있었다.

"할머니, 이제 들어가 누우세요."

　허진이 할머니를 돌려세우려고 했다.

"아니다, 귀한 손님들을 그리 대하는 법이 아니니라. 아무리 누추해도 방으로 모셔야지. 내 병은 마음병이라 우리 장손 친구들을 보니 다 나은 것 같다. 내 걱정 말거라." 할머니는 정말 새 기운이 도는 것처럼 말하고는, "얘 미경아, 어서 방 좀 훔쳐라." 방 쪽을 향해 외쳤다.

"정말 장손 친구들이 보약이네요. 금방 기운이 펄펄 나시고."

　아주머니가 할머니의 기분을 추슬렀다.

"일러 뭘 해. 예로부터 귀인 중에 귀인이 자손의 벗이고, 부모가 떠난 다음 부모 자리 채워줄 사람들이니 제 자식 위하듯 하란 말이 어디 빈말인가. 상일이 엄마, 나 좀 보세."

　할머니가 아주머니의 손을 붙들고 걸음을 옮겨갔다.

　유일표는 할머니의 그 말을 들으며 어머니를 떠올렸다. 어머니도 할머니와 같은 생각을 해서였을까. 어쩌다 형이나 자신의 친구가 집에 오게 되면 가난하면서도 정성을 다해 잘해주려고 애를 썼다. 어머니의 깊은 마음이 뒤늦게 저려오면서 할머니의 그 말이 묘한 울림으로 가슴을 채워오고 있었다.

"오빠, 방 다 치웠어."

이 말과 함께 방에서는 세 아이들이 우르르 나왔다. 둘이 계집애였고 가장 어린것이 사내였다.

유일표는 가슴이 쿵 내려앉는 것을 느꼈다. 그 동생들을 보는 순간 허진이 더 학교에 못 다닐 거라고 했던 아주머니의 말이 머리를 쳤다.

이상재도 똑같은 생각을 하며 가슴이 답답해졌다.

"형편없이 지저분하지만 들어가자."

허진이 힘없는 걸음을 옮겨놓기 시작했다. 유일표와 이상재도 침울한 얼굴로 그 뒤를 따랐다.

"앉아라. 이게 우리 여섯 식구가 사는 집이야. 이제 다섯 식구가 됐지만."

허진이 다 낡고 해진 방바닥에 주저앉았다.

방 안에는 집의 겉모양보다도 더 남루하고 찌든 가난이 질질 흐르고 있었다. 벽에 발라진 신문지는 누렇게 바랬고, 윗목으로 칠 벗겨지고 흠 많이 난 반닫이 두 개가 놓였는데, 하나에는 고리짝 서너 개가 포개져 있고, 그 옆엣것에는 이불이 올려져 있었다. 그리고 구석에 아주 작은 앉은뱅이책상 하나가 놓여 있었다. 그런데 그 책상 맞은편 벽에는 흰 종이에 크고 진하게 쓴 글귀가 붙어 있었다. 유일표의 눈길은 거기에 머물렀다.

"천재는 1퍼센트의 영감과 99퍼센트의 노력으로 이루어진다— 발명왕 에디슨."

유일표는 가슴이 푸드득 떨리는 것을 느꼈다. 그 한마디는 이런 어려운 환경 속에서 허진이 어떻게 일류고등학교에 합격할 수 있었는지를 보여주고 있었다.

"저어……, 근데 말이야……, 네 어머니는 어떻게……."

이상재는 허진의 눈치를 살피며 더없이 조심스럽게 입을 떼고 있었다.

"음……, 4년 전에 돌아가셨어. 행상을 하다가 차에 치여서……."

이상재는 말문이 막혔고, 유일표는 허진은 나보다 훨씬 더 불행하구나 하는 생각을 하며 또 암담해졌다.

"학생들, 더운데 어서 이것 좀 먹어."

아주머니가 소반을 들여놓았다. 소반에는 참외 한 접시와 사이다 세 병이 놓여 있었다.

"그래, 그래. 어서 맛있게들 먹어. 인물들 참 번듯번듯하게 잘도 생겼다."

할머니가 환하게 웃으며 어서 먹으라는 손짓을 했다.

"이거 동생들하고 같이 먹자."

이상재가 말했다.

"너, 그러지 말어."

허진의 말투에도 얼굴에도 불쾌한 기색이 드러났다.

"허진, 너 오해하지 말어. 널 무시하거나 동생들을 동정하는 게 아니야. 우린 여기 오기 직전에 칼피스를 두 잔씩이나 사먹었어. 우리 우정이 그 정도밖에 안 되냐?"

유일표는 곧바로 질러대며 허진을 똑바로 쳐다보았다.

"미안해……."

허진은 눈물이 핑 돌며 얼굴을 떨구었다.

"그래, 내 말이 그 말이야. 동생들 부르자."

이상재가 속시원한 듯 말했고,

"아니야, 이러면 어떨까? 동생들이 어려워 먹지도 못하고, 또 할머니가 가만히 계시겠어. 그러니까 우린 참외를 반만 먹고 사이다는 한 병만 마시기로 하면 말야."

유일표가 방법을 바꿨다.

"그거 좋다. 자아, 우리 먹자."

이상재가 젓가락으로 참외를 찍었다.

"그래 맛있겠다. 먹자."

유일표도 허진을 끌어당기며 참외를 찍었다.

"그런데 말야 허진아, 독립투사 유가족에 대해 나라에서 무슨 책임을 지는 법 같은 게 없냐?"

이상재가 심각한 얼굴로 물었다.

"응, 보사부에서 정한 생계보조비라는 게 있긴 있는데, 우리 집엔 해당이 안 돼."

"아니, 왜?"

유일표는 참외를 입에 넣으려다가 멈추었다.

"그 규정이 있는데 우리 할아버지는 아무데도 해당이 안 된다는 거야. 그 규정이라는 게 첫째 적과 싸우다가 죽은 전사, 둘째 재판으로 사형을 당한 형사, 셋째 적에게 살해를 당한 피살, 넷째 절개를 지켜 죽은 절사, 다섯째 옥살이를 하다 죽은 옥사, 여섯째 옥중에서 병을 얻어 사망한 열사, 그런 유족들에게 생계보조비를 준다고 되어 있어. 그런데 우리 할아버지는 중국에서 투쟁하시다가 해방되자 귀국해서 6·25 때 피난길에서 비행기 폭격으로 돌아가셨거든. 그러니까 해당 무래."

허진은 그동안 많이 따져보았다는 듯 막힘없이 주루룩 말하고는 쓰디쓰게 웃었다.

"아니, 평생 독립투쟁을 했는데도?"

이상재가 제 가슴을 퍽 쳤고,

"그따위 놈의 법이 어딨어. 그럼 법을 고쳐야지. 이게 도대체 말이 되냐."

유일표는 주먹을 부르쥐며 목소리가 커졌다.

"괜히 열 내지 마. 다 소용없어. 우리 같은 사람들이 한둘이 아니라서 힘을 모아 건의도 해보고 항의도 해보고, 우리하고 사정이 너무 비슷한 33인 중의 한 분인 홍병기 선생님의 미망인 기사가 신문에 크게 났는데도 나라에선 들은 척도 안 해."

"야, 그건 옛날 일이고 이젠 세상이 바뀌었으니까 달라지지 않을까?"

이상재가 분이 서린 얼굴로 말했다.

"순진한 소리 말어. 대통령만 밀려났지 관리들은 끄떡도 없잖아. 느네들도 이젠 알겠지만 자리가 높은 관리들일수록 친일파투성이야. 그놈들이 젤 싫어하는 게 독립운동가들인데 왜 법을 고치려고 하겠니. 얘기해 봤자 목만 아프니까 그만 얘기해."

허진은 마치 어른처럼 말하며 쓸쓸하게 웃음지었다.

"참 분하고 억울해 미칠 일이다." 유일표는 뿌드득 소리가 나도록 어금니를 맞물고는, "야, 허진아, 형편이 아주 어렵게 됐는데 학교는 어떻게 되겠니?" 당장 급한 문제를 꺼냈다.

"글쎄……, 느네들 봤지? 난 이젠 학교가 문제가 아니야. 다섯 식구가 먹고살아야 해. 우선 어디든지 취직을 하고, 공부는 독학을 해야지. 아무리 힘들어도 검정고시를 쳐서 꼭 대학엔 갈 거니까 너무 걱정들 말어."

이미 결심을 굳혔다는 듯 허진은 담담하게 말했다.

유일표와 이상재는 아무 말도 하지 못하고 눈길을 떨구었다. 단순히 학비의 문제가 아니라 다섯 식구가 먹고살아야 하는 문제 앞에서 자신들은 허수아비일 뿐이었다.

"너 혼자 벌어서 무슨 수로 사니?"

유일표는 탄식하듯 말했다.

"걱정 마. 우리 할아버지는 며칠씩 굶으면서도 싸웠대. 나는 공장에 취직하고, 할머니는 봉투 붙이고, 여동생은 급사 노릇하고, 다같이 힘을 합치면 아버지 수입보다 많을 수도 있어."

허진은 아주 당당하게 말했다. 그 당당한 척하는 것이 오히려 더 슬프고 안쓰러워 유일표는 곧 눈물이 쏟아질 것만 같았다. 이상재도 한숨만 쉬고 있었다.

"그래, 할머니 누우셔야 하니까 우리 그만 가야겠다. 며칠 있다가 또 올게."

유일표는 이상재에게 눈짓하며 일어섰다. 할머니 때문이기도 하지만 밥때가 가까워지고 있었다.

"아니 왜 벌써 갈려구 그래. 더 놀다가 저녁밥 먹구 가야지. 밥때에 그냥 가는 법이 어디 있누."

쪽마루에 앉아 있던 할머니가 그들을 붙들었다.

"할머니, 저희들 또 올게요. 집이 멀어서 지금 가야 하거든요."

"예, 담에 와서 먹을게요. 숙제도 너무 많거든요."

"에구, 또 와질까? 우리 진이는……."

할머니는 말을 잇지 못하고 목이 메었다.

"틀림없이 또 올 거예요. 약속드릴게요."

"그게 정말이야?"

"그럼요. 할머니하고 하는 약속인데요."

"그럼 앞으로도 쭉 친구할 거야?"

"그럼요. 한번 친구면 평생 친구지요."

"아이고 고마워라, 고마워라, 그러면 얼마나 좋을꼬. 이 늙은이 부탁이니 변치 말고 잘 지내줘. 이 약속도 할 수 있어?"

둘을 바라보는 할머니의 눈에는 눈물이 그렁그렁했다.

"예, 약속드릴게요."

"예, 절대 변치 않을게요."

"고마워, 고마워. 이 늙은이 한걱정 덜었어. 맘씨들도 곱지."

할머니의 눈에서는 눈물이 주르르 흘러내렸다.

허진은 큰길까지 따라나왔다. 그동안 그들은 아무 말도 하지 않았다. 어쩌면 할머니의 그 간곡한 눈물 때문인지도 몰랐다.

"지키지도 못할 약속 뭐 하러 하니?"

큰길에 이르러 걸음을 멈춘 허진이 불쑥 말했다.

"야 임마, 사람을 뭘로 보고 하는 소리야. 난 지금 큰소리치고 싶지 않아. 그렇지만 한마디만 해둘 게 있어. 나는 너의 할아버지 같은 분을 존경해. 그래서 평생 고생하고 사신 할머니도 존경해. 난 여기까지 걸어오면서 할머니하고 한 약속을 절대로 깨지 않겠다는 결심을 했어. 어떻게 되나 두고 봐."

정색을 한 유일표의 말은 다부졌다.

"나도 마찬가지야. 나는 오늘 너무 많은 충격을 받아 무슨 말을 해야 좋을지 모르겠는데, 하여튼 할머니하고 한 약속은 꼭 지킬 거야. 아버지 어머니하고 한 약속 말고는 딴 어른하고 한 약속은 이번이 처음이거든."

이상재도 유일표 못지않게 힘주어 말했다.

"……."

허진이 고개를 푹 숙였다. 그리고 어깨가 가늘게 떨리는가 싶더니 눈물이 뚝뚝 떨어져 내렸다.

"허진아, 힘내."

이상재가 목이 메며 허진의 손을 잡았다.

"그래, 힘내야 해."

유일표도 눈물을 어금니에 물며 허진의 다른 손을 잡았다.

이상재와 유일표는 그 동네를 벗어날 때까지 아무 말 없이 걸었다. 유일표는 허진을 도울 방법을 찾느라고 골몰해 있었지만 점점 암담해질 뿐이었다.

"우리 집이 장경식이네처럼 부자였으면 어찌해볼 수 있을 건데……."

전차 정거장에 다다라 이상재가 이렇게 말하며 어깨를 늘어뜨렸다. 이상재도 자신과 같은 생각을 해왔다는 것을 느끼며 유일표는 물었다.

"어떻게?"

"매달 돈을 빌려주고 나중에 대학 졸업해서 벌어서 갚으라고 말야."

"야, 꿈같은 소리 말어."

"꿈같긴. 야, 할머니가 봉투도 붙이고 허진이가 계속 신문배달을 하고 해서 학비는 댄다고 치고, 다섯 식구가 먹고사는 생활비는 얼마나 들겠니?"

"글쎄, 김치에 콩나물만 먹는다고 치면……, 한 달에 그러니까……, 한 1만 5천 환 정도면 될 거야."

"그 정도면 장경식이네한테는 푼돈이야. 네가 그 집이 얼마나 부

잔지 몰라서 그렇지."

"글쎄, 한 달이면 몰라도 몇 년 치를 합해 놓으면 아주 큰 돈인데."

"일단 말을 한번 해보는 게 어떨까? 경식이도 친구잖아."

"글쎄, 그건 경식이 아버지가 결정할 문젠데, 안 된다고 하면 괜히 경식이 입장만 곤란해지지 않을까?"

"밑져봐야 본전이야. 내가 말할 테니까 넌 옆에만 있어."

"그럴까……."

유일표로서는 그 마음은 고맙지만 왠지 이상재가 너무 순진하고 철없게 느껴졌다. 살림 넉넉한 친척들의 인색함과 냉정함으로 어머니가 서러워하고 낙심하는 것을 어렸을 때부터 많이 보아온 탓인지도 몰랐다.

다음날 학교에 가자마자 유일표는 이상재를 찾아갔다.

"느네 담임선생님한테 나도 같이 가자."

"넌 역시 의리 만점의 싸나이야."

이상재는 반색하며 엄지손가락을 세웠다.

"그것 참 딱하게 됐구나. 어머니라도 살아 계셨으면 괜찮았을지도 모르는데."

그들의 이야기를 다 듣고 난 담임선생은 침울하게 혀를 찼다.

"선생님, 저희들이 조금이라도 허진이를 도와줄 방법은 한 가지밖에 없습니다. 부의금을 내는 건데, 선생님께서 말씀 좀 해주십시오."

유일표는 마침내 이상재와 함께 온 용건을 꺼냈다.

"부의금?" 담임선생은 뜻밖이라는 듯 유일표와 이상재를 쳐다보고는, "글쎄, 그 뜻은 좋은데……, 그게 잡부금으로 말썽이 생길지도 모르는데. 4·19데모 이후 상부에서 잡부금 근절 엄명이 내리고, 잡부금 걷지 말라고 국민학생들도 데모를 하는 판이라서……"하며 싫은 기색으로 고개를 갸웃갸웃했다.

"선생님, 허진은 다른 아이들과 다릅니다. 할아버지가 독립투사셨고, 그것 때문에 이런 형편까지 됐습니다. 부의금이 잡부금하고 무슨 상관이 있습니까. 잡부금처럼 강제로 걷는 것도 아니고 내고 싶은 사람만 내는 건데요."

담임선생에 대한 실망과 노여움이 뒤섞인 유일표의 말은 뜨거운 열기로 떨리고 있었다.

"너 유일표, 버르장머리 없이 그게 무슨 소리야. 걷고 싶으면 너희들이 알아서 해."

담임선생은 고개를 돌려버렸다.

이상재가 유일표의 손을 잡아끌었다. 그렇게 비겁하고 몰인정한 당신이 무슨 선생이야 하는 말을 외쳐대고 싶은 것을 억누르며 유일표는 교무실을 나왔다.

"그런 소릴 왜 해."

이상재가 팔을 내치며 질색을 했다.

"이새끼, 겁먹기는. 난 오늘부터 저치 과목은 공부 안 한다. 저따위 건 선생이 아니야."

유일표는 성깔이 돋을 대로 돋아 있었다.

"겁 안 먹게 생겼어. 나한테는 담임이란 말야. 그리고 독어 공부

안 하면 너만 손해지. 대학 가긴 틀렸으니까."

"넌 다 좋은데 그 배짱 없는 게 틀려먹었어. 부의금 걷는 것 어떡할래?"

"어떡하긴. 담임 뽈대났잖아."

"이런 병신새끼, 또 배짱 없는 소리 하네. 그러니까 오기로 더 걷어야지. 내가 할 테니까 넌 나만 따라다녀."

"어떻게 할 건데?"

"점심시간에 시작이야. 이따 봐."

"야, 부의금 걷을 생각은 어떻게 했냐?"

"그걸 뭘 생각해. 넌 어른들이 수없이 하는 것도 못 봤냐?"

이상재는 뛰어가는 유일표를 멍하니 바라보고 있었다.

유일표는 오전 내내 전혀 공부가 되지 않았다. 선생이 그렇게 비겁하고 인정머리 없는 것은 처음 겪은 일이었다. 그건 너무 충격이고 실망이었다. 선생님들은 모두 정의롭고 양심적이고 불의에 맞서고 제자들을 위해 나서는 줄 알았다. 그 선생이 사회선생이 아니고 독어선생이라서 그런 것일까? 유난히 겁이 많거나 자기 잇속이 밝은 얌체라서 그럴까? 아니면, 친일파였을까? 그 어떤 경우라도 허진의 일에 그래서는 안 될 일이었다. 유일표는 괴로움에 시달렸다.

셋째 시간이 끝나자 점심을 먹어치운 유일표는 점심시간이 시작되자마자 곧바로 이상재네 반으로 갔다. 그는 서슴없이 교단으로 올라섰다.

"여러분, 저는 2학년 3반 유일표라고 합니다. 식사하시면서 제 말씀을 잠깐만 들어주시기 바랍니다. 저는 여러분들에게 슬픈 소식 한 가지를 전해드리고자 합니다. 그건 다름이 아니라 여러분들의 친구인 허진이 더 이상 학교에 다닐 수 없게 되었다는 사실입니다. 이번에 위암에 걸린 아버지가 쥐약을 먹고 자살하시는 바람에 할머니와 세 동생들을 위해 가장 노릇을 해야 하기 때문입니다. 그런데 허진 집안의 오늘의 이 비극은 허진의 아버지가 게을러서도 아니고 무능해서도 아닙니다. 그건 허진의 할아버지가 평생을 나라에 바친 독립투사였기 때문입니다. 우리가 다 알다시피 허진의 할아버지도 중국에서 독립투쟁을 하느라고 가족들을 돌보지 못해 허진의 아버지는 교육을 받지 못했습니다. 배운 것이 없는 허진의 아버지는 평생을 시계수리공으로 가난하게 살았고, 허진도 신문배달로 고학을 하지 않을 수 없었습니다. 해방되어 귀국한 할아버지는 6·25 때 폭격으로 돌아가셨고, 행상을 하던 어머니는 교통사고로 4년 전에 돌아가셨고, 중병에 걸린 아버지는 가족들을 더 가난하게 만들지 않으려고 이번에 자살을 했습니다. 그런데 여러분, 허진이네는 할아버지가 독립투사인데도 국가에서 주는 생계보조비도 받지 못하고 있습니다. 왜냐하면 왜놈과 싸우다 죽거나 옥중에서 죽거나 하는 식으로 나라에서 정한 규정에 허진의 할아버지는 해당되지 않기 때문입니다. 여러분, 우리가 빼앗긴 나라를 되찾고, 이렇게 편안히 공부할 수 있는 건 누구의 희생 때문입니까. 우리는 더 이상 독립투사의 자손 허진을 볼 수 없게 되었습니다. 초상을 당하면 어른들은 부의금을 냅니다. 그 미덕을 배워 우리도 허진을 이별하는 송별금을 겸해 부의금을 모두가 성의껏 내주시기를 여러분께 간곡히 호소하는 바입니다. 이상입니다."

긴장과 흥분으로 가슴이 벌떡거리고 얼굴이 확확 달아오르는 걸 느끼며 유일표는 교단을 내려섰다.

젓가락 부딪는 소리 하나 없는 침묵을 깨며 누군가가 박수를 치기 시작했다. 그 박수는 전체의 박수 소리로 교실 안을 울리기 시작했다.

"여러분, 우리가 이렇게 편안히 밥을 먹고 있는 것이 허진에게 너무 부끄럽고 미안한 일입니다. 그리고 우리 반의 일에 앞장서 준 유일표에게 우리 모두는 부끄러움을 느끼는 동시에 고마움을 표해야 할 것입니다. 저는 반장으로서 여러분들이 한 명도 빠짐없이 모금에 나서주기를 바랍니다. 지금 돈이 없거나, 더 많이 내고 싶은 사람에 대해서는 내일까지 시간을 드리겠습니다."

말을 마친 반장은 모자를 뒤집어 들고 돈을 걷으러 나섰다.

"야, 허진이가 그런 줄은 몰랐다."

"허진이 인제 어떡하지."

"생계보조비를 안 주다니, 그따위 놈의 법이 어디 있니?"

"그러게 말야. 그건 말도 안 돼."

이런 말들로 교실 안이 수선거리기 시작했다.

"야 깡다구, 너 무슨 말을 그리 잘하니? 하여튼 난 그 깡다구에 질렸다."

유일표를 툭 친 이상재가 머리를 내둘렀다.

"얌마, 잘하긴. 그것 때문에 어젯밤 한숨도 못 잤다."

이렇게 대구하면서도 유일표의 눈길은 돈을 걷어가고 있는 반장을 따라가고 있었다.

"왜, 연습하느라고?"

"그렇지 그럼. 글을 몇 번씩 고쳐 쓰고, 틀리지 않게 외우고, 듣는 사람들의 마음이 동하도록 하려고 감정 잡고 하다 보니 새벽이야. 나라고 뭐 별수 있는 줄 아냐?"

"하룻밤 노력으로 그 정도가 된다면 누가 안 하겠냐. 난 죽었다 깨나도 안 된다. 넌 소질을 타고난 거니까 앞으로 정치가가 돼라. 크게 출세할 거야."

"미친 소리 하고 앉았네. 딴소리하지 말고 다른 반들 돌 준비나 해."

"아니, 다른 반도 돌아?"

이상재의 눈이 휘둥그레졌다.

"당연하잖아. 애써 준비한 걸 한 번 써먹고 말기는 아까우니까. 전교를 다 돌 수는 없어도 우리 2학년은 다 돌아야지. 각 반마다 1학년 때 우리 반 애들이 퍼져 있고, 그애들이 돈을 내면 딴 애들도 따라서 내게 되잖아."

"응, 그거 기막힌 생각이다. 넌 깡다구만 센 것이 아니라 머리까지 좋아요. 기분 나쁘게."

이상재는 동의를 하면서도 이상야릇한 감정을 느끼고 있었다. 유일표의 머리 쓰는 것에 자신은 당할 수 없다는 열등감이 이는가 하면, 그런 생각들을 못 해낸 것은 허진에 대한 자신의 우정이 유일표만 못해서인지, 머리가 나빠서인지 구분이 안 되는 의문이 뒤엉키고 있었다. 자신은 밤늦게까지 기껏 고심한 것이 어떻게 해야 장경식의 아버지한테서 다달이 생활비를 빌릴 수 있게 할까 하는 것과, 집에서 부쳐온 다음달 하숙비를 먼저 허진에게 전하고 어머니에게 그 사연을 적은 편지를 빨리 쓸 작정을 한 것이 고작이었다.

공부가 다 끝나자 이상재는 장경식을 데리고 빵집으로 갔다. 유일표가 먼저 와 기다리고 있었다.

이상재와 유일표는 서로 거들고 보충해 가며 장경식에게 허진의 이야기를 자세하게 해나갔다. 그러는 동안에 아무도 빵에 손을 대지 않았다.

"……그래서 말인데 경식아, 우리 학교에서 한 반에서 40등까지만 하면 일류대학에 다 들어갈 수 있고, 대학 나오면 바로 취직해서 돈벌이 할 수 있잖아. 우리가 허진이를 도울 방법을 생각해 봤는데 말이지, 다섯 식구가 최하로 살면 한 달 생활비가 1만 5천 환정도래. 그 돈을 허진이가 대학 졸업할 때까지 매달 빌려주고 돈을 벌어서 갚게 하는 방법이 있는데, 어떻게, 느네 아버지한테 좀 부탁해 보는 게 어떻겠니?"

장경식의 눈치를 살피는 이상재의 콧등에는 땀이 솟고 있었다. 그런데 장경식의 얼굴은 금방 표가 나도록 굳어졌다.

"글쎄……, 그거 말이야……, 좀 곤란할 것 같은데."

장경식이 웃으려고 애쓰며 말했다.

"넌 네 입으로 늘 느네 집이 부산바닥 울리는 부자라고 했잖아.

그런 부자한테 한 달 1만 5천 환은 푼돈인데 곤란하다니. 거저 달라는 것도 아니고 갚겠다는데. 그리고 말야, 넌 아버지한테 여쭤보지도 않고 바로 곤란하다고 해버리는데, 너 허진한테 유감 있어?"

장경식을 꼬나보는 유일표의 눈에는 그 말에 못지않은 성깔이 돋고 있었다.

"아, 아니야. 우, 우리 아버진……."

당황한 장경식은 말을 더듬었다.

"자린고비라 그거야?"

독어선생한테서 느꼈던 것과 비슷한 감정에 부딪히며 유일표의 언성이 높아졌다.

"그, 그게 아니고……, 우리 아버진……."

울상이 된 장경식은 이상재를 쳐다보았다. 그 애원하는 듯한 눈길을 보는 순간 이상재의 머리에 퍼뜩 떠오르는 것이 있었다.

장경식의 아버지는 주인인 일본사람의 공장을 물려받아 부자가 되었다는 것을 모르는 사람이 별로 없었다. 그 사실에 신경 쓰지 못한 것을 이상재는 뒤늦게 깨달았다. 허진을 도우려는 생각만 앞서 앞뒤 가릴 새 없이 큰소리친 것이 유일표에게 너무 면목없는 일이었다.

"일표야, 미안해. 내가 잘못 생각한 게 있어. 이 일을 없었던 걸로 하자."

이상재는 유일표의 무릎을 잡았다.

"쳇, 경식이 아버지가 계부냐? 꼭 되리라고 믿은 건 아니니까 어쩔 수 없지."

유일표는 포크로 빵을 콱 찍었다.

한숨을 돌린 장경식은 둘에게 반감이 솟고 있었다. 저희들이 무슨 애국자 보호단체 간부나 되는 것처럼 잘난 체하며 설치는 꼴이 너무 아니꼽고 비위 상했다. 자신은 아버지처럼 내놓고 말은 못하지만, 일본사람들을 싸잡아 욕하는 데는 불만이 많았다.

"너 다른 반은 어떻게 할래?"

이상재가 빵을 우물거리며 물었다.

"응, 점심시간마다 하루에 한 반씩 돌도록 하자. 그때가 말하고 돈 걷고 하기가 제일 좋으니까. 너도 낼부턴 점심을 셋째 시간 끝내고 먹어둬야 해."

사흘이 지나 유일표는 학교에서 돌아오는 길에 강숙자를 만났다.

"어쩐 일이야? 도도하신 유일표 씨께서 먼저 만나자는 연락을 다 하고."

강숙자는 자리에 앉자마자 이렇게 말하며 눈을 흘겼다. 그 얼굴은 언제나처럼 밝게 웃고 있었다.

"좀 부탁드릴 게 있어서요."

유일표는 빙긋 웃었다.

"어머, 순수한 호의를 그렇게 사정없이 무질러 사람 무참하게 만들 땐 언제고."

"또 그 얘기예요?"

유일표가 금방 불만스러운 기색을 드러냈다. 작년 가을에 강숙자는 겨울교복을 사주겠다고 했다가 한마디로 거절당했던 것이다.

"아니야, 됐어. 어서 무슨 말인지 해봐. 참 알다가도 모를 일이야. 나이도 어리면서 건방지기도 하고 도도하기도 한 유일표한테 내가 왜 꼼짝을 못하지?"

강숙자는 장난기 넘치게 웃으며 빵을 찍어 유일표에게 내밀었다.

"예, 다른 게 아니구요……."

유일표는 허진의 이야기를 하기 시작했다. 장경식의 일이 빗나간 다음 아무래도 아쉬워 곰곰이 생각하다가 문득 강숙자가 떠올랐다. 강 의원이 소문난 부자인 데다가 강숙자가 마음씨 좋고 정이 많으니까 일이 잘될 수도 있었다.

"역시 일표는 믿음직스럽고 남자다운 의리의 사나이네. 근데 말야……, 그게 많은 돈 같지는 않은데……, 아무래도 어려울 것 같은데."

평소와는 달리 강숙자의 말은 몹시도 조심스러웠다. 그런데 아버지에게 물어보지도 않고 바로 거절하는 강숙자의 태도가 장경식과 너무 똑같아 유일표는 어이없기도 하고 놀랍기도 했다. 돈이란 것은 참으로 무서운 물건이고, 자신이 너무 철없는 짓 하는 것이라는 생각을 다시금 곱씹으며.

"죄송해요, 너무 무리한 부탁을 해서."

어색하게 웃는 유일표의 얼굴에 실망의 빛이 스치고 지나갔다.

"아니야, 그게 아니야." 강숙자는 무언가 안타까운 듯 얼굴이 찡그려지며 손을 젓고는, "근데 말야. 내 입으로 이런 말 하긴 정말 괴로운데 말야……, 일표가 어른 같은 일을 하고 나섰으니 오해 없도록 솔직하게 말하자면 말야……, 우리 아버진 독립투사니 독립운동가 같은 걸 안 좋아해." 그녀는 괴로운 표정으로 말했다.

"예에……?"

놀란 유일표의 눈길이 강숙자를 똑바로 겨냥하고 있었다.

"그렇게 쳐다보지 마. 일표는 똑똑하니까 그게 무슨 뜻인지 알잖아."

강숙자가 눈길을 돌렸다.

아, 친일파였구나! 유일표는 충격과 함께 맥이 풀리는 것을 느꼈다. 그리고 장경식의 일이 언뜻 떠올랐다. 혹시 장경식의 아버지도 그런 사람이 아니었을까 하는 의문이 일었다.

"일표, 너무 실망하지 말어. 내 친구 중에 일표 같은 생각을 가진 애가 있어. 돈을 빌리는 건 어떨지 모르지만, 걔가 힘쓰면 그 학생이나 여동생 취직은 쉽게 시킬 수 있을 거야. 걔네 아버지가 꽤 큰 건설회사를 하시거든."

강숙자는 사과하듯 말했다.

"정말요?"

유일표는 처진 어깨를 세웠다. 그것이나마 여간 반가운 게 아니었다. 대학 나온 고등실업자들이 득실거리는 세상이었다.

"그럼, 내가 책임질게. 내가 내일 당장 걔를 만나보고 일표한테 연락할게. 아니야, 그러지 말고 일표도 함께 낼 걔를 만나서 일표가 직접 그 학생 얘길 하는 게 더 실감나고 효과가 크지 않을까?

개도 형님을 아는 사이고 하니까. 난 옆에서 응원하면서 적극적으로 취직 부탁을 하고 말야."

"예, 그거 좋겠어요. 근데, 형하곤 어떤 사인데요? 이런 일 하고 다니는 걸 형이 알면 좀 곤란해요. 공부 안 한다고……."

"그건 걱정 마. 서로 얼굴만 아는 사이니까. 근데 형도 좀 이상하다. 인생에 공부가 다가 아닌데. 그치?"

강숙자는 유일민보다 유일표가 더 손위 같은 착각을 일으키고 있었다.

18

그 험난한 길

7월의 짙푸른 들녘을 가르며 기차는 남쪽으로 줄기차게 달리고 있었다. 뙤약볕을 받으며 푸르름의 절정을 이루고 있는 들녘은 또 하나의 여름바다였다. 그러나 그 아름다운 초록빛 바다는 자연의 바다가 아니라 인공의 바다였다. 무수하게 많은 사람들의 손이 벼 한 포기, 한 포기를 심어 이루어낸 바다. 그 사실을 입증하듯이 먼 들녘에는 농부들의 모습이 하얀 점으로 띄엄띄엄 찍혀 있었다.

객차의 위아래로 여닫는 창문들은 다 열려 있었다. 냉방장치가 전혀 없는 객차 안으로 기차가 일으키는 바람이 계속 몰려들고 있었지만 별로 시원한 느낌은 없었다. 그 바람도 쨍쨍한 불볕에 익을 대로 익어 있었다.

"참말이제 디젤이란 것이 좋기는 좋네 그려. 굴을 뀌는 디도 석탄 내 안 맡으고."

"하면. 거그다가 빨르기도 빨라졌응께 그놈의 칙칙폭폭에 대겄어. 개명 시상이 좋기넌 존 것이여."

"잉, 사람은 오래 살고 볼 일이여. 여름에 그놈의 칙칙폭폭 타고 서울 걸음허면 석탄가리로 콧구녕이 씨컴해진 것이 엊그제 아니여."

기차가 굴을 벗어나자 두 남자가 신기해하며 나누는 말이었다. 작년에 경부선부터 디젤기관차로 바뀌기 시작해 금년 들어 호남선에도 변화가 생기게 된 것이다.

객차의 한쪽에서 이런저런 말들이 오가는 것에 비해서 다른 쪽은 조용하기만 했다. 전혀 말이 없는 쪽에는 젊은이들이 자리잡고 있었다. 30여 명의 그들은 남천장학사의 기숙생들이었다. 마치 수학여행이라도 가듯이 단체승차를 했는데 그들의 얼굴은 하나같이 무겁고 침울해 보였다. 그들이 이렇듯 한꺼번에 고향 가는 열차에 몸을 실은 것은 전에 없던 일이었다.

"선거일은 7월 29일이다. 이번 선거가 얼마나 중대한 것인지는 머리 좋은 여러분들이 더 잘 알 것이다. 옛말에 백지장도 맞들면 낫다고 했다. 더 이상 긴말하지 않겠고, 강요도 하지 않겠다. 모두 자유의사로 결정하면 된다. 출발은 모레다."

강기수 의원의 정치인다운 말솜씨였다. 그의 말에는 모두 선거운동에 나서라는 말은 한마디도 없었다. 더구나 강요하지 않겠다고 했고, 자유의사로 결정하라고 했다. 그러나 그건 더없이 무서운 강요고 폭력이었다. 그는 선거운동에 나서지 않으면 장학사에서 내쫓겠다는 말도 한마디 하지 않았다. 그러나 그는 대표에게 기숙생들 수와 딱 맞는 기차표를 보내 자신의 의사를 명백하게 표시했다. 그들은 서로 벙어리가 되어 기차를 타야 했다. 그 긴 침묵은 기차가 대전을 지났는데도 전혀 깨질 기미가 보이지 않았다.

내각책임제로 헌법이 개정되면서 그 위세 높던 자유당은 8년 만에 해체의 운명을 맞이했다. 그들은 신정당이라는 새 간판을 내걸었지만 막상 새로운 국회의원 선거에는 대부분 무소속으로 출마하고 있었다. 신정당에서 풍기는 자유당 냄새로 손해를 볼 필요가 없다는 계산속들이었다. 그들은 그만큼 정치적 위기에 처해 있었고, 몸달아 있었다. 강기수도 무소속으로 나서면서 이번에야말로 생사의 기로라고 이를 앙다물고 있었다.

……아무리 궁지에 몰리고 형편이 다급하다 해도 어찌 이럴 수가 있는가. 최소한의 양심이 있다면 이번에는 출마하지 않고 쉬어야 하지 않는가. 아니야, 부정선거 원흉이라고 지탄받으며 감옥에 갇혀 있는 자들이 옥중출마를 하는 판이니 내가 너무 센티멘털한 생각을 하는 거지. 문제는 나 자신이야. 이걸 어떻게 해야 하는가. 이걸 거부하지 못하고 따라가고 있으니……, 내일의 꿈을 위해 참아야 한다? 그럼, 데모는 왜 했는가? 죽어간 사람들의 의미는 어찌되는가? 어차피 낙선할 거니까 선거운동하는 시늉만 해? 아니, 우리가 나타나는 것만으로도 새 뜻을 가진 민주당 후보에게 피해가될 수 있다. 더구나 강 의원이 또 당선되어 버리면? 아……, 그놈의 사라호 태풍만 아니었더라도……, 이걸 어쩌면 좋은가…….

이규백은 끊임없이 갈등을 일으키고 있었다. 아무 결론 없이 맴

돌이질하는 갈등 속에서 기차가 남쪽으로 내려갈수록 괴로움은 커지고 있었다. 아니, 결론은 분명했다. 그러나 그 결론대로 따르자면 바로 닥치는 것이 서울에서의 생존과 공부의 위협이었다. 그렇지만 데모에서 목숨을 버린 사람들을 생각하면 그건 치졸한 변명일 뿐이었다. 그 죽음의 뜻을 살리고, 살아남은 자로서 부끄럽지 않으려면 선거운동을 거부하고 장학사를 스스로 걸어나와 고생을 무릅쓸 각오를 해야 하는 것이다. 그런데 그 용기를 발휘하지 못하고 비겁한 굴종의 길을 가고 있는 것이다. 이규백은 동료들도 자신과 똑같은 괴로움에 시달리고 있는 것을 의식하며 깊은 한숨을 또 가슴에 되묻고 있었다.

　…… 이건 도대체 말이 안 된다. 불구덩이에 빠진 여우새끼 꼴이 되었다고 해도 우리들까지 선거운동원으로 써먹으려는 것은 너무 뻔뻔하고 염치없고 야비한 짓이다. 그동안 기숙생들을 볼모로 잡고 그 가족과 친척들까지 동원해 가며 선거에 얼마나 잘 이용해 먹고 덕을 보았는가. 그런데 형편이 다급해졌다고 우리들까지 주구로 삼으려고 해? 엄밀하게 따지면 자유당 국회의원들은 다 부정선거의 공범자이고 척결의 대상이 아닌가. 그렇다면 모두 감옥에 보내지는 못하더라도 최소한 이번 선거에만은 출마를 못하게 정부가 규제했어야 했다. 그게 4·19데모 정신에 부합하는 것이고, 희생자들을 위로하는 길이다. 그런데 과도정부에서도 민주당에서도 그런 건 발의조차 하지 않았다. 과도정부는 힘도 없고 자유당과 한통속이니까 그렇다 하더라도, 굴러온 떡을 거저먹게 된 민주당의 하는 꼴

이란, 아무래도 믿을 수가 없다. 이제 그건 다 틀린 일이고, 이 일을 어째야 좋지? 선거운동을 다같이 거부해 버리면 강 의원 제놈인들 어쩔 거야. 그런데……, 데모를 안 한 그 비겁한 놈들이 절반이니 말야……, 그 약은 놈들이 또 합세를 안 할 테니……. 이거 사람 미칠 일이네.

홍석주는 한숨을 토해내며 담배에 불을 붙였다. 그의 머리 왼쪽에는 손가락만큼 길고 큰 상처가 머리카락 사이로 내비치고 있었다. 깡패들의 고대생 습격 때 입은 상처였다.

그들 기숙생들은 모르는 사람이 보기에는 그저 네 사람씩 마주 보며 자리를 잡은 것 같았다. 그러나 그들 사이에는 남들 눈에는 보이지 않는 뚜렷한 구분이 지어져 있었다. 데모를 한 축과 하지 않은 축이 통로를 분리선 삼아 양쪽으로 갈라져 있었다. 그 누구도 의도한 일이 아닌데 4·19 이후에 일어난 현상이었다. 그전에는 대학별로 모여앉거나 고등학교 선후배끼리 모여앉거나 했었다.

"자아, 맛좋은 울릉도 쑤루매(오징어) 있어요, 심심풀이 땅콩 있어요."

"여그 삶은 계란 사씨요."

"배불르고 맛난 개떡 사랑께라."

객차 안을 오가는 장사의 한가한 목소리에 비해 열차 밖에서 외치는 행상 아주머니들의 소리는 한결 억셌다. 그 사투리는 기차가 전라도땅 어느 역에 멈추었음을 알리고 있었다.

고향말을 듣자 김선오는 속이 더 답답해져 담배를 빼물었다.

……이상한 일이야. 왜 데모한 애들은 반대를 하고 나서지 않지? 개개인이 당장 당하게 될 피해 때문인가? 그들이 뭉치고 나서면 다같이 합세를 할 텐데. 그리 되면 강 의원인들 별수 있겠어. 아무리 정치 위기에 몰렸다 해도 강 의원의 처사는 부당하다. 돈이라는 건 참 더럽고도 무섭다. 가난한 자들에게 돈은 권력 이상이고 폭력 이상의 괴력을 발휘한다. 동료들 중에서 단 한 명도 강 의원의 강요에 맞서지 못하는 건 돈의 그 괴력 때문이다. 나는 학업생활의 안정이 파괴되는 것이 두려워 데모를 피했다. 그런데 데모를 하고서도 강 의원의 횡포에는 맞서지 못하는 그들이 나와 다른 것은 무엇인가……?

서너 시간을 더 달린 기차는 광주역으로 들어서고 있었다. 버스를 갈아타고 두어 시간을 더 가면 그들의 고향이면서 강 의원의 선거구인 장흥과 강진이었다. 여전히 침울한 얼굴인 그들은 무거운 발걸음으로 기차를 내렸다.

한인곤은 남재구와 함께 멀찌가니 떨어진 2층 다방에서 고등학생들의 데모를 지켜보고 있었다. 천안역 광장을 가득 메운 학생들은 우렁찬 구호에 맞추어 힘차게 팔을 뻗쳐가며 아주 드센 기세로 데모를 벌이고 있었다. 그들의 정연하고 기운 넘치는 동작은 마치 연습 많이 한 매스게임을 펼치는 것 같았다.

"독재원흉 선거원흉, 김규태는 사퇴하라."

"4·19 학생정신 김규태가 다 망친다."

"김규태의 앞잡이들 다같이 타도하자."

"김규태의 등록을 지금 당장 취소하라."

학생들이 외쳐대는 이런 구호에 끌리듯 시간이 갈수록 사람들이 자꾸 모여들어 큰길까지 넘쳐나고 있었다.

"저건 참 뜻밖의 원군인데."

남재구가 아주 낮은 소리로 말했다. 아직 병색이 다 걷히지 않은 누르께한 안색에 비해 그의 눈빛은 날카로웠다.

"그렇지. 백만원군이란 바로 저런 것 아니겠어."

한인곤의 목소리도 조심스럽게 낮았지만 어쩔 수 없이 흥분된 감정이 묻어나고 있었다.

"그렇지만 방심은 금물일세. 저 학생들은 투표권이 없으니까."

남재구가 다시 데모대에게 먼 눈길을 보냈다가 커피잔을 들었다.

"물론이지. 김규태가 사퇴할 위인도 아니고. 저런 것에 밀려 사퇴할 인간이었으면 아예 옥중출마를 하지 않았겠지."

한인곤은 스스로의 말을 되새기듯 신중하게 고개를 끄덕였다.

이승만정권이 무너지면서 '부정선거 원흉'이란 죄목으로 체포바람이 일었다. 수십 명이 끌려 들어가는 속에 김규태도 섞여 있었다. 그런데 내각책임제의 정치일정이 확정되자 그들 중에서 네댓 명이 국회의원 선거에 출마하고 나섰다. 아직 죄인이 아니고 혐의자일 뿐이니까 출마 자격에서 법적 하자가 없기는 했다. 김규태도 새로 생긴 말인 '옥중출마자' 중의 한 사람이었다.

"그리고 한 가지 유념할 게 있네. 우리 입장에서는 학생들이 앞으로 몇 차례 데모를 해주면 그보다 더 좋을 게 없잖겠나. 그런데 적들은 우리와 반대겠지. 이 점에 대비해야 해."

"그 점에 대비……?"

한인곤은 언뜻 말뜻을 잡지 못했다.

"큰 복병을 만난 적들은 당장 오늘부터 데모를 더는 하지 않게 하는 공작에 나설 거란 말일세. 직접 학생들을 회유하기 어려우면 주동 학생들의 부모를 돈으로 매수하거나 또는 그 선배들을 회유해 앞세우거나 모든 방법을 총동원할 거 아니겠나."

"응, 그거 기막힌 생각이네. 김규태야 물에 빠진 놈이고, 그놈이 돈을 앞세워 무슨 짓을 못하겠나. 그럼 우리도 보고만 있어선 안 되잖아."

"당연하지. 학생들이 더 열렬하게 데모를 하도록 극비리에 작용해야 해."

"그 방법이 뭔가?"

한인곤은 역시 남재구를 선거본부장에 앉히기를 백번 잘했다고 생각하며 앞으로 바짝 다가앉았다.

"우선 생각나는 건 두 가지야. 주동 학생들의 선배를 동원해 그들을 격려하고 응원해서 더욱 열렬하게 데모를 하도록 하는 거고, 또 하나는 김규태의 구체적인 비리를 신속히 제공해 학생들이 알게 하는 거야."

"맞았어. 그거 아주 좋은 생각이야. 우리 운동원들 중에도 그 학교 출신들은 많으니까."

"아니야, 아니야. 절대 극비리에 해야 된다니까. 우리 운동원인 게 드러나면 완전히 역효과야. 학생들이 순수해서 엄청난 반감을 사게 되고, 적들은 지금 저 데모도 우리가 사주해서 일어난 거라고 덮어씌우고 싶어한다는 걸 잊지 말아야 해."

"하 이거, 내가 완전히 유치원생이네. 자네 어찌 된 일이야?"

한인곤은 거듭되는 놀라움을 숨김없이 드러냈다.

"글쎄……, 자네보다 몇 년 앞서 먹은 사회 짠물 덕이라고 해두지."

남재구는 쓸쓸하게 웃으며 담배를 빼들었다.

"하긴 군대물은 평생 먹어봐야 맹물이야. 그동안 나도 많이 배우고 느꼈어."

한인곤이 라이터를 켜서 남재구의 앞으로 디밀며 고개를 끄덕거렸다.

"이게 말야, 분위기로는 완전히 이긴 싸움인데……, 그자의 뿌리가 워낙 깊은 데다, 여기가 시골 도시라는 게 주의해야 할 점이야. 변두리로 갈수록, 배운 게 없는 사람일수록 4·19에 관심이 없고 인정에 약하거든. 그런 사람들한테는 돈의 효력도 크단 말야. 그게 적들의 공략지점 아니겠어?"

"정확하게 봤어. 이런 상황에서 김규태가 옥중출마를 하는 것도 그동안 투자하고 다져온 기반을 믿는 거고, 또 하나 돈의 힘을 믿는 거지. 아마 이번에 돈을 엄청나게 뿌릴 거야. 생사가 달렸으니까. 그리고 날 햇병아리로 우습게 본 대목도 없지 않겠지. 그렇지만 김규태에 대해선 나보다 우리 아버지 원한이 더 커. 아버지는 김규태가 날 틀림없이 장군 만들어줄 줄 알았거든. 4·19 전에 벌써 국회의원에 출마하라고 아버지는 내 등을 밀어 민주당에 자리를 만들었는데 4·19까지 일어난 이 기막힌 기회를 놓쳐서야 되겠나. 더구나 김규태가 감옥에 갇히기까지 했으니 이건 상대방을 묶어놓고 하는 권투시합 아니냔 말야. 이런 싸움에서 지면 목매달아 죽어야지. 우리 군대 용어로 확인사살하는 기분으로 최후의 일각까지 최선을 다해야 해. 그냥 당선이 아니라 전국 최다득표 당선을 목표로 말야."

한인곤은 남재구를 응시하며 큰 주먹을 불끈 쥐었다.

"그런 각오면 됐어. 모든 조건이 우리한테 유리하게 전개되고 있으니까."

남재구는 한인곤의 주먹을 감싸잡았다.

이튿날 오후에 학생들의 데모는 규모가 더욱 커졌다. 전날 데모에 자극받아 다른 학교 학생들도 나선 거였다. 한인곤네는 그 파급효과에 소리 없는 박수를 뜨겁게 보내고 있었다. 학생들이 구호를 외치며 시가행진을 하는데도 경찰들의 모습은 전혀 보이지 않았다. 그건 4·19 이후 사기가 떨어져 맥을 못 쓰고 있는 경찰의 모습이기도 했고, 달라진 정치판도에 눈치 빠르게 적응하고 있는 경찰의 속성이기도 했다.

이튿날 데모대가 김규태의 선거사무실 앞에서 농성을 하도록 은밀하게 작전을 짜둔 한인곤은 거기서 멀리 떨어진 변두리를 돌며 선거운동을 하고 있었다.

"위원장님, 위원장님 어디 계시나?"

남재구는 허둥지둥 선거사무실로 뛰어들며 외쳤다.

"변두리로 가셨는데 지금 어느 동을 돌고 계신지 잘 모르겠는데요."

유인물을 접거나 도표를 그리고 있던 대여섯 명의 눈길이 일제히 남재구에게로 쏠렸다. 그들의 불안한 눈길은 무슨 큰일이 생긴 것을 직감하고 있었다. 남재구는 그 눈길들을 의식하며 침착해야한다고 자신을 일깨웠다. 그는 숨을 들이켜며 담배를 빼들었다.

급박한 상황일수록 침착하라. 지휘관이 동요하는 빛을 드러내는 순간 부하들은 사기가 떨어지고 전의를 상실한다. 그런 병사들이 하는 전투는 백전백패다. 남재구는 담배연기를 내뿜으며 군대에서 숙달시킨 침착함을 곧 회복했다.

"일들 해. 별일 아니니까."

남재구는 빙긋 웃음까지 띠우며 사무실을 나섰다.

그러나 일은 터져도 크게 터지고 말았다. 후보등록 마감일인 오늘 한인곤과 공천 경합에서 밀려났던 자가 그동안 숨죽이고 있다가 똑같은 민주당 이름으로 느닷없이 등록을 한 거였다. 그건 개인적인 돌출행동이 아니라 민주당의 뿌리 깊은 신구파의 대립에서 비롯된 구파의 반격이었다. 다른 여러 지역에서도 벌써 이런 사태가 벌어지고 있었는데 그동안 세심하게 신경 쓰지 않은 게 이쪽의 불찰이었다.

"뭐라구? 그 자식이 미쳤나! 그놈을 당장."

"진정해, 진정해. 수습책을 찾아야 해. 아직 안 늦었으니까."

남재구는 불을 내뿜듯 흥분하는 한인곤을 붙들어 앉히며 등을 두들겼다.

"민주당표를 둘이 갈라 먹으면 좋아지는 놈은 누구야. 요런 망할 자식!"

한인곤은 거친 한숨으로 분을 토해냈다.

남재구는 한인곤에게 담배부터 권했다. 그게 복병치고는 치명적인 복병이었다.

강기수는 열흘 넘게 은밀하고도 치밀하게 추진해 온 공작 결과를 초조하게 기다리고 있었다. 민주당의 신파 낙천자인 오구열을 쥐도 새도 모르게 회유해서 후보 등록 마감날 등록하게 하는 공작을 펴온 것이다. 그 계획만 성공하면 선거는 거의 이긴 것이나 다름없었다. 아무리 세상이 변해서 민주당이 득세하는 판이라고 해도 저희들끼리 이전투구하며 표를 반분하게 되면 당선은 자신의 것이었다.

강기수는 급변한 상황에 대처하기 위해서 이번의 선거비용을 전보다 두 배로 늘려 잡았다. 이번에 낙선하면 정치인생이 영원히 끝날지도 모르는 중대하고도 중대한 고비였기 때문이다. 두 배로 늘린 선거비용의 절반을 그 공작에 투입하기로 작정했다. 오구열을 향한 공작은 그가 믿을 만한 사람들을 계속 보내 출마를 충동질하는 거였다. 자신의 공작은 전혀 눈치채지 못하게 하기 위해서 세

다리, 네 다리를 거쳐 사람을 물색했다. 거기에는 오구열의 문중 사람도 있었고, 이름깨나 난 유지도 있었고, 학교 선생도 있었고, 경찰 간부며 군청 간부도 있었고, 학교 사친회 간부며 청년회 간부도 있었고, 여러 구장이며 반장도 있었다. 그들 열댓 명이 번갈아가며 오구열을 찾아가 그의 마음을 흔들어대도록 만들었다.

"의원님, 의원님 쪼, 쪼깨 전에 드, 등록을 마쳤구만요."

사무실로 뛰어든 선거사무장이 숨을 헐떡거리며 보고했다.

"어허, 점잖찮케." 강기수는 환호하고 싶은 감정을 꾹 억눌러 하찮은 일처럼 해버리며, "본부장은 어디 있나?" 무뚝뚝하게 물었다.

전혀 감정을 내비치지 않으려고 애쓰고 있었지만 담배를 빼드는 그의 손끝은 파르르 떨리고 있었다. 그 떨림은 안도와 감격으로 벅차고 있는 가슴의 떨림이기도 했다.

"예, 본부장님도 곧 올 거구만요. 지가 먼첨 뛰어왔응께요."

선거사무장이 자리로 가 앉는데 본부장이 부산스럽게 들어섰다.

"본부장, 나 좀 봐."

강기수는 자기 방으로 앞장섰다.

"의원님 뜻대로 일이 잘돼갑니다."

손을 모아잡은 본부장이 굽신거리며 비위를 맞추었다.

"아니야, 이건 1단계일 뿐이야. 앞으로 더 중요한 2단계가 남았어. 거기 앉게."

강기수는 담배연기를 길게 내뿜으며 의자를 가리켜 턱짓했다.

"2단계라니요……?"

"그전에 할 일이 있어. 이번 일에 수고한 사람들한테 약속한 대로 쌀 50가마니값을 틀림없이 쳐서 내일 중으로 자네가 직접 전달하도록 해."

"예, 분부대로 하겠습니다."

"비밀을 철통같이 지키는 것 알겠지."

"예, 명심하겠습니다."

"그럼, 2단계란 말야……, 오구열의 중도사퇴를 막고 끝까지 맹렬하게 뛰게 만드는 일이야. 무슨 말인고 하니, 저희들끼리 협상하고 절충해서 오구열이가 포기할 수도 있다 그 말이야. 그런 사태를 방지하기 위해서 이번 일에 나섰던 사람들이 계속 돕는 척하면서 당선은 틀림없다고 바람을 넣어 오구열이가 찰떡같이 믿게 해야 돼. 그리고 저희들끼리 감정싸움이 심해지도록 서로 욕하고 모함하는 말을 마구 퍼뜨려 부채질을 해대라구. 무슨 말인지 알아?"

"예, 알겠습니다."

"그리고 끝으로 자금문젠데……, 선거가 중반을 넘어가면서 오구열이가 틀림없이 자금이 궁해질 텐데, 그걸 눈치껏 알아내서 집이고 땅이고 담보만 잡히면 우리 돈줄을 대주란 말야. 물론 누구 돈인 줄 모르게 하고, 이자는 2부야. 이번에 폭삭 내려앉게 해서 다시는 정치판에서 설치지 못하게 만들어야 해."

"예, 그리 하겠습니다."

"그리고 이건 딴 문젠데, 기숙생들은 지금 어떻게 하고 있나?"

"예, 열심히들 하고 있습니다."

"열심히? 이봐, 허튼소리 말어, 겉만 보고. 내일부터 본격적으로 시작되니까 그놈들 뒤에 다 감시를 붙여. 그래서 열성 없이 시늉만 하는 놈들을 가려내."

강기수의 말에서는 찬바람이 일었다.

풀잎도 나뭇잎도 맥을 못 쓰고 후줄근해지는 7월 중순의 폭염을 무릅쓰며 선거전은 뜨겁게 치달아가고 있었다. 한반도에서 일조량이 가장 많은 남부 해안지역인 강진과 장흥의 불볕 폭염은 더욱 유별났다.

그런데 동네마다 돼지 멱따는 소리가 요란하고, 걸쩍한 술판이 벌어져 사람들은 삼복 보신을 즐기고 있었다. 술이 거나해지면 그런 술판에 어울리게 촌사람들은 자기 나름의 정치 이야기로 열을 올렸다. 또 장날이면 장날대로 식권이 풍년을 이루었다.

강진의 첫 번째 합동연설회는 농고에서 벌어졌다. 강진농고의 그 독특하게 생긴 반원형의 두 갈래 교정 길에는 사람들이 넘쳐났다. 날씨도 무덥고 농번기인데도 사람들이 그리 많이 모여드는 것은 세상이 달라져 정치적 관심이 높아졌다기보다는 선거전이 그만큼 치열했던 것이다. 사람들은 뙤약볕을 피해 교정 길을 따라 울창하게 선 나무의 그늘을 차지하다 못해 나무들을 타고 올랐다. 나무를 보호하려고 확성기에서는 나무에서 내려오라고 외치고 있었지만 그건 쇠귀에 경 읽기였다.

운동장을 에워싸고 도는 반원형의 운치 가득한 두 갈래 길을 따라 풍성한 그늘을 드리우고 있는 아름드리 나무들은 사람이 함부로 올라가 상하게 해서는 안 될 귀물이고, 강진농고만의 고유한 풍치였다. 거의 모든 학교가 교문을 들어서면 바로 운동장인 데 비해 이 학교는 교문을 들어서서 30여 미터를 가면 거기서 길이 두 갈래로 갈라지고, 양쪽에 숲 우거진 그 길을 따라가면 학교건물 쪽의 운동장 끝부분에 이르면서 넓게 펼쳐진 운동장을 보게 되었다. 땅 아까운 것을 개의치 않고 그런 예술적인 아름다움을 설계해 낸 사람의 심미안에 자못 놀라지 않을 수 없었다. 그러나 그건 학생들의 정서를 위해서가 아니었다. 일제시대에 지어진 그 학교는, 길이 갈라지는 지점에 신사를 들어앉혔고, 등교하는 학생들은 어김없이 신사에 경배를 하고서야 교실로 갈 수 있도록 짜여진 구도였다.

제비를 뽑아 결정한 연설 순서는 김영출이 첫 번째였다. 두 번째가 된 강기수는 꽤나 심사가 뒤틀리고 있었다. 자기가 첫 번째로 하고 일당 500환씩을 줘서 동원한 사람들을 다 빼내 판을 싹 깨버릴 계획이 약간 어긋난 때문이었다.

"친애하는 유권자 여러분, 우리는 왜 이 삼복 염천에 새로 국회의원 선거를 치르고 있는 것입니까? 그건 다름이 아니라 거룩하고 위대한 4·19혁명으로 그동안 독재정치로 나라를 망쳐왔던 이승만 도배들을 몰아내고 살기 좋은 새 나라, 자유로운 새 나라를 만들기 위해섭니다. 여러분, 우리는 4·19혁명, 4·19혁명이라고 합니다. 그럼 혁명이란 무슨 뜻입니까. 혁명이란 때묻고 더럽고 잘못된 모든 것들을 부수고 쳐없애 새로운 세상 만드는 것입니다. 그런데 바로 우리의 눈앞에 반드시 쳐없애야 할 때묻고 더럽고 추한 죄인이 또 국회의원 해먹겠다고 앉아 있습니다. 강기수! 그가 누구입니까! 또 강기수의 아버지 강남호는 누구입니까! 이들 두 부자는 2대에 걸쳐서 철저하게 친일을 해온 악질적인 친일파고 민족반역자들이 아닙니까. 강기수의 아버지 강남호는 타관에서 이 땅에 굴러들어와 생선 장사를 하던 미천한 인종이었습니다. 그런데 왜놈들 경찰서가 들어서자 그 인종은 서장놈 집의 대문에다 왜놈들이 환장하게 좋아하는 크고 싱싱한 도미를 매달아놓았습니다. 출근을 하려고 대문을 나서던 서장은 도미와 코를 부딪치지 않을 수 없었습니다. 이 기막힌 아부를 며칠 계속해서 강남호는 경찰서장을 만나게 되었고, 더욱 아부를 잘해 어판장 실권에 어업권까지 장악하고, 정미소며 양조장을 독점하고, 서장은 물론이고 군대에까지 헌금을 잘해 왜놈들 천황 생일의 경축단으로 뽑혀 동경까지 왕래하고, 총독부도 자유롭게 드나들 수 있게 승승장구 출세까지 했습니다. 그 아들 강기수는 아버지 덕에 징병을 피해 경찰관이 되어 남자는 징용에 내몰고, 처녀들은 정신대로 내모는 온갖 못된 짓을 다 했고, 6·25전쟁 통에는 경찰서장 자리에 앉아 수많은 사람들을 빨갱이로 몰아 죽였습니다. 그런 죄인이 이승만정권 아래서 국회의원을 해먹으며 또 얼마나 많은 죄를 저질렀습니까. 그런데 혁명의 세상에서 또 국회의원을 해먹겠다고 저렇게 뻔뻔스럽게……."

한인곤은 구파 출마자와의 타협을 포기할 수밖에 없었다. 낙천자들이 당의 결정을 무시하고 출마를 감행한 것이 전국적으로 100명이 넘었다. 이런 사태에 당황한 당에서는 제명을 단행하겠다고 결정했다. 한인곤은 그 결정에 힘입어 막판 타협을 시도했다.

"그런 으름장에는 어린애도 안 놀래요. 제명할 테면 하라지요. 재력지원도 없는 판에 무소속으로 나오면 손해볼 것 뭐 있나요. 그래서 당선만 돼 보시오. 그땐 언제 제명했냐 하며 못 모셔가서 안달이 날 텐데."

상대방의 이런 태도에 타협의 이런저런 조건들은 다 무용지물이었다.

"허어, 그 사내 배짱 한번 쓸 만하구나. 평생에 한 번 올까말까한 이런 천재일우의 기회를 놓치지 않겠다는 건 남자로서 당연한 거야. 그런 사내와 싸워 이기는 게 더 당당한 거니까 더욱 힘을 내라. 더 들 비용일랑 걱정 말고."

한인곤은 아버지의 이런 격려로 마음을 깨끗이 정리했다.

"참 자네가 부럽고 또 부럽네. 저런 어르신을 모시고 사니."

일찍부터 홀로였던 남재구의 말이었다.

데모 소식을 전해듣지 못한 것이 아닐 텐데도 김규태는 끝내 후보 사퇴를 하지 않고 오히려 학생들이 지쳐 데모는 흐지부지되었다. 선거전이 가열되어 가면서 한인곤은 차츰 당황하기 시작했다. 김규태는 아예 안중에 없었고 적수는 집안싸움이 된 홍찬영이라고 생각했었다. 그런데 김규태 쪽의 다각적인 공세가 엄청났고, 민심의 흔들림이 묘해지고 있었던 것이다.

'원흉'이란 흉한 죄목에다 몸까지 묶여 있는 김규태가 그 불리함을 돌파하기 위해서는 돈을 엄청나게 써대리라는 건 예상했었다. 아닌 게 아니라 그쪽에서는 돈을 얼마나 퍼부어대는지 선거전이 중반일 뿐인데도 김규태네 술 세 번 얻어먹지 못한 것은 사람 축에 도 못 든다는 말이 퍼지고 있었고, 고무신표며 비누표를 개도 물고 다닌다는 소문이 파다했다.

그런데 그런 물량공세보다 고약한 것이 김규태 가족의 발벗고 나선 모습이었다. 김규태의 아내와 아들 셋, 딸 둘은 사람들이 많 이 오가는 역전이며 차부 같은 길목길목에서 눈물로 호소하고 있 었다. 특히 김규태의 아내와 딸 둘이 여자들을 상대로 하는 눈물 작전은 예사롭지가 않았다. 여자 노인네들은 함께 눈물짓기가 예 사였다. 그 현장들을 지켜본 남재구가 곤혹스러운 얼굴로 말했다.

"그것 참 골치 아픈 일이야. 노인네들은 아무 판단력 없이 그저 인정에 끌리고 있으니 참⋯⋯."

"참 기가 차군. 그런 얼띤 인간들한테도 투표권이 하나씩이라니, 민주주의가 그게 문제야. 어쨌든 그 처자식이란 것들도 김규태만 큼 뻔뻔스럽고 낯짝 두꺼운 인간들이야. 아무리 형편이 급하다고 어떻게 길바닥에 나서서 또 찍어달라고 눈물을 짜나 그래. 도무지 어처구니가 없어."

한인곤은 짜증스럽게 부채를 부쳐댈 뿐 마땅한 대응책을 찾을 수가 없었다.

"그러게 사람만큼 무서운 게 없다고 하지 않던가. 어쨌거나 그 사람들을 주저앉힐 수는 없는 일이고, 그런 노인네들이 다 표로 연결된다고 할 수도 없으니까 너무 염려할 건 없고, 우리가 할 수 있는 방법은 한 가지뿐이야. 동네마다 여자 노인네들을 강화시켜서 그들하고 눈물 짜는 짓이 얼마나 못나고 소갈머리 없는 짓인가를 흉보고 욕하게 하는 거야. 그리고 전 운동원들에게도 그 점을 역설하게 하고."

"도리 없지. 우리가 표를 다 먹을 순 없는 일이니까."

한인곤은 쓴 입맛을 다셨다.

선거전이 가열되어 갈수록 남재구는 혼란스럽고 초조감이 커져 가고 있었다. 세상은 분명이 변했는데도 돈선거는 지난날과 다름없이 기승을 부리고 있었다. 그건 권력욕에 사로잡힌 돈 많은 후보가 앞뒤 가리지 않고 저지르는 짓이었다. 그런데 문제는 너무 많은 유권자들이 그 부당한 행위를 부당하다고 외면하고 비난하는 것이 아니라 오히려 은근히 기다리고 즐기고 있는 점이었다.

"아, 그래도 역시 김 의원이 기마이가 좋다니까."

"그럼, 그럼. 원래 김 의원이 선거철 기분은 제대로 나게 하는 사람 아닌가."

"맞어, 선거철에나마 우릴 사람대접해 주니 그것 참 쓸 만한 사람이야."

"어허, 술 한잔씩 얻어 걸쳤다고 너무 인심 푹푹 쓰들 말어. 우리한테 한잔 주고 표 얻어 국회의원 되면 그 열 곱 챙긴다는 말 듣지도 못했어?"

"그런 놈의 해괴한 소리는 가서 엿이나 바꿔 먹으라고 해. 술 안

낸 놈들이 괜히 모함하느라고 입방아 찧는 소리지 우리 돈 언제 열 배로 뺏긴 적 있어?"

"그 말 맞어. 우리 같은 것들이야 그저 그 타령으로 사는 거고, 선거철에 공짜 술 마시는 재미도 없으면 무슨 맛으로 사나 그래."

"헌데, 세상이 달라져 그런지 어쩐지 김 의원이 부쩍 친일파로 몰리잖아? 어째 영 찜찜해."

"거 다 지나간 얘기 또 끄집어내 뭘 해. 이 세상에 털어서 먼지 안 나는 놈 있나. 일정 때 얘기 듣기도 싫어."

"그놈이나 저놈이나 다 별수없어. 권력 잡으면 다 그만 아닌가."

술 취한 사람들의 이런 말들을 들으며 남재구는 자신이 날마다 목 쉬게 외치고 다니는 일에 회의를 느끼며 암담해졌다. 그리고 친일파들의 승리에 새삼스럽게 놀라지 않을 수 없었다. 술 취한 사람들이 하는 말은 그들의 말이 아니라 그동안 친일파들이 사회를 장악해 오며 수없이 되풀이하고 퍼뜨려 온 말들이었다.

다 지나간 얘기 또 꺼내면 뭘 해. 그 시절에 크든 작든 친일 안 한 자가 누가 있느냐. 반공으로 뭉쳐야 하는데 어쩌자고 분열 조장이냐. 그때 너도 글줄이나 배워 출세하려면 별수 있었을 것 같으냐. 그따위 걸 따지는 건 다 촌놈들 짓거리다.

이런 친일파들의 말과 글에 대중들은 멍청이들처럼 최면당해 잘 길들여진 앵무새 노릇을 하고 있었다. 남재구는 그 높고 두꺼운 벽 앞에서 초조감이 자꾸 심해져 갔다.

그런데 미처 예기치 못했던 엉뚱한 사건이 터졌다. 홍찬영의 운동원들이 밤에 테러를 당했는데, 그게 한인곤 쪽의 소행이라는 것이었다.

"이게 가해자들이 떨어뜨린 물증이고, 또 가해자들은 폭행을 가하면서, 다 된 밥에 재 뿌리고 덤빈다느니, 뒷다리 잡고 함께 망하자고 늘어진다느니 했다는 거요. 그런 증거로 홍 후보 쪽에서 한 후보를 고발했으니 경찰서로 갑시다."

형사는 한인곤네 유인물 서너 장을 흔들어대며 영락없는 범인 취급이었다.

직감적으로 한인곤의 머리를 친 것은 김규태 쪽의 음모라는 예감이었다. 지난번 대통령 선거 때 보고 겪었던 그 많은 음모와 술수들. 김규태 쪽에서 노리는 건 민주당끼리의 감정싸움을 격화시켜 선거운동도 망치고, 민심도 잃게 하고, 이중 삼중의 효과를 보려는 흉계였다. 만약 그것이 아니라면 이쪽에 덤터기를 씌우는 홍찬영네의 자작극이었다.

"우린 그따위 짓 한 적이 없어요. 이건 두 쪽 누군가가 꾸민 음모요. 우리가 한 일이라면, 우리가 바보 천치가 아닌데 그따위 증거들을 남겼을 것 같아요?"

남재구는 열이 올라 형사에게 대들듯 했다.

"자아, 우리 본부장님 말 똑똑히 들었지요? 내 말도 저 말과 똑같소. 난 우리 아버님의 존함과 목숨을 걸고 말하겠는데, 그따위 더러운 짓 하지 않았소. 벽보에 적힌 내 이력을 봐서 알겠지만 나와 우리 본부장님은 명색이 왜놈과 싸운 광복군 출신이오. 누가 죽여도 그따위 파렴치한 짓은 안 해요. 괜히 경솔하게 실수해서 담에 후회하지 말고 주먹패 왕초부터 낚아채시오. 거 잘 알잖소. 역전 패거리며 차부 패거리들."

형사를 노려보고 있는 한인곤의 눈에서는 계속 불화살이 날아가고 있었다.

"그렇지만 고발사건이라……"

형사는 완연히 풀이 죽었다.

"그건 염려 마시오. 내가 당장 홍찬영 후보를 만나겠소. 이 사건은 홍 후보한테도 하나도 유리할 게 없으니까 곧 오해를 풀 거요. 갑시다. 본부장님!"

여름밤의 별들은 하늘이 휘어지고 처져내리도록 풍년을 이루며 흐드러지게 빛나고 있었다. 겨울밤의 별들이 성글고 멀면서 빛이 약한 데 비해 여름밤의 별들은 곧 쏟아져 내릴 것처럼 촘촘하고 금세 손에 잡힐 듯 가깝고 저마다 다채롭고 풍성한 빛으로 번쩍거렸다. 특히 은하수의 그 휘늘어지고 넌출진 긴긴 흐름은 여름밤을 현란하게 장식하는 빛의 잔치였다.

반딧불도 스러지고 모깃불도 사윈 늦은 밤마다 이규백은 평상에 몸을 부리고 누워 밤하늘을 하염없이 바라보고는 했다. 탄식으로 가득 찬 그의 가슴에 별들의 반짝임은 아름다움이 아니라 슬픔과 비애였다. 이미 그 별들은 어린 시절에 보았던 무한한 꿈도 상상의 설렘도 아니었다. 삶의 괴로움이고 절망스러움이고 허무였다. 태풍이 형을 삼켜버린 이후 한시도 의식에서 떠난 적은 없지만 막상 눈 앞에 대하게 되는 집안의 참담함이 덮씌우는 삶의 무게는 그를 질식상태로 몰아넣었다. 어머니와 세 동생, 형수와 세 조카, 그 현실은 지식인의 양심이며 사회적 정의며를 단숨에 무력화시켜 버렸다. 강기수가 감시원들을 따라붙이지 않았더라도 선거운동을 안 할 도리가 없었다.

"아무리 생각혀도 규상이넌 핵교럴 작파혀야 되겄다. 일찌감치 농새 갤치고, 장남인 니 하나 잘되면 된게."

어머니의 쓰라린 결심이었다.

"안 돼요, 절대 안 돼요. 학비는 제가 댈 테니 걱정 마세요."

그건 새롭게 생긴 삶의 무게였다.

김선오는 선거운동을 빙자해 밤마다 술에 취해 아무데서나 쓰러져 갔다. 어머니의 근심 짙은 한숨과 다섯 동생들의 풀죽은 모습만 가득한 집안에 들어가는 것이 끔찍스러웠다. 가장 없는 집안에서 머슴이 짓는 농사가 제대로 될 리가 없었다. 머슴은 주인의 지청구 없이는 거름지게 지고 일어나는 데 한나절을 보내고, 여자 말은 동네 개 짖는 소리만큼도 여기지 않는다고 했다. 그리고 모든 곡식은 농부의 피땀을 빨며 자란다고도 했다. 머슴이 짓는 농사가 소출이 표나게 줄고, 고리채가 늘어가는 것은 너무 당연한 일이었다.

"요대로 가면 집안 망혀. 애당초 대학 못 갈 것, 나 농고로 전학헐랑만."

남동생의 태도는 완강했다.

"광주 나가 취직혀 야간학교를 댕길 거여. 오빠가 해결헐 수 없으면 간섭허덜 말어. 난 촌구석에 처백혀 평상 엄니맹키로 살고 잡덜 안헝게."

여동생의 기 세운 항변이었다.

동생들 앞에서 자신의 꼴은 초라해질 뿐인데 어머니까지 동생들에게 기울고 있었다. 어쩌면 그것이 현명한 일인지도 몰랐다. 그러나 마음 한편에는 그래서는 안 된다는 한 가닥 생각이 꼿꼿하게 서 있었다. 그건 아버지에 대한 장남으로서의 책무감인지도 몰랐다. 그 대책 없는 책무감의 괴로움이 술을 마시게 했다.

투표가 끝난 다음날 기숙생들은 단체로 고향을 떠났다. 비포장도로를 달리는 버스에 흔들리며 그 누구도 선거 결과를 예측하는 말을 꺼내지 않았다. 그동안 땡볕 속을 돌아다니느라고 검게 그은 그들의 얼굴은 더욱 침울할 뿐이었다.

광주에서 기차를 갈아타면서 그들은 문교부가 4·19를 '4월혁명'으로 공식 결정했다는 신문기사를 보았다. 그들은 아무 감정 없이 그 기사를 지나쳤다. 왜냐하면 사회에서 그렇게 부른 것이 벌써 언제인데 새삼스럽고도 더딘 결정이었다.

이틀이 지나 신문에 나기 전에 장학사에 강기수의 당선 소식이 왔다. 차점자와 자그마치 4만 표의 표차였다. 환호하면서 벌렁벌렁 춤을 춘 것은 수위 영감 혼자뿐이었다. 그날 밤 기숙생들 태반은 제각기 술이 취해 돌아왔다.

한인곤은 가까스로 당선되었다. 차점자인 김규태와는 겨우 2천여 표 차이였다. 한인곤은 2만여 표 차이가 아닌 것이 너무 황당해서 당선의 기쁨이 아닌 심한 배신감에서 벗어나지 못하고 있었다.

"배부른 소리 말어라. 그게 세상인 게야. 강원도에서 옥중출마자가 당선된 걸 봐라. 세상은 그리 쉽게 변하는 게 아니다."

아버지가 그의 등을 두들겼다.

19

그냥 그리움이게

유일민은 골목을 돌아서다가 언뜻 이상한 인기척을 감지했다. 그 순간 소름이 쪽 끼치며 가슴이 섬뜩해졌다. 누구에겐가 뒤를 밟히고 있는 것 같은 불길함과 두려움이 덮쳐왔다. 뒤를 돌아보려고 했지만 고개를 돌릴 수가 없었다. 뒤를 돌아보려는 마음과는 반대로 걸음이 빨라지려고 했다.

내 꼴에 뭘 털어갈 게 있다고……, 아직 대낮이나 마찬가진데 깡패가 설마……, 혹시 동철이가 무슨 일을 저질렀을까…….

유일민은 4·19 이후 경찰력이 허약해진 것을 틈타 번창하고 있는 깡패들의 횡포를 생각했고, 한 달쯤 전에 서울로 돌아와 이젠 자기 조직을 만들겠다고 기세를 올리던 서동철을 생각했다. 그러나 둘 중 어느 것도 마음에 꼭 짚이지 않았다. 그런데 그 수상한 인기척은 계속 뒤를 따라오고 있었다.

유일민은 임호태네 집에 이르는 마지막 꺾임목을 돌아섰다. 그때 뒤를 돌아보려고 했지만 또 실패하고 말았다. 불길함과 두려움은 아까보다 더 커져 있었다. 임호태네 집은 얼마 남아 있지 않았다. 유일민의 걸음은 한결 빨라지기 시작했다.

그런데 임호태네 집이 바로 보이는 지점에서 유일민은 자신도 모르게 걸음을 주춤했다. 임호태네 집 앞에 잠바 차림의 한 남자가 담배를 빨고 서 있었다. 그런데 그 남자는 자신과 눈이 마주치는 순간 담배를 팽개치며 거칠게 내달아왔다. 유일민은 반사적으로 몸을 돌렸다. 그런데 반대쪽에서 또 한 남자가 깃 세운 독수리 같은 모습으로 빨리 걸어오고 있었다. 유일민은 자신이 빈틈없이 미행당하고 있었음을 깨닫는 순간 퍼뜩 정신이 들었다.

의심받을 짓을 해선 안 된다!

그 생각과 함께 유일민은 본능적으로 일어났던 방어자세를 풀었다.

한 남자가 유일민의 팔을 우악스럽게 잡으며 말했다.

"유일민이지? 우리 형산데, 같이 좀 갈까!"

그 말이 아니었어도 유일민은 그들이 형사인 것을 한눈에 알아보았다. 넓은 어깨, 위압적 인상, 그런 것 때문만은 아니었다. 어렸을 때부터 많이 시달려오면서 그들만이 풍기는 냄새를 맡는 촉수는 너무 예민해져 있었다.

"무슨 일인데요?"

이건 저항이 아니었다. 그냥 순순히 따라가면 그들이 노리고 있는 바를 시인하는 꼴이 될 수 있었다. 그건 미약하기 이를 데 없지만 자신이 할 수 있는 최선의 방어였다.

"다 알 텐데."

팔을 잡은 형사가 싸늘하게 웃었다. 다른 형사는 만일에 대비한 자세를 취하고 있었다. 여자 하나가 그들을 힐끔거리며 옆걸음질로 피해갔다.

"뭘요?"

유일민은 힘껏 부정의 뜻을 드러냈다. 그러나 의식을 가득 채우고 있는 건 아버지의 모습이었다.

"괜히 쇠고랑 채우고 어쩌고 시끄럽게 하고 싶지 않으니까 얌전하게 따라와. 꼭 유병국 건이라고 말해야 되겠나?"

"예? 우리 아버지가 뭘 어쨌는데요?"

유일민은 다시 한 번 자기 방어를 시도했다.

"됐어, 할 얘기 있으면 가서 하라구."

형사가 유일민의 팔을 억세게 잡아끌었다.

유일민은 걸음을 옮겨놓기 시작했다. 더 버틸 수도 없었고, 임호태네 집 앞에서 어서 떠나야 했다. 골목을 두 번째 꺾어 돌았을 때였다.

"어머, 오빠!"

정면으로 마주친 것은 책가방을 든 임채옥이었다. 유일민은 가슴이 쿵 울리는 것을 느끼며 눈길을 떨구었다.

"오빠, 어디 가요? 왜 그래요?"

안색이 달라진 임채옥이 대담하게 그들의 앞을 가로막고 섰다.

"집에 가서 경찰서에 갔다고 전해."

유일민의 팔을 잡지 않은 형사가 임채옥을 가볍게 밀쳐내 버렸다.

"오빠, 안 돼요. 오빠, 오빠……."

뒤에서 들려오는 임채옥의 애타는 목소리는 벌써 울음이었다. 유일민은 불현듯 가슴이 뜨거워지는 것을 느꼈다.

형사들은 시발택시를 잡았다. 그들에게 밀려 택시에 오른 유일민은 자리에 주저앉으며 눈을 감았다. 아버지의 모습과 어머니의 얼굴과 4·19 이후 간첩들이 대량 남파되고 있다는 신문기사들과……, 한기 드는 공포감 속에서 그의 의식은 어지럽게 휘돌고 있었다.

어머니……, 어머니……, 유일민은 가슴 미어지는 아픔으로 어머니를 부르고 있었다. 그건 어머니에게 의지하려는 것이 아니었다. 어머니가 또 당할 것을 생각하면 차라리 죽고 싶도록 괴로웠다.

유일민은 형사들이 임호태네 집에까지 자신을 찾아온 것에 대해서는 전혀 놀라지 않았다. 지난 2월부터 월북자 가족 명단을 다시 작성하지 않았다 하더라도 자신이 서울로 유학을 오면서 벌써 감시가 시작되었을 것은 뻔했다. 한 달에 두 번씩 어김없이 서약서에 도장을 받아가고, 그것도 모자라 아무때나 불쑥불쑥 나타나는 담당형사가 서울 주소를 관할 경찰서에 안 알렸을 리가 없었다.

그런데 어째서 성북동으로 오지 않고 하필 임호태네 집 앞이었을까……? 그나마 가정교사도 못 해먹게 하려는 고의였을까……. 이미 임호태의 아버지에게 알린 것은 아닐까…….

유일민은 진저리를 치며 눈을 떴다. 택시는 세종로를 달리고 있었다. 중앙청 앞을 지나친 택시는 내자호텔 골목으로 꺾어들었다.

"다 왔어. 내려."

형사 하나가 유일민의 팔을 끼었다.

"여긴 경찰서가 아니잖아요?"

유일민은 차창 밖을 빠르게 살피며 거부의 몸짓을 지었다. 한 번도 와보지 않은 생소한 길인 데다가 경찰서라고는 보이지 않았다.

"거물들을 경찰서로 모실 수 있나. 경찰서야 잡범들이나 끌어들이는 데지."

형사가 거칠게 팔을 낚아챘다.

그다지 크지 않은 2층 건물 정문에는 아무런 간판도 붙어 있지 않았다. 그런데 안으로 들어서자 좁은 마당의 담 옆으로 초소가 있었고, 그 앞에 사복 위에 권총을 찬 두 사내가 경비를 서고 있었다. 그리고 초소 옆에는 그야말로 송아지만한 셰퍼드가 묶여 있었다.

건물 안은 어두컴컴했고, 빈 것처럼 조용했다. 유일민은 2층으로 끌려 올라가서야 복도의 모든 창문들이 두꺼운 질감의 검은 종이로 가려진 것을 알았다. 그 검은 종이가 방음도 겸하고 있으리라는 느낌도 들었다. 유일민은 자꾸 숨을 깊이 들이켜며 시멘트복도를 걸었다. 어머니도 당하는 일인데 겁먹지 말자고 벌써 수십 차례 스스로에게 말하고 있었다. 그러나 입 안은 파삭 마르고 몸의 부분부분이 부르르 경련을 일으키고는 했다.

잇따라 있는 열서너 개의 방 중에서 거의 끝부분에 이르러 두 형사는 걸음을 멈추었다. 유일민의 팔짱을 낀 채로 노크를 한 형사가 말했다.

"임무 완료해서 왔습니다."

"들어와."

형사 한 사람만 유일민을 끌고 안으로 들어갔다.

복도처럼 어두컴컴한 방 안에서는 역한 냄새가 훅 끼쳐왔다. 창문이라고는 없는 방 안의 공기는 탁했다. 아무런 치장이 없는 직사각형의 방에는 의자가 양쪽으로 놓인 큼직한 책상 하나와 미군 야전용 침대 하나뿐이었다. 그 의자 하나에 사복 윗도리를 풀어헤친 남자가 삐딱하게 앉아 있었다.

"저를 본 순간 도주하려다가 박 형사한테 앞이 막히자 포기했습니다. 다른 이상은 없습니다."

형사의 보고에 유일민은 아차 싶었다. 의심받을 행동을 하지 말자고 했었는데 그 반사적인 몸짓마저 혐의점으로 둔갑하고 있었다.

"수고했어."

형사는 거수경례를 하고 돌아섰다.

"거기 앉아."

수사관은 자세를 바로잡으며 펜대 뒤끝으로 의자를 가리켰다. 마른편인 그 남자의 얼굴은 견고하면서도 싸늘해 보였고 눈은 날카로웠다.

유일민은 또 숨을 깊이 들이켜며 작고 딱딱한 나무의자에 앉았다.

"성명, 생년월일."

수사관이 백지를 끌어당기며 펜촉에 잉크를 찍었다.

"예, 유일민, 1940년 5월 14일생입니다."

유일민은 고개를 떨구지 않으려고 애쓰며 대답했다. 이미 경험한 것이지만 고개를 떨구거나 눈길을 피할수록 의심을 사게 되어 있었다. 유일민은 그때서야 책상 오른쪽에 검도봉이 놓여 있는 것을 발견했다. 그 순간 몸이 바짝 오그라들며 폭력의 공포가 덮쳐왔다. 유일민은 감기려는 눈을 부릅뜨며 어금니를 맞물었다.

어머니도 당하는 일이다!

"아버지 성명."

"유병국입니다."

"아버지 언제 만났나?"

"예에……?"

"최근에 언제 만났느냐구."

그동안 억양 없던 목소리가 팽팽해지며 수사관의 눈초리가 사나워졌다.

"그런 일 없습니다. 그때 헤어지고 나서 한 번도 만난 적이 없습니다."

유일민은 침을 삼켰다. 그러나 넘어가는 침은 없고 목소리가 갈라져 나왔다.

"네가 좋은 대학에 다니고, 고생해서 공부하고 있으니까 나도 신사적으로 하고 싶어. 우리한테 정보가 있으니까 순순히 불어."

수사관의 목소리가 부드러워졌다. 그게 소리를 지르는 것보다 더 무서운 함정인 것을 유일민은 잘 알고 있었다.

"정말 만난 일 없습니다. 전 이런 일 당하는 게 이제 지긋지긋합니다."

유일민은 자신도 모르게 부르르 떨었다.

"지긋지긋해? 그래서 남한 체제에 치가 떨린다 그런 뜻이로군."

수사관의 목소리가 갑자기 변하며 냉기를 풍겼다.

"아, 아닙니다. 그런 뜻이 아닙니다. 이런 일을 당하는 게 고통스럽다는 뜻일 뿐입니다."

그 뜻밖의 칼날에 유일민은 허둥거리며 대꾸했다. 수사관의 그 말은, 그러니까 넌 빨갱이야, 하는 올가미고 비수였다. 유일민은 깍지 낀 손을 비틀며 불현듯 쏟아져버린 자신의 말을 후회했다.

"그럼, 아버지를 미워한다 그런 뜻인가?"

수사관의 그 예기치 못한 역공에 유일민은 또 당황했다. 그 수사관은 날카롭고 기민하기가 그동안 겪어온 사람들과는 딴판이었다.

"예, 가족을 이렇게 만든 게 원망스럽습니다."

유일민은 '미워한다'는 말을 피했다. 아버지를 미워한 적은 없었고, 이런 상황에서는 원망이 극대화하고 있는 심정을 솔직하게 털어놓았다.

"원망스럽다……, 원망스럽다……, 그래, 그동안 이런 일 몇 번이나 당했나?"

"이번이……, 여섯 번쨉니다."

"여섯 번……."

수사관이 미간을 찡그리며 담배에 불을 붙였다.

담배연기만 퍼질 뿐 방 안은 갑자기 침묵에 싸였다. 천장 가운데 길게 늘어진 알전구의 흐린 불빛 속으로 담배연기가 퍼져나가고 있었다.

"4·19 때는 뭘 했나?"

수사관이 갑자기 목소리를 높였다.

"그냥 집에 있었습니다."

동생 찾으러 다녔다는 말이 또 어떤 문제로 연결될지 몰라 이렇게 둘러붙였다.

"데모를 안 했다고? 왜지?"

"평생 정치행위를 하지 않기로 작정했기 때문입니다."

"정치행위? 대학생으로서 비겁하다고 생각하지 않았나?"

"그런 마음이 전혀 없진 않았지만, 그건 제 입장에서 어쩔 수 없는 일이었습니다."

"그건 아버지 때문에 생긴 보신책인가?"

"어머니의 당부고, 어머니하고의 약속입니다. 저도 정치 같은 게 생리에 맞지 않고요."

"그래서 대학에서 써클활동도 전혀 안 한다 그건가? 좋아."

유일민은 가슴이 섬뜩해졌다. 이미 뒷조사를 다 했다는 엄포였다.

"만약에 아버지가 나타나면 어떡하겠어?"

수사관은 펜대 뒤끝으로 유일민의 눈을 찍듯이 하며 물었다.

"……자수하도록 해야지요."

"그래서 안 들으면?"

"······신고를 해야지요."

"그게 진심이야?"

"예······, 네 식구를 위해서는 그 방법밖에 없잖습니까."

유일민은 모범답안대로 대답하고 있었다. 그동안 조사를 받을 때마다 묻는 말이었고, 대답도 언제나 똑같았다.

"아 참, 담배 피우나? 자아, 담배 피워."

담배를 끈 수사관이 담뱃갑을 내밀었다.

"아닙니다, 담배 못 피웁니다."

"흠, 아주 모범생이로군." 수사관은 묘하게 웃으며 의자를 끌어당기고는, "좋아, 지금부터 시작하자구. 지난 두 달 동안 무엇을 했는지 하루 단위로 진술해. 차근차근 자세하게."

유일민은 숨을 몰아쉬었다. 이미 지나버린 두 달 동안의 생활을 낱낱이 기억해 내야 하는 것도 암담한 일이었지만, 그러자면 괴로운 시간이 얼마나 길어질 것인지 그만 가위가 눌렸다. 이런 취조 방법도 전에 겪지 않은 것이다.

이러다 가정교사 자리는 어떻게 될 것인가······, 동생은 또 얼마나 몸달아 하며 기다릴까······, 동생? 동생은 무사할까?

"저어, 한 가지 여쭤볼 게 있는데요. 제 동생도 조사를 받고 있습니까?"

유일민은 다급한 마음을 그대로 드러냈다.

"동생? 왜, 걱정되나? 염려 말어, 미성년자는 제외니까."

수사관은 법의 윤리성을 퍽 잘 지키는 것처럼 말했다. 그러나 그건 조사할 가치가 없으니까 제외한 것일 뿐이었다. 자신은 동생보다 훨씬 어린 나이인 중학생 때부터 경찰서에 끌려다녔었다.

"자아, 7월 1일부터 진술해."

수사관이 앉음새를 단단히 하며 펜촉에 잉크를 찍었다.

두 달이라고 하더니 갑자기 보름이 더 붙어났다. 그러나 유일민은 말 한마디 할 수가 없었다. 한 달이 더 붙어났다고 해도 그건 수사관이 마음 내키는 대로 하는 일이었다.

유일민은 굳이 기억을 되살리려고 애쓸 것도 없이 나날의 생활을 이야기하기 시작했다. 그만큼 생활이라는 게 무미건조하고 변화가 없었다.

막히는 것 없이 풀려가던 진술이 방학이 되어 보름 동안 집에 내려갔던 대목에서부터 막히기 시작했다. 눈초리가 더욱 날카롭게 곤두선 수사관이 자꾸 말을 막거나 되묻고 캐묻고 했다.

"이봐, 얼렁뚱땅 발라 맞추려고 하지 말어. 혼자 머리 좋은 척했다가 큰코다치는 수가 있어. 진술이 일치해야 된다 그 말이야."

수사관은 얼굴만큼 냉혹하게 협박했다. 진술의 일치란 어머니도 수사받고 있다는 뜻이었는데, 유일민으로서는 그건 너무 괴로운 협박이었다. 어머니가 또 고초를 당하고 있다고 생각하면 유일민은 정말 더 살고 싶지 않은 고통으로 전신이 비비 꼬였다.

수사관의 추궁에 했던 말을 다시 또 하고, 자세하지 못하다는 지적에 시시콜콜한 이야기까지 다 하며 유일민은 빠작빠작 진땀을 흘리고 있었다. 목이 너무 타서 물 한 잔이 간절했지만 그 말을 꺼내지도 못했다. 진술을 하면서 목타는 기색을 자꾸 보였지만 수사관은 아무 반응이 없었다. 그 눈치 빠른 수사관이 그걸 모를 리가 없을 텐데 계속 묵살해 버리는 것은 그것 자체를 일종의 고문으로 사용하고 있다는 것을 유일민은 뒤늦게 깨달았다.

유일민은 그동안 서동철을 두 번 만났던 것은 진술에서 빼버렸다. 그 말을 했다가는 손수 주먹패를 만들어 설치고 있는 서동철을 경찰에 밀고하는 꼴이었고, 더구나 같은 성분의 자식끼리 결속하고 있다는 의심을 사 새로운 말썽이 될 소지가 있기도 했다. 가까스로 두 달 반의 진술을 끝냈다. 유일민은 머리가 어질어질한 가운데 몇 시쯤 되었는지를 전혀 가늠할 수가 없었다.

"아, 이거 벌써 9시 반이 됐나. 이거 미안하게 됐군. 저녁 대접할 걸 잊어버려서. 뭘 먹겠어?"

얼핏 손목시계를 본 수사관이 기지개를 켜며 물었다.

"별로 생각 없습니다."

유일민은 정말 전혀 식욕이 없었고 배가 고프지도 않았으며, 그 말은, 다 끝났으면 어서 보내달라는 뜻이기도 했다.

그때 문이 벌컥 열렸다.

"부장님, 이거 죄송합니다. 깜빡 잠이 들어서 그만."

한 남자가 꾸뻑거리며 책상 옆으로 다가섰다. 두꺼운 어깨가 떡 벌어졌고 인상이 험상궂었다.

"됐어. 이 학생 저녁 시켜주고, 변소에 데리고 갔다가 와."

"예, 뭐가 좀 잡혔습니까?"

"별로……."

"이새끼 이거 대가리 좀 좋다고 오리발 까는 것 아닙니까? 호되게 몇 바퀴 돌려야 되지 않겠어요?"

"이봐, 내가 시키기 전까지는 절대 딴짓할 생각 말고 이거나 다시 꼼꼼하게 확인해."

수사관이 엄하게 말했고,

"예, 그러지요 뭐……." 어깨 벌어진 남자가 머쓱해져 뒷머리를 긁적이고는, "야, 일어나, 썩은 물 빼야지" 하며 유일민의 의자 다리를 툭 찼다.

유일민은 몸이 한정없이 가라앉는 것을 느끼며 그 남자를 따라 변소로 갔다. 집으로 돌아갈 수 없다는 낙담이 걷잡을 수 없도록 의식을 허물어뜨리고 있었다.

유일민은 변소로 들어가기 바쁘게 수도꼭지를 틀어대고 물을 벌컥거리기 시작했다. 숨차게 물을 들이켜다 말고 가슴 아릿하게 슬픔이 솟아올랐다. 그렇게 허겁지겁 물을 마시고 있는 자신의 꼴이 너무 서글프고 비참하게 느껴졌다. 그 남자가 지켜보고 있는 것을 의식한 탓인지도 몰랐다. 유일민은 수도꼭지에서 입을 떼고 말았다.

"새끼, 애비 팔자 그리 타고나서 좋은 대학만 다니면 뭘 해."

어깨 넓은 남자가 담배연기와 함께 내뱉은 말이었다.

"……."

유일민은 심한 모독감을 느끼는 동시에 어머니를 떠올렸다.

"부모 팔자가 반팔자라는데……."

이런 일을 당할 때마다 어머니가 탄식처럼 토해내다가 그치고 마는 말이었다. 어머니가 삼켜버리곤 했던 말을 그 남자가 한 셈이었다.

그래, 애써서 좋은 대학만 나오면 뭘 하겠느냐. 난 거대한 수레바퀴 아래 깔려 죽는 개미새끼인지도 모르지······.

유일민은 평소에 언뜻언뜻 했던 생각을 또 하고 있었다. 공산주의와 자본주의라는 거대한 두 개의 수레바퀴는 경쟁적으로 굴러가고, 자기 체제를 강화하기 위해 서로가 적을 가차없이 무찔러대는데, 자신은 그 거대한 수레바퀴 아래 깔려 죽는 한 마리 개미에 지나지 않을지 모른다는 생각이었다.

오줌이 잘 나오지 않았다. 기운을 썼지만 오줌은 찔찔거리고 요도 끝이 매웠다. 오줌이 덜 나온 무지근한 느낌인 채로 유일민은 변기에서 물러났다. 혼자라면 정말 더 살고 싶지 않은 절망감에 눌리며 다시 그 남자를 따라 시멘트복도를 걸었다.

"밤샘해야 하니까 많이 먹어둬."

야전용 침대에 걸터앉은 남자가 담배연기를 풀풀 날리며 말했다.

책상 위에는 곰탕 한 그릇이 덩그러니 놓여 있었다. 숟가락을 들긴 했지만 유일민은 전혀 식욕을 느낄 수가 없었다. 이런 상태에서도 먹어야 한다는 것이 마치 짐승이 되어버린 것처럼 굴욕스럽고 처참했다.

"살아야 한다, 이것저것 다 참고 견디며 살아 있어야 이기는 거이다."

이런 어머니의 말이 어서 밥을 뜨라고 재촉하고 있었다.

이긴다는 것이 무엇일까……. 그건 어떤 대상이나 목적을 두고 하는 말이 아니라 자식들을 실망이나 좌절에서 구하려는 모성의 힘이고 의지였으리라. 어머니……, 어머니는 이런 상황일수록 더 억세게 밥을 잡수실 건데…….

유일민은 밥을 떠서 입에 넣었다. 목이 아프도록 넘어가는 것은 밥이 아니라 눈물이었다. 평소에도 어머니만 생각하면 눈물이 나오려고 하는데, 어머니도 이런 상황에 처해 있을 것을 생각하니 가슴 가득 눈물이었다.

억지로 먹으려고 애를 썼지만 유일민은 곰탕을 반도 먹지 못하고 숟가락을 놓았다. 어깨 넓은 남자는 새로운 수사관으로 잠시의 틈도 주지 않고 자리를 옮겨 앉았다.

"자아, 처음부터 다시 진술해."

"예에……?"

"귀먹었어!"

수사관은 버럭 소리치며 책상을 걷어찼다.

유일민은 다시 두 달 반 전부터 이야기하기 시작했다. 똑같은 이야기를 되풀이해 가면서 이것도 사람 사는 것인가 하는 굴욕스러운 회의감에 빠져들고 있었다.

"야, 야, 이새끼 너 순 구라 풀고 있잖아. 넌 술도 통 안 마신다 이거야?"

"예, 그럴 돈이 없습니다."

"뭐야? 친구들한테 얻어 마시는 일도 없다 그거야?"

"예, 가정교사 하느라고 어울릴 시간이 별로 없습니다."

"하 이거……, 계속해."

수사관은 몸집과 인상에 비해 전 수사관과 별다를 것 없이 치밀하고 예리했다. 조금만 이상하다 싶으면 꼬치꼬치 캐고 들거나 윽박질렀다.

"얌마, 넌 빠구리도 안 트고 살아?"

"……?"

유일민은 어리둥절했다.

"이게 어느 나라 국민이야, 이거. 아, 종3 같은 똥치들하고 한 번도 안 붙었느냐구."

"예, 그럴 돈도 없습니다." 귓등으로 듣기로는 그 돈이 하룻밤에 3천 환이라고 했다. 그 액수는 자신에게 엄청난 거금이었다.

"아서라 말어라. 손 고생만 죽어라 시켰다 그거지. 계속해."

또 목이 타드는 고통에 시달리며 12시가 넘어서야 확인 진술이 끝났다.

"일어나. 변소 갔다 와야지."

또 새로 나타난 수사관이 말했다.

지치지 말아야지. 어머니는 나보다 훨씬 더 많이 당했는데. 어쩌면 지금쯤 구타당하고 있는지도 몰라…….

유일민은 소변을 보면서 지치고 있는 자신을 일깨웠다. 오줌 줄기는 여전히 시원치 않았다.

"너, 정신 똑바로 차리고 처음부터 다시 진술해."

유일민은 다시 이야기를 되풀이하기 시작했다. 이런 상황 속에서 이미 사람이기를 포기했고, 어머니가 아버지를 만나고도 자신에게 숨겼을 리가 없는 터에 아무 쓸모도 없는 두 달 반 동안의 이야기를 백번이라도 더 반복해 줄 수 있다는 오기가 돋아오르고 있었다.

세 번째 반복 진술이 끝난 것은 새벽 4시경이었다. 다시 변소를 다녀와서 네 번째로 진술이 되풀이되었다. 그동안 야전침대에서 코를 골며 자고 일어난 어깨 넓은 남자가 조서를 넘겨받았다.

"졸지 말어. 졸면 이게 날아가."

그 수사관은 책상 위의 검도봉을 번쩍 치켜들었다.

네 번째 되풀이가 끝난 것은 아침 8시 30분쯤이었다. 시간의 흐름은 수사관들의 대화로 알게 되었다. 다시 곰탕 그릇을 받았지만 유일민은 또 반도 먹지 못했다. 시험공부로 밤샘을 할 때와는 전혀 다른 피곤으로 몸이 허물어져 내리고 있었다.

9시쯤에 첫 번째 수사관이 나타났다.

"뭐 좀 추가사항이 있었나?"

"머리가 좋아서 우릴 물먹이는 건지 어쩐지 쪼로록 빈틈이 없습니다."

어깨 넓은 수사관이 불만스러운 투로 대답했다.

"됐어. 빨리 확인 작업 시켜."

"삥삥이 한 번도 안 돌려보구요?"

"시키는 대로 해. 수사 마무리가 급해."

어제 그 형사들에게 인계된 유일민이 첫 번째 따라간 곳은 다름

아닌 자신의 자취집이었다. 두 형사는 조서를 넘겨가며 주인여자에게 꼬치꼬치 캐묻고 확인해 나갔다. 주인여자는 두려움에 떨며 자꾸 유일민을 흘겨보았다. 유일민은 미안하고 부담스러워 그 눈길을 피해 먼 하늘만 바라보고 있었다.

"저 학생이 무슨 잘못을 저질렀길래 이래요?"

확인이 다 끝나자 마침 주인여자가 물었다.

"아주머니도 정신 바짝 차리고 어떤 수상한 자가 이 학생을 찾아오면 즉시 신고하도록 하시오. 이 학생 아버지가 이북으로 넘어간 자요."

"어머머 그, 그럼……."

주인여자는 소스라치며 두 손으로 황급히 입을 가렸다.

유일민은 눈을 질끈 감으며, 이 집에 더 살기는 틀렸다는 생각을 했다.

두 번째로 찾아간 곳이 남천장학사였다. 학교공부보다 고등고시에 더 몰두하고 있는 이규백과 김선오는 제각기 방을 지키고 있었다. 사건 내용을 알게 된 그들은 주인여자만큼이나 얼굴이 질렸다. 그런 그들은 자기들과 만났던 사실을 정확하게 확인해 주지 않고 얼버무리거나 발뺌하려는 기색을 드러냈다.

그 당혹감과 그 참담함……, 유일민은 자신의 눈을 의심했고, 끝내는 자기가 먼저 눈길을 돌렸다. 모두 뿌리치고 떠미는 힘에 밀려 자기 혼자뿐이라는 고립감에 유일민은 견딜 수 없는 한기를 느꼈다. 선배들이 이럴 수가 있는가……, 그 절망의 깊이는 끝도 없이 깊었다.

세 번째 목적지로 가면서 유일민은 간첩죄가 얼마나 무시무시한 것인지를 자기자신에게 일깨우려고 애썼다. 목숨을 좌우하는 것, 죽음 그 자체……, 그 일깨움은 선배들의 입장을 이해하려는 힘겨운 노력이었다.

"세상에, 세상에, 우릴 감쪽같이 속이고, 우린 공산당이 철천지 원순데, 나가요, 당장 나가!"

식모의 연락을 받고 달려온 임호태의 어머니는 부들부들 떨며 소리쳤다.

유일민은 진정 미안함을 느끼며 고개를 들지 못했다. 그러나 아무 말도 하지 못하고 그 집을 나왔다. 큰길로 나올 때까지 호태와 채옥의 얼굴이 자꾸만 겹쳐지고 있었다.

사실 확인을 마치고 다시 그곳으로 돌아간 것은 오후 7시경이었다. 또다시 보충 수사가 시작되었다. 또 꼬박 밤을 새웠다.

첫 번째 수사관이 10시쯤 나타났다.

"그동안 수고했어. 자네나 가족을 위해 천만다행이야."

유일민은 가방을 들어올릴 기운이 없어서 잠시 멍하니 앉아 있었다. 그 말을 듣는 순간 마음에는 불빛이 번쩍 일었는데, 반대로 몸은 와르르 허물어져 내렸던 것이다.

유일민은 동생의 학교 쪽으로 발길을 돌렸다. 동생의 학교가 가까웠고, 한시라도 빨리 안심시켜야 했다.

……아버지, ……아버지, 제발, 제발 내려오지 마세요. 만나서

당하는 비극보다 만나지 않고 그냥 그리워하며 사는 게 훨씬 낫습니다. 그리고 아버지, 북에서는 왜 자꾸 사람들을 내려보내는지 모르겠어요. 사회주의 혁명을 위해선가요? 그건 남쪽을 너무 모르고 하는 일입니다. 6·25를 겪고 난 남쪽 사람들은 공산당이나 사회주의를 너무 무서워하고 싫어합니다. 나라에서 감시하고 처벌하기 때문이라고 생각하면 큰 오산입니다. 6·25를 통해 북쪽에 원한을 가진 사람들이 너무 많고, 대부분의 사람들이 전쟁의 공포에 시달리며 공산당을 싫어한다는 걸 잊어서는 안 됩니다. 이런 상황에 사람들을 내려보내 무슨 효과를 보자는 겁니까. 여기 있는 가족들만 더더욱 비참하게 만들 뿐입니다. 2년 전에 있었던 일입니다. 한 월북자 가족이 감시와 시달림에 견디다 못해 외딴섬으로 떠났습니다. 그런데 몇 년 뒤에 그 월북자가 내려와 그 섬까지 찾아갔습니다. 결국 경찰에 발각되었고, 그 사람은 항복을 하지 않고 총질을 해대다가 가족과 함께 여섯 명이 몰살을 당했습니다. 이게 도대체 뭡니까. 이런 무모한 짓을 왜 합니까. 최근에는 현직 차관의 동생이 내려와 형의 자수 권유를 안 듣다가 결국 형의 신고로 체포된 사건이 있었습니다. 4·19는 독재정권을 물리치려는 것이지 사회주의를 하자는 것이 아닙니다. 그런데 왜 남파되는 사람들이 부쩍 늘어나고 있습니까. 그런 오해를 해서는 안 됩니다. 아버지, 제발 내려오지 마십시오. 그냥 그리워하며 살게 해주십시오.

20

고단한 삶

내리 석 달을 비구름 한 번 볼 수 없는 하늘이었다. 개울도 다 말라붙어 송사리들이 배를 뒤집고 죽고, 개울가의 풀들마저 시들시들 꼬여들고 있었다. 그러니 논이란 논들은 쩍쩍 갈라져 거북등이 된 지 오래였다. 8월 말까지만 해도 농부들은 벼포기가 타드는 것을 막으려고 온갖 발싸심을 다 했다. 불볕 속에서 무자위를 밟아 물을 퍼올리는 것은 말할 것도 없었고, 밤마다 모기떼에 뜯겨가며 용두레질이나 쌍두레질로 밤을 밝혔다. 그러나 그런 애면글면한 몸부림도 둠벙에 물이 있거나 물길을 찾아 새 둠벙을 팠을 때까지 뿐이었다. 개울물마저 말라붙는 지경에 이르면 농부들은 벌건 하늘을 올려다보며 낙담하고 메마른 논두렁을 치며 탄식할 수밖에 없었다. 산봉우리마다 기우제 지내는 푸른 연기가 피어오른 것도 8월 말까지였다. 마지막 기대였던 기우제의 효험도 없이 9월 가뭄이 더 극심해지자 농부들은 지칠 대로 지쳐 탄식마저 잃어버렸다.

"아, 요것이 무신 변괴랴. 샘물도 요리 바닥이 나니 하늘이 쌩사람꺼정 다 보타 죽일 작정 아니라고?"

"금메 말이시. 연 이태럴 워찌 요리 고랑탕얼 믹이는지 몰르겄네 웨. 작년에넌 물이 망허게 허등마 금년에넌 가뭄으로 망허게 허니 말이여."

"참말로 예삿일이 아니랑께. 묵을 물도 요리 보타드는 판이니 올 삼동에 우리 다 굶어죽게 생겼네."

"음마, 태평시런 소리 허고 앉었네. 시방 쭉쟁이만 걷게 생겼는디 삼동언 무신 삼동 타령이여. 찬바람 일기 전에 다 굶어죽을 판잉마."

"글씨, 그렇탕께로. 우리가 무신 몹쓸 죄럴 졌다고. 참말로 하늘도 무심허시제."

머리에 쓴 삼베수건을 벗어 또아리를 틀며 아낙네가 짙은 한숨을 토했다. 네댓 명의 다른 아낙네들도 두레박질을 하고 물을 동이에 쏟고 하면서 너나없이 한숨들을 토했다. 그녀들의 검게 탄 얼굴은 잘 먹지 못해서 꺼칠하게 메말라 있었다. 가뭄이 너무 심해 이른 아침인데도 우물가에는 촉촉한 기운이라곤 없이 둘레의 나뭇잎들도 시들거렸다.

"어이, 어이, 또 탈나 부렀구마."

빈 물동이를 인 여자가 부산스럽게 걸어오며 수선을 떨었다.

"탈언 무신 탈이여. 엊저녁에 누가 샛서방질이라도 혔능감?"

"하이고, 요 징허고 징헌 가뭄에 삭신 다 늘어져뿌렀는디 가운

뎃다리 슬 남정네가 있어야 서방질이라도 허제."

"얼랴, 그 무슨 방자놈 헛방구 꾸는 소리여. 남자야 백지장 한 장들 기운만 있어도 그것 헌다는 말 듣지도 못혔어."

"음마, 염병덜 헌다. 그 야그 나옹께 꿀 본 개미새끼덜맹키로 다덜 신짝을 벗어붙이네 그랴. 빈속에 기운덜도 좋다."

"하이고, 공자님 가운데 토막이 여그 있네 그랴. 그 야그 나오면 부처님도 웃는다는디 워째 초 치고 그려?"

"잉, 이 사람이야 본시 춘향이 찜쪄묵을 열녀 아니시여."

"힝, 얌전헌 개 부뚜막에 먼첨 올라가고, 소문난 열녀 똥구녕으로 호박씨 까는 법이여."

"하면, 하면. 그 속맘얼 쪼개봤으니 알어 뒤집어봤으니 알어. 깨 쏟아지게 재미럴 봤어도 사리살짝 뒷물혀뿐 담에야 냄편이 알 것이여, 경찰서장이 알 것이여."

"워메, 참말로 염병덜 하고 앉었다 와. 가뭄으로 땅이 타는 판에 염치라고는 읎이 요것덜 밑은 추져지는 모냥인디, 요것은 또 무슨 변괴랴아."

"큭큭큭큭……."

"히히히히……."

한바탕 입장단을 맞춘 그녀들은 서로 허물없이 웃음을 나누었다.

"근디 탈언 무신 탈이랑가?"

"말 안 혈랑마. 넘 말에 짐 다 빼뿔고 나서는."

"안 할러면 냅둬부러. 그만헌 말에 짐빠질 일이면 벨라 큰 탈도 아닌갑는디.”

“어따, 들어보도 않코 척척 삼천린디, 참 잘난 판관이시. 어지께 고리채 낸 배샌이 밤중에 깨끔허니 야반도주 혀부렀어. 요래도 큰 탈이 아니여?”

“머시여? 배샌이? 고리채럴 을매나 냈는디?”

“아이고메 으쩌끄나! 우리 보리쌀 두 되도 날라갔능갑네.”

“누구, 누구헌티 고리채럴 냈는디?”

아낙네들의 관심은 일제히 그 사건으로 쏠렸다. 농사가 영 가망 없어 앞날 걱정이 태산인 그들 형편에 고리채를 내서 밤중에 온 식구가 감쪽같이 고향을 등졌다는 것은 큰 관심거리가 아닐 수 없었다. 공동우물을 먹는 신세인 그들도 고리채에 걸리지 않은 사람이 거의 없었고, 살림이 궁색하기는 배 서방네나 별다름이 없었다.

“아조 단단허니 작심허고 고리채럴 냈구만 그랴.”

“배샌네가 그간에 땡겨다 쓴 고리채가 솔찮을 것인디, 을매나 손에 쥐고 떴을랑고?”

“근디, 그 식구 델꼬 워디로 갔을꼬?”

“워디 도회지로 갔겄제. 도회지서 지게품을 폴아도 농새짓는 것 보담 낫다는 것이 요새 부쩍 이는 바람 아니여?”

“그려, 지게품을 폴아도 새끼덜 갤치기도 수월코, 요런 놈에 미꼬미(가망) 없는 농새짐서 해마동 느는 고리채에 치여 죽느니 그리라도 내빼는 것이 똑똑헌지도 몰르제.”

“그 뚱한 배샌이 강단진 속맘은 따로 있었구만 이. 사람 벌로 볼 것이 아니랑께."

"긍께로 열 질 물속은 알아도 한 질 사람속은 몰른다고 안 혀. 우리 남정네덜언 멀 허고 자빠졌는 제겐덜이여."

"하이고, 무담씨 짐치국 마시덜 말어. 아그덜할라 주렁주렁 딸래 갖고 낯설고 물선 타관살이 고상이 을매겄어. 어찌어찌 전딜 수만 있음사 고향땅이 질이제. 배고파 아그덜 뱃속에 회 동허고, 빚쟁이 들으면 경칠 것잉께 인자 싸게들 가드라고."

나이 지긋한 여자의 말막음으로 아낙네들은 우물가의 푸념을 거두고 제각기 물동이를 이었다.

이규백의 형수 해남댁도 물동이를 이고 우물가를 벗어났지만 다리는 후들거릴 지경으로 맥이 없었다. 남편이 험한 물길에 쓸려 저 세상으로 떠나버린 다음부터 생긴 증상이었는데, 올해 들어 살림이 더 쪼들리고 가뭄까지 겹쳐 애를 끓이게 되자 그 증상은 한층 심해지고 있었다. 그건 풀릴 길 없이 가슴에 켜켜이 쌓이기만 하는 시름이 키우는 병이었다. 또한 시어머니 앞에 전혀 내색은 못하지만 남편에 대한 그리움은 날이 갈수록 깊어지고 사무쳤다. 밤마다 짓는 속울음 속에서 외로움은 살을 훑고 뼈를 갉았다. 남편이 차지했던 하늘이 그리도 넓고, 남편이 드리웠던 그늘이 그리도 도타웠던 것을 느낄수록 홀로 남겨진 세월이 너무 막막하고 무서웠다.

남편은 아이들 셋을 흔적으로 남겨놓고 떠났지만 그 세월은 고작 7년이었다. 열아홉에 시집와서 얼떨결에 보낸 그 세월은 남편 없이 보낸 지난 1년에 비하면 너무 짧고도 안타까웠다. 몸만큼 마음도 실했던 남편은 남부럽지 않게 살 가지가지 꿈을 품고 있었다. 그래서 논에는 피 하나 피어나지 못하게 했고, 빈 지게를 지고 다니는 일이 없었으며, 술주정을 하도록 술을 마시지 않았고, 노름에 손을 댄 적도 없었다. 그리고 시어머니 눈을 피해가며 텃밭농사도 거들어주었으며, 정을 나눈 밤이면 머지않아 양단 치마저고리를 해주겠다는 약속도 했다. 양단 치마저고리를 받쳐입고, 금 쌍가락지를 끼고, 동백기름 바른 머리에 금비녀를 꽂고 친정 나들이를 가는 게 시집올 때 간직한 꿈이었다. 그 꿈이 이루어지는 황홀감에 젖어들며 남편의 품에 안겨 있을 때면 그 넓은 가슴팍은 바윗덩이 산인 월출산만큼 튼실하고 듬직했던 것이다.

그런데 남편은 허망하고도 허망하게 떠나가버리고 이제 남겨진 것은 가뭄으로 타들어가는 논바닥 같은 세월뿐이었다. 배 서방네가 끝내 야반도주를 했지만, 차라리 남편 따라 떠난 마점댁이 부러웠다.

해남댁은 물동이를 타고 흘러내리는 물을 뿌리며 고샅을 돌아섰다. 그때 어떤 남자가 불쑥 다가서며 적삼 아래로 드러난 젖을 움켜잡았다.

"워메, 엄니!"

"사람 미치게 허지 말고 나랑 도망갑시다."

지게를 진 송촌댁네 머슴의 입김이 뜨겁게 끼쳐왔다.

"나 소리질르고, 요 물 확 찌끌어뿔라요."

그의 손아귀에서 젖을 빼내려고 해남댁은 상체를 심하게 요동쳤다. 그 바람에 물동이의 물이 왈칵 넘쳐났다.

"소리질르면 누가 손핸디. 허송세월 말고 팔자 고치는 게 상수요."

넘치는 물을 뒤집어쓰는 바람에 젖을 놓친 머슴이 능글맞게 웃었다.

해남댁은 누군가 본 사람이 없나 몸이 달며 허둥지둥 걸음을 옮겼다. 누가 보기라도 해서 소문이 나면……, 생각만으로도 끔찍했다. 시어머니를 어찌 대할 것이며, 동네 입방아는 또 어찌 견딜 것인가.

그런데……, 그 머슴은 길목을 지키고 있었던 것이 분명했다. 그가 심상치 않은 눈길을 보내오고, 들길에서 말을 걸고 한 것이 벌써 몇 달 전부터였다. 그는 반공포로로 흘러들어와 머슴살이로 서른 나이를 채워가고 있었다. 서너 사람이 함께 왔다가 다른 사람들은 어디론가 떠나가고 그 혼자 남게 되었다. 그는 뿌리내리고 살겠다는 듯 이북 말씨도 차츰 고쳐갔다. 그러나 고향이 이북인 데다가 가진 것이 없는 그에게 혼인발이 설 리 없었다.

해남댁은 왼쪽 젖퉁이에 그의 화끈하던 손길이 그대로 찍혀 있는 것을 느끼고 있었다. 그리고 그에게 젖을 잡히는 순간 불두덩 저 깊이로 짜르르 일어났던 그 뜨거움도 선명하게 살아 있었다. 그런 느낌이 남편이나 시어머니에게 너무 죄스러우면서도 다리에 기운은 더 풀리고 있었다.

"시암에 물이 딸리드냐?"

너무 늦은 것을 책하는 시어머니의 말이었다.

"야아. 물은 딸리고 사람은 많고……."

해남댁은 시어머니의 눈길을 피하려고 이렇게 얼버무리며 서둘러 부엌으로 들어갔다. 다른 때 같았으면 늦은 변명 삼아 배 서방네 일을 곧바로 전했겠지만 지금으로서는 그럴 엄두를 낼 수가 없었다. 시어머니와 얼굴을 맞대하면 그 일을 금방 들킬 것만 같았다.

"그나저나 탈은 큰 탈이다. 인자 묵을 물도 그리 보타드니 모도가 산 목심덜이 아니다. 아이고, 규상이 월사금 땜세 논얼 한 마지기 폴든지 고리채럴 내든지 혀얄 것인디……."

이규백의 어머니 영암댁은 마루를 건성으로 훔치며 한숨을 내쉬었다.

"어무님, 서울 되련님헌테서는 무신 소식이 없는게라?"

논을 팔든지 해야겠다는 말에 놀라 해남댁은 엉겁결에 부엌에서 나오며 물었다. 남편은 생전에 논을 자기 육신처럼 애지중지했던 것이다.

"금메, 지 한몸 고등고시 공부허기도 피가 보를 판인디 또 무신 심으로 동상 학비꺼정 벌어 보내겄냐. 애가 탄께 말이사 그리 혔겄지만 쉰 일이 아니제. 우리 집안 필라면 갸가 어서 고등고시 합격혀서 판검사 나리가 돼야 헝께, 우리는 그간에 무신 수럴 써서라도 집안얼 어찌어찌 꾸려가야 써."

영암댁은 또 한숨을 물었다.

"근디……, 논얼 폴면……."

해남댁은 차마 남편을 입에 올리지는 못했다.

"그려, 논이 우리 목심인 것이야 다 아는디. 글안해도 사람 잡든 고리채 이자가 가뭄 들자 하늘 높은지 몰르고 치솟아댄께 어쨌그나 손해 덜 보는 쪽으로 차근허니 따져봐야 쓰겄다."

7부에서 8부 하던 고리채 이자는 가뭄을 타고 벌써 1할을 넘고 있었다. 다른 해 같았으면 급전을 돌리려고 돈 많은 미곡 도매상에 입도선매가 성행할 시기였다. 그러나 올해는 가뭄으로 농사가 다 망쳐져 그 길마저 막히자 사람들은 고리채로 쏠릴 수밖에 없었다.

"저어 어무님, 우리 야닯 식구 묵고사는 것이 우선에 급헌디 논도 지키고 고리채에 더 치이지 않을라면 큰 되련님이 판검사 될 때꺼정 작은 되련님이 핵교럴 잠 쉬는 것이 어쩔랑가……."

"머시여? 고런 소리 허딜 말어라. 공부는 다 때가 있는 것이고, 논얼 싹 다 폴아서라도 자석덜언 갤칠 것잉께."

영암댁은 부르르 떨듯 하며 말했다.

"아이고메 엄니이이, 엄니, 엄니!"

김선오의 막냇동생 선진이는 엉덩이를 까내놓은 채 쪼그리고 앉아 숨넘어가게 어머니를 불러댔다.

"머, 머시냐. 워째 그려?"

막내둥이의 외침에 놀란 월하댁은 부지깽이를 든 채 부엌에서 뛰쳐나왔다.

"어, 엄니……, 회, 회덩어리가……."

겁 질린 얼굴로 선진이는 앉은걸음을 치며 말을 더듬었다.

"머시여? 회가 나왔다고? 산또닝잉가 머신가 묵었응께 회 나오는 것이야 당연지사제. 머시메가 돼갖고 짜잔허게 멀 그리 놀래고 그냐. 나넌 비암헌티 붕알이라도 물린지 알었다."

월하댁은 한숨을 돌리며 막내에게 곱게 눈을 흘겼다.

"아니여, 비암보담 더 무섭단께로. 얼렁 엄니도 잠 보소."

선진이는 여전히 겁 실린 얼굴로 눈망울을 굴렸다.

"워메, 요것이 뭐시다냐!"

막내 옆으로 다가서던 월하댁은 질겁을 하며 물러섰다.

큰 감만한 것, 그것은 회충의 덩어리였다. 희읍스름한 회충들은 서로 뒤엉켜 느리게 꿈지럭거리고 있었다.

"어찐가? 비암보담 더 무섭제?"

어머니도 놀란 것에 만족한 선진이는 어머니를 올려다보며 쌕 웃었다.

"워따메, 시상에나 징허고 징혀라. 저것이 다 니 속에서 나왔다는 것이여? 글안해도 잘 묵도 못하는 속에 저런 잡것들이 들앉어 진기럴 뽈아내니 항시 히놀놀해갖고 지대로 크기럴 허냐, 지대로 피기럴 허냐, 개잡녀러 것들!"

월하댁은 저주하듯 세차게 침을 내뱉고는 돌아섰다.

"엄니, 그냥 가지 말고 저것이 전부 멧 마린지 시알라 줘야 혀."

쪼그려 앉은 선진이는 얼굴 벌겋게 힘을 쓰다 말고 다급하게 외쳤다.

"아니, 저 징하고 드런 것을 멀라고 시알라야. 국 끼레 묵을라냐?"

월하댁이 되돌아서며 어이없어했다.

"선생님이 시알라 오라고 혔어. 조사혀서 우게 보고헌다고."

"옳여, 숙제로구만. 그려, 산또닝 빼돌리지 않고 잘 믹였다는 표시로 그런 조사럴 허기넌 혀얄 거이다."

월하댁은 고개를 끄덕이며 부지깽이로 아직도 서로 뒤엉켜 꿈지럭거리고 있는 회충 덩어리를 헤집기 시작했다.

"한나, 두울……, 열시, 열니……, 시물, 시물한나……, 워메, 징허고 징혀라. 시물네 마리다. 시물네 마리!"

월하댁은 탄성인지 한숨인지 모를 소리를 토해냈다.

"화아, 시물네 마리! 나가 1등이겄다."

선진이는 감물 들인 삼베반바지를 끌어올리며 소리쳤다.

"아이고 요런 철딱서니 없는 것아! 1등 헐 것이 따로 있제. 인자 묵는 것이 살로 가고, 니 꼴이 잠 피겄다."

월하댁은 안쓰러운 얼굴로 막내아들의 머리를 쓰다듬었다.

"엄니, 나 머리가 어질어질허고 눈앞이 노란허네."

선진이는 어머니의 후줄근한 삼베치마를 붙들며 막내다운 어리광을 피웠다.

"아이고 내 새끼, 워째 안 그렇겄냐. 밥할라 굶고 두 차례나 산또닝 묵니라고 약기운에 에린 몸이 을매나 홀태질을 당했을끄나 잉. 회가 그리 어벌이 쑥 빠지게 헐 만치 독헌 약인디. 어여 가서 눴거라. 엄니가 얼렁 밥해 줄 팅게."

월하댁은 끌끌끌 혀를 차며 막내둥이의 엉덩이를 토닥거렸다.

"엄니, 금숙이 누나도 회 나왔을랑가?"

"이, 누나도 약 묵었응께 나왔겄제, 아까 통시간서 나오든디."

"을매나 나왔을랑가?"

"몰르제. 가서 물어봐라."

"나보담 많을랑가? 히히히……."

선진이는 국민학교 3학년에 어울리는 몸짓으로 까불거리며 방으로 들어갔다.

"금숙이 누나, 회 멧 마리 나왔능가?"

방바닥에 배를 깔고 엎드려 만화를 보고 있는 금숙이는 동생의 말을 들은 척도 하지 않았다.

"귀먹었능가!"

선진이는 빠락 소리치며 만화책을 뒤집어버렸다. 다 헐어빠진 만화는 박기당이 그린 『해당화』였다.

"이 머시메가 왜 또 이려?"

금숙이가 만화에 취한 멀뚱한 눈으로 동생을 쳐다보았다.

"나넌 회가 시물네 마리나 나왔는디 누나는 멧 마리나 나왔냔 말여."

"워메, 징상시럽고 드러라. 니 시방 고것 자랑허잔 것이여? 빙신이 넘세시런지도 몰르고."

동생에게 눈을 싸늘하게 흘겨댄 금숙이는 고개를 휙 돌려버렸다.

"지랄허고 있네, 가시네새끼가. 지까징 것이 6학년이면 다여? 선생님이 시알라 오라고 혔응께 그렇제."

시무룩해진 선진이는 방구석의 책보를 끌어당기며 꿍얼거렸다.

월하댁은 허드렛물을 버리려고 장독대 옆의 수채로 나오다가 사립을 들어서는 작은아들과 마주쳤다.

"멀라고 또 나갔드냐, 애만 타제. 근다고 하늘이 비 나래줄 것도 아닌디."

작은아들은 아무 대꾸 없이 텃밭 쪽으로 걸어갔다. 결국 2학기에 농고로 전학을 한 작은아들은 하루도 빠짐없이 아침마다 논으로 나갔다. 가뭄으로 타들어가는 논을 걱정하는 그 모습에서 월하댁은 문득문득 남편을 느끼고는 했다. 나이 들어가면서 얼굴이며 뒷모습까지도 그렇지만 농사에 정성을 바치는 것은 영락없이 남편 그대로였다. 작은아들의 꿈도 형과 같은 판검사였다. 그런데 농고로 전학을 하고 말았으니 그 속이 얼마나 쓰리고 아릴 것인가. 작은아들의 그런 철든 마음 씀씀이가 한없이 고맙고 대견스러웠지만 한편으로는 한없이 안타깝고 가슴 아팠다.

"엄니, 너무 속상허지 말어요. 성이 곧 판검사 되면 집안 필 것이고, 공부는 그때 가서 혀도 안 늦은께요. 우선 성이 맘놓고 공부허게 허는 것이 중허구만이라."

이런 작은아들의 말을 생각하며 월하댁의 눈길은 장독대로 옮겨졌다. 제일 큰 장독 위에 언제나처럼 하얀 사발이 놓여 있었다.

비나이다, 비나이다, 삼신님 전 비나이다. 성은 김이요, 이름은 선오, 우리 선오 하로빨리 고등고시 합격혀서 으리번쩍 판검사 되게 삼신님께서 굽어살펴 주십소사. 우리 집안에 생광이 일게 삼신님, 삼신님, 굽어살펴 주십소사.

월하댁은 또 자신도 모르게 간절하게 빌어올렸다. 그 정화수는 큰아들이 서울로 떠난 뒤로 단 하루도 빼먹은 일 없이 올려온 것이었다.

둥그런 밥상에 식구들이 둘러앉았다. 칠이 벗겨지고 흠이 많이 난 밥상처럼 반찬에서도 가난이 흐르고 있었다. 깡보리밥에 호박잎 뜯어 넣은 된장국, 고춧가루를 뿌린 시늉만 한 푸성귀 김치와 멸치젓, 간장 한 종지가 전부였다. 작은 접시에 조금 담긴 멸치젓은 그나마 작은아들 선태 앞으로 치우쳐 있었다. 계절이 지나고 있는 데다가 가뭄까지 겹쳐 텃밭의 푸성귀마저 동나는 판이었다.

"엄니, 저어……, 그 대답 낼 토요일꺼정 혀야 허는디……."

둘째딸 명숙이는 흘금흘금 어머니의 눈치를 살피며 입엣소리로 겨우 말했다.

"요 가시네가 또 그 소리여? 니 속창아리가 있나 없냐!"

월하댁이 느닷없이 소리치며 눈을 부릅떴다.

"엄니, 나도 사람이여!"

명숙이는 오히려 기를 세우며 울음 섞인 소리를 질렀다.

"누가 니보고 즘생이라고 허다냐. 언니가 작년에 고등핵교 중도서 작파허고, 작은오빠가 사내대장부 꿈 접치고 농고로 전학허는 요 화급헌 사정이 니 눈구녕에는 안 뵈냐? 가시네가 중핵교꺼정 나오면 과거급제허는 폭이제 시건방구지게 더 무신 상급핵교여, 상급핵교가. 이 에미년 낫 놓고 기역자도 몰라도 시상살이 요렇타께 잘혔다. 더 주덩이 놀리덜 말어."

말을 해가면서 차츰 성질이 돋은 월하댁은 숟가락을 든 손으로 마구 삿대질까지 해댔다.

"되얏어. 인자 죽어도 말 안 혀. 나도 졸업허먼 광주 언니헌티로 갈 것잉께 그리 알어. 목 매달어 죽었으면 죽었제 요런 촌구석에넌 안 살 참잉께."

입술을 깨무는 명숙이의 얼굴은 말만큼 다부지고 강단져 보였다.

"얼랴, 얼랴, 느그 언니도 아직 취직을 못허고 발싸심얼 허는디 니까징 것이 도회지로 나가 워쩌겄다는 것이여. 존 말 헐 직에 안 듣고 헛바람 들어 나대기만 혀봐라. 다리몽뎅이럴 작씬작씬 뿐질러 놀 것잉께."

밥만 떠넣고 있던 선태가 어머니에게 눈길을 보냈다. 그 눈짓말을 알아차린 월하댁은 하르르 한숨을 휘며 숟가락 끝에 간장을 찍었다.

젓가락을 입에 물고 군침을 흘리고 있던 선진이는 형의 눈길이 딴 데로 돌려진 틈을 타 멸치 한 마리를 냉큼 찍어왔다. 그러자 옆에 앉았던 금숙이가 동생의 다리를 질벅거렸다. 그러나 선진이는 모른 척하며 멸치를 한입에 넣어버렸다. 금숙이는 동생의 허벅지를 꼬집어 비틀었다. 선진이는 누나의 팔을 잡고 사정없이 쳐내고는 숟가락이 넘치도록 보리밥을 떠서 입에 몰아넣었다. 그때까지 입 안에 담고 있던 멸치와 밥을 씹기 시작했다. 멸치와 밥이 섞이면서 멸치젓의 짜면서도 고소한 맛이 제대로 살아나고 뚝뚝한 보리밥도 부드러워지며 달착지근해졌다. 통통하게 살찐 멸치 한 마리를 뼈가 발라지게 반으로 찢고, 그걸 다시 절반씩 나눠 김치에 걸치면 보리밥 반 그릇을 맛나게 먹을 수 있는데 누나 때문에 그러지 못한 것만 선진이는 억울했다.

선태는 여동생 명숙이의 일로 하루 종일 공부가 되지 않고 우울했다. 그건 어쩌면 자신이 겪고 있는 갈등과도 직결된 문제이기 때문인지도 몰랐다. 자신은 어찌할 수 없어 농고로 전학을 하긴 했지만 마음의 절반은 인문학교에 걸쳐진 채 우울하고 괴로웠다. 법관이 되려고 했던 꿈을 포기해야 하는 패배감이나 좌절감도 컸고, 평생 농사를 짓고 살아야 한다는 데도 자신감이 서지 않았다. 평생 고생만 한 아버지의 삶을 되풀이해야 한다는 것에 두려움이 앞섰고, 농고의 분위기도 그 두려움에 부채질을 할 뿐이었다. 대부분의 농고생들이 인문학교 학생들에게 열등감을 갖듯 자신들이 농부가 된다는 것을 암담해하거나 풀죽어 있었고, 선생들도 그저 교과서에 있는 것을 가르칠 뿐 장래에 대한 그 어떤 희망이나 자신감도 주지 못했다. 그나마 공부를 좀 하는 애들은 읍·면사무소에서 펜대를 굴리는 공무원으로 살 궁리를 하는 것이 가장 큰 희망이었다.

선태는 무거운 발걸음을 터벅터벅 옮기며 또 아버지를 생각하고 있었다. 아버지는 자식들을 가르쳐 출세시키는 일념으로 살았다. 자신이 농고로 전학을 한 것은 아버지의 그런 뜻을 그르치는 것은 아닐까……. 그러나 아버지가 살아 계신 것과 돌아가신 것에 엄청난 차이가 있었다. 아버지는 농토를 지키면서 그 일을 해냈겠지만, 아버지가 안 계신 상태에서 자식들이 계속 공부를 하자면 논밭을 차츰 팔아치울 수밖에 없었다. 아버지는 농사짓는 데 얼마나 열성이고 억척스러웠던지 논을 매면서도 놉을 사는 일이 없었고, 퇴비를 많이 해 비료를 거의 사지 않는 것으로 유명했다. 그런데 머슴이 농사를 지으면서부터는 논을 매는 데는 말할 것도 없었고 피를 뽑는 데도 놉을 사대라고 했고, 퇴비는 아예 만들지도 않았다. 그러니 농비는 몇 갑절 더 들면서 소출은 오히려 줄어들었다. 집안이 기우는 것이 빤히 보이는 데다 또 가뭄까지 겹쳐왔으니 집안 거덜나는 길로 무턱대고 갈 수는 없었다. 어머니는 힘이 부치고, 동생들은 어리고, 자신이 꿈을 뒤로 미루는 도리밖에 없었다. 아버지의 힘이 그리도 막대한 것이었음을, 아버지 없는 집안에 식구들이 얼마나 허약한 존재인가를 날이 갈수록 절실하게 느끼고 있었다.

"야, 선태야, 인자 학교 파했냐?"

김선태는 깊은 생각에서 깨어나며 고개를 돌렸다. 한동네에 사는 형의 중학교 동창인 송동주가 웃으며 다가오고 있었다.

"읍내넌 먼 일로……?"

김선태는 마지못해 웃음을 지어 보였다.

"니넌 젊은 놈이 워째 그리 맨날 맥아리 없고 근심이 까뜩헌 쌍판이냐?"

송동주가 김선태의 어깨를 툭 쳤다.

"날이 요리 개지랄인디 무신 기운 나고 웃을 일이 있겠능가."

하늘에 침이라도 뱉듯 하며 김선태는 퉁명스럽게 내쏘았다.

"어허, 농부가 되기로 맘묵었으면 그리 일희일비(一喜一悲)해서는 안 되는 것이제. 농사야 숭년 들 때도 있고 풍년 들 때도 있는 법잉께 하늘에 뜻 따라 진득허니 참고 기둘릴 줄 알아야 진짜배기 농분 것이여. 글안혀?"

김선태는 속으로 쓰게 웃었다. 송동주가 굳이 문자를 써대는 것도 귀에 거슬렸고, 농사꾼으로 도통한 척하는 것도 비위 상했다. 농고 출신인 그는 대학을 못 다닌 열등감에서 그러는지, 아니면 무식한 다른 농사꾼들에 비해 농고 출신인 것을 과시하느라고 그러는 것인지 유난히 문자 쓰기를 즐겼다. 그러나 농사꾼은 하늘의 뜻을 따라야 한다는 말은 수긍할 수밖에 없었다. 아무리 수리시설을 잘한다고 해도 저수지 바닥까지 쩍쩍 갈라지는 가뭄 앞에서는 어찌할 도리가 없는 것이 농사의 숙명이었다.

"성은 무신 존 일이 있는게비제?"

읍내 걸음을 한 것도 그렇고, 어딘가 화색이 도는 느낌도 그렇고, 김선태는 슬쩍 떠보았다.

"아니여, 존 일언 무신 존 일." 송동주는 입을 훔치고는, "니 인자 4H클럽에 들어야지야?"

그는 얼른 말머리를 돌려버렸다.

"4H클럽이 밥 믹여주간디. 나 학교에 있는 4H클럽에도 안 들었네."

무언가 숨기는 눈치가 분명해 김선태는 이렇게 것질렀다. 동네 4H클럽 회장인 그는 무슨 영문인지 회원수를 늘리려고 안달을 하며 그동안 벌써 서너 차례나 입회를 권했다.

"니 여그서 농사짓고 살라면 나 말 듣는 거이 좋을 것인디? 나가 느그 성 선오럴 봐서도 니헌티 손해날 일 권허겄냐? 쩌그 그늘에 잠 쉬었다 가자. 동백나무 그늘이 아깝다."

송동주는 네댓 그루가 벗하고 있는 동백나무 아래 주저앉았다. 김선태도 동백나무들이 드리운 짙은 그늘에 자리잡았다. 더운 철 그늘치고 가장 볼품없는 것이 소나무 그늘이라면 그 반대로 풍성한 것이 감나무 그늘이었다. 그러나 감나무 그늘이 당하지 못하는 것이 동백나무 그늘이었다. 그만큼 동백나무는 잎이 두껍고 촘촘해 그 그늘이 짙고도 깊었다. 강진에 감나무보다 많은 것이 동백나무였고, 이른 봄에 핏빛으로 피어나는 꽃과 함께 여름철의 그 그늘은 강진이 지닌 특유함이었다.

"4H클럽 들어서 존 것이 뭔디?"

"그야 차차 알게 될 것이고." 송동주는 묘하게 웃고는, "이 용개라이타 사준 년은 딴 디로 시집을 가불고. 잡년, 후회헐 날이 있을 거이다." 그는 라이터를 켜서 담배에 불을 붙였다.

'용개라이터'란 말에 김선태는 픽 웃었다. 그 라이터의 심지덮개가 꼭 남자 물건의 그 부분같이 생겼고, 용개란 용두질의 전라도 말이라 생겨난 이름이었다.

"근디, 가뭄이 요리 심헌디 나라에서 무신 방도럴 잠 안 세울랑가?"

"나라? 니 시방 자다가 봉창 뚜딜기냐? 정권 잡은 민주당 놈덜이 허는 꼬라지럴 봐라. 신파니 구파니 갈라져 서로 붕알 잡고 쌈박질 허니라고 나라가 흥허든 망허든 정신이 없는 놈덜 아니냐. 죽은 학생들만 불쌍허고, 민주당 놈덜 가망 없다. 요런 땔수록 지 실속 지가 채우는 것이 질인 것이여."

"지 실속?"

"그려, 요새 논값이 똥값 아니냐. 나 오늘 논 닷 마지기 샀다."

"엉? 닷 마지기나? 돈은?"

"둘렀제."

"고리채 내서 논을 사?"

"미쳤냐? 2부 이자다."

"아니, 그리 싼 빚돈이 어딨어?"

"긍께로 니넌 안직 철이 안 들었어야. 내년에 논값이 지자리럴 잡으면 이자 제허고도 남는 장사제. 짜아, 가자."

김선태는 송동주를 따라 일어서며 머리가 멍하고, 송동주가 전혀 딴사람처럼 보이고 있었다. 4H클럽 회장이라는 감투와, 너무 싼 이자의 빚돈과, 논장사를 하고 나선 수완과……, 그 아리송한 의문들이 뒤엉키며 김선태는 그를 얕잡아 보아서는 안 된다는 생각을 하고 있었다.

21

배신과 불신

가로수 이파리에 가을이 스미고 있었다. 초록빛이 바래 누르스름하고 불그레하게 단풍 들어가는 잎사귀들이 소슬한 바람결에 스산함을 자아냈다. 어떤 잎새들은 벌써 낙엽져 도심의 보도나 차도에 흩날리고 있었다.

나뭇잎들보다 계절의 변화를 시각적으로 더 강하게 드러내는 것이 흰색에서 검정색으로 바뀐 학생들의 교복이었다. 그리고 길거리마다 연탄 실은 마차들 오가는 게 부쩍 늘어났다. 길목길목에 자리를 잡았던 그 많은 냉차장수들은 자취를 감추었고, 군밤이나 군고구마 냄새가 어스름 깔리는 거리에 퍼지기 시작했다.

지프를 개조한 검정색 자가용에서 내린 강기수는 헛기침을 하며 호텔을 흘끗 올려다보았다. 여전히 서울에서 제일 높은 건물인 8층짜리 반도호텔의 끝은 하늘과 맞닿아 있었다.

홍, 장면이가 여길 좋아한다더니 이젠 신파놈들이 아지트로 삼는 모양이구나. 그래, 자알들 논다.

강기수는 콧방귀를 뀌며 넥타이를 고치다가 양복을 스치고 떨어지는 낙엽을 구두로 짓밟았다. 그리고 잽싸게 앞선 비서가 열어주는 호텔문으로 들어섰다. 훈김과 함께 왈칵 끼쳐온 것은 야릇한 담배 냄새였다.

아, 이 양놈 냄새!

강기수는 순간적으로 멈칫했다. 그 향 짙은 시가 냄새는 미국사람을 맞대했을 때와 같이 사람을 주눅들게 했다. 그러나 그는 자신이 미국사람을 만나러 온 것이 아니라는 생각을 하며 어깨를 폈다. 하지만 이런 거북한 데다 약속장소를 정한 상대방에게 기분이 상하고 있었다. 미국사람들이 드글거리는 이런 데보다 방석 깔고 노닥거리는 요정이 한결 운치 있고 마음 편했다.

세상이 확 달라졌으니 영어란 걸 익히긴 익혀야 되는데 말야…….

강기수는 이런 생각을 하며 커피숍을 찾아가고 있는 비서를 따라갔다. 느닷없이 해방이라는 것이 되고 미군정이 실시되었을 때 영어를 배우려고 했었다.

"봐라, 시상은 요런 것이다. 해묵은 놈이 또 해묵고, 심 있는 놈이 심 있는 놈을 지 편으로 삼는 것이여. 그렇게 양지만 골라감서 시상 요령 지게 사는 법은 어느 짝이 심 있는가 딱 종그고 있다가 판이 째였다 허면 넌 먼첨 그짝으로 찰싹 붙어야 혀. 인자 미국 시상으로 결판났응께 니넌 일본말 싹 잊어불고, 옛적에 일본말 배우든 열성으로 미국말 배와야 되야. 이 애비 시절은 다 갔어도 니 시절은 인자 새로 시작잉께로. 알겄지야?"

해방이 되고 두 달 동안 서울로 피해 있다가 무사하게 되어 집으로 돌아가며 아버지가 한 말이었다. 해방이 된 다음날부터 경찰서며 주재소는 학생과 청년들 차지가 되어버렸고, 그들의 서슬에 일본과 친했던 사람들은 피신하지 않을 수가 없었다. 아는 사람이 없는 서울에 숨어 있으면서 그만 세상이 끝장난 줄 알았다. 그런데 미군은 군정을 실시하면서 산으로 어디로 피신한 경찰이며 공무원 출신들을 찾아내 예전 자리에 다시 앉혀줄 뿐만 아니라, 승진까지 시켜주었다. 그 기막힌 새 세상 장단에 맞추려고 애썼지만 영어 익히기는 뜻같이 되지 않았다.

"강 의원님, 여깁니다. 어서 오십시오."

민주당 신파의 실력자 중의 한 사람인 정 의원이 반색을 했다.

"이거 원……."

강기수는 마뜩찮은 얼굴로 실내를 휙 둘러보고는 의자에 털썩 주저앉았다.

"마음에 안 드셔도 좀 이해하십시오. 남들 눈을 피하느라구요."

상대방은 정권을 잡은 여당의 실력자답지 않게 겸손을 보였다.

"뭐, 괜찮습니다. 그런 건 신경 쓰지 마시고……."

강기수도 사교적으로 겸손을 꾸미며 어서 용건이나 꺼내라는 투로 말했다.

그러나 상대방은 커피를 시키고 담배를 권하고 하며 뜸을 들였다. 장면 총리는 새 기강을 확립한다고 정치인과 공무원들에게 요정 출입과 양담배를 엄금하고 있는 판인데 그 직속이 권한 것은 팔말이었다. 살렘은 여자나 피우는 것이고, 켄트는 싱겁고, 카멜은 너무 짧고, 팔말은 담배답게 독하면서도 길어서 멋있다고 해서 단연 인기를 누리고 있었다.

"뭐……, 보셔서 다 아시는 일입니다만 지난 9월 말에 구파에서 20여 명, 무소속에서 10여 명이 우리 신파로 오면서 대세는 완전히 굳어진 것 아니겠습니까. 그동안 심사숙고하셨으니 강 의원께서도 그만 결단을 내려주시지요."

"……"

강기수는 상대방을 빤히 쳐다보았다. 그러나 상대방은 더 무슨 말을 할 기미가 보이지 않았다. 강기수는 그만 기분이 획 상했다. 그냥 민주당으로 옮기려고 여태껏 버티어온 것이 아니었다. 신구파 세력다툼을 이용해 주가를 올릴 대로 올려서 큼직한 자리 하나를 차지하려는 속셈이었다. 오늘 그 협상인 줄 알았더니 대세론으로 밀고 나와?

"에에 또……, 대세라 말씀하셨는데, 구파가 신당을 창당할 것은 기정사실이고, 그리 되면 장군 멍군 아닐까요. 다 아시다시피 구파 쪽에서도 우리를 귀찮게 굴고 있으니 나 혼자 어쩔 수 없고 우리끼리 다시 의논을 해봐야지요. 우리도 유권자들의 뜻이 있고 하니까……"

강기수는 성질을 부리는 대신 거만을 있는 대로 부리며 일부러 '우리'를 강조하고 있었다.

"예, 잘 알고 있습니다. 일단 들어오셔서……."

"알겠습니다. 저녁에 우리 모임이 있어서 그만……."

강기수는 상대방의 말을 자르고 벌떡 일어섰다.

"빌어먹을 자식!"

얼굴이 벌겋게 되어 호텔을 나선 강기수는 담배를 사정없이 팽개쳤다.

그 길목을 지키고 있었던지 남루한 입성의 노인네가 금세 나타나 연기 피어오르고 있는 담배를 길고 가는 막대기로 찍어 올렸다. 막대기에 묶인 펜촉에서 담배를 빼내는 노인네의 찌든 얼굴에 웃음이 피어났다. 그 담배는 미처 반도 안 탄 것이기 때문이었다.

강기수를 태운 차는 정릉으로 들어서고 있었다. 시내의 가로수와는 달리 정릉 뒷산에는 한결 곱게 단풍이 물들고 있었다. 봄은 산을 타고 오르는 데 비해 가을은 산을 타고 내려오고 있었다.

"어서 오세요, 의원님. 가을이네요."

윤 마담이 미모에 어울리는 농염한 웃음을 피웠다.

"가을이나마나. 다 왔어?"

강기수가 퉁명스럽게 내쏘았다.

"네에, 네 분이 기다리세요."

나긋한 목소리와는 달리 윤 마담은 강기수의 꼭뒤에다 눈을 흘겼다.

"이거, 판이 더럽게 돼가고 있소. 대세가 신파 쪽으로 굳어졌으니 그냥 들어오라는 배짱놀음으로 나오는 판이오."

강기수는 방으로 들어서자마자 참아왔던 화를 터뜨리듯 말했다.

"아니, 그래 뭐랬소?"

최영찬이 다급하게 말을 받았다. 그도 다시 당선이 되었지만 표차가 강기수의 4만 표에 비해 어림이 없었다. 동석한 다른 세 사람도 가까스로 턱걸이한 형편이었다. 그러다 보니 표차가 월등한 강기수가 여당과의 협상에 주도권을 잡고 앞으로 나서게 된 거였다.

"배짱에는 배짱으로 튕기는 것 아니오. 우리 힘을 과시해 주고 내가 먼저 자리를 차고 나와버렸소."

내 배짱이 어떠냐는 듯 강기수는 좌중을 둘러보았다.

"그거 참 잘하셨어요."

"암, 잘하구말구요."

"그럼요, 몸 다는 건 제놈들이니까."

그들은 한꺼번에 입을 모았다.

"그런데 말이오……, 대세가 굳어졌다는 게 꼭 공갈치는 것만은 아니잖겠소. 정치란 현실인데, 우리끼리 솔직하게 말해서 그동안 여당생활만 해온 우리가 실권도 없고 또, 야당으로 바뀔 게 뻔한 구파와는 애당초 손을 잡을 뜻이 없었던 것인데, 신파에서 우리의 이런 입장을 약점으로 공격하는 것 아니겠소. 우리 욕심을 좀 줄이고 이 시점에서 차선책을 찾는 게 현명하지 않을까 싶소."

최영찬이 강기수의 눈치를 살피며 신중하게 말했다.

"그렇기도 해요. 우리 무소속이 철통같이 단결하지 못하고 지난 월말에 10여 명이 넘어가면서 남은 우리의 입지가 약해졌어요. 더 약해지기 전에 무슨 방법을 강구해야 해요."

한 사람이 동의를 하고 나섰다.

"에에……, 최 의원님 말도 일리가 있으나, 꼭 그렇게 나쁘게 볼 것만은 아니오. 만약 우리 다섯 전부가 구파로 간다고 했을 때 신파 쪽에서 얼마나 몸이 달겠소. 다시 말해 신파의 약점도 투시해야 한다 그거요."

강기수는 한쪽으로 쏠릴 위험이 있는 분위기에 제동을 걸었다. 이들을 이용해 큼직한 자리 하나를 차지하고 싶은 욕심을 버리지 않은 채.

"그야 그렇지요. 허나 힘은 그쪽이 세고, 우린 무슨 뾰족한 수가 있어야 말이지요."

다른 사람이 걱정스럽게 말했다.

"막말로 노름도 새벽에 끗발 오르는 놈이 이기더라고 이 일도 지금이 고비요. 우리도 저쪽도 두 달이 넘게 이 일로 실랑이질하고 버팅기고 하느라고 지칠 만큼 지쳤소. 허나 우리보다 더 지치고 몸이 달아 있는 건 저쪽이오. 왜냐, 우린 저쪽 하나뿐이었지만, 저쪽은 우리 회유하랴 구파하고 쌈질하랴 상대가 둘인 데다, 이젠 구파의 분당이 명백해진 상황이란 말이오. 이 분당 사태야말로 우리의 주가를 최대한 올릴 수 있는 절호의 기회고, 또 우리가 고대했던 바로 그 기회가 아니겠소. 우린 이 막바지에서 정신 똑바로 차리고 더욱 일치단결하여 우리가 원하는 고지를 점령해야 하는 거요. 그러기 위해서 마지막 강수로 우리 모두가 구파로 간다고 위장술을 써보는 게 어떻겠소?"

"그야 밑져봐야 본전이긴 한데, 별 효과가 없으면요?"

최영찬이 고개를 갸웃했다.

"그때야 우리 요구조건을 낮춰서 우리한테 필요한 이권이나 톡톡히 챙기면서 들어가면 될 거 아니겠소."

"그거 좋은 방법입니다. 특혜 건을 하나 물어놨는데 일은 안 풀리지, 선거빚 이자는 불어나지 죽을 지경입니다."

"나도 환장하겠어요. 그리 결정합시다."

"그럼 내가 다시 한 번 몰아붙여도 되겠습니까?"

강기수는 자신의 뜻대로 된 것에 만족하며 형식적으로 물었다.

"예, 좋습니다."

"빨리 잘 좀 풀어보세요."

그들은 다같이 찬성하며 술 마실 채비를 했다.

"거 교수놈들은 왜 또 떠드나 그래."

"그까짓 것 신경 쓸 거 없어요."

한국교수협회에서는 '민주당 정부와 국회는 집권 이래로 혁명의 정신이나 국민이 지지해 준 선거의 의의를 망각하고 권력의 쟁탈을 위한 파쟁으로 시일만 허송하고 도리어 반혁명세력과 결탁하여 가고 있는 듯한 인상을 주고 있다'는 내용의 시국선언을 발표했던 것이다.

도심의 술집인데도 화단이 있어서인지 가을 풀벌레 소리가 구슬프게 울리고 있었다. 쓸쓸하고 외로운 정감이 사무치는 그 가녀린 소리를 반주 삼기라도 한 듯 어느 방에선가 〈과거를 묻지 마세요〉를 구성지게 부르는 젊은 여자의 노래가 흘러나오고 있었다. 그 영화 주제가는 한창 유행바람을 타고 있었다.

남재구는 자신도 모르게 그 멀리 들리는 노래에 귀를 팔고 있었다. 그 노래의 대상이 여자인데도 어쩐지 자신의 지나온 인생살이를 엮어낸 것처럼 느껴지며 가슴에 잠겨오고 있었다.

"……어둡고 괴로웠던 세월도 흘러……."

특히 이런 대목은 콧등이 시큰해지도록 감정을 자극했다.

"이봐, 무슨 생각하고 있는 거야. 어서 술 마셔."

한인곤이 잔을 내밀었다.

"이런, 무슨 술을 그리 급히 마시나. 속상해하지만 말고 오늘 일어난 일이나 얘기해 봐."

남재구는 축축해진 감정을 털어내며 한인곤이 따르는 술을 받았다.

"참 한심해. 내가 왜 국회의원이 됐는지 모르겠어."

한인곤이 푹 한숨을 쉬며 술주전자를 상이 울리게 놓았다.

"허! 자네 어르신 말씀마따나 배부른 소리 하고 앉았군. 그래도 만년 육군 대령보단 나을 텐데?"

남재구는 담배를 빼들며 이죽거렸다.

"말 마. 오늘 그 일 당하고 나니까 내가 국회의원이라는 게 너무 창피하고, 그동안 참아왔던 당에 대한 불만과 실망이 한꺼번에 터져오르는 게, 다 때려치우고 싶은 심정이야."

"글쎄, 그런 자네 심정 이해가 안 가는 것도 아닌데 말야, 오늘 당한 일이 신문에 난 그대론가?"

"아니야. 신문들을 보니까 그래도 국회 체면을 봐주려고 한 건지, 아니면 약게 국회 눈치를 봐서 그런 건지는 모르겠는데, 크기도 별로 크지 않고 내용도 꽤 점잖게 쓴 거야."

한인곤은 술잔을 달라고 손을 내밀었다. 남재구는 술잔을 건네며 어이없어했다.

"아니, 회의가 중단되고, 국회의장석을 빼앗기고, 연단이 엎어지고, 학생들이 의장석을 짓밟고 올라가고, 그런 것을 다 썼는데도 점잖게 써? 그럼 도대체 얼마나 심했는데?"

"한마디로 엉망진창, 우리 군대에서 흔히 쓰는 말로 개판이고 깽판이었어. 부상 학생들이 환자복이며 흰 까운을 입은 채로 목발을 휘둘러대며 파쟁 국회, 민주 반역 국회 해산하라고 외쳐대지, 분노할 대로 분노한 60여 명이 물불 가리지 않고 행동하면서 연단의 유리란 유리는 다 박살나지, 발포자들이 무죄라면 우리를 다 죽이라고 외쳐대며 유리컵을 깨서 할복을 하려고 옷을 벗어붙이지, 그걸 말리려고 쫓아나간 의원들이 휘둘러대는 목발에 맞고 쓰러지지, 모든 의원들은 말 한마디 못하고 죄인으로 고개 숙이고 앉았지, 그 창피스럽고 한심한 국회 꼴은 말로 다 할 수가 없어. 빌어먹을!"

한인곤은 술잔을 왈칵 비웠다.

"이거 좀 뭣한 말이지만, 당연히 올 게 온 거 아닌가."

"암, 당해서 싸지."

한인곤은 얼굴을 찡그리며 아랫입술을 물었다.

"정신차려야 해. 이번 사건이 장면 정권과 민주당의 위기를 단적으로 입증하는 거니까."

"누가 아니래나. 그래도 정신차리긴 글렀으니 사람 미칠 일이지."

한인곤은 또 깊은 한숨을 토해냈다.

4·19 부상 학생들이 정기국회를 열고 있는 민의원 단상을 점거한 사건은 사흘 전에 있었던 혁명재판의 결과에 분노한 때문이었다. '혁명재판'이라고 이름 붙여진 그 재판에서는 발포자 다섯 명 중에 한 명에게만 사형을 언도하고 나머지는 모두 무죄 처리를 했다. 그리고 악명 높은 반공청년단 간부들이면서 정치깡패인 네 명 중에 한 명에게만 5년형을 언도하고 나머지에게는 벌금형과 무죄를 내렸다. 여섯 달을 질질 끌어오던 '혁명재판'의 그 결과에 시민들은 다음날 즉각 데모로 응답하고 나섰다.

마산에서 재판부를 규탄하는 철야데모를 일으킨 것을 시작으로 날마다 전국의 대도시에서 데모가 격렬하게 벌어졌다. 그 기세가 두려웠던 것인지 민주당 국회의원들은 뒤늦게 '혁명정신을 모독한 법관들을 탄핵소추해야 한다', '재판관들의 정신감정이 필요하다'고 목소리를 높였다. 그 공격에 재판관들은 '특별법을 제정하지 않고 이제 와서 비난하는 것은 국회의원들의 무책임'이라고 책임을 떠넘겼다. 사태의 심각성을 알았는지 그동안 존재가 없는 것 같았던 대통령도 '그 판결은 민족정기를 무시한 것'이라며 국회에 특별법 제정을 촉구하고 나섰다. 그런 와중에서 마침내 부상 학생들이 병원을 뛰쳐나와 국회로 쳐들어가기에 이르렀다.

일부의 비판처럼 그 재판관들이 과거의 정치 부패세력과 결탁한 자들이건, 정신감정이 필요한 자들이거나 어쨌든 모든 책임은 집권당인 민주당에 있었다. 지난 총선거에서 민주당은 164석(신파 88, 구파 76)을 차지해 의석의 3분의 2 선을 넘었고, 자유당 출신 무소속은 35석, 사회대중당이 3석이었다. 국민들이 그런 엄청난 지지를 해주었는데도 민주당은 집권 두 달 반이 다 되도록 신구파로 갈려 세력다툼만 하느라고 다른 일들은 더 말할 것도 없고 혁명재판을 위해 하루가 급한 특별법조차 만들지 못하고 허송세월을 한 것이었다.

"아니 그럼, 의사당 앞에서 데모대가 시키는 대로 신구파 싸움을 중지하겠다고 악수까지 해놓고 또 싸우겠다는 거야?"

남재구가 너무 어처구니없어 하며 담배연기를 내뿜었다.

"그야 데모대의 기세에 떠밀려 어쩔 수 없이 한 거고, 그 싸움은 아무도 고칠 수 없는 고질병이야, 고질병. 내가 왜 이렇게 괴로워하는지 모르겠어? 그놈의 권력욕이라는 게 뭔지 난 도무지 이해할 수가 없어. 급하고 중한 나라 일을 산더미처럼 쌓아놓고 말야. 이런 꼴 보자고 국회의원 된 게 아닌데."

한인곤은 술을 거푸 들이켰다.

"차암, 그 간부 하는 윗대가리들은 다 귀먹고 눈멀었나? 지금 민심이 어떻게 돌아가고 있는지 그렇게도 몰라? 자유당정권만 무너지는 줄 아나. 한 번 정권을 무너뜨려본 국민은 두 번째는 더 쉽게 무너뜨릴 수 있다는 걸 알아야지."

남재구도 술잔을 단숨에 비웠다.

"그래. 젊은 의원들이 그런 식의 말을 해도 늙은이들은 마이동풍이야. 이걸 그냥 성질대로 때려치울 수도 없고 말야."

"자네, 그런 소리는 말어. 자네가 말했지. 군대 기질 버렸고, 정치는 곡선이라고. 내가 미력이나마 자넬 돕기로 한 건 생활안정 때문도 아니고 감투 때문도 아니야. 광복군 때의 그 마음으로 정치를 하겠다는 데에 감동했고, 나하고 똑같은 식으로 당한 자네가 내 몫까지 다 해서 이 나라를 바로잡는 데 일익을 담당하기를 기대했기 때문이야. 나도 자네 같은 여건이었으면 정치를 했을 테니까. 그러니 참고 기다려. 기다려야 때가 와."

한인곤은 술기운이 걷히는 긴장감으로 남재구를 응시했다. 술을 마셔서 그런지 그가 처음으로 털어놓은 속마음이었다. 여건이 같았으면 자신도 정치를 했을 거라는 말이 가슴을 찡 울리고 있었다.

"알았어, 자네 말대로 할게."

약속의 표시인 듯 한인곤은 술잔을 건넸다.

"그래, 정동진은 만나봤나?"

남재구는 말머리를 돌렸다.

"아니. 아무리 생각해도 마음이 안 내켜."

"허허, 저러고도 곡선인 정치를 해?"

"이 사람아, 생각해 봐. 내가 예편당하니까 인정사정없이 싹 외면했던 놈이 국회의원에 당선되니까 득달같이 연락을 했는데, 그게, 그게 어디 인간이야? 인간의 탈을 쓰고 어떻게 그렇게도 뻔뻔하고 교활한지, 도무지 사람들 속은 알 수가 없고, 세상 살기가 겁나."

한인곤은 고개를 내둘렀다.

"여보게, 인간이니까 그러는 거야, 인간. 대개의 사람들이 다 그렇게 약아빠지게 살지 않던가. 다 그러려니 생각하고 만나보도록 하게. 손해날 것 없으니까."

"거 무슨 소리야? 인간들 태반이 그렇더라도 친구 사이엔 그러지 말아야지. 그놈이 왜 날 다시 접촉하려는지 모르나? 내 국회의원 자리 이용해 먹자는 수작 아니냔 말야."

한인곤이 참고 있던 화를 터뜨렸다.

"자넨 확실히 나보다 순수해, 사회물을 덜 먹어서 그런지 모르지만. 자넨 지금까지도 정동진을 친구로 놓고 말하는데, 정동진은 이미 그렇지 않아. 정동진이가 자넬 이용물로 생각하는 것처럼 자네도 그렇게 작정하고 만나는 거야."

"그게 대체 무슨 소리야?"

"무슨 소리긴, 말 그대로지. 자넨 이젠 일개 대령이 아니라 국회의원이란 걸 잊어선 안 돼. 국회의원은 자기 나름대로 많은 정보망을 가지고 있어야 하는데, 정동진은 명색이 장군이고, 군부는 무시할 수 없는 또 하나의 세력 아니냔 말야. 그보다 더 좋은 정보망이 어디 또 있겠나. 적을 모르고 싸우면 백전백패지만 적을 알고 싸우면 백전백승이다, 자네 알지? 이용당해 주면서 더 크게 이용하라구."

남재구는 술잔을 들며 야릇하게 웃었다. 그러나 그 눈빛은 차고 매웠다.

"응, 그럴 수도 있겠군. 자넨 역시 훌륭한 내 스승이야."

"그 무슨 소리. 자네의 충실한 참모지."

그들은 마주보고 웃으며 술잔을 부딪쳤다.

다음날 한인곤은 국회가 법안을 처리하는 것을 보면서 또다시 놀라고 실망하지 않을 수 없었다. 국회는 그야말로 번갯불에 콩 볶아 먹듯이 부랴부랴 '민주반역자 처리 법안'을 통과시켰던 것이다. 그 신속함이 국민을 위해서가 아니라 데모를 무서워한 것이었고, 특별법이 제정되기까지 잠정적 조치이긴 하지만 법을 하룻밤 사이에 졸속으로 꾸며대는 것은 더 문제였다. 두 달 반을 허송한 무책임이나 그 벼락치기의 무책임이나 다를 것이 하나도 없었다.

"이것 참……, 이것 참……."

아무 힘도 없는 초선의원 신세의 서글픔에 젖어 한인곤은 연달아 한숨을 쉬고 혀를 차곤 했다.

"왜 그러십니까? 뭐가 마땅찮으세요?"

옆자리의 오재섭이 윗몸을 기울이며 낮게 물었다.

"글쎄, 이렇게 서둘러대면 법도 부실해지고, 국민들한테도 오히려 웃음거리가 될 수 있고, 좀 곤란하지 않아요?"

"저도 같은 생각입니다만, 이따가 끝나고 얘기하십시다."

전후 유행어인 핸섬보이답게 생긴 오재섭은 눈을 찡긋했다.

"예, 그럽시다."

오재섭은 서울대 정치학과를 나와 당 수뇌부에 속하는 어느 인사의 비서 노릇을 하다가 그 사람이 중병으로 눕자 그 지역구를 물려받아 당선된 초선이었다. 나이는 서너 살 아래지만 정치학과를 나온 데다가 국회물을 오래 먹어서 아는 게 많았고, 자신에게 색다른 호감을 보여 한인곤은 오재섭을 마음에 두고 있었다.

"정치란 마술 같은 면이 있고, 특히 기회 포착이 중대합니다. 국민이나 대중들은 순진한 관객이구요. 마술사가 연달아 실수하면 관객들이 가만히 있습니까? 특별법을 지연시킨 건 분명 잘못이고, 그걸 당장 만들 수는 없고, 국민들 마음은 급하고, 그렇게라도 임시방편을 하지 않으면 정말 수습할 수 없는 큰 위기가 닥치게 됩니다. 한 의원님이나 저나 얼마나 많은 고생을 해서 따낸 당선인데, 일도 못 해보고 밀려날 수야 없는 일 아닙니까?"

이런 오재섭의 말에 한인곤은 더 할말이 없었다.

"그나저나 이승만 때보다도 더 살기가 어려워졌다고 민심이 뒤숭숭하고, 이놈이고 저놈이고 정치하는 놈들은 다 틀렸다고 난리 아니오? 근데, 장 총리가 발표한 5개년 기본경제 발전계획이니, 농촌 고리채 정리를 한다는 농자금 방출 같은 건 말한 대로 제대로 되겠소?"

"글쎄요, 저도 걱정입니다. 곧 미국에 원조를 요청한다는데, 미국이 어쩔지……."

"남의 떡 가지고 굿하겠다는 건데, 참 아슬아슬한 줄타기요."

"예, 지금이라도 뭉쳐야 하는데⋯⋯."

그들은 함께 한숨을 쉬었다.

22

북풍이 부는 계절

"아니 여긴 어떻게 왔어?"

학교를 나서던 유일민은 너무 놀라 자신도 모르게 소리쳤다. 그 놀라움에는 뜻밖의 사람이 나타난 데다 반가움도 섞여 있었다.

"……."

임채옥은 눈물이 번지는 눈으로 유일민을 보고만 있었다. 그녀는 코트를 입은 사복 차림에 스카프를 두르고 있었다. 그 모습은 성숙한 젊은 여성이지 고등학생 티는 찾을 수가 없었다.

"어이 유 형, 애인인가? 멋진데?"

"미인인데 그래. 잘 어울려."

"학교까지 찾아오다니, 열렬하군."

같은 과 학생 네댓 명이 지나가며 짓궂게 한마디씩 던졌다.

"가지. 어, 어디로 갈까?"

유일민은 당황스럽게 말했다.

"창피하세요?"

임채옥의 또렷한 말이었다.

"아니, 아니야……, 어디로 가지?"

임채옥의 그 당돌한 말에 더 당황한 유일민은 어찌할 줄을 모르고 허둥거렸다. 임채옥의 맹랑한 태도도 그렇지만, 이런 경우에 어떻게 해야 하는 것인지 전혀 경험이 없었다.

"배고프시잖아요. 조금만 가면 빵집이 있어요."

임채옥이 걸음을 떼어놓았다.

"아니, 괜찮아……."

건성으로 대꾸하며 유일민도 걷기 시작했다.

"다 알아요. 점심 굶고 사는 거."

임채옥은 고개를 숙이고 걸으며 낮지만 분명한 어조로 말했다.

"뭐라고?"

들켜서는 안 될 것을 들킨 것처럼 유일민은 창피스러움이 왈칵 끼쳐오는 것을 느꼈다.

"창피해하실 것 없어요. 전 그런 오빠를 무시하는 게 아니라 존경하니까요. 그동안 책가방에 도시락이 든 것을 본 일이 없어요. 자취하고 고학하는 형편에 매일 점심을 사먹을 처지가 아니잖아요. 그럼 굶는 거지요."

"……."

그 순간 가슴이 먹먹해지며 유일민은 임채옥이 하나의 여자로

불쑥 다가드는 것을 느꼈다. 거기에 겹치는 또 하나의 모습이 있었다. 자신이 형사들에게 잡혀갈 때 대담하게 앞을 가로막고 나섰던 모습이었다.

"저도 일부러 점심을 굶어봤어요. 그렇지만 사흘을 넘기지 못하고 포기했어요. 그 뒤로 도시락을 먹을 때마다 아무 맛도 몰랐고, 오빠가 얼마나 훌륭한 사람인지 알았고, 성적이 안 오르는 호태가 얼마나 미웠는지 몰라요."

임채옥의 말 마디마디가 따스하고 포근한 손이 되어 자신의 가슴을 어루만지는 것을 유일민은 느끼고 있었다. 그건 어머니한테서 느끼는 것과는 또다른 안온함이고 눈물겨움이었다. 그러나 유일민은 그 야릇한 감정에서 금방 깨어났다.

내가 왜 이래! 채옥이는 안 돼. 다른 여자도 아니고 채옥이는 안 돼!

임채옥의 아버지 어머니 얼굴이 너무 뚜렷하게 떠올랐다. 유일민은 가슴 한복판으로 찬바람이 휩쓸고 지나가는 것을 느꼈다.

"호태는 공부 잘해?"

서로가 그 야릇한 감정에서 벗어나게 하고, 서로의 간격을 유지하기 위해 유일민은 의식적으로 호태를 끌어들였다.

"그 병신 얘기 묻지도 마세요. 그런 의리 없는 자식은 사람도 아니에요. 딴 말은 다 그만두고라도, 그 선생님 아니면 공부 안 하겠다고 한마디만 했으면 엄마 아빠도 기가 죽어 꼼짝을 못했을 텐데, 그 병신이 대가리에 든 게 없어서 엄마 아빠가 하는 대로……, 그런 게 동생인 게 창피해요."

가라앉았던 아까의 목소리와는 달리 팽팽해진 임채옥의 목소리에는 동생에 대한 미움이 그대로 드러나 있었다.

그 말에서 채옥이가 자신을 변호했었음을 유일민은 느끼고 있었다. 그 일로 자신을 변호한 유일한 사람……, 또 형사들 앞을 가로막던 모습이 떠오르며 유일민은 아까보다 더 진한 감정의 흔들림을 느꼈다.

"여기요, 팥빵 다섯 개하고 곰보빵 다섯 개 주세요. 빨리요."

빵집에 자리잡기 바쁘게 임채옥은 주문을 서둘렀다.

"뭘 그렇게 많이……."

"저도 배고파요."

임채옥이 얼른 유일민의 말을 막으며 생긋 웃었다. 짙은 눈썹의 눈맵시도 그렇지만 윤곽 선명한 붉은 입술이 야성적 개성을 드러내고 있었다.

"어서 빵 드세요. 물 드시구요."

빵이 오자 임채옥은 포크를 잡으려다가 물컵을 잡으려다가 손짓이 분주했다.

"딴 자리 구하셨어요?"

임채옥이 빵을 입으로 가져가다 말고 물었다.

"구해지겠지."

유일민은 빵을 씹으며 웃음지었다.

"잘됐어요. 제가 자릴 구했어요."

"뭐어?"

"다른 게 아니구요, 저하고 제 친구 둘하고 대학입시 전까지 수학을 가르쳐주세요. 그동안에 오래 있을 자리를 구하면 되잖아요. 수학만 하는 거니까 힘이 좀 덜 들 거구, 보수는 호태 가르치는 거나 마찬가지예요."

유일민은 임채옥을 물끄러미 바라보고 있었다. 목이 메어 빵이 넘어가지 않았다.

"왜 그렇게 쳐다보세요. 장소는 친구 집으로 하기로 했으니까 신경 쓸 거 하나도 없어요."

"그래, 날 위해 채옥이가 그렇게 마음 쓴 건 참 너무 고마운데, 그건 결국 어머니 아버지를 속이는 행위야. 그동안에도 속인 것이나 마찬가지가 됐는데 또 그럴 순 없지."

"어머, 오빤 우리 엄마 아빠가 너무 야비하고 인정머리없다고 생각 안 하세요? 도대체 오빠가 무슨 잘못이 있다고 그리 야박하게 해요."

"아니야, 어머니 아버지 입장에선 당연한 거야. 서운한 생각이 전혀 없진 않지만, 두 분 심정을 이해하고 있어. 죄송하게 생각하고 있고."

"아니, 그게 진심이세요?"

"그렇지 그럼."

"참, 오른쪽 뺨 때리니까 왼쪽 뺨 내미는 거네요."

임채옥은 어이가 없으면서도, 저 속 깊고 의연하고, 그러나 상처 큰 외로운 남자 유일민을 끌어안고 몸부림치고 싶은 충동에 휘말리고 있었다.

"그러니까 날 두 번 죄짓게 하지 말고 없었던 일로 해."

유일민은 임채옥의 접근을 막는 것이 급해 그 일을 냉정하게 잘랐다.

"그 친구들 부모하고 우리 엄마 아빠 전혀 모르는 사이라구요."

"그야 채옥이가 그 정도는 머릴 썼겠지. 허지만 어머니 성격에 선생이 누군지도 모르고 자식 공불 맡기겠어? 어머니가 알려고 하시면 하루아침이야. 그 얘긴 그만해."

"하긴 엄마 극성에……." 임채옥은 어깨를 부리며 한숨을 폭 쉬고는, "그럼 오빠 어떡하구요." 그녀는 울상을 지었다.

"이봐 채옥이, 똑똑히 들어. 채옥이가 그런 걱정해야 할 만큼 난약하지 않으니까 채옥이는 입시공부에나 열중해. 그리고 더 이상날 만날 생각도 하지 말어. 이거야말로 어머니 아버지한테 큰 죄짓는 거니까."

유일민은 임채옥을 쏘아보며 단호한 태도를 지어 보였다.

"네, 오빠가 그렇게 말할 줄 알았어요. 그치만 그건 안 돼요. 엄마 아빠가 오빨 맘대로 끊고 자르고 할 수는 있지만 저를 막을 권한은 없어요. 전 저의 자유대로 행동해요. 오빠를 그렇게 이상하게 보는 건 엄마 아빠의 자유고, 그렇게 보지 않는 건 저의 자유니까요. 오빠도 제 말 똑똑히 들으세요. 오빤 이제 임호태를 가르치고 돈을 받는 가정교사가 아니에요. 오빠는 자유의 몸이라구요. 오빠

맘대로 오빠의 자유를 행사하세요."

유일민보다 더 단호하게 말하는 임채옥의 눈에서는 묘한 야성의 불길이 일렁이고 있었다.

"건방지게, 어디서 읽은 걸 잘도 응용해 먹는구나. 모든 자유는 언제나 구속 속에서 존재하는 거야. 하긴 겁없이 그런 말하기 즐길 나이이기도 하지."

유일민은 일부러 픽 웃어버렸다.

"절 그렇게 어린애 취급하고 무시한다고 무슨 효과가 있을 줄 아세요? 저도 넬모레 대학생이에요. 오빠 어머님이나 제 엄마가 몇 살에 시집간 지 아세요? 제 일은 제가 알아서 해요."

임채옥은 마치 무슨 선언이라도 하듯이 더욱 강한 어조로 말했다.

"허허 참, 아주 맹랑하다니까."

마땅하게 대꾸할 말이 없어 유일민은 그만 헛웃음을 쳤다. 마치 결혼하자는 말을 들은 것처럼 당황스러웠고, 임채옥은 그런 말들을 하려고 작정하고 찾아온 것 같은 느낌이었다.

"그러니깐 앞으론 절대로 엄마 아빠 얘긴 꺼내지 마세요. 그 문젠 됐고, 이것 좀 입어보세요."

부드럽게 태도가 바뀐 임채옥은 무슨 꾸러미를 무릎 위로 올리며 상긋이 웃었다.

"그게 뭔데?"

"그렇게 싫은 얼굴 할 것 없어요. 벌써 날은 추운데 그 낡은 작업복으로 되겠어요? 아주 싸구려 군용 스키파카니까 걱정 마세요.

그치만 뜨시긴 무지 뜨시다구요. 제가 입어봤거든요. 그리고 남자다운 멋도 있어요."

"난 싫어."

정색을 한 유일민은 고개까지 내저었다.

"그리 싫으면 관두세요. 필요 없게 됐으니까 여기서 다 찢어버리겠어요."

임채옥은 정말 그걸 찢어댈 것처럼 싸늘한 기세로 변했다.

"이봐 채옥이, 날 난처하게 만들지 마. 그게 날 위하는 게 아니야. 괴롭히는 거지."

유일민은 달래듯 사정하듯 간곡하게 말했다.

"오빠 이기주의자예요. 왜 제가 괴로운 건 생각 안 하세요? 오빠가 점심을 굶는 거나 마찬가지로 추위에 떠는 것도 절 괴롭히는 거예요. 그냥 입기만 하면 되는 건데 절 그렇게 괴롭히고 싶으세요?"

임채옥의 목소리가 울먹이는가 싶었다. 그런데 반쯤 풀어헤쳐지다 만 꾸러미 위로 눈물이 뚝뚝 떨어져내렸다.

"알았어, 알았어. 울지 마, 울지 말어."

너무 당황한 유일민은 황급히 말하며 좌우를 두리번거렸다. 다행히 남들 눈에 띈 것 같지는 않았다.

"추운데 지금부터 입으세요."

임채옥은 한 손으로 눈물을 훔치며 검정물 들인 스키파카를 내밀었다.

"그래, 나가면서 입지. 그만 가자."

유일민은 복잡한 심정으로 윤기를 내고 있는 검정색 스키파카를 받아들었다.

임채옥은 재빨리 일어나 앞서 나가고 있었다. 유일민은 뒤쫓아가 임채옥의 팔을 붙들었다.

"나 초라하게 만들지 말어."

유일민은 임채옥을 쏘아보았다.

"오빠아……."

"이 정도 비상금은 있어."

"어머, 정말요?" 임채옥은 활짝 웃더니, "그 돈으로 저한테 딴 걸 사주세요, 네?" 하고는 계산대로 내달았다.

밖에는 겨울의 이른 어스름이 번지고 있었다. 바람도 쌀쌀했다.

"너무 멋져요. 이젠 됐어요, 됐어요."

억지를 써서 손수 스키파카를 입힌 임채옥은 손뼉을 치며 좋아했다.

이래선 안 되는데……, 이래선 안 되는데…….

유일민은 마음이 우울하고 무거웠다.

"우리 좀 걸어가요. 어둠은 내리고, 낙엽들은 구르고, 너무 낭만적이잖아요."

유일민은 오른손에 가방을 들고 왼손을 스키파카 주머니에 찌른 채 걷기 시작하며 낭만적이란 말을 되뇌어보았다. 서먹하고 어설프고 그럴 뿐이었다.

"전 이 계절이 젤 좋아요. 난 길 잃은 에뜨랑제, 페이브멘트 위에 눈물을 뿌리며, 한밤을 홀로 헤맨다. 낙엽을 노래한 이런 시가 얼마나 잘 어울려요."

"그렇군……."

유일민은 건성으로 대꾸하며 그 시에 돌출하고 있는 외래어에 비위가 상했다. 시에 외래어가 범람하고 있는 것도 전후의 유행 중의 하나였다.

"아유, 저 추워요."

유일민은 깜짝 놀랐다. 갑자기 주머니 속의 왼손을 잡은 것은 임채옥의 손이었다. 유일민은 그 손을 뿌리치려고 했다.

이상재와 최주한, 유일표는 토요일의 시험이 세 시간으로 끝나자마자 용산 가는 버스를 탔다. 장경식은 허진의 일이 있은 다음부터 그들과 서먹서먹해졌고, 더구나 오늘처럼 허진을 찾아가는 일에는 끼워넣지 않았다. 일본과 친일파에 대한 논쟁이 벌어졌을 때 '일본 사람이 다 나쁜 건 아니다'는 장경식의 주장에 그들은 너무 놀라고 실망했었다. 그런데 뜻밖에도 장경식의 주장에 동조하고 나서는 아이들도 몇이 있었다. '개인적으로 덕본 것을 부끄러워하지 않고 오히려 왜놈들을 두둔하는 것은 신종 친일파'라는 유일표의 공격으로 하마터면 패싸움이 벌어질 뻔했었다.

용산의 큰길가에는 그만그만한 철공소들이 잇따라 붙어 있었다. 거의가 10평이 될까말까 한 작은 규모인데도 간판은 무슨무슨 공작소라고 크게 내붙이고 있었다. 공장 안이 좁아 온갖 쇠붙이며 기계 부속품들을 인도에까지 늘어놓아 그 근방에는 사람들이 다닐 수가 없을 지경이었다. 인도에서 용접기의 불똥을 튀겨가며 용접을 하는 것은 예사였고, 쇠를 자르느라고 억센 사내들이 큰 쇠망치를 휘둘러대 오가는 사람들이 몸을 움츠리며 피하게 만들기도 했다.

그러나 더 고약한 것은 귀를 찢는 온갖 소음이었다. 쇠를 갈아대는 소리, 쇠끼리 부딪치는 소리, 쇠를 내던지는 소리, 쇠를 마구 두들겨대는 소리들이 마구잡이로 얼크러지고 설크러져 난리판굿을 이루고 있었다.

그들 셋은 그 어수선하고 소란스러운 길을 따라 부지런히 걷고 있었다. 허진이 일하는 삼흥공작소가 멀찍이 보이자 앞서 걷던 이상재가 뒤돌아섰다.

"지금 몇 시쯤 됐을까?"

"글쎄, 아직 오포 안 불었잖아."

최주한이 유일표를 쳐다보았다.

"그런 것 같은데……, 어디 물어보자."

유일표가 두리번거렸다. 그러나 오가는 사람들 중에 손목시계를 찬 사람은 쉽게 눈에 띄지 않았다.

"주인도 참 지독해. 하루에 열 시간씩 부려먹으면서 아무때나 만나지도 못하게 하고."

최주한이 가방을 추스르며 투덜거렸다.

"야, 주인이 뭐냐 사장님이시지. 너 그렇게 말했다가 그나마 면회 금지당한다."

이상재가 과장되게 어깨를 떠는 시늉을 했다.

"그까짓 게 무슨 사장, 겨우 직공 여섯 두고. 남산에서 돌 던져봐라. 머리에 돌 맞는 건 다 김가 이가 아니면 사장이니까."

"얌마, 철 지난 농담하지 마. 다섯 사람이 길을 가는데 뒤에서 김 사장 하고 부르면 전부 뒤를 돌아보는 거야. 이 정도는 돼야 신삥(새) 농담이지."

"그거나 그거나."

나날이 서울로 사람들이 밀려들고, 다양한 업종으로 사장 명함 가진 사람들이 많아지면서 유행하게 된 말들이었다.

"12시 3분 전이래. 가자, 천천히 걸어가면 딱 점심시간 되겠다."

시간을 알아온 유일표가 말했다.

그들이 삼흥공작소에 이르기 직전에 정오를 알리는 사이렌이 울리기 시작했다. 그들은 약속이나 한 것처럼 걸음을 멈추고 사이렌이 끝나기를 기다렸다. 조금이라도 먼저 얼굴을 내밀어 사장의 기분을 상하게 할 필요는 없었다.

"또 왔나!"

그들을 본 사장이 얼굴을 찡그리며 내쏘았다.

"사장님, 안녕하세요."

그들은 복창하듯 하며 모자를 벗고 깊게 절을 했다.

"진아, 그만해라."

마지못한 듯 사장이 쇳소리들 뒤엉킨 속에다 대고 소리쳤다.

쇳가루 먼지 뿌옇게 긴 공장 안에서 나온 허진의 몰골은 말이 아니었다. 다 낡은 작업복은 붉은 쇳가루 먼지투성이였고, 양쪽 볼이 패어 광대뼈가 유난히 불거져 보이는 메마른 얼굴에는 먼지에다 검은 기름때까지 여기저기 묻어 있었다.

"가자, 밥 먹게."

유일표는 억지로 웃으며 허진의 팔을 끌었다.

"나 도시락 싸왔는데."

"그건 집에 가지고 가서 먹어. 요새는 안 쉬니까."

유일표는 더 세게 허진을 끌어당겼다.

그들은 가까운 중국집으로 뛰었다. 30분인 점심시간을 아껴야 했다.

"여기 짜장면 곱배기 넷이오."

앞장선 이상재가 중국집으로 들어서며 소리쳤다.

"너 일이 너무 힘들구나."

지난번보다도 더 상한 허진의 몰골을 바라보며 유일표의 얼굴이 일그러졌다.

"아니, 괜찮아. 기술이 많이 늘었어."

손톱 밑마다 검은 때가 박힌 손으로 물컵을 들며 허진이 웃었다.

"월급은 좀 올랐니?"

이상재가 가방을 뒤적이며 물었다.

"몇 달 됐다고. 너무 불경기라고 우리 사장님 맨날 화를 내는데."

"이거 기말고사 시험지야. 오늘 시험이 끝났거든."

이상재가 가방에서 꺼낸 시험지들을 허진에게 내밀었다.

"매번 고마워."

시험지를 받는 허진의 목소리가 잠기는 듯했다.

"고맙긴 야. 친구간에 그런 소린 하지도 말어."

허진을 볼 때마다 속이 상하는 유일표는 화가 난 듯한 얼굴로 퉁명스럽게 말했다.

"우리도 틀린 어려운 문젠 뒤에다 풀어놨어."

최주한이 말하는데 자장면이 나왔다.

"빼갈이나 콱 마셔버렸으면 좋겠다."

양쪽 손에 든 나무젓가락을 자장면에 푹 찌르며 유일표가 내뱉었다.

이상재와 최주한은 같은 심정이라는 듯 무거운 얼굴로 자장면을 뒤섞고 있었다.

그들은 억척스럽게 자장면을 먹어대기 시작했다. 면발이 끊어질 새 없이 입으로 몰려 들어가고 있었고, 아무도 말을 하려는 기미를 보이지 않았다. 면발이 입으로 들어가고, 씹히고, 목으로 넘어가는 것이 동시에 이루어지고 있는 셈이었다. 단무지며 양파쪽도 면발을 비집고 용케도 입으로 들어갔다. 그런 억척스러운 식욕도 무서웠지만, 그 먹는 기술은 가관이 아닐 수 없었다. 그들은 물을 두 컵씩 들이켜고 나서야 어깨를 뒤로 젖히며 포만감에 찬 웃음을 나누었다.

"어때, 동생은 잘 다니냐?"

유일표는 손등으로 입술을 훔치며 물었다.

"참, 지난달에 야간학교에도 들어갔어. 부지런하게 일 잘한다고 회사에서 한 시간씩 일찍 퇴근시켜 주기로 했거든. 모두 네 덕이야."

허진의 얼굴도 목소리도 밝아졌다.

"새끼, 그 소리 하지 말라니까."

허진에게 눈총을 쏘는 유일표의 얼굴에도 밝은 웃음이 피어났다. 유일표는 형이 당한 그 사건 이후 처음으로 마음이 밝아지는 것을 느꼈다. 그리고 강자숙의 친구 박자영에게 정말 고마움을 느꼈다. 허진의 여동생이 그런 혜택을 받게 된 것은 일을 부지런하게 잘한 것뿐만 아니라 박자영이 힘써준 때문인 것은 더 말할 것도 없었다.

"제가 열성으로 일을 잘하면 야간학교를 다니게 해줄 수 있어. 그리고 졸업하면 정식 경리사원이 될 수 있잖아."

허미경을 자기 아버지 회사에 급사로 취직시켜 주며 박자영이 한 말이었다. 박자영은 마치 굳은 약속이라도 했던 것처럼 그 약속을 지킨 거였다. 부의금 걷기를 피했던 독일어선생에 비해 그렇게 독립투사의 가치를 알아주는 박자영이 너무 고맙고 크게 돋보였다.

"너 공부가 좀 되긴 하니?"

최주한이 조심스럽게 물었다.

"글쎄, 하려고 애는 쓰는데 저녁밥을 먹고 나면 왜 그렇게 잠이 오는지……."

허진이 어색스럽게 웃었다.

"그래, 말하면 뭘 하겠냐. 우린 힘드는 일 아무것도 안 하는데도 밤마다 잠하고 전쟁인데."

이상재가 안쓰러운 얼굴로 허진을 바라보며 고개를 주억거렸다.

"아 참, 할머니는 건강하시냐?"

깜빡 잊었다는 듯 유일표가 안부를 물었다.

"응, 막냇동생 결혼시킬 때까지 사셔야 한다면서 매일 열심히 봉투를 붙이셔. 너희들이 둘도 없는 은인이라는 말씀도 날마다 하시면서."

"참 다행이다. 할머니가 기둥이신데 건강하셔야지. 인간은 정신적 동물이니까 할머니는 틀림없이 그때까지 사실 거야."

어디서 보고 들은 유식한 말을 써먹고 싶어하는 그 나이에 어울리게 유일표는 이렇게 힘주어 말했다. 그러면서 또 부의금의 아쉬움을 떠올리고 있었다.

부의금이 좀 많이 걷혀 허진이 할머니와 함께 구멍가게라도 낼 수 있기를 바랐다. 그럼 공장에 취직하는 것보다 힘도 덜 들고 수입은 더 많으면서 독학하기도 수월할 것 같았다. 그러나 부의금은 구멍가게를 내기에 턱없이 모자랐다. 아무리 볼품없는 산동네라 해도 길가의 가게 보증금이나 월세는 너무 비쌌고 물건을 사들일 돈도 있어야 했다. 애초에 너무 크게 부린 욕심이었다. 부의금은 사글셋방을 전세방으로 바꾸는 데 그쳤다.

"세상에, 세상에, 이런 기막힌 은인들이 어데 또 있나. 가난은 나라도 구제를 못한다고 했는데, 이 어린 사람들이 글쎄, 이 은혜를 어쩌나……, 이 은혜를……."

허진의 할머니는 말을 잇지 못하고 눈물을 떨구었던 것이다.

"너희들은 데모 안 하니? 학교마다 금전비리 부정교사 무능교사 척결한다고 데모가 만발인데."

학교 소식이 궁금한 듯 허진이 물었다.

"왜, 우리 학교도 지금 뒤숭숭해. 우리 학교라고 앨범대 부정, 동하복비 부정, 졸업기념품비 부정 같은 게 없을 리 없고, 실력 없는 무능교사는 말할 것 없고 자격증이 가짜인 부정교사도 두엇 있다는 소문이야. 그래서 3학년들은 입시로 정신이 없으니까 우리 2학년이 주동이 되어 조사를 하는 중이다."

최주한이 신바람 나게 설명했다.

"이번 기회에 독일어선생 그거 몰아내야 해. 그거 실력 없기로 진작부터 소문났잖아."

유일표가 불쑥 말했다.

"그럼, 민 선생에 비하면 발음도 엉터리고 문법 실력도 형편없다고 3학년 형들이 이미 판정 내렸어."

이상재가 유일표를 보며 눈을 찡긋했다.

"근데 왜 신문들은 데모로 날이 지새느니, 데모망국이니 하며 나쁘게만 쓰는 거니? 다 할 이유가 있어서 하는 건데."

최주한이 불만을 터뜨렸다.

"너 그거 몰라? 그 문제에 대해서 한국교수협회가 발표한 시국선언 다섯 번째에서 정확하게 밝히고 있어. '현하 학원의 각종 분규는 민주세력 대 반동세력의 투쟁현상이다. 이 정권시대의 잔재를 청산

함으로써 분규의 근본원인이 제거된다.' 그러니까 그렇게 나쁘게 쓰는 신문들은 뭐라는 거냐? 바로 반동세력 중의 하나라 이거야."

유일표는 이규백 형에게 들었던 말을 그대로 옮겨놓고 있었다.

"사회의 목탁이라는 신문들이 반동세력……?"

최주한이 아리송해진 얼굴로 고개를 갸웃했다.

"가야겠다. 5분 전이다."

벽에 걸린 낡은 불알시계를 보며 허진이 몸을 벌떡 일으켰다.

"야 벌써 그렇게 됐냐. 수학시간에는 그리 지겨운 30분이."

이상재가 앞질러 나가자 그 뒤를 최주한이 급히 따라갔다. 서로 먼저 점심값을 내려는 다툼이었다.

"나 이사했다."

유일표는 허진에게 속삭이듯 말했다.

"왜? 세를 올려달래?"

"아니, 그럴 일이 있었어. 어서 가자."

유일표는 갑자기 일어난 충동을 억눌렀다. 형이 당한 그 억울한 일을 허진에게 얘기하고 싶었던 것이다. 형은 그 일을 아무에게도 말하지 말라고 했다. 그러나 그 억울함을 누구에겐가 말하고 싶은 충동이 불쑥불쑥 일어나곤 했다. 그러나 어디에서도 그 대상을 찾을 수가 없었다. 그저 텅 빈 하늘에다 대고 욕을 해댈 뿐이었다.

"허진아, 힘내."

"그래, 잘 가. 고마워."

시험지를 뭉쳐든 허진이 온갖 쇳소리 요란한 길을 뛰어갔다. 그들은 그 뒷모습을 말없이 지켜보고 있었다.

해질녘이 되자 거리를 오가는 사람들이 몸을 더 웅숭그리며 빠른 걸음을 옮기고 있었다. 추위에 쫓기는 그 모습들 중에 두툼한 외투를 입은 사람은 별로 없었다. 이규백은 빵집 구석자리에 앉아서 추위에 떠는 그 가난한 사람들의 모습을 하염없이 바라보고 있었다. 그건 영락없이 자신의 몰골이고 식구들의 행색이었다.

"야, 〈비정의 대서부〉 아주 근사하더라. 재미가 숨막힐 지경이야."

"얌마, 공갈 때리지 마. 〈서부는 내게 맡겨라〉에는 못 당해."

"야, 야, 둘 다 잘난 척 마. 서부영화는 뭐니뭐니 해도 총을 잘 쏴야 하는데, 그 맛 최고가 쿠퍼의 〈분과 노〉야. 케리 쿠퍼는 권총을 뽑아 명중시키는 데 0.5초야, 0.5초."

"새끼들, 영 유치하네. 〈센티멘탈 쟈니〉를 보고 나서 말해. 그거 아주 삼삼해."

"야, 근데 인디안새끼들은 왜 그렇게 다들 악종들이냐?"

"그러니까 다들 죽여 없애야지. 그 야만인들 참 한심해."

"그래, 인디안들은 왜 그렇게 생김들도 못생겼냐. 사람 같지가 않아."

"거 미국은 역시 멋지고 근사하지?"

"말해 뭘 해. 세계 최고의 102층짜리 엠파이어 스테이트 빌딩이 있는 나란데."

"거길 언제 가보지?"

"난 대학 졸업하면 유학 간다."

연탄난로 가까이에 자리잡은 고등학생 네댓 명이 빵을 먹어가며 거침없이 떠들어대고 있었다. 그들의 떠드는 소리를 듣지 않을 수 없는 이규백의 얼굴은 점점 심하게 일그러지고 있었다. 해마다 서부영화는 극장가에 홍수를 이루고 있었고, 그들이 입에 올리고 있는 영화들은 현재 상영되고 있는 것들이었다. 미국……, 미국……, 이규백은 자신의 의식 속에 미국이 세 가지 모습으로 투영되어 있음을 느끼고 있었다. 전시의 막강한 군사력, 전후의 잡동사니 구호물자, 그 뒤를 이어 몰려드는 문화의 태풍이었다. 그 여러 형태의 힘 앞에서 한국사람들은 주눅들고 고마워하고 최면당하면서 미국은 그만큼 찬란해지고 거대해지고 선망의 대상이 되어가고 있었다. 이규백은 그 심각성을 인식하면서도 자신의 의식 어딘가에도 미국에 대한 선망이 전혀 없지 않다는 것을 괴롭게 확인하고 있었다.

감색 비로드 두루마기에 여우목도리를 두른 여자가 빵집으로 들어섰다. 여자라면 누구나 입고 싶어 안달하는 최고 옷감 비로드로 치마저고리가 아닌 두루마기까지 해 입고 윤기 자르르 흐르는 황갈색 여우목도리까지 두른 그 여자의 온몸은 부티를 풍기고 있었다. 이규백은 그 여자가 자신과 약속한 상대인 것을 한눈에 알아보았다.

"저어, 혹시 이규백이란……."

"아 예, 벌써 와 있었군요. 앉읍시다."

그 여자는 빠른 눈길로 이규백을 훑었다. 이규백은 그 눈길을 의식하며 의자 끝에 겨우 엉덩이를 걸치고 앉았다.

"미안하지만 학생증을 좀 보여줄 수 있나요?"

"아, 예에……."

이규백은 검정물 들인 야전잠바 윗주머니에서 학생증을 꺼내 내밀었다.

몸치장보다 더 부티가 나는 희고 윤기 도는 얼굴에 도도한 기색을 드러낸 여자는 학생증을 유심히 살폈다. 이규백은 대학 면접시험 때보다도 더 힘든 기분이었다.

"법대면 고등고시 공부에 너무 치중해 좀 곤란한 것 아닌가요?"

"아닙니다. 실력 있는 법관이 되려면 기초가 되는 학교 공부를 충실히 해야 되기 때문에 고등고시는 졸업 후로 미루고 있습니다."

"으음……." 여자는 고개를 보일 듯 말 듯 끄덕이고는, "법대생은 수학이 좀 약하지 않나요? 공대생에 비해" 하며 거만스러운 웃음을 입가에 피웠다.

"죄송합니다만, 수학시험에서 틀려본 적이 없습니다."

"그런데……, 말씨가 좀 이상한데 고향이 시골인가 부죠?"

"예……, 호남입니다."

이규백은 가슴이 덜컥하는 것을 느끼며 '전라도'를 피해 '호남'이라고 했다.

"전라도로군요?"

여자의 미간이 약간 찌푸려지는가 싶더니 이내 환한 웃음을 피우며 말했다.

"잘 알았어요. 우리 사장님하고 상의해서 다시 연락하겠어요."

이규백은 해 저문 추위 속을 걸으며 자신에게 심한 혐오감을 느끼고 있었다. 어차피 일이 어긋날 바에 전라도라고 당당하게 말했어야 했다. '호남'이라고 말을 바꾸면서 한 가닥 희망을 걸었던 것일까. 결코 그렇지는 않았다. '전라도 하와이'라고 호칭으로 쓰이는 그 '전라도'라는 말을 스스로 하기가 싫었다. 그 심사는 무엇이었을까. 그 무조건적인 비칭에 대한 저항감이었을까, 아니면 전라도사람이라는 숙명을 피하고 싶어한 순간적 자기부정이었을까······.

어쨌거나 다시 연락은 오지 않을 것이다. 미간이 찌푸려지던 것이 그 여자의 진심이었고, 환한 웃음과 다시 연락하겠다는 말은 세련된 거절이었다. 벌써 서너 차례 비슷한 경우를 겪었지만, 다시 연락 온 일은 없었다.

이규백은 세상살이가 겨울처럼 춥고 살벌하다는 것을 다시금 느끼고 있었다. 고등고시가 늦어지더라도 가정교사를 해서 동생들의 학비를 벌어보려고 했었다. 강기수 의원이 알면 당장 장학사에서 내쫓길 일이었지만 집안을 받치려면 다른 방법이 없었다. 그러나 그 은밀한 계획은 뜻대로 이루어지지 않았다. 조바심은 이는데 농사를 다 망치게 된 가뭄 소식은 들려오고, 낙엽이 다 질 무렵 결국 논을 팔아야 되겠다는 어머니의 편지가 왔다. 마음만 급할 뿐 어찌할 줄을 모르고 있는데 논을 팔아서야 되겠느냐는 형수의 편지가 뒤를 이었다.

이규백이 터덕거리며 버스정류장에 이르렀을 때였다.

"도, 도둑이야, 도둑이야!"

한 여자가 뒷머리를 잡은 채 소리쳤고, 한 아이가 쏜살같이 사람들 사이를 빠져나가 골목으로 자취를 감추었다.

"내 금비녀, 내 금비녀……."

그 여자는 낭자머리가 풀려내린 채 아이가 사라진 골목으로 뒤쫓아가고 있었다.

순식간에 벌어진 그 일을 사람들은 어리둥절해서 바라보거나 심드렁하게 지나치고 있었다. 이규백도 멍한 상태에서 그 아이의 민첩함에 놀라고 있었다. 그 아이는 열서너 살이나 되었을까……, 금비녀 날치기가 많다는 말은 들어왔지만 직접 목격하기는 처음이었다. 국민학생의 스웨터를 벗겨가고, 빨랫줄의 옷들을 걷어가는 세태에서 금비녀가 날치기 대상이 되는 건 너무 당연한 일인지도 몰랐다.

부모가 무엇을 할까……, 부모가 없는 아이일까……, 그 어린 나이에 벌써……, 이런 생각에 겹쳐 어린 동생들을 생각하고 있는 자신에게 이규백은 퍼뜩 놀랐다.

이규백이 심란하게 장학사로 들어서자 다른 날과 달리 분위기가 이상했다. 모두가 큰방에 모여 목청을 높이고 있었다. 강 의원이 또 무슨 무리한 지시를 했나 생각하며 이규백은 그쪽으로 다가갔다.

"글쎄, 이건 도대체 말이 안 된다니까. 무슨 이유와 근거로 그런 자격 제한을 하나 그거야. 법을 제정하든 개정하든 납득이 전제돼야 하는 것 아니겠어."

"그렇긴 한데, 그걸 우리 힘으로 따지거나 제동을 걸 수 없으니 문제란 말야. 법대생들이 다 데모를 하고 나설 수도 없는 일이고."

"지금 우리한테 중요한 건 응시 자격을 대학 4년 이상으로 한 게 아니라 대학을 졸업하고 나서 여기에 그대로 머물 수 있느냐 없느냐 아니겠어?"

뭐, 뭐라구……?

이규백은 핑 현기증이 일어나는 것을 느끼며 비틀거렸다. 대학 졸업 이상으로 자격을 제한하다니……, 그 충격은 작년에 형이 세상을 떠났을 때보다 더 컸다. 금년 아니면 내년에는 반드시 돌파하기로 이를 앙다물고 있는 자신의 유일한 희망이 깨지는 것이었다. 이규백은 기둥을 붙들고 마루에 허물어져 내렸다.

그들은 고등고시 개정안이 국회에 상정되기 전에 미리 소식을 들은 거였다. 개정안에는 응시자의 연령을 만 30세로 제한하는 등 여러 가지 조항이 있었지만, 그들이 공통적으로 입게 된 치명상은 '대학 4년 이상의 자격을 가진 자'라는 규정이었다.

집안 형편들이 이규백이나 김선오와 하나도 다를 게 없는 그들의 궁한 주머니를 털어 술판을 벌였다. 그렇게라도 하지 않고서는 울화와 실의를 다스릴 길이 없었다. 모두 독한 소주에 취해가며 중구난방으로 정권을 욕해 대고, 의기소침해서 집안 걱정들을 하고, 앞으로의 장학사 변화에 대해 이런저런 예측들을 하다가 자정이 넘어서야 허탈하게 흩어졌다.

며칠이 지나 그 개정안은 국회에 상정되었다. 다 알고 있었으면서도 장학사의 분위기는 영하의 날씨처럼 얼어붙어 버렸다. 그들은 모두 책을 덮었고, 그렇다고 다른 방학 때처럼 눈치 보아가며 고향에 다녀올 낌새도 보이지 않았다. 그들은 온통 강 의원 쪽에 신경을 곤두세운 채 불안한 나날을 보냈다.

보름쯤 지나서 마침내 강 의원의 소집 명령이 떨어졌다.

"에, 에……, 여러분도 잘 알고 있겠지만 법이 개정됨에 따라 우리 장학사의 설립 취지에 합당하도록 체제를 개편하지 않을 수 없게 되었다. 그걸 어떻게 개편하느냐! 신학기부터 여러분에게는 장학금을 지급하고, 장학사는 졸업생에 한하여 숙식할 수 있도록 운영할 것이다. 그런고로 여러분은 이에 차질 없이 만반의 대비책을 세우도록!"

그들에게는 날벼락이 아닐 수 없었다. 그러나 그들로서는 말 한마디 할 수가 없었다. 그냥 나가라고 해도 할말이 없는 처지인데 그 대신 장학금을 준다고 하지 않는가. 물론 학비보다 숙식비가 더 많이 드는 게 문제였다.

그러나 장학금까지 받고 있었던 이규백이나 김선오 같은 경우는 이만저만한 타격이 아닐 수 없었다.

하필 날씨까지 추워 고갯마루를 넘고 있는 그들을 향해 영하 10도의 삼각산 북풍이 휘몰아쳐 오고 있었다.

23

겨울 밤벌이

"물건은 물건대로 안 나가고, 수금은 수금대로 안 되고, 이거 사람 미치고 환장할 일이야. 뭐 하나 돼먹는 게 있어야 말이지. 이놈이고 저놈이고 데모하는 놈들은 다 미친놈들이야. 세상 뒤엎으면 금방 살판날 줄 알았겠지만 이 꼴이 뭐야, 이게. 이놈에 불경기가 6·25 때 뺨치는 판이니 장면인지 짜장면인지 그건 도대체 뭘 하고 있는 물건이야. 그래도 역시 이승만 대통령 때가 좋았어. 나 요새 쥐약 먹고 죽기 일보 직전이니까 다들 며칠만 더 기다려."

사장은 얼굴을 잔뜩 구겨가며 이렇게 말을 쏟아내고는 돌아서 버렸다. 그는 결국 마지막 말 한마디를 하려고 앞에다 긴 사설을 붙인 셈이었다.

공원들은 울상이 된 얼굴로 서로를 쳐다보았다. 하나같이 말라 굵주림이 내밴 꺼칠한 그들의 얼굴에는 실망의 빛이 가득했다.

"공장장님, 어떻게 좀 해보세요. 다 안 되면 반이라도 줘야지 이러다가 우리 굶어죽어요. 지난번에도 며칠만이라고 하더니 보름을 넘겼고, 이제 와서 또 며칠이라고 하는 게 한 달로 밀려가게 되면 어찌 되겠어요. 우리 같은 것들한텐 누가 돈 빌려주지도 않고, 구멍가게 외상도 하루이틀이지, 그런 형편 공장장님도 잘 아시잖아요."

재봉틀에 앉은 여자가 재단대 앞에 서 있는 남자를 향해 말했다.

"글쎄 말이야, 나도 죽을 지경인데 이걸 어쩌면 좋지. 불경기 땜에 그렇다는데 무조건 돈 내라고 어거지를 쓸 수도 없고, 그렇다고 어디 딴 데로 옮겨갈 수도 없고, 나도 참 골치 아프네."

공장장을 겸하고 있는 재단사는 귀에 꽂고 있던 꽁초에 불을 붙이며 얼굴이 구겨졌다.

그 말을 들은 공원들의 얼굴은 더 침울하고 어두워졌다. '딴 데로 옮겨갈 수도 없고' 하는 말에 그들은 기가 꺾이고 있었다. 그 말은 공장장 혼잣말이 아니라 여기가 맘에 들지 않으면 딴 데로 옮겨가라는 뜻일 수도 있었다. 공장장은 똑같은 공원이 아니었다. 재단사 위에 얹혀진 그 감투가 말하듯 그는 어디까지나 사장의 편이었다.

"반달 치가 안 되면 반에반달 치라도 어떻게 좀 해주세요. 외상이 안 되는 것도 있잖아요."

재봉사가 천 조각을 두 손으로 잡아뜯으며 말했다.

"알았으니까 빨리들 퇴근해. 벌써 10시가 다 됐잖아."

공장장의 서두르는 손짓을 따라 그들은 비좁은 공장에서 빠져나갔다. 재단 보조 하나를 뺀 일곱은 모두 여자였다. 어느 공장이나 재단사들은 전부 남자였고, 그 보조들도 여자라고는 없었다. 그 건 무슨 법칙인 것처럼 철저하게 지켜지고 있었다. 손재주 좋은 여 자가 아무리 재단사가 되고 싶어해도 그 손에 가위가 쥐어지지 않 았다. 식당의 주방장을 여자가 넘볼 수 없는 것과 마찬가지였다.

"아이 추워. 벌써 한겨울이네."

"글쎄 말야. 우리 같은 가난한 것들 죽이려고 또 겨울이 왔지."

그들은 밖으로 나서며 왈칵 끼쳐오는 냉기에 몸들을 움츠렸다.

"난 이쪽으로 가요. 내일 봐요."

재단 보조가 여자들 틈바구니에서 어서 벗어나려는 듯 인사했다.

"응, 잘 가."

그보다 윗자리인 두 재봉사가 인사를 받았고, 다른 여자들은 몸 을 웅숭그린 채 손인사를 하는 둥 마는 둥 했다.

"아유, 저 군고구마 냄새! 사람 환장하게 하네."

누군가가 불쑥 말했다.

"누가 아니래. 뜨끈뜨끈한 저것 후후 불어서 하나만 먹었으면 소 원이 없겠다."

누군가가 추위에 떠는 소리로 얼른 말을 받았다.

초겨울 추위를 가득 품고 있는 밤 10시의 거리에는 푸른 불빛을 내는 카바이드등들이 줄지어 서 있었다. 경찰의 단속이 없는 밤을 타고 벌이에 나선 행상 리어카들이었다. 카바이드를 작은 양철 물 통에 담아 불을 켜는 그 카바이드등의 불빛은 시큼한 냄새와 함께 푸른 색조를 띠면서 화려하게 밝았다. 리어카 위의 좌판을 넉넉하게 비출 수 있는 그 불빛들은 가로등 빈약한 거리에 빛을 조금씩 보태면서 겨울 도시의 야경을 꾸미고 있었다. 그런데 푸른 색조 탓인지 어쩐지 카바이드 불꽃들은 이상하게도 슬프고 애잔한 느낌을 자아냈다.

"아이구, 그런 말 뭐 하려고 해. 기운 빠지고 배만 더 고파지지."

다른 목소리에 짜증이 섞여 있었다.

"그래, 어서 집에 가서 저녁을 먹는 게 상수지 뭐."

또다른 목소리가 말을 받았다.

"오늘 기분도 그렇지 않은데 내가 많이는 못 사고 따끈한 풀빵 하나씩만 먹고 가자. 빈속에 덜 추울 테니까."

아까 공장장한테 항의했던 재봉사가 내놓은 말이었다.

"어머, 언니 돈 있어?"

"돈은 무슨. 외상 소 잡아먹는 거지."

"언니 최고야."

"그래, 역시 우리 언니야."

그만그만한 아가씨들이 금세 생기가 돌아 손뼉을 치며 외쳤다. 나삼득의 딸 윤자도 그들 속에서 손뼉을 치고 있었다.

그들은 우르르 단골 풀빵장사를 찾아갔다.

"아줌마, 우리 하나씩만 외상 먹었으면 좋겠는데."

그 재봉사가 풀빵장사를 쳐다보며 미안한 듯 쑥스러운 듯 웃으며 눈치를 보았다.

"왜, 아직 월급 안 나왔어? 전번 것도 있는데."

풀빵장사 얼굴이 안 좋아졌다.

"네, 걱정 마세요. 이 전묘숙이 아줌마 돈 떼먹겠어요. 다 똑같이 가난하고 불쌍한 처지에. 아줌마, 글쎄 오늘이 약속 날이거든요. 근데 불경기라고 또 며칠 기다리래잖아요. 그러니 얘네들은 맥 빠지고, 날은 이리 썰렁하게 춥고, 어쩌겠어요, 내가 풀빵이라도 하나씩 사먹여 보내야지."

"그래, 그 맘이 고맙구먼. 그나저나 왜 이리 살기 힘들어지는지 모르겠어. 풀빵장사도 잘 안 되니 말야."

풀빵장사가 익숙한 솜씨로 밀가루 반죽을 빵틀에 부으며 시름겹게 말했다.

"어머, 풀빵까지도 잘 안 팔려요? 세상이 왜 이러는지 모르겠네요."

전묘숙이 머리칼을 쓸어넘기며 혀를 찼다.

"모를 것 뭐 있어? 나라 잘못 다스려서 그렇지. 난 무식해서 속 깊은 데까지는 잘 모르지만, 여기 나앉아서 사람들 말 귀동냥해 보면 다 정치 잘못한다고 욕하고 난리들이야. 그 유식하고 잘난 사람들은 귀도 없나 몰라. 자아, 구워지는 대로 어여 하나씩 먹어."

말을 하면서도 풀빵장사의 손놀림은 잽쌌다.

"근데 말야, 공장장은 우리 모르게 월급 받아 챙긴 것 아닐까?"

또 하나의 재봉사가 전묘숙에게 물었다.

"글쎄 말야, 나도 그런 생각을 안 해본 게 아닌데……, 만약 그렇더라도 우리가 그걸 어쩌겠어. 사장하고 공장장은 어차피 한통속이니까 우린 그런 건 모르는 척하고 그저 공장장만 물고 늘어질 수밖에 없어. 이나마 취직하고 싶은 사람들이 많으니까 사장한테 직접 따지고 들 수는 없잖아."

"참 큰일났어. 시골에서는 왜들 그리 몰려드는 거야. 서로 죽이는 것인 줄도 모르고."

그들은 함께 한숨을 쉬었다.

풀빵은 재봉사들부터 차례로 집어들었다. 그 차례는 공장에서의 직위 순이었다. 잠심부름꾼에 불과한 시다 윤자는 또다른 시다 하나와 군침을 삼켜가며 마지막 순서를 기다리고 있었다. 점심을 굶고 물로 채운 속에 저녁까지 늦어 이제 배가 고프다 못해 속이 쓰리고 아렸다. 언제나 집으로 돌아갈 때는 너무 배가 고파 속에서 쓴물이 오르면서 허리는 접히고, 눈앞이 어질어질하는가 하면 귀에서 모기 우는 소리가 울리기도 했다. 공장장까지 아홉 중에서 점심을 먹는 건 서너 사람뿐이었다. 월급을 많이 받는 공장장이나 재봉사들은 보리밥이나마 도시락을 싸왔지만 나머지 보조나 시다들은 쫄쫄이 굶었다.

윤자는 두 손을 모아 풀빵을 받아들었다. 뜨거운 풀빵의 감촉을 느끼는 순간 입 안에서는 신침이 지르르 흘러나왔다. 윤자는 국화 모양의 풀빵을 들여다보며, 이게 붕어빵이라면 얼마나 좋을까, 하고 생각했다. 풀빵은 국화빵과 붕어빵 두 가지가 있었다. 그런데 붕어빵은 국화빵보다 배가 컸다. 그러나 붕어빵은 별로 구경할 수가 없었다. 어쩌면 값이 비싸 사람들이 잘 사먹지 않는 탓인지도 몰랐다.

"근데 말야, 뻐스 요금, 전차 요금이 진짜 두 배로 오를래나?"

"오른다고 말 나왔으면 오르겠지. 진짜 미쳤어. 그런 걸 올리면 딴 물가 다 따라 오르고, 그러니까 정치 잘못한다고 욕 바가지로 먹는 거지. 서민들 죽어나는지 모르고."

"배 터지게 잘사는 것들이야 뻐스 안 타고 다니는데 30환이나 60환이나 그게 돈으로 뵈겠니. 이젠 뻐스 타기도 글렀다. 얘들아, 기분 잡치는데 풀빵 하나씩 더 먹어. 전묘숙이가 기마이(기분낸다는 일본말) 쓰는데 이 강금녀라고 기죽을 수 있어."

"와아 —."

아가씨들이 환성을 지르며 다시 손뼉을 쳤다.

그들은 풀빵 두 개씩을 달게 먹고 한 바가지의 물을 돌려가며 나누어 마신 다음 헤어졌다. 나윤자는 살 것 같은 기분으로 집을 향해 잰걸음질을 치기 시작했다. 서울에 올라온 다음부터 점심을 먹을 꿈도 꾸지 않은 것처럼 취직을 하고 나서 공장에 오가면서도 버스라고는 타본 적이 없었다. 가면서 30환, 오면서 30환, 날마다 60환씩을 없애면 한 달 벌이 절반 가까이나 까먹는 셈이었다.

풀빵을 얻어먹고 보니 나윤자는 두 재봉사가 더욱 부러워졌다. 그녀의 꿈은 자신도 어서 재봉사가 되는 것이었다. 재봉사가 되면 일도 하루 종일 종종걸음을 치지 않고 편히 앉아서 할 뿐만 아니라 월급을 지금보다 대여섯 배나 더 많이 받게 되었다. 월급을 그렇게 많이 받으면 첫 번째로 풀 소원이 있었다. 세 끼 밥을 실컷 배부르게 먹고 사는 거였다.

나윤자가 어두운 움막촌의 비탈길을 더듬어 올라 집의 거적문을 들쳤을 때는 통금 예비 사이렌이 울릴 즈음이었다.

"아이고 욕봤다. 얼렁 묵어라."

졸음 찬 눈으로 봉투를 붙이고 있던 갈포댁이 차려놓은 밥상을 재빨리 딸 앞으로 옮겨놓았다.

밥상은 언제나처럼 보리밥에 된장국, 김치 한 가지로 더는 나쁠 수 없도록 궁기가 흘렀다. 나윤자는 허겁지겁 밥을 퍼넣기 시작했다.

"월급 주다냐?"

벽에 등을 기대고 졸고 있던 나삼득이 언제 잠이 깼는지 느닷없이 물었다.

나윤자는 놀란 눈으로 아버지를 쳐다보며 고개를 저었다. 그녀의 입에는 볼이 미어지도록 밥이 들어 있어서 말을 할 수가 없는 형편이었다.

"오늘도 안 줘? 워째서?"

나삼득이 눈을 부라리며 버럭 소리질렀다.

그 서슬에 나윤자는 삐쩍 마른 목을 길게 빼며 밥을 꿀떡 삼키고는 다급하게 입을 열었다.

"요새 장사가 안 돼야서 그렇게 메칠 더 기둘리라고라."

"또 메칠이여? 고런 호로새끼 보소. 사람을 아칙보톰 밤늦께꺼정 쎄빠지게 부려묵고 월급이라고는 뺑아리 눈물맨치 줌스로, 그것도 아까와 뒤로 밀치고 또 밀치고 혀? 베룩에 간얼 빼묵제, 있는 놈덜이 사람 잡는단 말이여. 그 사장놈도 삼시세끼 괴기반찬에 사시사철 쌀밥만 묵고 사는 놈 아니냔 말이여. 요런 개잡녀러 새끼럴

넬 당장 쫓아가서 패대기럴 쳐뿌러야겄다!"

나삼득은 기세 드세게 소리쳤고,

"음마, 아부지! 글면 아부지 잽혀가고, 나는 쫓겨나고……"

나윤자는 아버지를 바라보며 울상이 되었다.

"이봇씨요, 울컥 울떡증 난다고 되도 안헐 소리 되나캐나 허지 말고 딸년 밥이나 편히 묵게 허씨요."

갈포댁이 딸의 등을 쓰다듬으며 남편에게 눈을 흘겨댔다.

"그려, 밥 꼭꼭 씹어 찬찬히 묵어라." 나삼득은 머쓱해져 신문지 쪽에 담배를 말기 시작하며, "참말로 돈이란 것이 머시다냐. 그 종이쪼가리에 그림 그려놓은 고것이 뭣일 끄나. 고것만 있음사 처녀 붕알도 사고, 산 호랭이 눈썹도 뽑아오게 헐 수 있응께 고것이 요물치고는 상요물 아니겄어. 근디 고것이 위째 있는 놈덜헌테넌 더 잘 붙고, 없는 놈덜헌테넌 씨가 몰르는지 몰라. 참말로 각다분허고 염병헐 놈에 시상이여." 그는 중얼거리며 굵게 만 담배에 불을 붙였다.

국은 말할 것도 없고 김치까지 깨끗하게 먹어치운 나윤자는 비로소 배부른 기색으로 잠이 든 두 동생 곁으로 다가갔다. 그리고 옷을 갈아입었다. 누더기를 걸친 그녀는 주저앉더니 이내 피그르 쓰러졌다. 꼭 거짓말처럼 그녀는 잠이 들어버렸다.

"그나저나 복남이가 얼렁 제대럴 혀야 어찌 잠 심이 피도 필 것인디……"

나삼득이 한숨 섞인 담배연기를 짙게 내뿜었다.

"몰르겄소, 갸가 무신 심이 될라는지. 갤친 것이 있기럴 허요, 무신 기술이 있기럴 허요. 염병허고, 재수 없는 놈은 뒤로 자빠져도 코가 깨지드라고, 군대에 끌려갔으면 넘덜맹키로 차 모는 부대에 떨어져 운전허는 기술이나 배와갖고 나오면 바로 큰 돈벌이 허고 좀 좋은 일이여. 근디 면회 한 분 못 가보게 최전방서 북쪽에 총만 종그고 있다가 나오면 포수질을 혀묵을 수도 없는 일이고, 고것을 워디다 써묵겄소. 또 지게꾼 시킬 수도 없고."

갈포댁이 신문지에 연방 풀칠을 하며 한숨을 쉬었다.

"거 무신 재수대가리 없는 소리여!"

나삼득이 버럭 소리를 질렀다.

"와따, 기차 화통 삶아묵었소? 아그덜 놀래 경기 들게 더 크게 소리 질르씨요. 배운 것도 기술도 없는 신센디 나가 워디 틀린 말 혔소?"

갈포댁은 마뜩찮은 얼굴로 눈을 흘겼다.

"말이 씨 되는 법이여. 씸벅씸벅 입 놀리덜 말어. 군대밥 묵는 것도 촌놈때 벗는 것인디 지게꾼이 머시여, 지게꾼. 워디고 공장에 파고들어가 기술 익혀 기술자가 돼야제. 멫 년 공짜배기로 일얼 혀주고라도 기술 안 배우면 앞으로 시상 못 살아가."

"금메, 고것을 누가 몰르요? 고것이 말 허디끼 쉴털 안헝게 걱정이제."

"고런 걱정은 말어. 자꼬 생겨나는 것이 공장잉게. 복남이는 그 이름 턱 허니라고 앞길이 잘 열릴 것이여. 어렸을 적에 팽이고 썰매고 맹그는 것을 보면 손재주도 제법 있고 말이시."

"그리만 됨사 을매나 좋겄소. 우리도 옛말 이름서 한판 걸판지게 사는 날이 와야 헐 것인디."

"그려, 살다 보면 오겄제. 인자 그만 자세."

통금 사이렌이 먼 메아리처럼 울리고 있었다.

남편과 딸이 집을 나선 다음에 갈포댁은 행상 광주리를 부산스레 챙겼다.

"복수야, 니허고 성자 오늘 멫 부 반이라고 혔냐?"

"엄니는 왜 똑같은 말을 자꾸 묻고 그래. 5학년은 2부 수업이니까 나는 오후반이고, 2학년은 4부 수업이니까 성자는 2부 반으로 오전 11시부터 시작이라고 말했잖아. 엄니는 워찌 그리 머리가 나쁜가."

작은아들 복수는 방바닥에 배를 깔고 엎드려 책을 보면서 대꾸했다. 그의 말은 서울말과 고향말이 뒤섞여 있었다.

"저놈 말허는 것 잠 보소. 에미가 머리가 나쁜 것이 아니라 학년마동 5부 수업이니 4부 수업이니 해감서 다 달른께 아무리 머리 총총헌 사람도 고것을 워찌 다 알겄냐. 그러고 월요일마동 또 변동이 생기니 말이여."

"그러니까 엄니는 아무 걱정하지 말어. 우리가 다 알아서 할 테니까."

복수는 연필 끝에 침을 묻히며 또랑하게 말했다.

"그려, 글먼 동상 안 늦게 챙게 보내고, 니도 헛눈폴지 말고 공부 열성으로 혀. 알겄지야?"

"알어, 알어. 크게 출세혀야 헝게로."

"시건방구지게 까불대지 말고." 갈포댁은 눈을 흘기면서도 대견해하는 웃음을 짓고는, "참말로, 아그새끼덜 주렁주렁 달고 얼매나 많이덜 몰켜들면 해마동 3부제가 4부제 되고, 4부제가 5부제 되고, 공부 갤치는 시간이 그리 짧아지는고. 그리 짧게 갤치는 시능만 혀 갖고 무신 공부가 될랑가 몰라." 그녀는 근심스럽게 중얼거리며 움막을 나섰다.

움막촌 사람들은 유난히 추위를 탔다. 집들이 허술한 데다가 옷마저 헐벗은 처지였고, 막벌이도 시원찮아져 더 굶주리게 된 철이었다. 가난한 사람들에게 가장 살기 어렵고 고달픈 것이 겨울이었다. 일찍 밀려왔다가 느리게 물러나는 산동네의 겨울은 그 어느 곳보다도 춥고 길었다.

천두만은 지게를 진 채로 우체국으로 들어섰다. 남들 보기에 창피스러웠지만 어쩔 수가 없었다. 지게를 밖에 벗어놓고 일을 보았다가는 또 그때처럼 도둑맞기 십상이었다. 시골집에 돈을 부치고 나와 보니 우체국 앞에 받쳐두었던 지게가 간곳이 없었다.

"사람 참 땁땁허고 헛짐 빠지네 이. 눈 감으면 코 비가는 것이 서울이라고 안 혔어. 액땜혔다 치고 요 담보톰은 뭣이고 간에 몸에서 띠덜 말란 말이여."

나삼득이 어이없는 헛웃음을 흘리며 한 말이었다.

남의 지게는 빌리는 법이 아닐 뿐만 아니라 그냥 논두렁이나 밭두렁에 놓여 있어도 손대는 일이 없는 시골 인심처럼 생각했던 것이 잘못이었다. 지게도 고물상에 가져가면 돈이 될 물건이 분명했다.

우체국 안에 있던 사람들이 지게를 진 천두만을 힐끔힐끔 쳐다보았다. 고개를 떨군 천두만은 송금 창구로 다가섰다.

"돈 잠 보낼라는디요."

천두만은 속주머니에서 돈을 꺼내며 여직원을 쳐다보았다.

"얼마죠?"

여직원은 무표정한 얼굴만큼 딱딱한 소리를 냈다.

"예에……, 만, 만 환인디요."

천두만은 다급하게 대꾸하며 접고 또 접은 돈을 창구로 디밀었다. 그러면서, 여그서나 저그서나 요 공무원이란 잡것들은 워찌 이리 찬바람나게 도도허고 싸가지가 없는지 몰라, 하며 또 기분이 잡치고 있었다.

여직원이 재빠르게 1천 환짜리 열 장을 세어 넘겼다. 천두만은 돈이 넘어가는 시간이 너무 짧아 허망한 생각이 들었다. 그 돈을 모을 때의 힘겨웠던 일이 새삼스럽게 떠올랐다. 점심을 굶어가며 푼푼이 모으고, 잔돈이 5백 환이 차면 가게에서 5백 환짜리로 바꾸고, 5백 환짜리가 두 장이 되면 다시 1천 환짜리로 바꾸고 했던 것이다.

천두만은 여직원이 찍어준 송금환의 동그라미를 뒤에서부터 손가락 짚어가며 단·십·백·천·만 하고 몇 번씩 확인한 다음 편지봉투에 넣었다. 그리고 우표에 침을 발라 꼭꼭 누르고 또 눌렀다. 그는 이 순간이 가장 보람스럽고 떳떳하면서도 한편으로는 세상살이의 팍팍함에 맥이 풀리기도 했다.

집으로 부치는 돈은 그대로 모아지는 것이 아니었다. 그건 처자식들이 먹고살기에도 모자라는 돈이었다. 기를 쓰며 버둥거려 보았자 모아지는 돈이라고는 없이 언제나 빈손이었다. 언제까지 이렇게 살아야 하나……, 사람 한평생 산다는 것이 무엇인가……, 몸뚱이 하나 믿고 산다는 것은 결국 제 살 파먹다가 끝나는 거 아닐까……. 이런 막막한 생각을 떼칠 수가 없었다.

"어이, 아조 존 벌이가 생겼네."

며칠이 지나 나삼득이 천두만에게 속삭였다.

"워메, 가뭄에 비 소식이요 이."

천두만의 생기 도는 눈은 무슨 일거리냐고 묻고 있었다.

"고것이 말이시……, 밤에만 허는 알짜 돈벌인디, 우리 심으로 허면 하로밤에 4백 환씩은 벌 수 있는디……."

나삼득이 이상한 눈치로 말꼬리를 사렸다.

"4백 환씩? 하로 지게질로 2백 환 벌기 에로운 꼍보리 숭년에 그리 존 돈벌이가 머신게라? 보름날 찰밥허는 것도 아니고 싸게 말해 뿔제 무신 뜸얼 그리 딜이고 그요."

천두만은 군침을 삼키며 다가앉았다.

"고것이 말이시……, 내놓고 헐 일이 아넌디……, 쩌끄 청량리역 옆에 석탄이 산더미로 쌓인 디가 있는디, 그것을 사리살짝 파묵는 것이여. 그것 한 푸대에 2백 환씩 받는다는디, 우리 기운이면 한 탕에 두 푸대는 짊어진단 말이시."

"근디……, 지키는 사람이 없겠소?"

천두만은 나삼득이 뜸을 들인 이유를 깨달으며 무르춤해졌다.

"구데기 무서와 장 못 담그간디. 경비원도 새벽 두세 시에는 안 자고는 못 전디는 것잉께. 워째, 맘에 없어?"

나삼득은 턱을 치켜들며 천두만을 꼬나보았다.

"워디가요. 나야 성님이 허는 일임사 똥이라도 집어묵제라."

천두만은 마음을 다잡으며 야무지게 대답했다. 나삼득이 마음먹은 일을 거역할 수 없는 데다, 하룻밤에 4백 환의 돈벌이란 이만저만 큰 것이 아니었다.

다음날 그들은 초저녁잠을 자고 나서 한밤중에 전농동으로 갔다. 나삼득이 찾아든 곳은 허름한 판잣집이었다.

"이거 원. 단칸 셋방이라……, 좁게라도 앉읍시다."

그들을 맞이한 남자가 자는 아이들을 돌아보자 그의 아내가 세 아이를 밀어붙이며 앉을 자리를 만들었다. 그들이 무릎을 맞대고 앉아야 할 만큼 방은 비좁았다.

"돈은 틀림없이 잘 주요?"

나삼득이 담배를 말 채비를 하며 물었다.

"그럼요. 현찰 박치기 아니면 누가 그런 일 하나요. 현찰 쥐는 재미에 무서운 것도 마다 않는 것 아닌가요."

"근디, 한 푸대에 2백 환이면 작은 돈이 아닌디, 그 사람들은 얼매나 남겼소?"

"글쎄요. 거기다가 흙 섞어 연탄 찍어내는 거니까 모르면 몰라도 열 곱 장사는 안 되겠어요?"

"열 곱? 그것도 넘 등치는 알짜배기 장사시. 겨울에야 연탄이 없어서 못 팔아묵는 판에."

나삼득이 말이담배에 침을 듬뿍 묻히고 나서 짭짭 입맛을 다셨다.

"그야 별수 없지요. 우리야 그런 자본도 없는 신세들이니까."

그 남자의 대꾸에 그의 아내가 푹 한숨을 쉬었다.

"금메 말이오, 돈 없는 놈들만 복장 터지는 시상잉께. 워쩐 놈에 것이 돈이 돈 물고 돌고, 큰돈이 더 큰돈 끌어댕기는 판잉께 맨주먹인 놈들은 평상 거렁뱅이꼴 못 면허게 되야 있제라."

나삼득의 입에서도 한숨이 흘러나왔다.

천두만은, 나삼득이 그 남자를 인사시키지 않아 묵묵히 담배만 빨고 있었다. 혼자 몸이라면 배운 것 없이 지게질을 해서라도 다른 장사 밑천을 장만해 나갈 수는 있었다. 그러나 처자식이 딸리게 되면 그건 아득하게 가망없는 일이었다. 목구멍이란 무서운 것이었다. 채워도 채워도 채워지지 않는 목구멍들은 사생결단 기를 쓰며 번 돈을 아무 흔적 없이 먹어치우고는 해버렸다. 부질없는 생각인 줄 알면서도 그는 또 그 허망함을 안타까워하고 있었다.

그들은 통금 사이렌이 울리고 나서 한참이 지나 그 집을 나섰다.

"잘 챙겨. 여그다가 따뽁 채우면 두 푸대 4백 환어친께."

집을 나서기 전에 밀가루 포대보다 두 배쯤 큰 포대와 손잡이가 짧은 삽을 내밀며 나삼득이 말했다. 자신의 것까지 미리 마련해 둔 나삼득이 너무 고마워 천두만은 아무 말도 할 수가 없었다.

그들은 짙은 어둠 속을 발끝걸음으로 재빠르게 걸었다. 통행금지가 된 밤거리에는 인적이라고는 없이 추위만 가득 차 있었다. 가끔 야경꾼들이 치는 딱딱이 소리가 멀리서 들리고는 했다. 그러나 길잡이인 그 남자는 그까짓 것 아무것도 아니라는 듯 걸음을 멈추는 일이 없었다. 집집마다 순번제로 돌아가는 그 야경은 시늉뿐이라서 별로 무서워할 것이 없긴 했다.

"다 왔소. 저게 석탄더미요."

걸음을 멈춘 그 남자가 몸을 바짝 낮춰 쪼그려 앉으며 속삭였다.

천두만은 앞을 바라보았다. 눈익은 어둠 속에서 어렴풋이 드러나고 있는 석탄더미는 마치 산 같았다. 천두만은 그게 돈덩어리로 보였다. 전에도 가끔 석탄더미를 보긴 했지만 그게 바로 돈으로 보인 것은 이번이 처음이었다.

"경비를 돌 수도 있으니까 철조망 안으로 들어가면 눈 깜짝할 새에 푸대에 채워야 해요. 절대로 소리 내선 안 되고. 알았소?"

그 남자가 목이 타는 것 같은 소리로 다시 속삭였다.

"알겠소."

나삼득이 대답했다. 천두만은 가슴이 쿵쿵 울리는 소리를 들으며 어금니를 맞물고 있었다. 이런 일에 배포 크게 먹으려고 했지만 어찌 된 일인지 뜻대로 되지 않았다.

"자아, 여기가 내 구멍이니까 철조망에 옷 안 걸리게 땅바닥에 몸 바짝 붙이고 기어요. 옷이 걸렸다 하면 철조망에 매단 깡통들이 울려대니까."

그 남자는 철조망 아래를 약간 들어올렸다.

그 작은 구멍으로 나삼득이 먼저 기어 들어갔다. 천두만도 땅바닥에 몸을 찰싹 붙이고 그 뒤를 따랐다.

"이쪽으로 와요. 거기서 바로 퍼담으면 구멍을 들키게 되니까."

그 남자를 따라 석탄더미를 얼마간 돌았다.

어떻게 해서 석탄을 포대에 채우고, 다시 철조망을 빠져나오고 했는지 천두만은 정신이 하나도 없었다. 무거운 줄도 모르고 석탄 포대를 어깨에 메고 어느 집엔가 당도했다. 터가 넓은 고물상 비슷한 집이었다.

"4백 환씩 주기는 양이 너무 작은데."

흐린 불빛 아래서 몸집 큰 남자가 석탄 포대를 툭툭 차며 말했다.

"괜히 그러지 마세요. 서로 먹고사는 처지에. 이 짓도 점점 어려워진다구요."

길잡이 남자가 담배연기를 내뿜으며 퉁명스럽게 말했다.

"좋아, 첫 손님들이 생겼으니 기마이 쓰지. 담부터는 더 가득 채우라구."

4백 환씩을 받아가지고 돌아서며 천두만은 가슴이고 등이 섬뜩한 추위를 느꼈다. 이상해서 옷 속을 만져보니 축축한 느낌이 들도록 옷이 땀에 젖어 있었다.

하룻밤 4백 환의 힘에 이끌려 그들은 밤마다 어둠을 헤쳤다.

열나흘째 밤인가……, 정신없이 석탄을 퍼담고 있던 천두만은 무엇이 느닷없이 몸을 덮치는 충격을 받으며 나가넘어졌다. 몸을 일으키며 보니 석탄더미가 무너져내리고 있었다. 그는 질겁을 하며 몸을 굴렸다. 그런데 하체가 석탄더미에 파묻혔다. 그는 허둥지둥 기어서 몸을 빼냈다.

간신히 위기를 피한 천두만은 다급하게 옆을 둘러보았다. 그런데 한 사람이 석탄더미에 파묻혀 버둥거리고 있었고, 또 한 사람의 모습은 보이지 않았다. 천두만은 버둥거리는 사람의 팔을 잡아 석탄 더미에서 끌어냈다. 그리고 다시 살펴보았지만 나삼득의 모습은 보이지 않았다. 천두만의 가슴은 덜컥 내려앉았다.

"아이고메, 성님! 성님!"

천두만의 입에서 터져나온 통곡 같은 소리였다.

"죽을라고 이렇게 떠들어요."

그 남자가 천두만의 등을 쳤다.

"아이고 성님, 어딨소! 성님, 성님, 어딨소!"

통곡이 완연한 천두만의 외침은 더 커졌다.

"갑시다. 못 찾소."

그 남자가 천두만의 팔을 잡아끌었다.

"아이고 성님, 아이고 성님!"

천두만은 그 남자의 손을 뿌리치며 석탄더미로 내달았다.

그 남자는 이내 자취를 감추었고, 천두만은 통곡을 하며 두 손으로 석탄더미 여기저기를 파헤치고 있었다.

"저쪽이야, 저쪽."

두 줄기의 손전등 불빛이 천두만을 향해 곧게 뻗어오고 있었다.

24

징검다리

두부장수가 울리는 종소리가 강추위로 얼어붙은 골목을 지나가고 있었다. 사시사철 하루도 빠짐없이 아침밥 때에 맞추어 울리는 종소리였다. 그 종소리는 주부들의 아침 일손을 서두르게 하고 늦잠 자는 아이들을 깨우는 오래된 풍물이기도 했다.

"새우젓 사아려어, 명란젓."

두부장수의 종소리가 사라져가자 짝을 이루듯 새우젓장수의 목소리가 뒤를 이었다. 쉴 대로 쉬어 패이고 잠긴 그 탁한 외침은 종소리와는 달리 추위에 얼어붙어 있었다. 깊은 겨울밤에 울리는 찹쌀떡장수의 슬픈 가락처럼 그 쉰 외침에는 삶의 고달픔과 힘겨움이 서리서리 엉켜 있었다.

"언니, 언니이, 빨랑 문 열어요, 문!"

이런 다급한 외침과 함께 나무로 짠 대문이 심하게 흔들렸다. 그

바람에 초인종을 대신하고 있는 깡통이 따라 흔들리며 요란한 소리를 냈다. 초인종이 귀해 거의 모든 집들은 빈 깡통에다 자갈을 대여섯 개씩 넣어 대문에 매달아두고 있었다. 미군 부대에서 흘러나온 온갖 깡통들은 그렇게도 쓰이고 있었다.

"누구 왔어요?"

"언니, 나예요, 나. 빨랑 문 열어요. 나 얼어죽어요."

"어머, 고모! 웬일이에요, 이 추운 아침 일찍이."

한인곤의 아내는 황급히 한쪽 문에 달린 쪽문을 땄다.

"아이구, 왜 이리 추워. 사람 동태 되겠네."

쪽문을 들어서는 한인곤의 여동생 한정임은 파랗게 얼어 있었다.

"그렇잖구요, 영하 14도라는데. 춘천에서 오시는 길예요, 지금?"

"아니오, 오빠 일어나셨어요?"

"지금 한밤중인걸요."

"무슨 늦잠이에요. 오빠답지 않게."

한정임은 올케가 열어주는 마루문으로 종종걸음을 치며 올라섰다. 유리창마다 성에꽃이 가득 피어나 있었다.

"국회의원 되더니 맨날 술에 취해 통금이고 뭐고 없으니 늦잠보 될 수밖에요. 옛날 오빠가 아니에요."

한인곤의 아내가 입을 삐죽 하며 고개를 저었다.

"치이, 국회의원들이 맨날 술이나 마시고 늦잠이나 자니까 나라가 이 꼴이지. 근데 날씨가 왜 이 모양이야."

"누가 아니래요. 어서 애들 방에 들어가 몸부터 녹이세요. 신혼 재미는 좋으세요?"

"신혼 재미나마나, 육군 대위 따라 사는 게 어떤지 언니도 잘 아
시잖아요. 그것도 촌구석에서."

아직 잠들어 있는 조카들의 이불 밑에 발을 넣으며 한정임은 하
소연하듯 올케를 쳐다보았다. 그녀는 순간적으로 올케의 동정을
사두는 것도 필요하다는 계산을 하고 있었다.

"알아요. 박봉에 셋방살이에, 그 고생은 해본 사람이나 알지요."

한인곤의 아내는 시누이를 안쓰러운 눈길로 바라보며 고개를 끄
덕였다.

"그래도 언닌 시집 잘 와서 시아버지가 뒤를 봐주셨잖아요. 전
그 반대라니까요."

한정임은 동정심을 더 자극하고 들었다.

"그래요, 그 박봉으로 시집까지 도와야 할 처지면 여간 어렵지
않을 텐데. 저어……, 아버님께 좀 도움을 청하면 어떻겠어요?"

"저도 그래저래 천안에 갔다 오는 길인데 아빠도 형편이 어려운
눈치였어요. 선거 때 오빠한테 너무 많은 돈을 썼잖아요."

한정임은 한 번 더 자극을 가했다.

"어머, 천안서 오세요? 아버님 어머님은 다 무고하시구요?"

한정임은 올케가 과장된 표정 속에 감추려고 하는 경계의 빛을
놓치지 않았다.

무슨 경제적 도움을 받으려고 온 줄 아는 그 눈치에 한정임은 그
만 비위가 상했다. 그러나 전혀 내색을 하지 않고 웃음을 지었다.

"네, 다 무고하세요."

"어머, 밥 타겠어요. 좀 벗고 뉘서 몸을 푸세요. 곧 오빠 깨울게요."

방을 나가는 올케의 뒷모습을 한정임은 묘한 눈길로 쳐다보고 있었다.

한정임은 밥을 다 먹을 때까지 농담이나 하며 속말을 꺼내지 않았다. 밥상머리에서 행여나 오빠의 기분을 언짢게 할지도 몰랐고, 더구나 올케 앞에서 자신이 초라해지고 싶지 않았던 것이다. 밥상을 물리고 오빠가 담배를 피워 물자 한정임은 자리를 고쳐앉았다.

"저어……, 오빠, 양 서방 일 좀 어떻게 해주세요."

한정임은 힘겹게 말을 꺼내면서 오빠가 시집가기 전과는 전혀 다르게 타인처럼 느껴지는 기분이 들었다. 아버지한테 남편 일을 부탁할 때와는 너무나 다른 기분이었다. 부모와 형제의 차이가 이런 것인가 싶어 한정임은 가슴이 오싹해졌다.

"왜, 양 서방이 시키던?"

한인곤이 더디게 웃음을 피워내며 여동생을 빤히 쳐다보았다.

"아니에요. 그 사람 속맘은 어떤지 모르지만 그런 내색을 한 번도 한 일이 없어요. 괜히 오해하지 마세요."

한정임은 불쾌한 기색을 숨김없이 드러냈다. 아까의 거리감에다가 모독감까지 겹쳐졌던 것이다.

"그래, 대위 사모님께서 빽 쓰러 자발적으로 나섰다 그거지." 한인곤은 담배연기를 내뿜으며 씨익 웃고는, "정임아, 나도 네 맘 다안다. 허지만 군인으로 당당하게 크게 되려면 전투부대 근무 경력을 쌓아야 해. 그게 직업군인의 정도야." 그는 다정하면서도 무게 있게 말했다.

"그런 원칙이나 상식은 저도 다 알아요. 그치만 안 그러고도 출세하는 사람들이 얼마든지 있잖아요. 전 그 시골 전방에선 더 못 살겠어요."

"이런, 몇 개월이나 됐다고 그리 엄살이냐? 좀더 참고 지내라. 첫 고비 넘기면 거기도 살 만해진다."

"오빠 남 얘기하듯 하지 마세요. 남들은 없는 빽도 만드느라고 혈안이 되어 편하고 좋은 보직 찾아 떠나는 판인데 저는 있는 빽도 써먹지 못하고 생고생 사서 하라는 거예요? 오빠하고 아빠가 그렇게 떠밀지 않았으면 전 양 대위한테 시집 안 갔을 거라구요."

한정임은 울먹거렸다.

"허 참, 별소릴 다 듣겠구나."

한인곤은 헛웃음을 쳤다. 그러나 여동생의 말이 찡하게 가슴을 울리고, 전방에서 고생하고 있는 것이 안쓰럽기도 했다. 더구나 선거 때 얼굴이 새카맣게 타도록 열성을 다 바쳤던 여동생의 모습이 선하게 떠올랐다.

"이거 읽어보세요."

한정임은 손가방에서 쪽지를 꺼내 오빠 앞에 놓았다.

"이게 뭐냐……?"

　애비 보거라.

가내 두루 평안하냐. 큰 변통이 없는 범위 내에서 양 서방 일을 좀 거들어주어라.

한인곤은 그 짧은 편지에서 아버지의 육성을 듣고 있었다.

"이거 참, 대통령 빽보다 더 무서운 빽을 짊어지고 왔구나. 대학 나온 머리 잘 쓰고 있다."

한인곤은 어이없이 웃었다.

"피이, 오빠가 날 무시하니까 별수 있어요. 원리원칙만 찾아대고."

한정임은 그제서야 곱게 눈을 흘겼다.

"국회의원들이 괜히 망가지는 줄 아니? 그래, 도대체 어디로 옮겨 달라는 거냐?"

"육본이든 특무대든, 좋고 편한 자리를 오빠가 더 잘 알잖아요."

"특무대는 4·19 이후에 없어졌고, 이젠 방첩부대다."

"이름만 바뀐 것, 그게 그거잖아요."

"알았으니까 돌아가서 양 서방보고 편지하래라. 네가 또 구워삶 겠지만, 양 서방 의사가 어떤지 확실하게 알아야 하니까."

"오빠 참 답답해." 한정임은 생끗 웃고는, "이 정도로 끝나는 걸 고마워하세요. 맨날 돈 도와달라고 덤비면 어쩔 거예요" 하며 손가 방을 들고 일어났다.

"아이고, 두 번 고마웠다간 사람 잡겠다. 어서 가거라, 친정 걸음 자주 해서 좋을 것 없다."

한인곤은 웃으며 손을 내저었다. 이것이 혈육으로서 당연한 것인지, 공인으로서 부당한 것인지, 혼란스럽기만 했다.

점심나절이 되어 마다고 하는 여동생에게 차비를 주고 한인곤은 집을 나섰다. 햇살이 퍼졌는데도 날씨는 얼굴이 따끔거릴 정도로 매섭게 추웠다.

이거 가난한 사람들 정말 살기 어렵겠는데. 정치 잘못한다고 난리들인데 날씨까지 왜 이 모양인가 그래.

한인곤은 혀를 차며 택시를 잡았다. 그런 걱정은 군인 시절에는 전혀 해보지 않았던 거였다. 어디를 가나 '정치하는 놈들'이란 말이 예사로 오가는 인심 속에서 자연히 그런 데까지 신경이 쓰이고 있었다. 현재의 '정치 불신'은 극에 달해 있었다. 보름 전에 실시한 지방의 시·읍·면장 선거에서는 투표율이 40퍼센트가 넘는 곳이 거의 없었고, 그나마도 집권당을 제치고 무소속이 압도적으로 당선되었다. 그건 단순히 정치 불신만이 아니라 다시 확인하는 민주당의 위기였다. 맨 끝으로 실시된 서울 시장 선거에서도 투표율이 30퍼센트대에 머물러 금세 '3할 시장'이라는 야유가 시내에 떠돌기 시작했다. 그런데도 당에서는 투표율 저조를 갑자기 추워진 날씨 탓이라고 돌리고 말았다.

"정부가 반년 동안에 한 것은 경무대를 청와대로 바꾼 것뿐이다."

시중에 새로 퍼지기 시작한 말이었다. 그러나 그 야유마저 엄밀히 따지자면 그 공은 윤보선 대통령의 것이었지 장면 총리의 것이 아니었다. 새해부터 그 호칭을 바꿔 부르기로 결정한 것은 대통령이었다.

눈을 내리감은 한인곤은 무엇이 얹힌 기분으로 된신음을 물었다.

"손님은 아주 시절이 좋은 것 같습니다 그려."

운전수가 말을 걸어와 한인곤은 무겁게 눈을 올려 떴다.

"왜, 아저씨는 시절이 안 좋으신가요?"

한인곤은 어디 민심을 들어보자 싶어 이렇게 대꾸했다.

"아이고, 말도 맙쇼. 시절이 다 뭡니까요, 죽지 못해 이 짓 하는 거지요."

운전수는 잔뜩 찡그린 얼굴로 얼른 뒤를 돌아보았다.

"그렇게 벌이가 나쁩니까?"

"아, 벌이도 나빠졌지만 더 큰 문제가 택시강도 아닙니까. 매일 밤 세네 건씩 일어나는 택시강도 사건 신문 보셔서 잘 아시죠? 그게 신문에 난 것만 그렇지 괜히 귀찮고 골치 아파 신고 안 한 건 그보다 몇 배가 많다구요. 돈 털리고 거기다 재수 옴 붙었다 하면 목숨까지 빼앗기는 판이니 이게 어디 사람이 해먹을 짓입니까. 이거 갈수록 태산이니 정권 괜히 바뀌었어요. 안 그래요?"

"예, 문제는 문제지요. 이거 뭐가 잘못된 건지 원……."

"그야 뻔하잖아요. 정치하는 놈들이 다 '고등 사기꾼들'이니까 그렇지요. 말로만 국민, 국민 해가면서 밤낮없이 제놈들 권력 싸움이나 해대고 있으니 나라가 엉망진창, 안 망할 수가 있어요. 내가 해도 이보단 잘하겠어요."

"예, 예, 저 앞에 정거해 주세요."

택시에서 내리는 한인곤의 귀에는 '고등 사기꾼들'이라는 열 받친 말이 쟁쟁하게 울리고 있었다.

한인곤은 '서시오'의 빨간 신호등이 바뀌기를 기다리다가 한곳에 시선이 머물렀다. 교통위반을 적발하는 속칭 '빨간 딱지'를 꺼내든 교통순경이 택시 운전수에게 삿대질을 하고 있었다. 운전수가 굽실거리는 고갯짓을 하고 어쩌고 하더니 택시는 곧 떠나고 교통순경은 아무 일도 없었다는 듯 빨간 딱지 뭉치를 주머니에 넣었다. 신속하게 거래가 이루어지고, 그 빨간 딱지 사이에는 돈이 들었을 것이 틀림없었다. 한두 번 보아온 것이 아니라서 한인곤은 슬그머니 눈길을 돌렸다.

그 순경은 분명 현행범이고, 부정 공무원이었다. 그러나 그런 부정행위는 그 한 사람의 옷을 벗긴다고 해결될 문제가 아니었다. 최근에 노선 합승을 상대로 각 경찰서마다 수백만 환씩 갈취한 사건이 드러났다. 그런데 경찰 간부들은, 말단 파출소의 한 달 운영비가 30여만 환씩 드는데 국가에서 나오는 돈은 3만 환뿐이니 도대체 우리보고 어쩌라는 거냐고 대드는 형편이었다. 나라 살림이 그 지경이니 무슨 말을 더 할 것인가.

한인곤은 한숨을 몰아쉬며 길을 건너기 시작했다.

교통순경들의 부정행위도 그 돈을 혼자서 착복하는 것이 아니라 경찰서의 운영비를 충당하려고 위에서 책임액을 할당하고, 그 액수를 제대로 해내지 못하면 무능자로 몰려 한직으로 자리가 바뀐다는 사실이 신문에 공공연하게 보도되고 있는 형편이었다. 이런 나라 꼴은 다 부패하고 타락한 정치에서 비롯되고 있었다. 지난

3·15 부정선거에 동원된 정치자금이 밝혀진 것만 수백억이었고, 그 권력의 비호 아래 활개친 기업들이 자진신고한 탈세액만도 또 수백억이었다. 그런데도 새 정부가 혁명재판이란 것을 하면서 '재벌들을 처벌하면 경제 위축이 우려된다'고 그들을 감싸고 나섰으니 나라가 바로 될 리 만무하고, 민심이 등을 돌리는 것은 너무나 당연했다.

한인곤은 또 된신음을 어금니로 깨물며 중국음식점으로 들어갔다. 현관에서부터 으리으리하게 치장한 음식점 안에는 일요일인데도 빈자리가 없을 정도로 사람들이 많았다.

"예약하셨습니까?"

"오재섭 의원이라고……."

"아 예, 저쪽 방에 와 계십니다."

한인곤은 오재섭과 악수하며 낯선 남자를 빠르게 훑었다.

"자아, 두 분 인사하시지요. 한 의원님, 이분은 제가 말씀드렸던 임상천 사장님이시구요, 임 사장님, 이분이 바로 한인곤 의원님이십니다."

오재섭이 세련된 몸짓으로 양쪽을 소개했다.

"아, 처음 뵙겠습니다. 소생 임상천이라고 합니다. 앞으로 잘 부탁 올리겠습니다."

임호태의 아버지 임상천은 이마가 식탁에 닿도록 고개를 숙였다.

"예, 첨 뵙겠습니다. 한인곤이라고 합니다."

차돌 같은 인상에 비해 너무 굽실대는 것이 한인곤은 과히 달갑지 않았다.

"따지고 보면 임 사장님은 한 의원님하고는 인연이 아주 깊습니다. 다름이 아니라 임 사장님은 군납사업가이시기 전에 6·25에 참전한 육군 장교였거든요. 부상으로 제대를 하셔서 그렇지 동기 분들은 지금 다 장군으로 계십니다."

오재섭이 한인곤에게 담배를 권하며 말했다.

"아, 그러시군요."

한인곤은 호감을 나타냈다. 그러나 한쪽 감정은 직감적으로 꼬이고 있었다. 오재섭의 그 말은 단순한 소개가 아니라 은근한 압력이었다.

"임 사장님은 사업가로서도 빈틈없이 성실하시지만 인간 관계에 있어서도 아주 신뢰가 두터운 분입니다. 원내에서 보증수표로 인정받고 있으니까요."

"아, 예……."

한인곤은 '보증수표'라는 말을 곱씹었다. 그 말이 이상하게 비위를 건드렸다.

음식이 나오기 시작했다. 종업원들이 나가자 오재섭이 다시 말을 이었다.

"임 사장님, 군복 사업 준비는 다 끝났습니까?"

"그럼요. 제작공장 시설은 작년에 벌써 완료했고, 결정만 떨어지면 바로바로 생산할 수 있도록 대기상태에 있습니다."

임상천이 기다리고 있었다는 듯 재빨리 대답했다.

"한 의원님, 거 금년부터 실시되는 군복 국산화 사업 말입니다. 임 사장님께서 그 사업에 참여하실 계획을 세워왔습니다. 그게 국방위 소속 사업 아닙니까. 한 의원님께서 힘이 좀 돼주십사 하고⋯⋯."

오재섭은 목소리만큼 은밀한 눈길을 한인곤에게 보냈다.

"글쎄요, 저 같은 초선이 무슨 힘이 있다고⋯⋯."

한인곤은 오재섭의 술수에 걸려든 것인지, 그의 말마따나 요로에 사람을 많이 알아두는 것이 재산인지 분간할 수가 없었다.

"저어, 반대만 하지 않아도 도와주는 거라는 말이 있지 않습니까. 이렇게 인사드렸으니 곧 따로 찾아뵙도록 하겠습니다. 전 의리하나로 살아왔습니다."

임상천이 또 머리를 깊이 숙였다.

성북동 골짜기를 휩쓸어 내리는 북풍은 그야말로 살을 에는 칼바람이었다. 남천장학사는 그 매서운 바람보다 더 싸늘하게 얼어붙어 있었다. 기숙생들은 책을 덮고 하나같이 풀이 죽어 서성거렸다. 겨울방학이 끝나면서 제각기 짐을 싸야 할 그들은 그 다음 거처를 마련할 일에 쫓기고 있었다. 애초에 집안 형편이 넉넉하지 못해 장학사 생활을 하게 된 그들로서는 극심한 가뭄 피해까지 입어 굶주림에 빠진 집에 기대할 것이 아무것도 없었다. 거처를 마련하는 길은 단 한 가지, 가정교사 자리를 구하는 것뿐이었다. 그러나 그 일은 가지 끝에 하나 달려 있는 감을 돌팔매질로 떨어뜨리는 것만큼이나 어려웠다. 그들은 나름대로의 방법을 동원해 그 자리를 구하려고 불안하고 초조한 나날을 보내고 있었다.

"선오 학생, 선오 학생, 전화 받어."

"예, 예, 누구래요?"

김선오는 다급하게 방에서 뛰쳐나오며 물었다.

"잘 모르겠는디. 못 듣든 여자 소리여."

김선오의 다급함에 비해 태평스럽기 그지없는 수위 영감의 대꾸였다.

못 듣던 여자 목소리! 순간 김선오의 마음은 활짝 밝아졌다. 박자영이 아니라는 말이었다. 그럼 광고를 보고 걸려온 전화일 것이 분명했다.

"여보세요, 전화 바꿨습니다. 김선오라고 합니다."

김선오는 긴장 속에서 최선의 예의를 갖추려고 했다.

"안녕하셨어요, 안자경입니다. 오랫동안 못 뵈었네요."

김선오는 그만 맥이 풀렸다. 의대생 안자경의 전화는 뜻밖이었지만, 빗나간 기대를 상쇄할 만큼 반가운 사람은 아니었다.

"아 예, 어쩐 일로 전화를 다 하시고……."

"신문광고 봤는데, 혹시 동명이인 아닌가 해서……."

"아닙니다. 제가 맞습니다."

김선오는 의식 속에서 아까의 기대가 번쩍 되살아나고 있었다.

"어머, 그러시군요. 그 일로 좀 뵀으면 좋겠는데, 시간이 어떠신지……."

"예, 저는 빠, 아니 아무때나 좋습니다."

김선오는 자신도 모르게 튀어나가려는 '빠를수록 좋다'는 말을 황급히 바꾸었다.

"그럼 이따가 오후……"

김선오는 전화를 끊고 나서야 자신이 너무 허겁지겁 덤빈 게 아닌가 하는 생각을 했다. 얌전하고 차분한 안자경의 말이 그런 생각을 들게 하는지도 몰랐다. 그러나 한시가 급한 형편이니 그런 것 저런 것 따질 겨를이 없었던 것이다.

"뭐야, 희소식이야?"

신문쪽지에 꽁초를 까고 앉았던 윤이 김선오를 치켜보았다.

"응, 만나보자는군."

"허! 역시 대학 차이나네."

"알게 뭐야. 이 선배 꼴 날지 모를 일인데."

김선오는 결과를 알 수 없는 데다 번거롭기도 해서 안자경과의 관계를 그대로 덮어버렸다.

"참 미치고 환장할 일이야. 아니, 전라도사람들이 즈이들 애비 에미를 잡아먹었나, 즈이들 재산을 뺏기를 했나. 왜 서울 것들은 우리 전라도사람들을 못 잡아먹어 그 안달이지? 김 형은 순진하게 전라도라고 하지 말고 충청도라고 해. 호적등본 떼오라는 것도 아니고, 곤충도 생존을 위해 보호색을 갖는데 우리도 그 정도 전략은 세워야 할 것 아냐."

기숙생들의 가정교사 구직이 급해지면서 이규백은 자신이 전에 겪었던 일을 털어놓았다. 그 이야기에 모두 열 받치고 분노했지만 결국에는 의기소침해지고 말았다.

"글쎄, 그 이유 없는 차별이나 냉대가 말할 수 없이 분하고 억울하긴 한데, 그런 방법으로 했다가 들통나는 날에는 정말 전라도 사람들이 나쁜 것으로 누명을 뒤집어쓰게 된다구."

"화아 이거, 이러지도 못하고 저러지도 못하고, 한강에 빠져죽는 사람 심정 이제야 알 것 같네."

인생살이 사연도 구구해 한강 인도교에서 투신자살하는 사람들이 많아 인도교 양쪽에는 '잠깐만 참으세요' 하는 빨간 글씨의 푯말이 서 있을 정도였다.

"힘내, 이것저것 억울해서라도 한판 멋들어지게 살 날을 기다려야지."

김선오는 윤의 어깨를 툭 쳤다.

"모르겠어, 그런 날이 올라는지."

윤은 쓰디쓴 얼굴로 말이담배에 불을 붙였다.

김선오는 약속시간보다 30분이나 이르게 화신백화점 옆 송아지다방에 도착했다. 벽에 걸린 시계를 보고서야 김선오는 스스로 머쓱해졌다. 그건 시계가 없어서라기보다 궁색하고 다급한 자신의 마음의 표현이었다.

한기로 몸을 부르르 떨며 김선오는 난로에서 먼 빈자리에 가서 앉았다. 톱밥난로는 나이 지긋한 남자들의 차지가 되어 있었다. 난로를 에워싸다시피 한 그들은 엉망인 정치에 대해서 열을 올리고 있었다. 사람 모이는 장소에서는 으레 있게 마련인 그런 열변에 김선오는 귀를 닫았다. 무슨 탁견이 있는 것도 아니었고, 그리 떠들어 댄다고 정치가 달라질 리도 없었던 것이다.

"왜 모두 국회의원 될라고 그리 두 눈에 쌍심지를 켜는지 아냐? 국회의원이 되는 그 순간부터 특별예우만 100가지가 넘게 생기는 거야. 평민에서 특권층으로, 인생이 확 바뀌는 거지. 허지만 의원님 감투 쓰려면 만석꾼 재산을 지녀야 해. 아니, 만석꾼 재산 탈탈 털어먹고도 의사당 문턱 넘지 못한 자들이 어디 한둘이야. 그런데 판검사는 머리 하나만 가지면 되거든. 신분이 달라지기로는 판검사도 국회의원에 못지않아. 아니, 4년마다 표를 구걸해야 하는 것에 비하면 훨씬 더 낫지. 국회의원이 낙동강 오리알 되면 그것처럼 비참한 꼴이 없지만 판검사는 법복을 벗어도 최소한 변호사님이시니까 말야."

어느 선배의 말이었다. 그러나 곧 손에 잡힐 것 같았던 그 길은 한사코 멀어져가고 있었다. 공부에만 몰두해도 어려운데 가정교사까지 하다 보면 그 길이 언제 열릴지 알 수 없는 노릇이었다. 더구나 새 개정안은 응시자의 연령을 만 30세로 제한하고 있었다. 고등고시에 목숨 걸고 있다가 그 규정에 걸려 신세 망치게 된 사람들이 수두룩할 거였다. 자신인들 그런 신세가 안 되리란 보장이 없었다.

김선오는 두 손바닥으로 얼굴을 와락 쓸어내렸다. 상상만으로도 그 생각은 너무 끔찍스러웠다.

"이 애비가 무일푼으로 논 장만해 나갔디끼 맘 강단지게 묵고 공부혀라. 글먼 니넌 누구보담도 먼첨 판검사 된다. 사람에 강단진 맘은 쇠도 녹이고 태산도 떠옮기는 법잉께."

서울로 떠나기 직전에 할아버지 산소 앞에서 아버지가 당부한 말이었다.

아버지…….

김선오는 손을 깍지끼며 신음처럼 아버지를 불렀다.

양식이 다 떨어져 이제 죽도 끓일 수가 없게 되었으니 비싼 고리채를 내는 것보다는 논을 한 마지기 처분하는 것이 더 낫겠다는 동생의 편지가 온 것이 보름 전이었다. 그런 동생의 의견을 묵살하고 무조건 고리채를 내라고 했던 것은 아버지 영혼 앞에 죄짓지 않으려는 것이었다. 논을 파는 것은 아버지를 파는 것이나 다름없다는 생각을 떼칠 수가 없었다. 고향을 떠나오면서 어서 성공해 아버지한테 크게 효도해야 한다고 다짐했었는데, 그건 아버지께 논을 100마지기쯤 사드리는 것이었다. 100마지기의 논을 가진 아버지가 얼마나 기뻐하고 흡족해할 것인지를 상상하는 것만으로도 가슴 벌떡거리고 힘이 솟았던 것이다.

"어머, 먼저 와 계셨군요."

"아 예, 오다 보니까……."

김선오는 생각에서 깨어나며 벌떡 일어섰다.

"저어……, 고시 공부도 힘드실 텐데, 무슨 변동이 생기셨나요?"

안경자의 조심스런 물음이었다.

"예, 변동도 큰 변동이 생긴 셈이죠."

김선오는 그동안에 일어난 변화를 간추려서 이야기하기 시작했다. 낮고 침울한 그의 목소리가 떨리고 있었다.

"다들 어렵게 되셨군요." 안경자도 그늘진 얼굴로 커피를 한 모금 마시고는, "제 남동생이 중3짜리가 있는데 마침 선생님이 필요하던 참이었어요. 근데 한 가지 문제가 있어요." 그녀는 좀 난처한 기색을 보였다.

"무슨……?"

안경자를 쳐다보고 있는 김선오의 얼굴이 약간 굳어지는 듯싶었다. 그녀의 말에 따라 김선오의 마음은 맑았다 흐렸다 민감하게 반응하고 있었다.

"다름이 아니고 동생이 서울에 있는 게 아니라 광주에 있거든요. 어차피 서울의 고등학교로 진학시킬 예정이고, 중3 공부는 다 끝난 거나 마찬가지니까 서울로 올려보내라고 해도 아버지가 반대세요. 당신이 옆에 끼고 마지막까지 감독하시겠다는 거지요. 제가 동생을 제대로 다스리지 못할 것 같고, 동생이 공부에 열중할 것 같지 않고, 둘 다 안 믿으시는 거예요. 아버지는 동생도 의사가 되어 당신의 뒤를 잇기를 바라시니까, 걔가 의대를 가려면 고등학교 3년 내내 가정교사를 붙여야 돼요."

"난 또 무슨 일인가 했습니다. 당장 내려갈 테니 아무 걱정 마세요."

김선오는 허리춤을 추키며 속시원하게 말했다. 앞으로 3년 보장이라는 언질이 그를 흥분시키고 있었다.

"어머, 정말이에요?"

안경자가 활짝 반색을 했다.

"그럼요, 언제 가면 됩니까?"

김선오는 자신의 말대로 당장 떠날 것 같은 기세를 보였다.

"저희야 빠를수록 좋지요."

"그럼 내일 중으로 떠나지요."

"어머, 그래 주시면 너무 고맙지요. 그럼 제가 바로 오늘 밤에 아버지께 전화드려 놓겠어요. 보수는 서울의 최고급으로 해서요."

안경자는 긴 숨을 내쉬며 홀가분한 표정을 지었다.

"아버님이 절 마음에 들어하실지 모르겠습니다."

이건 꼭 겸손만이 아니었다. 새로 시작되는 일에 불안감이 없지 않았고, 소개를 좀 잘해주기를 바라는 마음도 깃들어 있었다.

"어머, 지나친 겸손은 교만이라는 말이 있던데요. 고등학교, 대학교, 학과 모두가 저의 아버지가 최고로 꼽는 일류인데 마음에 안 들 리가 있겠어요. 더구나 제 동생하고는 선후배 사이가 되는 거니까 아버지가 더 좋아하실 거예요. 대선배님 앞에서 새까만 후배가 꼼짝달싹 못할 테니까요. 제가 오히려 큰체하게 생겼어요."

안경자는 '생김도 남자답다'는 말은 슬쩍 감추었다.

"너무 과찬이군요."

"근데요, 종원이 개가 좀 골칫거리예요. 늦게 본 아들이라 오냐로 키워서 그런지 어쩐지 국민학교 때부터도 재앙 궂고 공부보단 딴 데에 더 정신을 팔거든요. 머리는 있는데 집중력이 없는 게 탈이에요."

"그거 사내답고 좋지 않습니까. 그 나이에 공부만 파는 것도 비정상일 수 있지요. 기본적으로 머리가 있으니까 그 담은 저한테 맡겨두세요. 공부도 요령이고 재미니까요."

김선오는 아주 자신 있게 말했다. 괜한 허풍이 아니라 중3짜리 하나 틀어잡고 공부시킬 방법은 이미 알고 있었던 것이다.

"공부에 마음잡게만 되면 아버지가 너무 기뻐하실 거예요. 같은 고향 사람 중에서도 김 선생님 같은 분을 모시게 되어 안심이고 참 다행이에요. 그럼, 낼 떠나시려면 채비하셔야죠."

"예, 병원으로 찾아가면 되겠지요?"

"네, 그러세요."

안경자와 헤어져 추위 속을 걸으며 김선오는 가슴이 훈훈해지고 있었다. 같은 고향 사람이라 안심이고 다행이라는 안경자의 말이 그 어떤 난로보다 뜨겁게 열을 내고 있었다. 이 의지할 데 없고 고적한 도시에서 결국 새 삶의 길을 열어준 것은 고향의 인연이었다. 그러나 김선오는 자신의 앞날이 막막하기만 했다. 징검다리, 그것도 단 두 개의 돌을 번갈아 앞에 놓아가며 건너야 하는 징검다리가 자신의 일생일 것만 같았다. 그는 자신의 생각에 그만 가위눌렸다.

25

먼 불빛을 향하여

"얌마, 너 망치 똑바로 못 대! 너 또 딴생각하고 있는 거지. 골통 깨지기 전에 정신차려, 이새끼야."

큰 쇠망치를 치켜들고 있던 사내가 허진의 엉덩이를 걷어찼다.

"아야야……."

작은 쇠망치를 굵은 쇠줄에 대고 쪼그리고 앉아 있던 허진은 옆으로 둥그러지며 아픈 소리를 억눌렀다. 그런데 그의 손은 걷어채인 엉덩이로 가지 않고 한쪽 옆구리를 감싸잡고 있었다. 쇠먼지를 뒤집어써서 더 팻기 없이 꺼칠하고 메말라 보이는 그의 얼굴은 아픔으로 일그러지고 있었다. 그러나 그는 곧 몸을 일으켜 작은 쇠망치를 다시 굵은 쇠줄에 갖다 댔다.

"이새끼야, 쳇가루밥 제대로 챙겨 먹으려면 정신 똑바로 차려. 이 몸이 지니신 기술은 뭐 나이롱뽕해서 딴 줄 아냐!"

그 사내는 끝말을 기합 삼아 큰 쇠망치를 내려쳤다. 그 순간 굵은 쇠줄은 찬바람 오래 쐰 엿가락이 부러지듯 뚝 끊어졌다. 사내의 말마따나 단 한 번으로 그 굵은 쇠줄을 끊는 것은 대단한 기운이기도 했고, 무시 못할 기술이기도 했다.

허진은 재빨리 분필이 칠해진 부분까지 쇠줄을 끌어당겨 다시 쇠망치를 갖다 댔다. 그런데 또 옆구리를 긴 바늘로 찌르는 것처럼 아프면서 눈앞이 아찔해졌다. 그리고 한쪽 옆구리 전부가 욱씬거리듯 결렸다. 허진은 이를 앙다물며 눈을 부릅떴다. 그리고 망치 잡은 손에 힘을 주었다. 또 걷어채이는 것도 억울할 뿐만 아니라 일을 잘 못한다고 고참들에게 눈총이 박히게 되면 그나마 벌이도 못하고 쫓겨날 판이었다. 옆구리가 왜 그렇게 아픈지 모를 일이었다. 한 달쯤 전부터 먹먹한 느낌이면서 뜨끔거리기 시작하더니 아픈 것은 점점 심해지기만 했다.

허진은 옆구리의 통증에만 시달리고 있는 것이 아니었다. 차가운 쇠줄을 끌어당길 때마다 매서운 추위에 곱은 손이 더욱 시리고 아려 견디기가 어려웠다. 입김을 불어 손을 좀 녹이고 싶은 마음이 간절했지만 참아낼 수밖에 없었다. 만약 그랬다가는 또 여지없이 걷어채이게 되어 있었다. 망치질하는 고참도 장갑을 끼지 않은 맨손이었고, 공장에서 목장갑이나마 끼고 있는 사람은 사장 하나뿐이었다. 녹슨 쇠들을 다루면서 금방 더러워지고 망가지는데 장갑을 사서 낄 형편들이 못 되는 데다가, 장갑을 끼면 손이 둔해진다고 해서 장갑을 금하고 있었다. 허진의 손은 추위에 얼고 얼어 손등이 갈가리 터 있었다. 살이 벌어져 튼 자리마다 피를 물고 있는 것이 여간 아파 보이지 않았다.

"이새끼야, 또 얻어터지기 전에 동작 빨랑빨랑 취해."

사내는 무거운 망치를 다루는 데 힘을 돋우기라도 하듯 또 사납게 내뱉었다.

허진은 억울하게 얻어맞지 않으려고 안간힘을 다했다. 군대에서 이유 없이 두들겨패기를 예사로 하듯 이곳의 철공장에서도 욕지거리는 말할 것도 없고 퍽퍽 때리는 것도 당연한 것이 되어 있었다.

"이놈들아, 느네들은 천국에서 산다, 천국. 우리가 왜놈들 밑에서 기술을 배울 때는 종놈도 그런 종놈이 없었다. 공장에서는 월급도 없이 겨우 세 끼 밥 얻어먹으면서 날이날마다 얻어터지지, 일이 다 끝나고 나서도 고참들 사사로운 심부름 다 해내야지, 그 고생 말로 다 할 수가 없었어. 헌데 느네들은 좋은 기술 배우면서 돈까지 받고 있지 않느냔 말야. 어쨌거나 기술은 시시때때로 얻어맞어 가면서 배워야 해. 그래야 머리에 쏙쏙 들어가니까."

심심하면 사장이 되씹고 되씹는 말이었다. 그리고 시범을 보이듯 사장은 걸핏하면 손찌검을 해댔다. 사장에게 얻어맞지 않는 사람은 여섯 명의 직원 중에서 선반을 다루는 기술자 하나뿐이었다.

사장이 그러니까 주먹질 발길질은 밥그릇 수에 따라 아래로 아래로 내려왔다. 그러다 보니 가장 말석인 '시다'들은 이 사람한테 얻어맞고 저 사람한테 채이고, 동네북이 될 수밖에 없었다. 허진은 그 이유 없는 구타가 일이 힘드는 것보다 더 견디기 어려웠다. 그렇다고 정식으로 기술을 가르쳐주는 것도 아니었다.

"기술이란 쇳가루밥 그릇 수 늘려가며 한 계단, 한 계단 등 너머로 눈치껏 익혀야 되는 게야. 까짓 자전거 하나 타는 데도 무릎이 열댓 번씩 깨져야 하고, 자동차 운전수가 되려면 휘발유 입으로 빨아대면서 한 말은 배로 넘겨야 되는 것 아니냔 말야."

사장이 입에 달고 사는 말이니 고참들의 위세는 더 등등해졌다. 시다들은 기계를 청소하는 것뿐 감히 조작이란 엄두도 낼 수 없었다. 용접기나 선반을 고참들 몰래 조작해 보다가 들킨 시다들은 반 죽게 얻어맞고 쫓겨나기도 했다.

"넌 어째 아새끼가 그리 비리비리하냐. 얌마, 한번 쇳가루밥 먹기로 작정했으면 딴 세상하고는 인연을 딱 끊으란 말야. 이새끼, 팔자에도 없는 공부에 미련 두고 있으니까 딴생각하게 되고, 자주 얻어터지고 그러지."

쇠줄 자르기를 끝낸 사내가 이빨 사이로 침을 찍 내뱉으며 돌아섰다.

허진은 그제서야 두 손을 모아 입에 댔다. 그의 갈가리 튼 손과 헐어빠진 작업복에 감싸인 몸이 오들오들 떨리고 있었다.

모르는 소리 하지 말어. 난 죽어도 공부는 포기 안 해. 이런 데서 평생을 사느니 차라리 죽는 게 더 나아. 난 어떡하든 공부를 해서 아버지처럼 살지는 않을 거야. 아버지처럼 살지는 않을 거야……

허진은 수없이 되풀이해 온 다짐을 또 하고 있었다. 그는 찌들리고 굶주려온 가난이 지긋지긋했다. 그는 빨리 어른이 되고 싶었고, 어른이 되어 해결할 1차 목표는 가난을 면하는 것이었다. 가난이란 굶주림과 헐벗음의 끝없는 수렁이었다. 굶주림은 속으로 사무치는 슬픔이었고, 헐벗음은 겉으로 드러나는 창피스러움이었다. 아버지가 세상을 떠나버린 다음 식구들은 전부 점심을 굶어야 했다.

"너는 안 된다. 그 힘든 일을 하면서 점심까지 굶다니. 네가 실해야 이 집안이……."

할머니는 꼭 점심을 싸주려고 했다. 그러나 수입은 빤했다. 자신이 점심을 먹으면 나머지 식구들이 그만큼 배를 곯아야 했다. 그렇다고 할머니가 동생들에게 밥을 덜 먹일 리가 없었다. 그러면 할머니가 한 끼를 더 굶을 수밖에 없었다. 할머니가 하루 한 끼를 먹고……, 그건 큰일날 일이었다. 할머니는 자신들을 위해서 오래 사셔야 했다. 할머니마저 안 계시면……, 그건 상상하기도 끔찍스러운 세상의 마지막이었다. 친구들이 찾아올 때 점심을 싸온 것처럼 하는 것은 얻어먹기만 하는 미안함을 면하기 위해서였다.

"서러움 중에 큰 서러움이 배곯는 서러움인데……, 내 팔자가 왜이리 됐는지 모르겠다. 천석꾼 살림 다 없어지고……."

할머니가 봉투를 붙이거나 무슨 일을 하면서 혼자 시름겹게 읊조리고는 하는 탄식이었다.

천석꾼 살림이 얼마나 큰 부자인지는 실감이 잘 되지 않지만, 서러움 중에 큰 서러움이 배곯는 서러움이라는 말은 절절하게 실감할 수가 있었다. 밥을 굶어 배가 고픈 것, 그것처럼 고통스럽고 비참한 일은 세상에 없었다. 배가 고플수록 먹는 생각만 나고, 사람이 없으면 어느 상점에서고 먹을 것을 훔칠 수 있을 것 같은 마음이 불쑥 이는가 하면, 가장 큰 꿈이 '배불리 먹는 것'이 되어버렸다.

공장은 어둑어둑해져서야 끝났다. 허진은 휘청거리는 걸음으로 공장 뒤채의 사장집으로 가 바가지에 펌프물을 받았다. 그때쯤이면 배가 고프다 못해 속이 쓰리고 아리면서 쓴물이 올라올 지경이 되고, 허리는 허리대로 꺾이고 다리는 다리대로 풀리면서 눈앞이 가물거리고 핑 현기증이 돌고는 했다. 허진은 숨도 쉬지 않고 물로 배를 가득 채웠다.

찬물을 먹고 나자 추위가 더 심해져 허진은 온몸을 부들부들 떨며 집으로 발길을 옮기기 시작했다. 쇳가루와 쇠면지투성이인 얼굴과 손을 씻고 싶었지만 찬물로 씻었다가는 온몸이 더 얼어붙고, 손등은 쓰라리면서 더욱 심하게 텄다. 기왕 연탄을 때고 있는 김에 공원들을 위해 뜨거운 물을 한 솥 끓여줄 수도 있건만 사장네는 그런 일을 전혀 하지 않았다. 담배도 반 토막을 내서 물부리에 끼워 피우는 사장은 물을 끓이면 연탄 불길이 방고래로 덜 들어가는 것을 아까워하는 거였다.

"야, 너 왜 영어는 등록 안 하고 수학만 등록했니? 첨엔 둘 다 한다고 했잖아. 영어는 자신 있다 그거야?"

"자신 있긴, 내 실력 뻔히 알면서. 우선 더 급한 수학부터 한 거지. 아이고, 고민이다."

"이것 봐라, 너 무슨 일 있지? 영어도 학원비 타내가지고 딴짓한 거지?"

"새끼, 냄새 한번 귀신같이 맡네. 어쩌냐, 그 기집애하고 쓰는 게 급한걸."

"이새끼 이거 정신나갔네. 실력 보충할 기회는 이번 방학뿐인데 기집애하고 놀아나? 너 그러다가 눈치 빠른 느네 아버지한테 걸려들면 골로 가게 되잖아."

"병신, 그 정도야 다 방어를 하시는 거고. 하여튼 그 기집애하고 빨리 빠구리를 터야 되겠는데, 그게 줄 듯 줄 듯하면서 사람 애를 태운단 말야."

"이새끼야, 정신차려. 빠구리를 텄다가 덜컥 임신을 시키면 어쩔 거야. 그땐 너 생일날이잖아."

"이새끼, 넌 왜 그렇게 유치하게 순진하니? 그 많은 산부인과는 어디다 써먹을래? 맘놓고 빠구리 트고 임신하면 찾아오시오 하는 데가 산부인과들 아니냔 말야."

"이새끼 이거 겉으로는 모범생인 척하면서 속으로는 아주 형편 없는 불량학생이라니까. 이거 아주 위험 인물이야."

"얌마, 그게 무슨 위험 인물이냐. 철이 든 거지. 너도 이 형님을 본받아 어서 철 좀 들어라. 인생은 짧고 청춘은 빠르게 지나간다. 한번 가버리면 다시 오지 않는 청춘을 즐겨가면서 공부도 해야지. 이 철학을 알아들으셔?"

"그래, 청춘 즐기다가 대학 떨어져 인생 망가지면 그때 가서 후회나 말아라. 난 청춘 즐기는 거 사양할 테니까."

허진은, 고등학생 둘이 앞서가면서 떠들어대고 있는 말에 언제부턴가 귀를 기울이고 있는 자신을 발견했다.

허진은 한층 더 추위를 느끼며 몸을 웅크렸다. 그들이 살아가는 것은 자신과는 너무나 거리가 먼 세상의 이야기였다. 그들은 학교 공부로 모자라 수업료보다 훨씬 비싼 학원비를 두 과목씩이나 내고 있었다. 그러나 자신은 독학생을 위한 강의록도 받아볼 형편이 못 되었다. 친구들이 가져다주는 시험지가 유일한 참고서고 선생이었다. 그런 풍족한 아이들과 경쟁을 해서 대학에 들어갈 수 있을 것인지……, 아버지처럼 그렇게 가난에 찌들리지 않고 살 수 있게 될 것인지……, 다시금 자신의 앞날이 두렵고 가위눌렸다.

"이건 사람 사는 세상이 아니다. 다 망조 든 나라야. 죄진 놈들이 더 큰소리치며 득세를 하는 세상이니 옳은 일 한다는 게 바보짓인 게지. 이런 막된 세상에서 자식들한테 옳은 일 해라, 바르게 살아라, 하고 가르치면 또 바보 만드는 것이니 어째야 좋을꼬. 어찌 이런 세상이 될지 알았나……."

풀릴 길 없는 할머니의 탄식이었다. 할머니는 천석꾼 재산에서 아버지를 가르칠 것을 빼놓지 않고 전부 할아버지에게 맡긴 것을 후회하고 또 후회했다. 그러나 그건 돌이킬 수 없는 일이었고, 배운 것이 없어서 시계 수리공으로 근근이 살다가 세상을 떠난 아버지에게 독립투사였던 할아버지는 아무런 자랑도 긍지도 되지 않았다. 아버지는 생전에 할아버지에 대해 이야기한 적이 거의 없었다. 그래도 할머니가 아버지 없는 자리에서 할아버지가 훌륭한 분이었다는 이야기를 해주고는 했다.

돌이켜 생각해 보면 아버지는 이 세상에 대해 할머니보다 더 큰 원한을 품고 살다 돌아가셨는지도 몰랐다. 아버지는 참으로 딱하고 불쌍한 분이었다. 자살할 수밖에 없었던 아버지의 병도 어쩌면 그 원한 때문에 생긴 것인지도 몰랐다.

"장하다. 참 장하다. 이 애비가 아무것도 못 해줬는데……."

세상이 알아주는 일류고등학교에 합격했을 때 아버지가 목이 잠기며 한 말이었다. 그건 아버지가 해준 처음이고 마지막인 칭찬이었다.

그러나 그 고등학교도 아버지가 돌아가시면서 다닐 수 없게 되고 말았다. 아버지가 자살하기 전에 그 사실을 몰랐을 리가 없었다. 치료할 길 없는 중병을 앓으며 집안을 더 망치기 전에 스스로 목숨을 끊어야 했던 아버지의 심정이 어떠했을까……. 아버지의 그 한을 풀어드리기 위해서라도 자신은 공부를 포기해서는 안 되었다.

"이새끼야, 아가리 닥쳐. 친일파를 편드는 놈들은 다 신종 친일파들이야!"

친일파에 대한 언쟁이 벌어졌을 때 유일표가 터뜨린 말이었다. 그 한마디는 친일파를 편드는 아이들이 더 이상 입을 놀리지 못하게 하고 말았다. 그건 바로 자신이 해야 될 말이었는데 어째서 그 말이 떠오르지 않았는지 모를 일이었다. 어쩌면 평소에 독립투사의 집안이라는 게 별 자랑거리가 될 수 없이 살아왔기 때문인지도

몰랐다. 아니면, 자신이 유일표보다 주먹이 세지 않은 탓이었는지
도 몰랐다.

그때 유일표와 싸움이 벌어질 뻔했던 홍성기의 얼굴이 떠올랐
다. 그의 아버지는 일제 때 종로경찰서 고등계 형사 노릇을 하다가
지금은 치안본부에 근무하고 있었다. 그는 자신의 아버지가 오재
도 검사 아래서 빨갱이를 소탕하는 데 큰 공을 세웠다고 자랑하기
를 좋아했다. 아이들은 그의 아버지가 흉악한 빨갱이들을 잘 잡는
용감한 형사라는 것에 감탄할 뿐 일제시대에 고등계 형사 노릇을
한 골수 친일파라는 사실에는 별 관심이 없었다. 또한 그도 자기
아버지가 못된 친일파라는 사실에 대해 전혀 부끄러워하거나 창피
해하지 않았다. 오히려 자기 아버지가 현재 얼마나 큰 권력을 가지
고 있는지 떠들어대며 곧잘 뻐기고는 했다. 아이들은 말만 들어도
으스스한 치안본부의 권세에 기죽거나 부러움을 나타내기도 했다.

홍성기가 그러는 것은 아직 고등학생이라 아는 것이 별로 없어
서 사리 분별을 못하는 탓인지, 대학을 다니고 어른이 되어서도 그
럴 것인지 알 수가 없었다. 어쩌면 평생 그러기가 쉬웠다. 친일파들
이 계속 득세하고 있는 세상에서 그는 그런 태도로 얼마든지 당당
하게 살 수 있는 것이었다. 그리고 아버지의 덕으로 남들보다 먼저
출세도 할 수 있는 일이었다.

홍성기나 장경식이 친일파 편을 드는 것은 그나마 '자기네 아버
지들이니까' 그럴 수 있다고 칠 수도 있었다. 그런데 문제는 대다
수 아이들의 태도였다. 언쟁이 벌어졌을 때 대부분의 아이들은 '그

거 다 지나간 옛날얘기 아니냐', '이제 와서 따져서 뭐 하자는 거냐', '우리도 그때 살았으면 별수 있었겠냐', '어쩔 수 없어서 그랬을 것 아니냐' 이런 반응들을 보였다. 그런데 그건 그들의 생각이 아니었다. 이미 오래전부터 세상에 떠돌아다니는 말들을 아이들은 마치 제 생각인 것처럼 그대로 되뇌이고 있었다. 아이들은 친일파 세상에서 친일파들이 좋도록 꾸며낸 말에 완전히 물들어 있었다. 거기서 끝나지 않고 어떤 아이는 '그런 걸 따지는 건 촌놈 짓'이라고도 했다. 그 '촌놈 짓'이란 '촌스러운 짓'일 수도 있었고, '촌놈들이나 하는 짓'일 수도 있었다. 공교롭게도 친일파들을 공박하고 나선 유일표나 이상재의 고향이 지방이었다. 어쨌거나 촌놈이란 좋지 않은 욕이었다.

주변 사람들이 모두 유일표나 이상재 같다면 홍성기나 장경식이 그렇게 뻔뻔하게 기를 세울 수 있을 것인가. 주변 사람들이 계속 그 모양인 한 홍성기나 장경식 같은 애들은 더욱 낯두꺼워지고 당당해질 수밖에 없었다.

허진은 너무 배가 고프고 피곤해 곧 쓰러질 것만 같았다. 북풍이 몰아치는 효창운동장 옆의 비탈길을 오르기가 너무 힘겨웠다. 그는 되짚을수록 부질없을 뿐인 그런 생각을 떨치려고 했다. 그런 생각은 배고프고 피곤에 찌든 몸을 더욱 고달프게 할 뿐이었다. 그렇다고 그런 생각을 안 하려고 한다고 해서 머리에서 지워지는 것도 아니었다.

내가 공장에는 계속 다닐 수 있을까……. 공부는 제대로 할 수 있을까…….

허진은 옆구리가 결리는 묵지근한 통증 속에 이런 걱정을 하며 공덕동 언덕배기로 올라섰다. 추위를 무릅쓰며 걸어다녀야 하는 그 길이 너무 멀고 멀게 느껴졌다.

"아이구, 이제 오냐. 얼마나 힘들고 추웠누."

허진의 할머니는 안쓰러움과 안타까움으로 울상이 되어 손자를 맞아들였다.

허진은 어깨를 펴며 기운 있게 보이려고 애를 썼다.

허진의 할머니는 서둘러 부엌으로 가서 세숫대야에 뜨거운 물을 퍼내왔다.

"에그, 그 손을 어쩌야 좋누. 날이 추우니 점점 더해가는구나. 얼마나 쓰라리고 아프겠어, 그래. 오늘은 이 할미 말 좀 들어라. 오줌에 담그면 훨씬 나아진다니까."

허진의 할머니는 손자의 튼 손을 곧 잡으려고 했다.

"그런 거 다 미신이라니까요. 오줌이 더러워 더 심해지고 덧날 수 있어요. 아프지 않으니까 걱정하지 마세요."

허진은 할머니를 단념시키려고 냉정한 어조로 말했다.

"어째 배운 사람들은 그런 걸 다 미신이라고 하는지 모르겠다. 예전에는 다 그리 하고 살았는데. 그걸……."

허진의 할머니는 '……사다 바르면 금방 나을 텐데' 하는 말을 삼켜버렸다. 약국에서 글리세린을 사다 바를 수 없는 형편에 말을 하면 더 속이 상할 뿐이었다.

칠이 다 벗겨지다 못해 여기저기 패이고 흠이 생긴 둥근 나무밥상에 다섯 식구가 둘러앉았다. 보리가 훨씬 더 많이 섞인 밥에 시래깃국 한 사발씩이 놓여 있었다. 그리고 반찬이라고는 김치 한 가지뿐이었다. 그것도 갖은 양념이 잘된 배추통김치가 아니라 배추잎과 무잎이 뒤섞인 덤불김치였다.

핏기라고는 없이 삐쩍 마른 허진의 어린 두 동생이 얼른 숟가락을 집어들고 덤볐다.

"또, 또! 윗사람이 숟가락을 든 다음에 들어야지."

허진의 할머니는 아랫입술을 물며 두 손주에게 엄한 눈길을 보냈다. 윗사람이란 허진이었다. 부모 없는 어린것들에게 예절을 가르치는 것만이 아니라 맏손자에게는 장자의 체통과 책임을, 아래 손주들에게는 장자에 대한 예의와 복종을 주입시키는 것이었다.

"자아, 먹자."

허진은 숟가락을 들었다. 뿌루퉁해져 있던 그의 두 동생이 허겁지겁 밥을 떠넣기 시작했다.

"너 이거 먹어라."

허진의 할머니가 등뒤에서 접시를 집어 허진의 밥그릇 옆에 살그머니 놓았다. 접시에 놓인 것은 계란 부침개였다. 그 순간 네 개의 눈길이, 아니 그동안 없는 듯 앉아 있던 허미경의 눈길까지 일시에 접시로 쏠렸다. 과일이 명절 때나 입에 대볼 수 있는 것처럼 계란 부침개도 아무때나 맛볼 수 없는 귀한 먹거리였다.

자기도 모르게 눈길이 쏠린 것을 부끄러워하며 허미경은 고개를 숙였다. 그러나 군침 도는 얼굴로 다른 두 동생의 눈길은 그대로 접시에 박혀 있었다.

"어서 밥 안 먹고 뭘 그리 쳐다보고 있어. 오빠하고 형은 공장일이 너무 힘드니까 보약으로 먹는 게야."

허진의 할머니는 두 손녀와 손자를 꾸짖는 눈길로 쳐다보았다. 손녀는 눈길을 떨구며 울상이 되었고, 손자는 입을 쭉 내민 채 할머니를 쳐다보고 있었다.

그런데 허진은 숟가락을 모로 세워 계란 부침개를 토막토막 자르고 있었다.

"얘야, 너 지금 뭘 하는 게냐? 어서 그냥 먹어라. 두 개도 모자라는데."

"괜찮아요. 콩 하나도 열이 나눠 먹는다잖아요."

허진은 다섯 쪽으로 나눈 계란 부침개를 막냇동생부터 차례로 밥 위에 놓아주기 시작했다.

"그런 철든 말은 어찌 아누."

허진의 할머니는 목이 메이면서도 마음 든든한 것을 느끼며 치마 끝을 뒤집어 코를 훔쳤다.

저녁을 먹은 허진은 책상 옆의 벽에 등을 기대며 눈을 감았다. 온몸이 가눌 수 없이 나른하고 무겁게 처져내리며 눈이 절로 감겼다. 전신이 녹아내리는 것 같기도 하고, 물속으로 끝없이 잠겨드는 것 같기도 한 착각에 빠지며 허진은 몰려오는 잠을 이기지 못했다.

마치 중병을 앓고 있는 사람의 몰골로 잠이 드는 손자를 측은하게 바라보며 허진의 할머니는 소리 없이 혀를 찼다. 그녀는 손자를 눕혀 재우는 것을 진작 그만두었다. 손자는 한사코 누워서 자려고 하지 않았다. 누워서 자면 다시 일어나기 어려우니 그렇게 앉아서 한숨 잔 다음 공부를 하려는 것이었다.

"오빠, 오빠, 시간 다 됐어. 오빠, 공부할 시간이야."

허미경은 한 시간쯤 지나 오빠의 어깨를 조심조심 흔들었다. 그건 그녀에게 맡겨진 고역스러운 임무였다. 오빠가 잠 깨기를 힘들어한다고 그냥 넘겼다가는 이튿날 오빠한테 생야단을 맞았다. 허진은 그 일을 할머니에게 부탁하지 않고 여동생에게 맡겼던 것이다.

허진은 끈적끈적하고 찐득찐득한 잠의 수렁에서 벗어나려고 애를 썼다. 전신을 친친 동이고 있는 것 같은 잠의 포승은 너무 검질겨 단숨에 끊을 수가 없었다. 여동생이 서너 차례 깨워서야 가까스로 눈을 뜬 허진은 온몸이 조각조각 금이 간 것 같은 착각을 일으켰다. 마음은 분명 일어나려고 하는데 마디마디가 금이 가고 부서진 것 같은 몸은 말을 듣지 않았다. 밤마다 그런 몸을 '조립'하는 데는 한참씩이 걸렸다.

아아……, 그만 공부를 포기해 버릴까…….

흐릿한 의식 속에서 이 유혹이 또 손짓하고 있었다. 그리고 피 토한 아버지의 시신이 떠올랐다. 허진은 이를 악물며 천천히 몸을 뒤척이기 시작했다. 가누기 어려운 몸을 '조립'하는 거였다.

허진은 살얼음 낀 물로 세수를 했다. 정신이 번쩍 들었다. 그러나 튼 손은 견디기 어렵게 쪽쪽 아렸다.

"에구, 찬물로 세수를 하면 그 손이 어찌 되누. 어서 닦아라."

언제 나왔는지 허진의 할머니가 수건을 내밀었다. 허진은 말없이 수건을 받아들었다.

할머니, 기다리세요. 제가 이 가난 물리치고 꼭 호강시켜 드릴게요.

허진은 수없이 다짐해 온 말을 또 속으로 뇌었다. 세상을 향해 할머니가 품고 있는 원한을 풀어드리는 길은 이 춥고 배고픈 가난에서 어서 벗어나는 것이었다. 자신이 가장 지긋지긋해하는 것이 가난해서 당해야 하는 '추운 것'이고 '배고픈 것'이었다. 어려서부터 지금까지 춥고 배고픈 것에서 벗어나 본 적이 없었고, 그 올가미는 앞으로도 언제까지 식구들을 괴롭힐지 모를 일이었다.

"눈이 올라나, 어째 별이 하나도 안 보인다. 춥다, 어서 들어가자."

허진의 할머니는 가녀린 한숨을 지으며 손자의 등을 감쌌다.

허진은 앉은뱅이책상에 앉으며 벽을 응시했다. 벽에 붙은 에디슨의 말 아래 새 문구가 적혀 있었다.

"극복되지 않는 역경은 없다."

허진은 앉음새를 단단히 하며 수학책을 펼쳤다.

허미경은 할머니를 거들어 봉투 붙이기에 손을 재게 놀렸다. 봉투 붙이기만큼 일손이 많이 가면서 짠 돈벌이도 없었다. 일일이 접고 풀칠을 해서 한 장씩 만드는 것인데도 받는 돈은 몇 전에 불과했다. 그러나 그 벌이마저도 서로 하려고 하는 형편이었고, 할머니로서는 다른 일거리를 구하기도 어려워 허미경은 틈만 나면 할머니를 도왔다. 겨울이면 으레 자리끼도 잉크도 얼 만큼 방에 외풍이 세서 풀이 묻어나는 손가락 끝이 시렸다. 그러나 허미경은 아무 내색 없는 할머니를 따라 손놀림 빠르게 봉투를 접어나갔다.

허진은 깜빡 졸다가 소스라치며 눈을 부릅떴고, 또 깜빡 졸다가 머리를 짤짤 흔들어댔다. 그러다가 그는 잉크 찍지 않은 펜대로 왼쪽 팔뚝을 찔렀다. 날카로운 펜촉 끝이 옷을 파고들어 팔에 예리한 아픔을 일으켰다. 하룻밤에도 몇 차례씩 펜촉을 찔러대 왼쪽 팔뚝은 마치 주삿바늘을 수없이 꽂은 것 같았다.

허진은 밖이 시끌시끌해서 잠이 깼다.

"아, 뭣들 하고 있어. 빨리 동치밋국들 떠와, 동치밋국!"

"아니야, 숨 다 넘어가는데 어서 병원으로 옮겨야지."

"무슨 소리야. 병원에 간다고 별수 있어. 연탄까스 취한 데는 동치밋국밖에 약이 없어."

"어른들은 가망 없을지 몰라도 애들은 아직 정신이 있으니까 동치밋국을 먹여야 해."

"아이고, 첫눈이 사람 잡았네."

"그러게 조심했어야지. 세 들면서 왜 방바닥 단속을 안 했나 그래."

허진은 잠자리에서 벌떡 일어났다. 그때 여동생이 방으로 들어서다가 말했다.

"저쪽 끝방 사람들이 연탄까스 마셨어. 이상한 사람들이야. 왜 겨울 되기 전에 방바닥 도배를 안 했는지 몰라."

허진은 밖으로 나가볼 마음이 없어졌다. 살인가스인 연탄가스 단속은 각자가 알아서 할 수밖에 없었다. 할머니는 겨울을 맞을 때마다 좋지 않은 종이로나마 어김없이 방바닥 도배를 하고는 했다. 변을 당한 사람들은 서너 달 전에 세를 들면서 도배를 놓고 주인하고 다투었었다. 주인네가 도배를 안 해주자 자기들도 안 해버린 모양이었다.

26
어머니의 눈물

"엄니, 기운 차리세요. 이러다가 정말 큰 병 나시겠어요."

어머니가 덮은 이불깃을 여미는 유일민의 혈색 없는 얼굴에 근심이 가득했다.

"시상에 그 돈이 어쩐 돈인디……."

헛소리하듯 하는 해촌댁의 눈에서 눈물이 주르르 흘러내렸다.

"아깝고 분해도 다 잊어버리세요. 엄니 몸까지 상하면 어찌 되겠어요."

"돈도 돈이제만 느그덜 고상이……."

"엄니, 우리는 고상 하나또 안 혀라. 엄니가 이러면 우리가 못 올라간당께요."

분이 서린 얼굴로 맞은편 벽을 응시하고 있던 유일표가 퉁명스럽게 내쏘았다.

"그려……, 그려……, 느그 올라가야제. 요보담 더 기맥히고 숭헌 꼴도 당허고 살었는디……, 나가 인자 정신 채릴 것잉께 느그도 올라갈 채비나 혀라."

해촌댁은 파삭 탄 입술을 깨물며 힘겨웁게 몸을 일으켰다.

"엄니, 이사가 좀더 늦어져도 괜찮아요. 그까짓 것 밥해 먹는 건 이골이 났으니까 저희들 걱정은 하지도 마세요."

유일민은 어머니를 부축하다가 깜짝 놀랐다. 어머니의 몸이 뜻밖에도 무게감 없이 가볍고 왜소하게 느껴졌다. 그건 노쇠가 아니었다. 오랜 세월에 걸쳐 어머니를 괴롭혀온 온갖 세상살이가 어머니의 마음에 상처를 내고 몸을 훑어낸 거였다. 이번 일도 어머니를 너무 가혹하게 매질한 배신행위였다. 유일민은 가슴에 넘쳐나는 서러움을 주체할 수가 없었다.

"그려, 나가 느그덜 보고 살제 무신 낙이 또 있겄냐. 느그도 심내 그라. 이 에미도 인자 당허고만 살지 않을 참잉께로. 선희야, 물 한 그럭 떠오니라."

두 아들을 번갈아 쳐다보는 해촌댁의 눈에는 눈물기가 가셔 있었다.

그러나 해촌댁의 가슴에서는 여전히 분한 불길이 타오르고 있었다. 두 달 뒤면 곗돈을 타게 되어 있었다. 그 돈을 타서 서울로 이사를 가려고 했었다. 두 아들 옆으로 가려고 스물두 달 동안 꼬박꼬박 곗돈을 부어왔던 것인데 며칠 전에 계가 깨지고 말았다. 계주가 여러 개의 곗돈을 몰아쥐고 종적을 감추어버린 것이다. 경찰에서는, 그러기에 은행에 저금하랬지 누가 계 하랬느냐고 오히려 타박이었다. 계주를 잡을 길은 없고, 곗돈 50만 환은 고스란히 날아가고 말았다.

집집마다 크고 작은 계에 들지 않은 집이 없을 정도로 계는 성행하고 있었다. 그런 만큼 계에 얽힌 사고는 도처에서 빈번하게 일어나고 있었다. 그러면서도 그 기세가 수그러들 줄 모르는 것은 은행저축에 비해 이자가 월등히 많기 때문이었다. 서민들로서는 2년 정도 허리띠 졸라매서 목돈을 마련할 수 있는 유일한 길이 계였다.

"엄니, 이제 계 같은 건 하지 마시고 혹시 돈이 생기면 꼭 은행에 저금하세요. 이자 생각하지 마시구요."

다음날 집을 떠나며 유일민이 말했다.

"알겄다, 어여 가그라. 즘생이 아닌디 똑같은 일 두 번 당허겄냐."

해촌댁은 울음 번진 얼굴로 큰아들의 옷을 털고, 작은아들의 등을 쓰다듬었다.

유일표는 입을 꾹 다문 채 먼 데로 눈길을 보내고 있었다. 그런 그의 가슴은 풀길 없는 복수심으로 끓고 있었다. 성질 같아서는 학교고 뭐고 다 때려치우고 그 계주를 찾아 하늘 끝까지라도 가고 싶었다. 좀처럼 눈물을 보이지 않는 어머니가 얼마나 분하고 기막히면 그리 몸져누워 눈물을 흘렸을 것인가. 그러나 속시원하고 후련하게 그 복수를 할 수 없는 것이 너무 속상했다.

서울에 도착할 때까지 유일표는 내내 어머니만 생각했다. 깜빡 잠이 들어서도 어머니 꿈을 꾸었다. 그 어느 때 없이 어머니가 겪어온 슬픔과 불행이 깊게 깊게 사무쳐왔다. 어머니는 고생고생하면서 곗돈을 부을 때마다 얼마나 서울로 이사갈 날을 고대했을 것인가. 식당을 처분한 돈에 그 돈 50만 환을 보태 서울에서 무슨 장사든 하며 세 끼 밥을 어머니 손수 해주는 것이 어머니가 간직했던 꿈이었다. 어머니에 대한 슬픔과 애달픔이 사무칠수록 그 꿈을 짓밟아버린 자에게 증오가 끓어올랐다. 그러나 그 증오는 스스로의 가슴만 태울 뿐이었다.

그들이 셋집에 도착하니 방문 틈에 무슨 종이쪽이 끼워져 있었다. 유일민은 열쇠를 쪽마루에 놓고 그 쪽지부터 뽑았다.

머 묵자것있다고 그리오래 죽치고 안었냐. 오는대로 숨도시지 말고 이찌방으로 연락혀라. 아조 존일이있다.
니으 영원헌 친구 서동철이가.

맞춤법도 띄어쓰기도 제멋대로인 서동철의 편지를 보며 유일민은 빙긋 웃음지었다.

국민학교 6학년 국어시간에 받아쓰기를 했는데, 열댓 명이 불려나가 맞춤법이 틀린 수만큼 머리통에 알밤을 먹었다. 그런데 네댓 개의 알밤을 먹고 난 서동철이 갑자기 소리쳤다.

"아이고메 대그빡 다 깨지네. 우리 외할메 편지 나가 다 받아써 주는디 군대 간 외삼춘이 잘만 알아묵는단 말이오."

아이들이 와그르 웃어댔고, 담임선생도 그만 웃고 말았다.

그때의 서동철의 말이 맞긴 했다. 못 알아먹을 말은 하나도 없었다.

"아이고야, 학생들 왔는교."

맞은편 방 아주머니가 방문을 열고 나오다가 반색을 했다.

"예, 그동안 안녕하셨어요."

유일민이 인사를 했고, 유일표도 모자를 벗고 꾸벅했다.

"친구라 카는 사람이 대엿새 전에 찾아왔었는기라요."

"예, 여기 편지 읽었습니다."

"그 사람이 학생 친구 맞는교?"

"예."

"얄궂어라. 하이칼라로 뽑기는 했어도 학생하고는 영 안 어울리드마는······."

말꼬리를 흐리며 돌아서는 아주머니는 고개를 갸웃거리고 있었다.

유일민의 얼굴이 어색해졌다. 서동철이가 몸에 밴 건달기를 다 감추기는 어려웠을 것이다.

"일표야, 나 좀 나갔다 와야겠다."

"나도 같이 가면 안 될까?"

"내가 어디 가는 줄 알고?"

"쌍짱구 형 만나러 가잖아."

"아니, 니가 어떻게 그 사람을 알아?"

"치이, 형 친구니까 알지. 형 없을 때 여기 찾아왔었거든. 공짜 영화 보고 싶으면 언제든지 오라고 했어."

"그런데 왜 그 말 안 했어?"

"자기가 바로 형 만날 테니까 말할 것 없다고 했거든."

"너 참……." 유일민은 어이없어하고는, "그래서 영화 보러 갔었냐?" 그는 동생을 쏘아보았다.

"아니."

유일표는 시치미를 뚝 뗐다. 쌍짱구 형이 했던 약속을 믿기 때문이었다. 지난번에 허진을 만나고 나서 최주한과 이상재를 데리고 쌍짱구 형을 찾아갔었다. 그들에게 맨날 신세만 지는 처지에서 낯을 낼 수 있는 더없이 좋은 기회였다. 쌍짱구 형은 너무 반가워했고, 2층 특석은 말할 것도 없고 오징어와 땅콩까지 두둑하게 사주어 자신의 체면을 톡톡하게 세워주었었다.

"짜샤, 그런 걱정 붙들어매라. 싸나이 대 싸나이의 의리는 백년을 간다."

형에게 말하지 말라는 말에 쌍짱구 형은 이렇게 대꾸했던 것이다.

"너, 그래서 공짜 영화 보러 가겠다 그거냐?"

"기분도 드럽고 한데 마침 잘됐잖아."

"너 똑똑히 들어. 앞으로 그 사람 절대로 만날 생각 하지 마."

유일민은 더 사납게 눈꼬리를 세웠다.

"왜, 그 형 말하는 게 아주 맘씨 좋아 보이던데. 생김도 남자답고."

"글쎄, 잔소리 말고 시키는 대로 해!"

유일민은 화를 내며 언성을 높였다. 유일표는 고개를 획 돌려버렸다.

유일민은 비탈길을 바삐 내려가며 자신이 너무 심하지 않았나 생각했다. 그러나 일표를 서동철에게 가까이하는 건 별로 좋을 게 없다는 생각에는 변함이 없었다. 무슨 큰 탈이야 없겠지만 동생의 기질로 보아 염려스러운 구석이 없지도 않았다. 서동철의 신분을 눈치챘을 것이 뻔한데도 경계하거나 저어하지 않고 오히려 호감을 나타내는 것이 벌써 문제였다. 물론 그런 감정에는 형의 친구라는 점이 작용했겠지만, 남자는 한 가락 주먹을 쓸 줄도 알아야 한다는 생각을 가지고 있는 게 동생이었다.

극장 앞으로 다가서던 유일민은 그만 걸음을 멈추었다. 커다란 유리문 저쪽 극장 안에서 싸움판이 벌어져 있었다. 그러나 다시 보니 그건 패싸움이 아니라 한 사내가 네 명을 일방적으로 두들겨패는 것이었다. 이쪽으로 등을 돌린 채 마구 주먹질 발길질을 해대고 있는 것은 서동철이 분명했다. 그의 발길질이며 주먹질은 쉴새없이 상대방들을 난타해 댔고, 그들은 얻어맞고 쓰러졌다가는 금세 일어나 똑바로 서고는 했다.

유일민은 그 광경을 멍하니 바라보고만 있었다. 그런 일방적 구타도 이상했지만, 사람을 치는 서동철의 그 기막힌 솜씨에 놀라고 있었다. 국민학교 때 싸우던 것말고는 처음 보는 서동철의 그 기민하고 정확한 동작은 무슨 무술 시범을 보이는 것 같았다.

저게 진짜 깡패는 깡패로구나. 저것도 예사 능력은 아니지. 자식, 제 길 제대로 찾아간 셈이네.

유일민은 이런 생각을 하고 있다가 얼른 돌아섰다. 때리기를 멈춘 서동철 앞에 코를 싸쥐고 배를 움켜잡고 한 네 명이 절을 하더니 부리나케 밖으로 뛰쳐나오기 시작했다.

"아니, 니 누구여. 언제 왔다냐?"

그들을 뒤따라 나온 서동철이가 유일민을 알아보았다.

"응, 조금 전에."

유일민은 좀 어색하게 웃었다.

"글먼 니, 나 체조허는 것 봤다는 것이여?"

"체조? 그러다가 죽으면 어쩔려고 그러냐?"

유일민은 어이없어하며 눈총을 쏘았다.

"아이고, 요런 골샌님이 겁나분 모냥이시? 다 탈 안 나게 급소 피해감서 겁주는 것잉께 그런 걱정이사 말어라. 가자, 쩌 다방으로."

극장 기도주임으로 새로 자리잡은 다음부터 양복을 빼입기 시작한 서동철의 겉모습은 흠 잡을 데 없는 미끈한 신사였다. 그러나 딱 벌어졌으면서도 삐딱하게 기운 듯한 어깨며, 쭉 뻗은 긴 다리로 약간 벌어진 듯 걷는 이상한 걸음걸이에서 주먹패의 불량기가 금방 드러났다. 그는 몸에 꼭 맞는 검은 양복에 와이셔츠까지 검은 것을 입고, 넥타이는 하얀 것을 매고 있었다. 검은 머리에 포마드를 맥질하고 검은 구두까지 신었으니 그의 새 별명이 '마카오 까마귀'가 될 만도 했다. '마카오 까마귀'는 '마카오 신사'라는 유행어를 변형시킨 거였다. 고급 양복기지가 마카오에서 밀수로 많이 들어오고 있었다.

그런데 그가 걸음을 옮길 때마다 구두 밑창에서 쇠 갈리는 소리가 났다. 구두 앞뒤축에 박은 징이 울리는 소리였다. 징은 비싸고 귀한 구두를 오래 신으려고 뒤축이 빨리 닳는 것을 막기 위해 생겨난 물건이었다. 그런데 가난의 증표인 그 징 소리가 언제부턴가 양복쟁이 신사가 내는 멋진 소리처럼 의미가 변해 있었다. 서동철이가 멀쩡한 구두 앞뒤축에 징을 박은 것은 신사의 조건을 갖추려고 그런 것만이 아니었다. 그건 지난날 꼭 군화를 신었던 것처럼 발길질을 할 때 그 효과를 최고로 높이기 위한 또 하나의 공격무기였다. 앞차기, 옆차기, 돌려차기를 할 때 구두 앞뒤에 박힌 쇠붙이는 고무에 비해 파괴력을 훨씬 강하게 증폭시켜 주었다.

"걔들은 누군데 그렇게 개 패듯 패냐?"

유일민은 다방에 자리잡으며 물었다.

"이, 빵살이들이여."

"빵살이?"

"아이고, 골샌님이 알고 잡은 것도 많다. 쓰리꾼 조직 행동대."

"그럼, 걔들을 그렇게 패도 괜찮아? 거기도 왕초가 있을 텐데."

"야가 시방 이 성님을 멀로 보고 이런다냐? 그 새끼들은 하발이 중에 하발이고, 이 성님은 그런 왕초들에 비허면 천상에 있는 임금이시여."

서동철은 손가락을 까딱거려 아가씨를 불렀다.

"미친놈, 아주 큰 감투 썼다. 임금이면 임금답게 할 것이지 그리 심하게 패면 어떡하냐. 불쌍하지도 않아?"

유일민이 얼굴을 찡그리며 혀를 찼다.

"야가 시방 골샌님 티 내니라고 부처님 가운데 토막 겉은 소리만 골라감서 허고 앉었네. 여그 커피 두 잔." 서동철은 다가온 아가씨한테 이르고는, "나가 맡은 임무가 머신지 아냐? 기도주임 임무는 무료입장 헐라는 건달패만 막는 것이 아니여. 관객들이 맘놓고 편안허게 영화 감상을 허게 맹글어줘야 혀. 근디 그런 빵살이들이 설쳐댐서 쓰리럴 해대면 워찌 되겄냐? 쓰리당헌 손님은 다시는 그 극장에 안 오고, 그 소문이 자꼬 퍼져 어느 극장이 쓰리꾼 모자리판이드라 혀불면 그 극장 문닫는 판이여. 그런디도 인정사정 봐줘야 쓰겄냐?" 그는 콧방귀를 뀌었다.

"그게 그런 사정이 있구나."

커피잔을 들며 유일민은 고개를 끄덕였다.

"날치기, 들치기, 쓰리꾼, 종류도 가지가진디, 쓰리꾼 중에서도 뼈쓰나 시장통 겉은 디서 땡기는 놈들보담 질로 치사헌 것이 극장 파고드는 똘만이들이여. 요 느자구없는 새끼들은 영화 좆 빠지게 다 봄서 넘 큰 사업꺼정 망치는 종자들잉께로. 뼈쓰나 시장통에서 벌어묵으면 넘 망치는 일은 없잖여. 아이고, 존 사람 하나 베리기 전에 요런 실답잖은 소리 고만허자."

서동철은 팔말을 빼물고는 성냥을 칙 그어댔다.

"은제 올라왔냐?"

"아까. 네 편지 보고 바로 왔다."

"그려, 성님헌티 인사성 붉아 좋다." 서동철은 담배연기를 훅 내뿜고는, "니 직장 구했다" 하며 씨익 웃었다.

"직장?"

"그려. 유식헌 꼬부랑 말로 아리바이트 자리 말이여."

"가정교사 자리 말이냐?"

"이. 우리 사장 친구 집인디, 오늘 인사 가고, 낼부텀 바로 시작혀라. 니 올라오기 기둘리고 있응께."

"고향이 어딘데?"

"허! 야가 병이시. 걱정 말어. 이북사람 아닝께."

"너가 애 많이 썼구나."

유일민은 가슴이 먹먹했다. 자신이 당한 일을 임채옥보다 더 분해하고 가슴 아파한 것이 서동철이었다.

"글고 봉께 나넌 근심 걱정 다 마감헌 것이구마 이. 전쟁 터진께 일찍 죽어뿐 아덜보고 효도했다고 허등마, 진작 죽은 아부지가 고마운지 인자 알겠다 와. 참 드럽고 빌어묵을 시상이다."

위안술을 사주며 서동철이가 취해서 한 말이었다.

"나가 애는 무신 애럴 써. 외려 니 덕에 나 체면이 하늘 높게 올라갔는디."

유일민은 서동철을 의아하게 쳐다보았다.

"아, 머리 존 사람이 척 들으면 몰르냐? 나 겉은 놈헌티 니겉이 학벌 존 친구가 있단 걸 이 시상 누구가 믿을라고 헐 것이냐. 우리 사장이 나럴 싹 달리 보게 되얏단 말이다."

서동철은 어깨를 으쓱거렸다.

"그래 고맙다. 근데 넌 괜찮겠냐? 혁명재판이란 게 다시 벌어지고, 대대적으로 소탕하겠다고 시끄러운데."

"썹새끼덜 좆 뽈으라고 혀. 이승만 때보담도 더 개판치는 놈덜이 우리럴 무신 재주로 소탕혀. 우리 소탕헐라 허지 말고 즈그놈덜 붕알 밑에 붙은 불이나 잘 끄라고 혀. 신문에 날이날마동 나는 것이 즈그 정권 3월 위기설이니 4월 위기설이니 허는 것 아니여. 근디야, 참말로 이놈으 정권이 3월이나 4월에 엎어지고 뒤집어지고 허겄냐?"

서동철은 목소리를 낮추며 다가앉았다.

"글쎄, 그게 어찌 될지 모르지만 세상 돌아가는 건 영 심상치가 않아. 누구나 정권이 무능하다고 야단들인데, 무능하긴 무능한 것 같고, 민심을 잃어도 너무 많이 잃었어. 그런데 정권이 바뀐다고 해도 그게 그걸 거야. 정치인들이 완전히 하늘에서 새로 떨어지는 것도 아니고, 그 사람이 그 사람이거든. 아무튼 이렇게 소란스러울 땔수록 몸조심해. 엉뚱하게 벼락 맞을지도 모르니까."

"좆겉은 놈들, 우리 패가 정치럴 혀도 요것보담은 잘허겄다. 여그약도 있응께 어여 인사 가그라."

유일민은 서동철이가 양복 속주머니에서 꺼낸 종이를 받아들었다.

"시, 시경 정보과라구요? 무슨 일로 그러시는지요?"

말을 더듬으며 몸까지 일으키는 총무과장의 얼굴은 완전히 겁질려 있었다.

"용건이 있으니까 왔지. 그걸 당신한테 보고해야 하나?"

어깨 넓은 남자의 반말지거리는 사뭇 위압적이었다. 대여섯 명직원들의 눈길이 그 남자에게로 쏠렸다.

"아니 뭐……." 총무과장은 굽실하고는, "미쓰 김, 빨리 사장님께 말씀드려" 하며 끝자리의 여사원에게 눈길을 보냈다.

"얘 미경아, 네가 가서 빨랑 말씀드려. 사장님이 너 이뻐하시잖아."

여사원은 약게 발뺌을 하며 구석자리에 앉아 있는 사환아이에게 말했다.

싫은 기색이면서도 몸을 일으키는 단발머리 소녀는 허진의 동생이었다.

"사장님, 손님 오셨는데요. 시경 정보과에서 왔다고 합니다."

손을 모아잡은 허미경은 무척 조심스럽게 말했다. 귀염성 있는 얼굴과 초롱초롱한 눈에는 겁이 실려 있었다.

"뭐, 시경 정보과?" 서류를 보고 있던 박 사장이 멈칫하며 잠깐 생각하더니, "그래, 모시고 오너라" 하면서 의아스러운 얼굴로 고개를 갸웃거렸다.

"첨 뵙겠습니다. 시경 정보과 이 형사라고 합니다. 사업은 잘되십니까?"

상대방이 살필 틈도 없이 신분증을 보이는 시늉만 하는 형사의 태도는 그래도 아까보다 한결 예의 바르고 부드러웠다.

"아 예, 다 아시다시피 경기가 워낙 나빠서 그저 그럭저럭 그렇지요. 자아, 앉으십시다."

박부길 사장은 골격 큰 몸집에 어울리게 너털웃음을 지어내며 자리를 권했다. 그러면서도 그는 상대방을 탐지하는 눈길을 번득이고 있었다.

"에이, 그래도 전쟁 끝나고 제일 재미보아 온 게 구호물자 장사하고, 건축업 아닌가요?"

형사는 소파에 자리잡으며 제법 아는 척을 했다.

"글쎄올시다. 재미본 걸로 치자면 원조 밀 찧어댄 제분업, 싼 원료 들여다 옷감 짜댄 방직업, 사람들 입맛 다 버려놓은 제당업이 따로 있지요. 이놈의 건축업이라는 건 재료 비싸지, 인건비 많이 축나지, 뒤탈까지 많아서 겉이 번드르한 것에 비해 속은 팍팍 곯아요. 새까만 깜둥이가 될갑새 신흥 업종인 구공탄공장을 해먹는 게 낫지 이거 골머리 아파요. 일정 때부터 배운 도둑질이라 그저 목매달고 있지만."

박부길은 평소부터 입에 담아오던 너스레를 떨어대며, 이놈은 얼마짜리인가를 가늠하고 있었다. 구청이며 세무서, 관할 경찰서에서 돈을 뜨러 올 때면 즐겨 써먹는 것이 이 너스레였다.

"예, 사업가치고 자기 사업 잘된다고 하는 사람은 없으니까요." 형사는 픽 웃는가 싶더니, "박준서가 아들이지요?" 하는데 그 얼굴이며 눈빛이 생판 딴사람으로 변했다.

"아, 예에……, 그런데……?"

박부길은 가슴이 서늘해지는 긴장을 느끼며 자신도 모르게 소파에서 등을 뗐다.

"박준서가 학생단체 간부 것 알고 있지요?"

형사는 싸늘한 눈길로 박부길을 노려보았다.

"아닙니다. 우리 준서는 그런 감투 쓴 일 없습니다. 4·19단체에서 무슨 부장인가를 맡은 것을 제가 막 야단을 쳐서 내놓게 한 일도 있는데요."

박부길은 취조받는 피의자처럼 완전히 태도가 변해 자신을 최대한 낮추는 말투에다 어조에도 기가 빠져 있었다.

"그건 사장님이 잘 모르고 하는 말이오. 박준서는 통일추진연맹이란 대학생 단체의 간부예요. 우리가 확실한 정보를 가지고 수사를 착수했으니 두말할 것 없이 아들한테 확인하시오."

형사는 검지손가락으로 박부길의 가슴을 꼬느며 명령조로 말했다.

"아 예에……, 근데 그놈이……."

엉덩이를 들썩하는 박부길의 얼굴은 표나게 질려 있었다. 무슨무슨 동맹이니 무슨무슨 연맹이니 하는 말만 들으면 그는 직감적으로 공포에 사로잡혔다. 6·25를 겪으며 생긴 증상이었다.

"요새 시건방진 대학생놈들이 통일운동합네 하면서 날뛰고 있는데, 그게 다 배후에 있는 불순세력들의 조종을 받고 하는 짓이라 그거요. 알고 있소?"

"아니, 저어……, 그걸 알았으면 가만뒀겠습니까."

박부길은 불순세력이란 말에 완전히 기가 질려 자기도 모르게 손을 모아잡고 머리를 조아렸다. 불순세력이란 곧 빨갱이를 말하는 것이었고, 아들이 거기에 물들었다 하면 사업이고 뭐고 다 거덜 날 판이었다.

"똑똑히 들으시오. 그 통일운동한다는 놈들을 대상으로 총력 수사를 전개하고 있소. 이번에 걸려들면 국물도 없이 크게 다쳐요. 당하고 후회해 봤자 소용없으니까 어떻게 하겠소?"

"그야 여부가 있습니까. 알았으니까 사생결단 막아야지요. 그놈의 다리를 분질러서라도 막겠으니 염려마십시오. 미리 알려주셔서 너무 고맙습니다."

박부길은 과장하는 것이 아니었다. 그는 공산당이라면 막무가내 싫었다.

"잘 협조하시오."

형사가 몸을 일으켰다.

"예, 적극 협조하겠습니다. 형사님, 자, 잠깐만……."

박부길은 부리나케 책상으로 내달았다. 그리고 서랍에서 제일 두툼한 봉투를 꺼냈다.

"이거 얼마 안 됩니다만 수사비도 넉넉찮으신데 너무 수고하셔서……."

박부길은 반으로 접은 봉투를 익숙한 솜씨로 형사의 주머니에 찔러 넣었다.

"협조만 잘하시면 되는데 뭘 이런 걸……."

어느새 존댓말을 하고 있는 형사는 못 이기는 척하며 봉투를 주머니 깊이 밀어넣었다.

박부길은 형사를 회사 문앞까지 배웅했다. 그런 그의 속은 부글부글 끓어오르고 있었다. 건방지게 4·19에 나선 것만도 뭐한데 이젠 공산당 조종을 받고 놀아나? 이건 도저히 그냥 두고 볼 수 없는 일이었다.

박부길은 일손이 잡히지 않아 연거푸 담배를 빨아대며 애초에 준서 놈의 사학과 진학을 막지 못한 것을 후회하고 있었다. 물론 사학과 가는 것을 방치한 것은 아니었다. 사학과라는 게 영 시답잖아 경영학과나 공대 건축과를 가라고 했었다. 그런데 녀석은 제 형들과는 달리 부득부득 사학과를 가겠다고 고집을 부렸다. 까짓것 아들도 많은데 이것저것 시켜서 나쁠 것 없다 싶었던 게 잘못이었다. 인생살이란 뭐니뭐니 해도 돈벌이 잘하는 것이 최고고, 돈벌이가 잘되려면 세상이 잠잠해야 하고, 재벌 소리 듣게 떼부자가 되는 날에는 권력이고 뭐고 천하가 다 손아귀에 들어오는 것이다. 그런데 준서 그 철딱서니 없는 놈은 이 만고불변의 진리를 모르고 나대니 한심한 노릇이었다. 제놈이 총상 입어가며 4·19데모 해봤댔자 잘된 것이 뭐가 있는가. 경기만 나빠져 잘 풀려가던 애비 사업 꼬이는 판에 뭐 또 통일운동? 통일이 뭐 축구냐, 배구냐, 운동이게. 통일은 전쟁으로 하는 거지 운동으로 되는 물건이 아니야. 괜히 떠들어대고 설치면 사회 혼란만 일어나고 사업은 더 안 되고, 거기다가 빨갱이죄 뒤집어써 봐. 평생 신세 망치는 걸 왜 몰라. 요런 얼띤 놈 같으니라고.

박부길은 제풀에 흥분해서 벌떡 일어났다. 성질대로 하자면 당장 집으로 쫓아 들어가고 싶었지만 아들놈이 집에 있을 리 없었다. 그는 다시 앉으며 전화기를 붙들었다. 급히 번호를 돌려대다가 송수화기를 쾅 놓아버렸다. 마누라한테 자식 간수를 어떻게 하는 거냐고 한바탕 퍼대고 싶었지만 괜히 애꿎은 마누라 속타게 할 뿐 해결될 문제가 아니었다.

한번 잡친 기분이 돌이켜지지 않아 박부길은 결재서류를 덮어버렸다. 그리고 전화번호를 돌리기 시작했다.

"여보세요, 효자동입니다."

젊은 여자의 목소리가 또랑 울려나왔다.

"나다. 나 점심 먹으러 간다."

"어머, 빨랑 오세요. 기다릴게요."

"결재는 낼 된다고 해."

박부길은 엄하게 이르고 사무실을 나섰다. 그의 눈앞에는 매끈하게 탄력 넘치는 젊은 여자의 몸이 아른거리고 있었다.

식욕과 성욕이 왕성해야 그만큼 사업도 잘된다고 믿고 있는 박부길은 알몸인 젊은 첩을 끼고 늘어지게 낮잠을 잔 다음 오후 늦게 회사로 나갔다. 그는 밤의 술 약속을 뒤로 미루고, 회사의 부서마다 휘돌며 한바탕 닦달을 해대고는 곧장 집으로 들어갔다.

아들 준서는 집에 들어와 있지 않았다. 딸 영자도 보이지 않았다.

"이봐, 당신 준서 그놈이 통일운동인지 빨갱이질인지 하고 다니는 것 알아, 몰라?"

딸도 보이지 않자 성깔이 돈은 박부길은 댓바람에 아내를 향해 쏴질렀다.

"예에? 그게 무슨 소리예요?"

그의 아내는 주춤 물러서며 눈이 휘둥그레졌다.

"이 무식한 여편네 같으니라구, 그 쉬운 말도 못 알아들어? 준서 그놈이 통일하자고 날뛰면서 빨갱이들이 시키는 대로 놀아나고 있다 그 말이야. 오늘 형사가 회사로 왔었어."

"몰라요, 난 그런 것 몰라요."

그의 아내는 손사래를 치며 물러났다. 그녀는 자식들 문제로 엉뚱한 덤터기를 쓰고 싶지 않았던 것이다.

"이 여편네야, 모른다고만 하면 다야. 집구석에서 에미가 자식새끼들을 어떻게 간수하길래 그래 자식놈이 빨갱이놈들하고 놀아나는데도 모르고 있어. 그놈이 빨갱이로 떼들어가는 날에는 사업이고 집구석이고 다 어찌 되는지 몰라? 다 폭삭 망하는 거야, 폭삭!"

박부길은 참아왔던 화를 맘껏 터뜨리며 고래고래 소리를 질러댔다.

"아이고, 다 큰 자식 나보고 어쩌라는 거예요. 박 씨 성 가진 당신 자식이니까 당신이 죽이든지 살리든지 알아서 해요."

그의 아내는 자리를 피해 허둥거리며 거실을 벗어났다.

"쩌, 쩌, 쩌, 무식한 여편네 같으니라구."

박부길은 혀를 차대며 담배를 뽑아들었다. 그러나 그는 진심으로 아내를 책망하는 것이 아니었다. 그렇게 해두면 아내를 통해서 아이들에게 작용하는 간접효과를 노리는 것이었다. 아이들이 어렸을 때는 그 방법이 꽤나 효과적이었다.

박영자는 어둑어둑해서 집에 돌아왔다.

"얘 영자야, 요새 대학생들이 아주 그럴듯한 일을 시작했더구나. 남북통일 하자는 건 민족을 위해서도 좋구, 통일이 되면 사업가들한테는 그보다 더 좋은 일이 없는데, 너도 그 운동을 하냐?"

"아빠, 그건 꼭 그렇지 않아요. 통일이 학생들 뜻대로 되는 것도 아니고, 자칫 잘못하면 또 전쟁이 일어날 수도 있다구요. 학생들 생각은 환상이에요."

"음, 그런 면도 없진 않겠지. 근데, 준서 오빠 그 운동 하는 눈치 아니냐?"

"글쎄요, 잘 모르겠는데요."

"그래, 어서 저녁 먹어라."

아이구, 우리 아빠 무섭고 징그러운 능구렁이야. 사업 수완만 좋은 줄 알았더니 수사관 뺨쳐.

박영자는 제 방으로 가며 부르르 어깨를 떨었다. 대문을 따주며 어머니가 귀띔해 주지 않았더라면 꼼짝없이 함정에 빠질 뻔했던 것이다.

박부길은 밤늦도록 거실에서 혼자 양주를 홀짝거리며 아들을 기다렸다. 박준서는 통금이 다 되어서야 돌아왔다.

"너 이놈 준서야, 여태까지 빨갱이들하고 내통하고 다녔지!"

박부길이 다짜고짜 고함을 질렀다.

"무슨 말씀이세요, 아버지."

박준서는 어리둥절했다.

"무슨 소리긴 이놈아. 오늘 형사가 회사로 왔었어."

박부길의 연이은 고함에 그의 아내와 박영자도 거실로 뛰쳐나왔다.

　"아 예, 통일운동 못하게 하려고 아버지 찾아와 공갈쳤군요. 걱정 마세요, 그건 어느 정권이나 똑같이 써먹는 상투수단이니까요."

　박준서의 태평스러운 대꾸였다.

　"뭐야? 그놈의 짓 당장 때려치워!"

　"그건 곤란해요. 기성세대를 믿을 수가 없어요."

　"뭐가 어쩌고 어째!"

　박부길이 아들을 후려쳤다.

　"아빠, 안 돼요오."

　박영자가 울부짖으며 아버지를 끌어안았고, 그의 아내도 매달렸다.

　코를 움켜잡은 박준서의 손, 그 손가락 사이로 피가 흘러내리기 시작했다.

27

포구의 바람

"형수님, 형수님 마음 제가 잘 알아요. 그렇지만 형편이 워낙 다급하니까 어쩔 수 없잖습니까. 갚을 길 막연한데 이자 비싼 고리채 내서 이자에 이자가 붙어나 결국 논 날리는 것보다는 제값 받고 논을 처분하는 게 낫다니까요. 보릿고개는 아직도 서너 달이나 남았는데 벌써 양식은 다 떨어져 죽 끓일 것도 없고, 동생들 공부도 작파할 수는 없잖아요. 논은 제가 담에 두 배로 벌충해 놓겠어요. 이건 형수님만이 아니라 형님하고도 하는 약속이니까 너무 애석하게 생각하지 마세요."

이규백은 괴로운 심정으로 간곡하게 말했다.

"……."

이규백의 형수 해남댁은 한쪽 무릎을 세워 웅크리고 앉은 채 눈물만 떨구고 있었다.

"워째 답이 없다냐, 땁땁허게."

이규백의 어머니 영암댁이 먹구름 같은 한숨을 토해냈다.

"……벨수웂제라……."

목이 잠긴 해남댁의 말은 그대로 울음이었다.

"……형수님, 저를 믿어주세요. 제가 틀림없이 약속을 지키겠습니다."

"하면, 하면. 규백이 니가 비문헐라다냐. 니넌 에렜을 적보톰 실답잖은 소리 한분 헌 일이 없고, 어런보담도 더 으지렁시러웠응께로."

영암댁은 밝은 목소리를 지어내며 힘주어 말했다. 그건 아들을 역성 드는 것이 아니고 며느리를 안심시키려는 것이었다.

"형님도 저세상에서 이런 형편 다 이해하실 겁니다. 조카들이 배곯아 허덕이는데 논만 끌어안고 있기를 바랄 리가 없지요."

"항, 느그 성이 살았어도 벨수웂제. 어쩔라냐? 니 싸게 올라가얄 건디."

영암댁은 아들의 시간을 한시라도 아끼려고 일을 다그쳤다.

"예, 오늘 바로 끝내고 올라가야지요."

이규백이 몸을 일으키려고 하자 그의 형수가 먼저 지게문을 밀고 뛰쳐나가듯 했다.

"차암 얄랑궂다. 나가 눈 뻔허니 뜨고 있는디 발써부텀 재산 탐허는 것도 아니고, 말귀 못 알아묵는 벽창호도 아니고……."

영암댁이 낮게 중얼거리며 한숨을 쉬었다.

"형님 생각나서 그러는 거지요. 그 심정 엄니가 이해하세요. 논문서 어디 있어요?"

"글씨, 그 맘도 씨리기야 허겄제. 근디, 구호양곡 나올란지도 몰른다는 소문은 워찌 될끄나?"

아들을 건너다보는 영암댁의 간절한 눈길이 슬펐다.

"엄니, 그 소문 하나도 믿을 것 없어요. 나라에서 발벗고 나서도 덕보기 어려운 일인데, 나라에서는 뒷짐지고 있고 민간인 단체나 학생들이 나서고 있으니 가망 없는 일이에요. 고등학생들이 절량 농가를 돕자고 거리에서 목 쉬게 외치고 있는데 보사부 장관이란 사람은 당장은 대책이 없다고 하고 있는 판이니까요."

부질없는 기대로 어머니가 실망하지 않게 하려고 이규백은 매정하다 싶게 사실 그대로를 털어놓았다.

"그려, 은제라고 나라 덕 보고 산 일 있다냐. 학상덜이 나섰다고 혀도 그 맘이 고맙제, 언 발에 오짐 누기고 뺑아리 눈물일 것잉게."

영암댁은 한숨을 물며 반닫이 저 깊은 곳에서 논문서를 꺼냈다.

이규백은 긴 포구를 따라 읍내로 터벅터벅 걸음을 옮겼다. 포구의 둔덕에는 쪼그려 앉은 여자들이 줄지어 있었다. 그건 춘궁을 이기려는 배고픈 행렬이었다. 그 사람들은 죽을 끓일 수 있는 봄나물을 무엇이든 찾고 있는 것이다.

이규백은 가슴이 아파 그 사람들한테서 애써 눈길을 돌렸다. 눈물을 떨구고 나갔던 형수도 그 속에 섞여 있을지도 모른다. 아니, 틀림없이 섞여 있을 것이다. 어제 저녁과 오늘 아침에 먹었던 죽에 든 봄나물을 누가 뜯었을 것인가. 어머니는 죽을 내놓으면서 무슨 잘못이라도 저지른 것처럼 얼굴을 들지 못했다. 그 말없이 애달프기만 한 모정이 더욱 가슴 쓰라리고 서러웠다.

이규백은 가슴이 무너져내리듯 짙은 한숨을 토해냈다. 두 달이 넘게 죽으로 살아온 어린 동생들과 조카들의 뼈만 앙상한 몰골은 사람의 꼴이 아니었다. 그 극한상황에 이르러서도 어머니와 형수는 뜻을 합하지 못해 자신이 내려올 수밖에 없었다. 논을 팔기 시작하는 것은 집안이 망하는 것을 뜻한다. 논이 줄어든 만큼 소출이 줄고, 아이들은 커나는데 양식은 더 빨리 떨어지고, 그러면 논을 또 팔아야 하고, 그 걷잡을 수 없는 와해의 악순환을 형수는 두려워했다. 그렇다고 굶어죽을 수 없는 일이고, 동생들 학교를 중단시킬 수도 없는 노릇이었다. 우선 앞날을 장담해 형수를 안심시킬 수밖에 없었다. 그러나 그 짐의 무게가 새삼스럽게 가슴을 짓눌러왔다.

그나마 졸업반인 것이 천만다행이었다. 졸업을 하고 계속 장학사에 머물 수 있게 되었으니 오로지 공부에 혼신을 다하는 것이 자신에게 남겨진 유일한 길이었다. 가정교사 자리 구하기를 포기하면서 논을 처분하기로 작정했고, 그런 막다른 상황에다가 자신을 몰아넣고 스스로에게 채찍질을 가하기로 작심했다. 강 의원은 졸업한 사람들이 장학사에 머무는 기간을 2년으로 제한하고 있었다. 대학 4년의 절반으로 잡은 것은 그 나름으로 꽤나 타당성을 지니고 있었다. 그동안에 합격하지 못하면 더 기대할 것이 없다는 판단이었다. 이규백은 그 기간을 1년으로 줄여야 한다고 생각하며 어금니를 물었다. 집안 사정만이 아니라 강 의원과의 괴로운 관계도 하루 빨리 정리하고 싶었다.

서울다방은 군청으로 꺾어지는 길목에 있었다. 시골 읍내에 전혀 어울리지 않는 그 다방 이름을 보며 이규백은 허전하게 웃었다. 시골사람들의 막연한 동경과 턱없는 겉멋을 드러내고 있는 그 이름은 서울에서 뉴욕이며 파리 같은 간판을 볼 때와 똑같이 어설프고 딱하기만 했다.

다방에는 거간꾼인 구장이 먼저 나와 있었다. 그는 마담을 끌어안고 나닥거리고 있다가 당황해서 여자를 밀어냈다.

"인자 나온가. 욜로 앉소, 욜로."

"오래 기다려야 할까요?"

이규백은 상대방을 기다려야 하는 것이 싫어서 안색이 어두워졌다.

"아니시. 금세 올 것잉마. 시계 차고 댕기는 사람잉께 꺽정 말고 커피보톰 한 잔 허소. 거 커피란 것이 요상시런 물건이드랑께. 고것을 첨 맛본 것이 전쟁통에 미군들이 묵든 봉지에 든 것이었는디, 와따 고것 거무튀튀헌 색깔맹키로 맛이 씨디씬 것이 워디 사람이 묵는 것이드라고. 근디, 요것을 설탕가리 타서 차차로 맛얼 딜이다봉께 그것이 아니드란 마시. 하, 인자 담배맹키로 인이 딱 백에부러서 밥 묵고 한 잔썩 안 허면 소화가 안 된단께로. 서울서넌 커피맛을 알아야 문화인 축에 들고, 커피맛을 알아야 인생을 아는 것으로 친담스로?"

구장은 상대방이 올 때까지 거간꾼으로서 시간을 때우려고 하는 것인지 어쩐지 느닷없는 수다를 늘어놓았다.

"글쎄요, 잘 모르겠는데요. 저는 커피 잘 마시지 않으니까요."

이규백은 말을 섞기 싫어서 냉랭하게 대꾸했다.

"와따, 발써 와 기셨습디여? 시간도 안직 안 되었는디 무담씨 애맨 사람 코리안 타임 맹글고 그요."

한 사내가 목청 크게 떠들며 다가오더니 마치 시계 자랑이라도 하는 것처럼 팔을 치뻗어 손목의 시계를 보았다.

"어이, 얼렁 앉소. 온 지 얼매 안 되네."

구장은 사내를 옆자리에 앉혔다.

"쩌어, 김선오 잘 아시제라? 지가 김선오허고 중학교 동창이고, 송동주라고 허는구만이라."

송동주는 들고 있던 트랜지스터 라디오를 탁자에 놓으며 이규백에게 고개를 까딱했다.

"아, 그렇소."

그 순간 이규백의 감정은 꿈틀했다. 그건 굴욕감이기도 했고 창피스러움이기도 했다. 그렇잖아도 괴로운 판에 자기보다 나이 어린 후배에게 논을 팔아넘겨야 한다는 것이 너무 고통스러웠다. 그러나 그건 이미 피할 수 없는 상황이었다.

"말씀 낮추시게라. 선배님은 지 겉은 것 몰르시지만 지넌 선배님얼 잘 알고 있구만요. 중학교 3년 내내 1등만 헌 선배님얼 몰르면 고것이야 간첩이제 이. 하먼이라, 간첩이고말고라."

송동주는 제풀에 신이 나고 있었다.

"저어……, 제가 오늘 서울에 올라가야 되니까……."

이규백은 구장에게 눈길을 돌렸다.

"이, 긍가? 글면 저짝 자리로 가서 일 후딱 해치워뿔드라고."

그들은 구석으로 자리를 옮겼다.

"글면, 몇 마지기 처분헐 참이제?"

구장이 계약서를 꺼내며 물었다.

"예, 두 마지깁니다."

논문서를 꺼내는 이규백의 얼굴이 일그러졌다.

"논금은 어지께 말헌 대로시. 요새 논금이 다 그리 똥값싱께 아까와허덜 말고, 처분헐 디가 있는 것만 다행으로 생각허소. 논이사 자네가 요렇다게 출세혀서 몇십 곱쟁이로 사딜이면 된께. 아니시, 아녀. 출세허면 요런 촌구석에서 안 살 것인디 논얼 멀라고 사. 현찰 채곡채곡 쌓는 것이 질이제. 인자 논 많은 부자는 그저 그런 시상 아니드라고?"

구장의 입담을 이규백은 건성으로 들어넘기고 있었다.

"근디 저어……, 선배님, 돈얼 한목에 쓰실라면 그리 디릴 수도 있는디요 이."

송동주가 고개를 늘여빼며 하는 말에 이규백은 그에게 눈길을 돌렸다.

"거 머시냐, 이자럴 3부로 제허고 말이어라."

"3부?"

이자만큼 논값을 깎으려는 수작이었다. 이규백은 더 말하고 싶지 않아 고개를 저었다.

"야아, 평양 감사도 지 싫으면 그만인게라."

송동주는 기분 나쁜 기색을 드러내며 탁자에 놓인 트랜지스터 라디오의 다이얼을 돌렸다.

"사랑해요, 사랑해요. 가지 마세요."

"미애 씨, 이러지 말아요. 우리의 사랑은 처음부터 병들어 있었소."

감정을 고조시킨 남녀 성우의 목소리가 갑자기 터져나왔다.

"어쩐 라지오여? 새로 샀능가? 그 비싼 것을."

계약서를 쓰다 말고 구장이 송동주를 쳐다보며 웃었다.

"사기는이라. 요분에 나라에서 농어촌 발전을 위해 무상으로 배급하는 것 중에서 우리 군 4H크럽 몫아치로 하나 차지혔지라."

"허! 군 4H구락부 회장 되등마 얼짐에 신식 라지오 하나 생겨부렀구마 이. 그 회장도 헐 만헌 자리시."

"하, 요런 재미도 없음사 멀라고 맨날 군청 꼬붕 노릇 하겠소. 아 얼렁얼렁 계약서나 쓰씨요."

송동주는 아까의 태도와는 달리 담배를 꼬나문 채 거만을 떨고 있었다. 이규백은 그런 그를 외면하고 있었다.

"다 되얐는디 읽어덜 보드라고."

구장이 계약서를 한 장씩 나눠주었다.

"나머지 일은 저의 어머니하고 상의하세요."

구장한테서 계약금을 건네받으며 이규백이 말했다.

"어이, 걱정 말소. 잔금 받아야 문서가 넘어가는 것잉께." 구장은 휴대용 인주 뚜껑을 닫으며 고개를 끄덕이고는, "어이 동주, 자네넌 이따가 만내세" 하며 눈짓했다.

"야아, 구전이나 톡톡허니 받으씨요."

송동주는 이규백에게 인사도 하지 않고 자리를 차고 일어났다. 그는 이자 3부 중에서 1부를 먹을 수 없게 되어 속이 꼬일 대로 꼬여 있었다.

"저 사람 집이 부자인갑지요?"

이규백은 남은 커피를 마저 마시며 무심결에 물었다.

"어디가. 농사에는 맘이 없고 설렁설렁 돌아댕김서 감투나 쓰고, 부자 앞잽이 놀이로 요런 일이나 허고 그렇제."

구장은 담배에 불을 붙이며 피식 웃었다.

"그럼 논을 사는 사람은 누군데요?"

"그야 말 허나마나 뻔한 것 아니여. 여그서 질로 권세도 크고 재산도 많은 사람이제. 더 알라고 허덜 말어."

이규백은 하마터면 강 의원이란 말을 할 뻔했다. 그는 눈을 질끈 감았다가 떴다. 강 의원이 대규모의 고리채를 놓고, 논을 끝없이 사들인다는 것을 다 알고 있었으면서도 자기네 논이 강 의원에게 넘어간다는 것이 왜 그렇게 충격인지 모를 일이었다.

강기수, 그는 누구인가……. 강진·장흥지구의 대통령이라고도 불리는 그는 어떤 존재인가……. 이규백은 새삼스럽게 강기수의 마성에 전율하고 있었다.

"예나 지금이나 돈이 돈 묵고, 땅이 땅 묵고 허는 법잉께 더 맘 쓰덜 말어. 농지개혁으로 지주 없어졌다는 것도 다 옛말이고, 소작인덜이야 농지개혁 때 받은 농토 대개가 절반썩은 풀아묵고 새로 소작인 신세 되는 판 아니라고. 이놈이고 저놈이고 정치란 것을 지랄 겉이 헝게 그 꼬라진디, 자네도 속상해허덜 말고 어여 출세나 혀."

구장의 말은 단순한 위로가 아니라 농촌 현실을 정곡으로 찌르고 있었다. 이규백은 그 거대한 파도에 휩쓸리고 있는 미약한 자신의 모습을 바라볼 수밖에 없었다.

구장에게 구전을 주고 이규백은 다방을 나섰다. 얼마 걷지 않아 멀고 멀게 펼쳐진 포구가 드러났다. 하늘과 맞닿아 있는 아스라한 저 끝 바다에서 봄바람이 불어오고 있었다.

형님…….

이규백은 고개를 떨구었다. 형님의 목소리가 그 바람결에 실려 들려오는 것만 같았다. 저 포구로 휩쓸려 간 형의 종적은 끝내 드러나지 않았다. 이규백은 논을 지키지 못한 죄스러움으로 고개를 들 수가 없었다.

저를 믿어주세요. 조카들 잘 키울게요…….

이규백은 아슴푸레한 포구의 멀고 먼 끝을 바라보며 형과 약속하고 있었다. 고등학교 때, 바다를 향해 점차로 넓게 퍼져가는 그 포구는 희망이고 꿈이었다. 그러나 형이 떠나가고 난 다음부터 포구는 슬픔이고 한이었다.

포구의 양쪽 갯벌을 따라 무성하게 펼쳐진 갈대밭이 3월의 바람결에 느리고 부드럽게 물결 짓고 있었다. 갯벌과 바닷물과 갈대가 어우러진 기나긴 포구의 풍광은 언제나 환상적인 아름다움을 자아내고 있었다. 강진 사람들은 어디에서나 그 포구를 바라볼 수 있었고, 강진만의 색다른 정취는 그 포구에서 우러나오고 있었다.

이규백은 포구를 등지고 돌아서다가 길 건너 둔덕에서 붉은 꽃무리가 다가드는 것을 느꼈다. 순식간에 개화한 것처럼 동백꽃들이 멀고 가깝게 무더기 무더기 피어나 있었다. 그러나 동백꽃은 일시에 피었다가 일시에 지는 꽃이 아니었다. 이규백은 그제서야 자신이 이틀 동안 얼마나 한 생각에 정신을 빼앗기고 있었는지 깨달았다.

이규백은 핏빛 낭자한 동백꽃들을 바라보았다. 한 많은 여자의 넋이 환생했다는 꽃. 그래서 저리도 선연한 핏빛으로 곱고, 처연한 느낌으로 아름다운지도 몰랐다. 바람결에는 아직 찬 기운이 서려 있는데도 동백꽃들은 어느 꽃보다도 먼저 서둘러 피어나고 있었다. 겨울 내내 푸르렀던 잎들은 봄기운을 타고 한결 싱싱한 초록빛으로 돋아오르고, 그 초록색에 떠받쳐 동백꽃 송이송이는 더욱 붉고 선명했다.

동백꽃은 색깔이 붉되 야하지 않고 정갈했고, 꽃송이가 크되 허술하지 않고 단아했으며, 시들어 떨어지되 변색하지 않고 우아했다. 그러나 동백꽃의 절정의 아름다움은 낙화에 있었다. 꽃이 지되 벚꽃처럼 꽃잎이 낱낱이 흩어지지 않고 꽃송이 그대로 무슨 슬픔이나 서러움의 덩어리인 양 뚝뚝 떨어져내렸다. 변색하지 않고 떨어진 그 꽃송이들은 또 땅 위에다 새로운 꽃밭을 현란하게 이루어 놓았다. 사무친 한을 풀듯 동백꽃은 나무에서 한 번, 땅 위에서 또 한 번, 두 번 피어나는 꽃이었다.

이규백은 서울에서는 볼 수 없는 그 고향의 꽃에 어머니와 형수의 모습이 어리는 것을 보고 있었다. 어머니와 형수의 그 깊은 한숨이 꽃으로 피어나면 동백꽃이 될지도 모른다 싶었다. 이규백은 자신의 생각에 쫓기듯 어서 서울로 올라갈 마음으로 발길을 서둘렀다.

거리의 가로수 가지마다 어린 이파리들이 갓난애의 앙증맞은 손톱마냥 신비스럽게 피어나고, 먼 남산에도 안개가 섞인 것 같은 환상적인 유록빛이 서서히 번져가고 있었다. 긴 추위에서 벗어나 4월의 훈풍에 감싸인 사람들의 모습도 한결 활기차 보였다.

유일민도 스키파카를 벗은 작업복 차림으로 창밖에 눈길을 보내고 있었다. 그는 임채옥의 발랄한 모습을 보면서, 이래선 안 되는데……, 아니지, 이건 남녀 관계로서가 아니라 최소한의 인간적 예의를 지키는 거니까, 하는 생각을 또 하고 있었다.

"오빠아……."

낮으면서 정겹게 부르는 소리에 유일민은 문득 고개를 돌렸다.

하얀 바탕에 연보라빛 물방울무늬가 찍힌 플레어 원피스에 긴 머리칼을 드리우고 서 있는 여자, 대학생이 된 임채옥의 모습이었다.

"어서 앉아. 몰라볼 뻔했네."

"피이, 그렇게 돌려서 말하지 말고 직접적으로 아주 예쁘다고 멋지다고 해도 세금 안 물려요."

임채옥은 눈을 흘기며 쌩끗 웃었다.

"저런……." 유일민은 멋쩍게 웃고는, "입학 축하가 늦어서 미안해. 일요일밖에는 시간을 낼 수가 없는 처지니까. 자, 이거……." 그는 조그맣게 포장된 선물을 내밀었다.

"어머! 이거 뭐예요?"

임채옥은 두 팔을 과장기 넘치게 떨어대며 반가워했다.

"응, 만년필. 보면 실망할 거야. 너무 싸구려가 돼서."

"어머, 값이 문젠가요 뭐. 이름 그대로 만년 동안 간직할 거예요."

임채옥은 선물을 가슴에 감싸잡으며 말했다. 그 얼굴도 목소리도 감격에 차 있었다.

이거 내가 잘못했구나…….

유일민은 자신의 의도와는 완전히 빗나가고 있는 반응에 마음이 무거워졌다. 그럴 염려를 예상하긴 했지만 그렇다고 졸업도 입학도 모른 척하고 그냥 지나쳐버리기에는 그동안의 심적 부담이 너무 컸다.

"입학 선물이니까 노트 정리하며 적당히 쓰다가 버려."

유일민은 일부러 이렇게 말했다.

"싫어요. 이건 따로 쓸 데가 있어요."

임채옥은 마치 처음 인형을 가져본 소녀처럼 선물을 가슴에 꼭 감싸잡은 채 강하게 고개를 저었다. 그런 그녀의 얼굴은 상기되어 있었고 눈은 생기로 빛나고 있었다.

"참, 호태는 공부 잘하고? 아버지 사업도 잘되시고?"

유일민은 분위기를 뒤집을 필요를 느꼈다.

"흥, 호태 걘 점점 더 공부 안 하구요, 아버진 새로 시작할 사업 때문에 계속 저기압이세요. 어떤 국회의원이 뒤로 슬쩍 주는 돈도 안 먹고 영 까다롭게 구나 봐요."

"요새 세상에 그런 사람도 다 있나? 그게 누굴까?"

"글쎄요, 한 뭐라고 하는데 잘 모르겠어요. 저어, 우리 어디 놀러 가요."

시시한 소리 더 하고 싶지 않다는 듯 임채옥이 말을 바꾸었다.

"놀러? 어딜 갈까……?" 어디를 놀러 다녀본 적이 없는 유일민은 난감한 얼굴이다가, "응, 창경원이 어떨까?" 하며 얼굴이 밝아졌다.

"애개, 벚꽃 구경 가자구요? 사람 많은 일요일에 창경원 가는 건 너무 촌스럽잖아요."

"그런가?"

유일민은 그만 머쓱해졌다. 벚꽃이나 일요일은 전혀 생각하지도 못하고 그저 떠오른 대로 한 말이었다.

"저, 재미난 영화를 보면 어떨까요? 영화 맘대로 못 본 고등학교 시절에 원수 갚고, 대학생의 자유를 만끽하고 싶어요."

"그래, 그것 좋은데."

유일민은 즉각적으로 서동철을 떠올렸다. 서동철은 영화 구경하러 오지 않는다고 불만이었다. 겸사겸사 썩 잘된 일이었다.

"그 대신 영화관은 내가 정하지."

"어머, 남자 매력이 물씬 풍기네요."

"어허, 오빠보고 건방지게."

"피이, 앞으론 일민 씨라고 부를 거예요."

임채옥은 혀끝을 낼름하고는 재빠르게 앞서 나갔다.

"와다메, 순 책벌거지로 골샌님인지 알았등마 요것이 똥구녕으로 호박씨 깠네 그려. 야, 생김도 쌈빡헌 것이 썩 잘 쓰게 생겼고, 쇠푼 냄새도 풀풀 나는 것이 깔치 한나 삼삼허게 골랐다야."

저쪽에 서 있는 임채옥을 힐끔거리며 유일민에게 속삭이고 있는 서동철의 목소리는 달떠 있었다.

"야, 듣겠다."

"그나저나 니 빠구리 텄냐?"

"미친놈, 별소리 다 하네."

유일민은 얼굴이 화끈해지는 걸 느끼며 팔굽으로 서동철의 옆구리를 쳤다.

"미친놈은 니가 미친놈이다. 저리 삼삼헌 것을 물었다 허면 그날로 콱 말뚝을 박어 내 것이다 허고 표식을 내야 허는 것이여. 두말 말고 오늘 밤에 말뚝 콱 박어라."

"못된 소리 그만하고, 빨리 표나 줘."

"알긋다. 이 성님 말씸 명심혀라."

영화는 하필이면 〈피서지에서 생긴 일〉이었다. 서동철이 보기에 영락없이 애인을 데리고 애정영화를 보러 온 것이 되고 말았다. 유일민은 이야기가 길어지는 번거로움을 피하려고 임채옥과의 관계를 굳이 밝히지 않았다.

"어머, 어머, 제 맘을 어찌 그리 잘 아세요. 꼭 함께 보고 싶었거든요."

어두운 영화관으로 들어서자마자 임채옥은 유일민의 손을 덥석 잡으며 속삭였다.

유일민은 멈칫하며 손을 뿌리치려고 했다. 그러나 짜릿한 감각이 그 생각보다 먼저 가슴을 찔렀고, 임채옥의 손은 뿌리쳐야 소용없을 정도로 자신의 손을 꼭 잡고 있었다. 스키파카 주머니에 간혀 어찌할 수가 없었던 첫 번째 일 이후 임채옥은 두어 번 만날 때마다 손 잡을 기회를 귀신같이 포착하고는 했다. 그때마다 손을 뿌리치려는 의도는 실행되지 않았다.

어쩌자고 영화까지 이런 건가. 이래서는 안 되는데……, 안 되는데…….

유일민은 단호하지 못한 스스로를 책하고 있었다.

"영화 너무 재미있고 멋있었어요. 서양사람들은 사랑하는 게 어쩌면 그리 자연스럽고 솔직한지 모르겠어요. 바다를 배경으로 한 라스트 씬은 정말 근사했어요."

임채옥은 저녁을 먹으면서도 영화에 취해 있었다.

유일민은 영화가 너무 미국식 오락물이라서 별로 탐탁지 않았지만 그저 고개를 끄덕였다. 자신이 보여준 영화인데 만족스럽지 못한 것보다는 나았던 것이다.

"우리 팔각정에 올라가요."

식당을 나서며 임채옥이 불쑥 말했다.

"팔각정? 너무 늦었는데."

남산 꼭대기의 우남정은 이승만이 하와이로 쫓겨간 다음 그 이름이 팔각정으로 바뀌어 있었다. 4억 환이란 거금을 들여 남산공원에 세웠던 그의 거대한 동상이 철거된 것처럼.

"아이, 초저녁이잖아요. 통행금지 될려면 아직아직 멀었는데. 전 거기 한 번도 못 올라가봤단 말예요. 아마 오빠도 그럴 텐데 기회가 좋잖아요."

임채옥은 유일민의 팔을 잡아끌었다. 사실 유일민은 팔각정에 올라가볼 생각조차 해본 일이 없었다.

KBS방송국을 지나 산비탈을 타고 구불구불 이어진 산책로에는 쌍쌍을 이룬 남녀들이 더러 눈에 띄었다. 시내의 불빛들이 차츰차츰 아래로 깔리고 있었다. 가로등 불빛이 거의 미치지 않는 바위 뒤에 이르렀을 때였다.

"선물을 하나 더 받고 싶어요."

임채옥이 멈춰서며 말했다.

"선물……?"

"네, 어른으로 인정하는 선물."

"안 돼. 채옥아, 우린……."

임채옥은 유일민을 와락 끌어안았다. 임채옥의 입술이 자신의 입을 막는 것을 느끼며 유일민은 임채옥을 힘껏 떠밀었다. 그러나 목을 끌어안은 임채옥은 더 바짝 다가들었다. 유일민은 임채옥의 뜨거운 입술을 느끼는 순간 자신의 의지와는 반대로 남성이 발동하는 것을 느꼈다.

4월 중순이 되면서 봄은 완연해지고 교정에는 꽃들이 환희의 소리를 치듯 피어나고 있었다. 강의실을 나온 유일민은 햇살이 너무 눈부셔 손차양을 했다.

"야 일민아, 신 선배가 점심 같이하자고 그러던데. 요 앞 과부식당으로 오라고."

뒤따라 나오던 손재영이 유일민의 어깨를 잡았다.

"신 선배가?"

유일민은 거북한 느낌으로 되물었다.

"가자구. 선배가 밥 산다는데 후배는 먹어주는 예의는 차려야지."

유일민은 손재영이 끄는 대로 걸음을 옮겨놓을 수밖에 없었다. 그러나 옹색한 자리가 될 것이 뻔해 유일민은 마음이 칙칙해졌다. 신무영은 사회의식이 강한 학생운동의 핵심으로 소문나 있었다. 4·19 때도 그는 데모대를 이끈 선봉이었다.

"여어 유 형, 오랜만인데 그래. 요새도 민생고 해결에 괴로우신가?"

먼저 손을 내민 것은 홍정배였다. 그는 대학원에 진학하고서도 후배들과 계속 유대를 갖고 있음을 유일민은 느꼈다.

"예, 그게……."

유일민은 어색하게 웃었다.

"그래, 우리 현실에서 고학이란 게 보통 힘든 일이 아니겠지. 자아, 식사 전에 왕대포부터 한 잔씩 하지."

"대낮부터 술이오?"

신무영이 불쑥 목청을 높였다.

"허, 군기 잡네. 속으론 젤 좋아하면서. 낮술이니까 딱 한 잔씩이야."

그들은 투박하게 두껍고 큰 잔에다 따른 막걸리 한 잔씩을 숨쉬지 않고 단숨에 비웠다. 안주는 고기 푸짐한 과부집 곰탕이었다.

"유 형, 유 형은 학생통일운동을 어떻게 생각해?"

숟가락을 곰탕에 넣으며 신무영이 꺼낸 말이었다. 그 직설적인 물음에 유일민은 그때의 수사관의 추궁을 받는 것처럼 난감함을 느꼈다.

"글쎄요, 필요하긴 하지요……."

"좀 애매하고, 부정적인 답변이로군."

"그런 뜻이 아닙니다. 운동의 필요성은 십분 알고 있지만 거기에 동참할 수 없는 제 개인 입장이 있어서 그러는 겁니다."

유일민은 이야기를 복잡하게 만들지 않으려고 자신의 뜻을 보다 확실하게 드러냈다.

"아, 개인 입장. 그런데 유 형은 고학하는 처지를 너무 확대하는 바람에 다른 소중한 가치들을 지나치게 외면하고 묵살하는 것 아닌가? 유 형처럼 고학하면서도 클럽활동이나 운동에 참여하는 학생들이 있거든. 그건 생활여건이 문제가 아니라 지식인의 사회적 사명에 대한 인식 여부가 문제 아닌가?"

신무영은 신랄하게 비판을 가하면서도 그의 특유한 말솜씨로 목소리는 차분하고 부드러웠다.

"예, 그럴 수 있습니다."

마음 한편에서 일어나는 모독감을 누르며 유일민은 여전히 모호하게 대응했다.

"유 형, 자기의 환경에 매몰되지 말고 역사·사회의식을 좀 확보하라고. 우리가 남들이 좋다고 하는 머리 가지고 상대 공부하는 건 모리배질하는 재벌회사에 들어가 월급이나 많이 받자는 게 아니잖아. 소시민으로서 계급상승만을 노리는 건 지식인으로서 가장 치사한 행위 아니겠어?"

"그럴 생각 별로 없습니다."

"그래? 그렇다면 당장 시급한 우리의 통일운동에 가담하라고. 우린 최대한 힘을 확대해야 하고, 통일운동은 우리 4·19세대가 앞장서서 추진해야 하는 또 하나의 임무니까 말야."

"죄송합니다. 저는 치사하게 살고 싶지는 않지만, 그 일에 참여할 수 없는 말 못할 사정이 있습니다. 비열한 변명이라고 하실지 모르겠는데, 언젠가 알게 되면 저를 이해하실 겁니다."

유일민의 말은 괴로운 얼굴만큼 힘겨웁게 느껴졌다.

"됐어. 말 못할 사정이 있을 수 있지. 무슨 운동이든 자발성이 원칙이니까."

여태껏 잠자코 밥만 먹고 있던 홍정배가 결론짓듯 말했다.

그들과 헤어진 유일민은 하늘을 멍하니 바라보고 서 있었다. 소외감과 함께 자신이 대학생으로서 불구의 삶을 살고 있다는 서글

폼이 밀려들고 있었다.

만약 자신이 통일운동에 가담하면 어떻게 될까? 당국에서는 이미 통일운동을 불순분자들의 사주를 받고 있다고 단정하고 있었다. 또한 정부는 3, 4월 위기설까지도 빨갱이들의 조작 책동이라고 몰아붙이고 있었다. 그러고는 정권의 위기를 돌파하기 위해서 난데없이 한 달 전부터 반공특별법과 데모규제법 제정을 서둘러대고 있었다. 3월 중순이 지나면서 그 법은 '2대 악법'이라고 지칭되기 시작했고, 며칠이 지나자 악법 제정 반대 데모가 일어나면서 마침내 '장 정권을 타도하자'는 구호가 등장했다. 이런 어지러운 판국에 자신이 통일운동을 하다가 수사를 당하게 되면…….

유일민은 벤치에 몸을 부렸다. 나 같은 처지니까 더욱 그 운동에 나서야 하는 것 아닐까. 내가 너무 겁먹고 비겁한 것일까. 내 입장을 솔직히 털어놓았으면 그들은 어떤 반응을 보였을까. 자기네 운동에 피해가 온다고 거부했을까, 더욱 환영했을까. 어쨌든 정권마다 반공을 악용하고 있는 이 세상을 어떻게 살아가야 할까. 내가 살아갈 길이 있기나 할까……. 유일민은 또 눈부신 햇살과는 정반대의 어둠 속으로 한정없이 빠져들어 가고 있었다.

4월 19일도 별다른 일 없이 지나가고 5월이 되었다. 3일 날 유일민네 3학년 대부분은 학사장교라는 ROTC 설명회에 참석했다. 3학년을 대상으로 처음 실시되는 학사장교 제도에 학생들이 관심을 갖게 된 것은 몇 가지 매력적인 대목 때문이었다. 어차피 병역의무를 치러야 하는데 장교가 된다는 것과, 복무기간이 2년으로 사병

복무보다 짧고, 제대해서 직장을 갖게 되면 장교의 근무경력을 그대로 반영시켜 준다는 것 등이었다.

대령이 지켜보는 가운데 대위가 절도 있는 목소리로 설명을 해나갔다. 학생들은 며칠 전에 받았던 신청서를 제각기 꺼내들고 있었다. 그 점을 의식해서 그런지 대위는 겸손한 태도로 성실하게 설명을 하고 있었다.

"……이상으로 설명을 마치겠습니다. 의문나는 점이 있거나 더 자세히 알고 싶은 사항에 대해서 질문해 주시기 바랍니다."

앞쪽에서 한 학생이 손을 들었다.

"신체 건강하고 사상이 건전한 자라고 했는데, 사상이 건전해야 한다는 것을 구체적으로 알고 싶습니다."

"예, 주지하다시피 우리는 북괴도당과 대치하고 있는 휴전상태입니다. 그런고로 장교는 무엇보다도 반공정신에 투철해야 할 뿐만 아니라 주변 신상도 깨끗해야 합니다. 다시 말해 본인은 물론이고 직계가족과 친가, 외가까지 과거에 좌익활동을 했거나 좌익 연루자가 있어서는 안 된다 그겁니다."

유일민은 신청서를 들고 있던 손이 푸득 떨리는 것을 느꼈다. 그는 숨을 들이켜며 눈을 내리감았다.

학생들이 신청서를 내려고 앞으로 몰려나가고 있었다. 유일민은 신청서를 아무렇게나 가방에 쑤셔넣고 밖으로 나왔다. 그는 곧바로 변소로 갔다.

유일민은 대변 보는 데로 들어가 문을 걸어잠갔다. 그리고 가방에서 신청서를 꺼내 찢으려고 했다. 그런데 자신의 사진이 눈에 띄었다. 그는 자신의 모습을 물끄러미 바라보았다. 그 사진을 찍을 때만 해도 장교 월급으로 어머니를 도울 꿈을 꾸었던 것이다. 결국 없는 돈에 명함판 사진 찍은 돈만 날린 셈이었다. 그 사진을 뜯어둘까 하다가 그는 신청서를 북북 찢기 시작했다. 접어서 찢고, 다시 접어서 또 찢고 하면서 자신의 인생이 찢겨지는 쓸쓸한 아픔을 느끼고 있었다.

교정으로 터덕터덕 걸어나오던 유일민은 게시판에 새로 붙은 벽보를 보았다. 붉은 글씨들이 돌출된 그 벽보는 유난히 눈길을 끌었다. 민족통일 전국학생연맹에서 남북학생의 판문점 회담을 5월 내에 열기로 결의한 벽보의 제목은 자못 충동적이었다.

'가자 북으로, 오라 남으로!'

28

빈손의 보은

천두만은 교도소를 나서며 하늘을 올려다보고 또 올려다보았다. 넓고 넓은 하늘이 눈부시게 푸르렀다. 교도소 안에서 바라보던 하늘과 다를 리 없는데도 밖에서 바라보는 하늘은 끝이 없이 넓고 새로워 보였다. 감옥살이에서 풀려나 다시 맘껏 하늘을 바라보는 것이 꿈만 같았다. 그러고 보면 꿈만 같지 않은 것이 하나도 없었다. 느닷없이 석탄더미가 무너져내려 나삼득이 순식간에 파묻혀버렸던 것도 꿈만 같았고, 경찰서로 잡혀가 마구 두들겨맞으며 조사를 받았던 것도 꿈만 같았고, 다른 사람들과 굴비 엮듯 해서 끌려다니며 6개월형을 받은 것도 꿈만 같았고, 하루하루가 그리도 더디고 길기만 했던 감옥살이가 끝난 것도 꿈만 같았다.

"석탄 몇 푸대 해먹고 6개월 빵살이라니, 이봐, 걸려들기는 매일 반인데 담부턴 한탕으로 팔자 고치게 굵직한 놈들을 상대하라구.

담 높은 부자놈들치고 도둑놈 아닌 놈들은 하나도 없으니까 그놈들 것을 털란 말야. 쩨쩨하게 석탄이 뭐야, 석탄이. 괜히 힘만 들고 쇠푼은 쥐꼬리만 하게 생기구. 기왕 나섰으면 연탄공장 사장집을 털었어야지. 그놈들 집에는 검은 석탄 대신 누런 금덩어리에 번쩍번쩍하는 보석들이 수두룩하다구. 그게 다 불쌍한 광부들 등치고, 흙 많이 섞어 저질 연탄 찍어내고 해서 몰아잡은 돈이니까 우리 같은 사람들이 해먹어도 하나도 죄될 것 없어. 알아듣겠어?"

강도질을 해서 5년형을 받고 2년째 살고 있는 사내의 말이었다.

"호랑 말코 같은 새끼들이 구류 10일이면 될 걸 가지고 돈 없고 빽 없다고 좆 꼴리는 대로 6개월씩이나 때려버렸네. 개새끼들, 즈네 놈들이 없는 사람들 쓰린 속을 아나. 수양하는 셈치고 세 끼 밥이나 잘 먹어. 국방부 시계도 돌고, 법무부 시계도 도니까."

깡패 노릇을 하다가 칼부림으로 서너 사람을 반 죽게 만들어 7년형을 받고 5년째 살고 있는 감방장의 말이었다.

"먹어, 많이 먹어."

"어허, 그렇게 마구 밀어넣지 말어. 체하겠어."

저쪽에서는 출감자들에게 두부를 먹이고 소금을 뿌리고 하느라고 왁자지껄했다.

천두만은 고개를 떨구고 걸음을 옮기기 시작했다. 그는 깊은 고적감을 느끼고 있었다. 자신이 잡힌 다음부터 지금까지 자신을 찾아온 사람은 아무도 없었다. 교도소에서는 편지를 보낼 수 있었지만 시골에 알리지 않았다. 아내가 면회를 오고 어쩌고 하면 그 비용이 다 갚을 길 막연한 빚일 뿐이었다.

천두만은 사람들 속에 섞여 빨리 걷기는 하면서도 마음은 무겁기 그지없었다. 교도소 안에서도 나삼득의 아내를 대할 것이 늘 걱정이었는데 이제 바로 눈앞에 닥친 문제였다. 혼자 살아났으니 무슨 면목으로 갈포댁을 대할 것인가. 그나마 6개월 동안 옥살이를 한 것이 다행이다 싶었다. 만약 그 남자를 따라 그냥 도망쳤더라면 어찌 되었을 것인가. 자기 남편을 죽이고 혼자만 살아났다고 갈포댁이 원망을 해대도 할말이 없었을 것이다.

"시체는 찾아내서 가족한테 넘겼으니 그 말은 더 지껄이지 말어."

조사하던 형사가 사흘째 한 말이었다.

자신은 조사를 받으며 석탄더미에 사람이 파묻혔다는 말을 열 번도 더 했던 것이다.

마음 쓰이는 것은 그것만이 아니었다. 자신의 움막이 어찌 되었는지 걱정이었고, 나삼득과 자신이 없어진 시장의 일터가 어떻게 되었을지 불안하기도 했다. 그리고 시골 처자식들이 겨울을 나고 보릿고개에 이르러 얼마나 배를 곯고 있을지 마음이 쓰라렸다.

천두만은 산동네에 이르러 바로 움막으로 올라갈 수가 없었다. 우선 갈포댁이 어떻게 사는지 알아보고 싶었다. 그는 통장집의 구멍가게로 주춤주춤 들어섰다.

"아니, 이게 누구요? 천 씨 아닌가. 이거 어떻게 된 거요?"

손가락에 침을 발라가며 돈을 세고 있던 통장이 놀라움과 반가움이 뒤섞인 얼굴로 말했다.

"그간 평안허신게라? 시방 깜방에서 풀려나오는 길이구만요."

천두만은 고개를 꾸벅하며 뒷머리를 긁었다.

"그래요? 근데 어찌 혼자요?"

"처자석이 여그 없응께 누가 마중 나올 사람이 있간디라."

"그러면 두부도 못 먹은 것 아니요?"

"워쩔 수 없제라."

"이런, 이런, 그게 말이 되나."

통장은 혀를 차며 일어나더니 두부판에 받쳐진 두부에 칼질을 했다.

"저어……, 나 시방 돈 없는디요."

"에이, 그게 무슨 소리요. 아무리 인심 야박한 세상이라지만 옥살이 하고 나온 사람한테 두부 한 모 안 먹여서야 쓰나. 자아, 입 벌려요."

통장은 잘라낸 두부 한 모를 손바닥에 올리고 자기가 먼저 입 벌리는 시늉을 했다. 돈 1환에 벌벌 떠는 지독뱅이가 웬일인가 싶으면서도 천두만은 입을 크게 벌렸다.

"이거 먹고 다시는 그 큰집에 들어가는 신세 되지 마시오."

무당이 액풀이 하듯 하며 통장은 두부를 천두만의 입에 밀어넣었다.

천두만은 그 고마움에 목이 메며 두부를 받아 볼 미어지게 먹어댔다.

"다 가난이 죄지, 가난이 죄야. 누가 나쁜 짓 하고 싶어 하나. 어서 다 잘사는 세상이 와야 하는데……."

통장이 담배를 피우며 중얼거리고 있었다.

"고맙구만이라, 고맙구만이라."

두부를 다 넘긴 천두만은 통장 앞에 거듭거듭 허리를 굽혔다.

"고맙긴 무슨……. 다시는 그런 짓 안 키로 맘먹었으면 됐소. 자
아, 담배나 한 대 피우시오."

"저어……, 나 씨 댁은 그간에 워찌 사는게라?"

천두만은 주저하며 물었다.

"그야 고생이 많지요. 시체 찾아다가 화장을 했고, 부인네가 혼
자서 고생하다가 두어 달 전에 군대 갔던 큰아들이 제대를 했어
요. 헌데 그 아들은 어디 기술 배울 수 있는 공장 같은 데 취직을
하고 싶어하는데, 그게 어디 쉽나요. 나보고도 부탁을 해서 알아보
고 있긴 한데, 어찌 될라는지 원."

"그렇제라. 앞길이 구만 리 겉은 젊은 사람이 지게 지고 나슬 수
는 없는 일인께요. 통장님, 워찌 애 잠 써주시씨요. 발 너른 통장님
이 맘묵고 나스면 안 될 일이 없을 것잉께요. 그 집이 살아날라면
그 질밖에 없는디, 통장님이 그 집 잠 살려주시씨요."

천두만은 마치 자기 일인 것처럼 간절하게 말했다. 그 아들이 어
디라도 취직을 하게 되면 다소나마 죄스러움을 덜 것 같았다.

"어디 두고 봅시다. 사람은 남아돌아가고, 원 세상이……."

통장의 대꾸는 뜨뜻미지근했다.

"통장님, 요러면 으쩌겄는게라. 저어 머시냐, 지가 일 끝내고 와

서 연탄을 한 지게고, 두 지게고 그냥 배달해 디리면. 한 두어 달 그리 허면 인사가 안 될랑가요?"

산동네에는 연탄이 배달비로 1환씩 더 붙는 것을 생각하며 천두만은 이렇게 말했다. 취직을 부탁하면서 맨입으로 될 리 없고, 그렇다고 뒷돈 쓸 돈도 없어 몸으로 때우자는 생각이 들었다.

"그냥 연탄을 배달해 준다? 흐응, 그거 아주 그럴듯한 생각이긴 한데……, 그 뜻 알았으니 좀 생각해 봅시다."

통장은 싫지 않은 기색으로 입가에 보일 듯 말 듯 한 웃음을 피웠다.

그때 여자 손님이 들어섰다.

"그리 알고 가볼랑마요."

천두만은 가게를 나섰고,

"너무 걱정하지 마시오."

통장은 흡족한듯 웃으며 손을 흔들었다.

천두만은 통장의 그 웃음을 보고 마음이 놓였다. 갈포댁에게 체면을 차릴 수 있게 된 것이 더없이 다행스러웠다.

"아저씨……, 아저씨……."

움막에 혼자 있던 나삼득의 둘째아들 복수는 천두만을 붙들고 울먹였다.

"그려, 그려. 그간에 잘 있었다냐. 엄니는 장사 나갔을 것이고, 성은 워디 가고 없냐?"

천두만은 복수의 머리를 쓰다듬었다.

"아저씨가 형 제대한 걸 어떻게……?"

"오냐, 시방 올라오다가 통장집에서 들었다."

"예에. 형은 취직이 안 돼서 우선 아파트 공사장에 벽돌 져나르려고 댕겨요."

복수는 풀이 죽으며 시무룩해졌다.

"그려? 성 취직 걱정 말그라. 곧 될 거이다."

"예에?"

복수는 놀란 눈으로 천두만을 말뚱하게 올려다보았다.

"그리 놀랠 것 없다. 통장님이 꼭 취직시켜 주기로 이 아저씨허고 단단허니 약조했다."

천두만은 자신 있게 말했다. 복수가 제 어머니나 형에게 먼저 이야기하기를 바라면서.

"말로만 그러면 무슨 소용이 있어요."

복수는 또랑하게 말하며 입을 삐죽했다.

"하! 요것이 서울물 묵은 값 허니라고 어런 뺨 치는 소리 허고 앉었네 그랴." 천두만은 헛웃음을 치며 어이없어하고는, "말로만 헌 약조가 아닝께 걱정 말그라. 이 아저씨가 꼭 취직시키게 맹글어놨다. 근디, 내 움막은 그간에 워찌 되았는지 몰겄다 이." 그는 위쪽으로 고개를 돌렸다.

"걱정 마세요. 우리가 잘 지켰어요."

복수가 환하게 웃으며 대답했다.

천두만은 자기 움막으로 들어갔다. 그 허술하고 볼품없는 움막이 시골집의 안방처럼 아늑하게 느껴졌다. 감옥의 그 차디찬 마룻바닥에 비하면 분명 아늑한 안방이었다. 신참이라 변기통 옆에서 자야 했던 감방은 참으로 견디기 어려운 지옥이었다.

"이봐, 세상이란 요령껏 눈치껏 사는 거야. 양심 좋아하고 정직 떠벌이는 목사놈들이나 중놈들도 그거 다 장사 해먹자고 하는 사기 속이야. 그러니까 이 세상에서 양심 있고 정직한 인간은 하나도 없다 그 말씀이야. 앞으로 수완껏 잘살면서 다시는 여기 신세지지 말어. 여기 들어오는 놈들은 너나없이 다 병신 쪼다들이야. 명심해."

아침에 출감을 축하한다고 차례로 밥 한 숟가락씩을 자신의 밥그릇에 떠놓자 감방장이 점잖을 빼며 한 말이었다. 다른 죄수들 생각도 별로 다를 게 없었다. 감방에 있다 보니 자신의 죄가 너무 하찮아 창피스러울 지경이었다.

천두만은 몸이 나른하고 묵지그리한 것을 느끼며 담요를 펴고 누웠다. 눈을 감자 처자식들의 얼굴과 함께 고향이 떠올랐다. 당장 돌아가고 싶은 곳이었다. 언제 처자식들을 데려올 수 있을지 막연하기만 했고, 점점 서울에서 살아갈 자신도 없어지고 있었다. 그렇다고 빈주먹으로 내려갈 수도 없는 노릇이었다. 서울……, 서울……, 내가 왜 서울에 왔던가. 오고 싶어 온 것이 아니고, 서울에서 금덩이를 주울 수 있으리라고 생각한 것도 아니었다. 그러나……, 서울은 생각보다도 훨씬 더 살기 힘겹고 삭막한 곳이었다. 서울에서 산다는 것은 사시장철 푹푹 찌는 땡볕 속에서 논매기를 하는 것이나 다름없었고, 다리가 푹푹 빠지는 뻘밭을 끝도 한도 없이 걸어가야 하는 것이나 마찬가지였다. 그때 나삼득의 자리와 자신의 자리가 바뀌었더라면……, 감옥에서 수없이 꾼 꿈이었다. 언제까지 이러고 살지……, 앞으로 어떻게 살아야 할지……. 천두만은 가물가물 잠이 들고 있었다.

천두만은 복수가 저녁을 먹으라고 깨워서야 움막을 나섰다. 사방은 어둑어둑해져 있었다.

"형수님, 지가 죄인이구만이라……."

천두만은 갈포댁 앞에 고개를 깊이 떨구었다.

"다 운수 소관이제 칠성이 아부지가 무신 잘못이 있다요. 야들 아부지 살려낼라다가 안 살아도 될 옥살이 헌 것이 미안허고 고맙 제라. 다 지나간 일인께 잊어뿌는 것이 약 아니겠소." 갈포댁은 눈물을 훔치고는, "근디, 통장이 우리 복남이 꼭 취직시키게 맹글어 났다는 것은 무신 소린게라?" 그녀는 다급한 현실 문제에 관심을 드러냈다.

"야아, 세세헌 야그는 담에 허고, 복남이 취직은 꼭 될 거싱께 쪼 간 기둘리시게라. 기술자 되는 공장으로 가게 될 거싱마요."

천두만은 자신 있게 말했다.

"무신 일인지 잘 모르겠는디, 그리만 됨사 야들 아부지도 저시상 에서 얼매나 좋아라 허겠소. 이적지 맘 편케 눈을 못 감고 있을 것 인디……."

갈포댁은 취직을 바라는 간절한 눈길로 천두만을 바라보았다.

천두만은 이튿날 일찍 지게를 지고 일터로 나갔다. 세상은 변한 것이라곤 없는데 그는 길을 걸으며 서먹서먹함을 느끼고 있었다. 머리 짧은 것을 감추려고 수건을 동인 탓인지도 몰랐다. 그리고 허전한 느낌도 들었다. 언제나 나삼득과 함께 걸었던 길이었다.

시장에 도착한 천두만은 자신의 일자리가 없어져버린 것에 당황하지 않을 수가 없었다. 감옥에서 혹시나 혹시나 걱정했던 것이 그대로 들어맞고 말았다.

"머, 서운타 생각지 마이소. 당장 우리 터를 지킬라카믄 우리 둘 힘으로는 안 되는 판이었으니께네."

나삼득의 자리를 차지하게 된 김 씨가 냉기 서린 얼굴로 말했고,

"그려유. 그것이야 우리 잘못이 아니지유. 우리 터를 뺏기지 않을라면 다른 수가 없잖은게뷰."

송 씨가 거들고 나섰다.

"그야 당연지사제라. 그런 처지 다 안께 무신 타박허고 서운헌 맘 묵는 것이 아니구만요. 외레 터 잘 지킨 것이 고맙제라. 불쌍헌 두 사람헌테 자리 줘서 인자 다섯이서 벌어묵으면 존 일 아니겄소."

이때까지만 해도 천두만은 그들의 속마음을 모르고 태평스러웠던 것이다.

"보소 천 씨, 우째 그리 눈치가 없는교. 천 씨가 그리 눈치 없이 나오니께네 툭 터놓고 말 안 할 수가 없는데, 여게 일터서 다섯이서 벌어묵기는 서로 살 뜯어묵는 셈이라 에롭고, 더 에로본 것은 이 시장통 사람들은 천 씨가 콩밥 묵었다카는 것을 짜드락 다 안다 그기라요. 세상에 누가 콩밥 묵은 사람헌테 돈 나가는 짐 지울

라 카겠소. 우리가 천 씨하고 한패로 돌아가면 우리 밥줄꺼지 끊어진다 그기라요."

김 씨는 매정하다 싶게 할말을 다 해버렸다.

"천 씨, 세상 인심이 그러니 어쩌겠슈. 서운허게 생각허지 말고 천 씨 모르는 디로 가서 일자리를 찾아봐유. 우리라고 어디 이러고 싶남유."

송 씨가 느린 어조인 듯하면서도 빠르게 말했다.

천두만은 낭떠러지에서 사정없이 떠밀리는 기분으로 더 할말을 잃어버렸다. 나삼득을 살리려고 석탄더미를 파헤치다 붙잡혔을 때보다도 더 큰 절망감에 빠졌다.

성님, 요것을 워째야 쓸께라. 작게 묵고 가는 똥 싸야 허는 것인디 괜헌 욕심 부리다가 성님이나 나나 요 꼬라지 되야 부렀소. 요 각다분헌 시상을 워디로 가야 헐께라?

천두만은 막막한 심정으로 터벅터벅 발길을 옮겼다. 넓다나 넓은 서울에 어느 한 곳 발디딜 틈이라고는 없었다. 큰길로 나선 천두만은 지게를 진 채 멍하니 서 있었다. 그는 달리는 차들을 보며, 처자식들만 없다면 당장 길 가운데로 뛰어들어 죽고 싶다는 생각을 하고 있었다. 그런 막다른 생각이 든 것은 난생처음이었다. 그는 몇 번이고 눈을 꿈벅거렸다. 눈앞에는 아내와 자식들의 모습이 어른거리고 있었다.

천두만은 시장 안으로 들어가지 못하고 큰길을 따라 배돌았다. 남들의 구역에 들어가지 않고 뜨내기 일거리를 잡아보려는 거였다.

그러나 점심때가 다 되도록 지게를 부르는 사람은 아무도 없었다.

천두만은 어느 가게 가까이에서 걸음을 멈추었다. 그 가게 앞에는 아이를 업은 여자 거지가 때 낀 손을 내밀고 서 있었다. 그 여자는 거지답게 머리가 헝클어지고 입성은 구질구질하고 남루했다. 그리고 등에 업힌 아이는 가느다란 목을 늘여뺀 채 입을 벌리고 잠들어 있었다.

"예에에, 한 푼 주웁쇼."

여자 거지가 처량한 가락을 뽑았다.

천두만은 저 소리를 몇 번째 하는 것일까 생각했다. 그리고 동냥을 얻을 것인지 못 얻을 것인지 궁금해졌다.

"아 이거 장사는 안 되는데 거지새끼들 등쌀에 못살겠어. 싹 꺼져."

가게에서 불쑥 나온 남자가 거지의 손바닥에 동전을 던져주며 소리쳤다.

여자 거지가 허리를 깊이 굽혔다. 그 바람에 잠든 아이의 고개가 앞으로 쏠리며 머리통이 엄마의 등을 쳤다.

천두만은 다음 가게로 옮겨가는 거지를 보며 한숨을 쉬었다. 자신은 거지만도 못한 신세라는 생각이 들었다. 언젠가 들은 말로는 거지들의 하루 벌이가 300~400환은 된다고 했다. 아무나 거지로 나설 수가 없어서 그렇지 그 벌이는 일거리가 줄어드는 겨울철의 지게꾼 벌이보다 훨씬 더 많았다.

천두만은 눈에 띄는 대로 담배꽁초를 집어가며 오후 내내 이 시장, 저 시장을 배돌았다. 해걸음이 될 때까지 두 번 지게질을 하고 겨우 100환을 벌었다. 꿀꿀이죽도 먹기 어려운 벌이였다.

천두만은 먹구름 가득 낀 마음으로 집을 향해 발길을 서둘렀다. 어제 통장하고 한 약속을 어길 수는 없었다. 그러나 자신의 앞날이 막막해지고 보니 나삼득의 아들을 위해 하려고 했던 그 일도 잔뜩 무겁게만 느껴졌다. 짜증스럽고, 귀찮아지고……, 하룻밤 사이에 마음이 변하려 하고 있었다. 그는 자신의 얄팍해지려는 마음을 다잡았다. 나삼득에 대한 도리도 아닐뿐더러, 이미 갈포댁에게 약속해 둔 일이었다. 그동안 나삼득과 갈포댁에게 입은 덕을 다소나마 갚으려면 그 일은 꼭 해야 했다.

나도 삼득이 성님맹키로 죽든 살든 식구덜얼 싹 서울로 끌어올려 행상도 시키고 취직도 시키고 혀서 한바탕 독허니 대들어봐? 마누라도 벌고, 큰딸 말분이도 벌면 훨씬 더 쉴케 힘이 피덜 안 헐랑가?

그러나 천두만은 자신이 없었다. 농촌살이만 해온 아내가 행상도 장사인데 장사를 해낼 것 같지 않았고, 딸도 어디 취직시키기에는 아직 어렸다. 시골에서는 텃밭 농사만으로 돈 한푼 안 들이고 온갖 채소들을 먹을 수 있는데 서울에서는 푸성귀 한 가닥이라도 돈 아니고서는 안 되었다. 그런 서울에 섣불리 끌어올렸다가는 다 굶어죽기 알맞았다. 천두만은 어느 세월에 판잣집이나마 마련해서 식구들을 데려오게 될 것인지 막막하기만 해서 또 깊은 한숨을 내쉬었다.

"이젠 연탄 때는 철도 지나 배달할 것도 별로 없고, 배달을 한대도 얼마나 하느냐가 좀 곤란한 문제요. 며칠 기다려봐요. 내가 딴 방법을 생각하고 있으니까."

통장은 마치 선거 때 하는 것처럼 무슨 숨길 말이 있다는 듯 눈을 꿈벅거렸다.

"무신……, 더 존 수가 있는게라?"

천두만은 통장의 눈치를 살피며 미심쩍게 물었다.

"뭐, 두고 봅시다. 근데 왜 그리 맥이 빠져 보이오? 감옥살이로 몸살났소?"

"아니어라. 우리겉이 천헌 것들이 몸살이나 날 새가 있간디요. 오늘 시장통에 나가봉께 그간에 판이 새로 째여 일자리가 없어져부렀드만이라."

묻기를 기다리기라도 한 것처럼 천두만은 자신도 모르게 속사정을 털어놓고 말았다.

"허, 그야 당연지사지. 사람은 많고 일자리는 적고, 그게 남아 있을 리가 있나." 통장은 담배에 불을 붙여 두어 모금 빨고는, "기왕 지게질로 날품을 팔아먹고 살려면 그거 시장통에서 되나. 일거리가 줄줄이 줄을 댄 곳으로 가야지." 그는 중얼거리듯 말하며 혀를 찼다.

"일거리가 줄을 대라? 그런 디가 워딘디요?"

천두만은 눈이 커지며 침을 삼켰다.

"그야 부두 아니오, 부두. 저기 인천에만 가면 큰 배들에서 짐을 내리고 싣고 하느라고 일거리가 끝이 없어요. 남의 일이라 말은 안

하고 있었지만 애초에 시장바닥 찾아든 것이 잘못된 거요. 막벌이로 살수록 사람이 눈치가 빨라야지."

맞는 말이었다. 도랑을 막아 물고기를 잡더라도 눈치가 빨라야 했다. 천두만은 그동안 인천 부두를 전혀 생각해 보지 않은 것이 너무 후회스러웠다.

"알겠구만이라. 제비도 들 넓은 디로 찾아드는 법잉께요."

"됐소, 말귀 밝아서."

천두만은 날마다 지게를 지고 나섰지만 떠돌이 지게꾼의 신세는 처량하기만 했다. 시장 안으로 들어가지 못한 채 기를 쓰고 일거리를 찾아다녀 보았자 하루에 300환 넘기기가 어려웠다. 구두닦이나 신문팔이 아이들보다 못한 벌이였다. 시장 안에 단골 상점들을 가지고 있었을 때가 꿈만 같았다.

"천 씨, 인천으로 갈 마음은 변하지 않았소?"

며칠이 지나 통장이 물었다.

"예, 변헐 맘이 따로 있제라."

"잘됐소. 그럼 집터를 넘기도록 하시오."

"집터를 넘게라……?"

천두만은 통장을 의아스럽게 쳐다보았다.

"필요한 사람한테 팔아넘기라 그 말이오. 어차피 인천으로 뜨면 짊어지고 갈 수 없는 노릇이니까."

"근디……, 그것을 돈 내고 살 사람이……."

천두만은 문득 말을 멈추었다. 감옥에서 나와 보니 움막들이 산

위에까지 빈틈없이 들어차 있었고, 더는 빈자리가 없게 되자 집터가 사고팔리게 되었다는 것을 눈치챘다.

"천 씨는 그나마 서울 일찍 올라와서 돈 벌게 된 거요. 여긴 더는 터가 없고, 시내가 가깝고 하니까 사겠다는 사람들이 더러 있소. 세상이란 참 묘한 거요."

"글먼 얼매나 받을랑가요?"

"그건 아직 모르겠소. 하여튼 내가 잘 받아줄 테니까 나한테 맡겨두고, 그 사람 취직을 시키자면 받는 돈 절반은 내놔야 되겠소. 어떻게, 그리 하겠소?"

"예에……, 그러제라……."

천두만은 석연치 않은 마음으로 대답을 어물거렸다.

"그럼 2~3일 안으로 일을 끝냅시다."

"근디, 취직은 존 기술 배울 수 있는 공장이라야 쓰겄는디요."

"그야 두말하면 잔소리 아니오. 내가 장래성 있는 공장으로 알아보고 있으니까 걱정 마시오."

통장은 이틀이 지나 2천 5백 환을 내밀었다.

"내가 5천 환을 받아내느라고 아주 애를 먹었소. 자기 땅도 아닌데 무슨 5천 환이냐고, 4천 환만 하자고 떼를 쓰는데, 내가 통장이라는 것을 내세워 꼭 5천 환을 채우게 했소. 사흘 뒤에는 집을 비우시오."

천두만은 통장의 말을 믿을 수가 없었다. 쌀 한 됫박을 팔고 사도 당사자끼리 거래하고 흥정을 하는 법인데 거간꾼이 중간에서 맘대로 해버리다니 이건 말이 안 되는 법이었다. 그러나 어차피 그 땅은 자신의 것이 아니니 그나마 5천 환은 공돈이었고, 더구나 복남이의 취직이 걸려 있으니 좀 속여먹었다 해도 그냥 넘길 수밖에 없었다.

"근디, 취직이 되는 것을 보고 떠도 떠야 되딜 안컸는게라?"

"그야 두말하면 잔소리지. 내가 신식 그릇 만들어내는 스텐공장에 말 다 끝내놨으니 넉넉잡고 이틀 뒤에는 출근할 수 있게 돼요. 공장에 다닐 준비나 해두라고 해요."

통장은 그의 말버릇인 '두말하면 잔소리지' 하는 말을 앞세우며 호기 좋게 말했다.

"그리 됐으면 고맙구만이라. 집이야 그날로 비우겠구만요."

천두만은 통장에게 머리 숙여 고마움을 표했다. 신식 그릇 만드는 스텐공장이라는 것에 마음이 흡족했던 것이다. 부자 아니고서는 손도 댈 수 없이 비싸다는 그 광채나는 그릇을 만드는 기술을 익히게 되면 복남이의 앞날이 순탄하게 열릴 것 같았다.

"형수님, 복남이가 스텐공장에 취직이 되얐구만요. 막노동꾼 신세 면허게 됐응께 인자 맘 노시씨요."

저녁 밥상머리에서 천두만은 여느 때 없이 환한 웃음을 지었다.

"머, 머시라고라……?"

갈포댁은 믿을 수 없다는 듯 멍한 얼굴이었다.

"지가 헌다고 혔는디 요것이 성님허고 형수님헌테 입은 덕을 지대로 갚는 것이 될랑가 몰르겄소."

"시상에나……, 시상에나……, 요리 고마울 디가 워디 또 있겄소. 우리 복남이 전정을 이리 열어주니……. 우리가 덕 뵌 것이 머시가 있다고. 워쩨야 쓸께라……, 이 고마운 것을……."

갈포댁은 눈물을 떨구며 말을 제대로 잇지 못했다.

"저시상에서라도 느그 아부지 한 풀리게 니가 강단지게 맘묵고 잘혀라 잉! 도회지서 살자면 기술이 있어야 헝께 일이 잠 심들어도 실헌 기술자 될 때꺼정은 꾹꾹 참고 전뎌야 쓴다. 니넌 느그 아부지나 나맹키로 살어서는 안 된께. 농새짓는 기술도 기술은 기술인디, 시절 잘못 만내 농촌 떠서 도회지로 오고 봉께 느그 아부지나 나나 빙신 꼴이 되야부렀다. 나 말 알겄지야?"

천두만은 첫 출근하는 복남이에게 간곡하게 말했다.

그는 이튿날 움막을 비웠다.

"일자리가 그리 된 줄은 몰랐는디……. 인천으로 간다고 맘묵은 대로 돈벌이가 될랑가 몰르겄소. 거그도 사람 사는 시상인디. 언제나 만내질란지……."

갈포댁은 자꾸 눈물을 훔치며 천두만을 큰길까지 배웅했다.

29

그날 그 아침

"여보, 여보! 큰일났어요, 큰일나! 빨랑 일어나세요, 군인들이, 군인들이 반란인지 혁명인지를 일으켰어요."

한인곤의 아내는 허둥지둥 안방으로 뛰어들며 소리쳤다.

"뭐, 뭐라고? 군인들이!"

한인곤은 자고 있던 사람 같지 않게 이불을 걷어차며 벌떡 일어났다. 딴 때와 다른 아내의 절박한 외침은 아침 선잠의 달콤함에 취해 있던 그를 단숨에 일으키기에 모자람이 없었다.

"예에, 지금 방송하고 야단이에요."

"라디오, 라디오 어딨어?"

쿠데타! 라는 충격에 휘말리며 한인곤은 허둥거렸다.

"예, 가져올게요."

아내가 급히 뛰쳐나갔고, 한인곤은 쫓기듯 담배에 불을 붙였다.

망했구나! 성냥의 불꽃과는 반대로 그의 의식을 뒤덮는 먹구름이었다.

"……기아선상에서 허덕이는 민생고를 시급히 해결하고 국가 자주경제 재건에 총력을 기울인다……"

아내가 가지고 들어오는 라디오에서 울려나오는 소리였다. 매끈한 목소리가 아나운서가 분명한데 다른 날과는 다르게 그 목소리에 군인 냄새를 풍기는 것 같은 힘이 들어가 있었다.

"지금 이거 혁명공약이라는 거예요. 똑같은 걸 계속 읽어대요."

그녀는 남편 옆에 쪼그리고 앉으며 불안스럽고 겁 실린 얼굴로 말했다.

한인곤은 담배연기를 짙게 내뿜으며 아내에게 조용히 하라는 손짓을 했다.

"……민족적 숙원인 국토통일을 위하여 공산주의와 대결할 수 있는 실력의 배양에 전력을 집중한다."

방송국을 빼앗겨 이리 방송을 해대는 판이면 다 끝장난 거 아닌가!

한인곤은 새 담배에 불을 붙였다. 그의 손끝이 잘게 떨리고 있었다. 그때 대문 두들기는 소리와 함께 자갈 든 깡통이 울리는 소리가 요란스럽게 들렸다.

"여보, 어떡해요!"

그녀는 왈칵 남편의 팔을 붙들었다. 그녀의 얼굴은 목소리만큼 질려 있었다.

"왜 그래?"

"빨리 피하세요, 빨리."

그녀는 후닥닥 일어나 장롱 문을 열었다.

"여보, 정신차려. 잡혀갈 만큼 잘못한 일 없고, 잡으러 왔어도 치사하게 도망은 안 가. 당신 가만있어. 내가 나가볼 테니까."

한인곤은 벌떡 몸을 일으켰다. 그러나 가슴속으로는 한 줄기 바람이 스치고 지나갔다.

"안 돼요, 여보. 내가 나가겠어요."

그녀는 남편의 팔을 잡아채듯 하고는 방을 뛰쳐나갔다.

한인곤은 잠옷 위에 바지만 꿰입고는 마루로 나섰다. 어쩌면 남재구일지도 모른다고 생각하며.

"누, 누구세요?"

그녀의 목소리는 완연히 떨리고 있었다.

"예, 저 남재굽니다."

"아 예……."

안도의 숨을 내쉬며 두 손으로 가슴을 누르는 그녀의 걸음걸이가 약간 흔들렸다. 한인곤은 마루에 버티고 서서 그런 아내의 뒷모습을 지켜보고 있었다.

"전화를 좀 하고 오시지요. 전 군인들인 줄 알고 십년감수했어요."

그녀는 쪽문을 들어서는 남재구에게 원망조로 말했다.

"아 예, 잡혀가 봤자 한 의원이 뭐 잘못한 게 있나요."

그녀는 남재구를 보며 어이없는 웃음을 흘렸다. 두 남자는 마치 약속이라도 한 것처럼 배포 유하게 나오고 있었다.

"자넨 나보다 먼저 안 모양이군."

남재구를 맞이하는 한인곤의 목소리가 침울했다.

"응, 방송 듣고 바로 오는 길이네. 이거 참 고약하게 됐어."

남재구가 혀를 차며 마루로 올라섰다.

"빌어먹을, 아슬아슬 위태위태하더니 결국 엉뚱한 쪽에서 당하고 말았어. 도대체 어떤 치들이야?"

"모르겠어. 방송을 한 시간 동안 들었는데도 그 말은 없고, 조간에도 호외에도 없어. 석간을 기다려봐야지."

"이런 답답할 일이 있나."

"여보, 애들 고모부한테 전화해 보는 게 어때요, 육본에선 환히 다 알 거 아니겠어요?"

그녀는 물도 묻지 않은 손을 앞치마로 닦으며 말했다.

"아니, 그건 곤란해. 육본은 지금 최고 비상이 걸려 통화도 안 될 거고, 만약 통화가 된다 해도 그런 말 함부로 주고받을 상황이 아니야."

한인곤은 군 출신다운 상황 판단을 하며 무겁게 고개를 저었다.

"맞는 말이네. 상황은 이미 벌어진 거고, 앞으로가 문제야."

침울한 얼굴로 남재구가 어깨숨을 내쉬었다.

한인곤과 남재구는 방에 자리잡고 앉아 말없이 담배만 빨며 되풀이되고 있는 혁명공약이라는 것을 귀담아들었다. 남자가 지쳐서 그러는지 아나운서는 여자로 바뀌어 있었다.

"젠장, 아나운서가 앵무새라는 말 오늘에사 알겠네."

남재구가 담배꽁초를 모질게 잉끄려 껐다.

"빌어먹을, 총 들이대고 읽으라고 하는 판에야 딴소리할 재간이 있겠나. 근데 마지막 여섯 번째 말야, 언제든지 정권을 이양하고 본연의 임무에 복귀한다는 거, 저게 사실일까?"

한인곤이 남재구를 빤히 바라보았다.

"글쎄, 나도 오면서 그걸 생각해 봤는데, 그게 아주 묘하고 이상한 말이야. 그게 그러니까, 다섯 번째까지의 과업이 성취되면이란 단서가 붙어 있는데, 첫 번째 두 번째는 그만두고, 세 번째 이 나라 사회의 모든 부패와 구악을 일소한다는 것과, 네 번째 절망과 기아선상에서 허덕이는 민생고를 시급히 해결한다는 대목인데, 그 일들이 어디 한두 달, 1~2년 가지고 될 일인가? 아무리 명령에 절대 복종이라는 군대식으로 몰아붙인다 해도 사회와 군대는 엄연히 다르거든. 내 생각에 그 말은 두 가지 목적으로 쓴 것 같네. 첫째는, 그 일들이 아직 성취되지 않았으니까 정권을 이양할 수 없다 하는 데 써먹는 거고 둘째는, 쿠데타에 대한 국민들의 반감을 희석시키고 무마하려는 목적 말일세."

"그거 일리 있는 말이네. 아주 약고 악랄하게 머릴 굴렸군."

"그야 자네나 내가 총 들고 나섰다고 해도 그 정도 자기방어는 하지 않겠나. 어쨌거나 하나밖에 없는 목숨 내걸고 총칼로 정권 탈취하려고 나선 판이니까 그게 일단 성공하면 정권 쉽게 내놓지 않을 걸세. 한마디로, 입장을 바꿔놓고 생각해 봐. 우리가 죽을 각오

를 하고 정권을 장악해서 이런저런 일들을 공들여 성취시켜 놓고
는 정권을 딴사람들한테 고스란히 넘겨줄 수 있겠나? 내가 알기로
는 세계 역사상 그런 일은 없어. 거 왜 우리가 6·25 때 고지 점령
자주 해봤잖아. 또 한 번의 사투가 벌어지기 전에는 절대로 그냥
안 내놓지 않았나. 더군다나 한 나라의 권력인데……, 예로부터 부
자지간에도 살육을 일삼아 온 게 권력 아니던가."

"그래, 무슨 기대를 하는 게 순진하고 어리석은 일이겠지. 어쨌든
이런 꼴까지 당하게 된 우리가 한심스러워. 도대체 병력이 얼마나
동원됐길래 막아내지도 못했나 그래."

한인곤이 한숨을 푹 내쉬었다.

"여보게, 그동안 정치를 엉망으로 한 것이나, 쿠데타를 못 막아
낸 것이나 일맥상통하지 않나? 그런 건 더 따질 것도 없고, 자네
이러고 있어서는 안 되는 것 아닐까?"

"왜, 피해야 된단 말인가?"

"거 돌격하는 식으로 초장에 마구잡이 체포 바람을 일으킬 수도
있지 않겠어? 그런 광태는 우선 피하는 게 현명하지. 죄의 유무를
따지기 전에 말야."

"글쎄, 그건 그러고 싶지 않은데. 죄진 것도 없을뿐더러, 쿠데타
주모자들 가운데 우리가 아는 치들도 더러 있을 텐데, 숨었다가 잡
혀가는 치사스런 꼴 보이고 싶지 않아."

한인곤은 강하게 고개를 저었다.

"그도 그렇군."

남재구의 얼굴이 더 침울해졌다.

"아침식사들 하세요."

한인곤의 아내가 밥상을 들고 들어왔다.

"이거 웬 술이야?"

한인곤이 밥상에 놓인 소주병을 가리키며 아내에게 눈길을 돌렸다.

"기분도 그렇잖으신데 딱 한 잔씩만 하시라구요."

"위로술이라 그건가? 참 살다가 별일 다 보겠군."

한인곤이 헛웃음을 쳤고,

"역시 현모양처십니다. 이런 때 한잔 술이 기막힌 법이죠."

남재구가 술을 마시고 싶었던 것처럼 술병을 잡았다.

그들은 서로의 잔에 술을 따랐다.

"이거 이런 꼴 보자고 지난해 여름 선거에서 그 고생을 한 게 아닌데 말야. 자아, 9개월짜리 국회의원의 종말을……, 축하가 아니고……."

"비통해하며!"

그들은 정말 비통한 듯 일그러지는 웃음을 지으며 술잔을 부딪쳤다.

"앞으로 민심이 문젠데 어떨 것 같은가?"

소주 기운으로 얼굴을 찡그리며 한인곤이 물었다.

"글쎄, 차차 두고 봐야 알겠지만 그게 좀 복잡한 문제 아니겠어? 우선 장 정권이 민심을 너무 많이 잃은 건 그들에게 유리하게 작용

할 거고, 군대식으로 마구잡이로 밀어붙였다간 장 정권보다 민심을 더 잃을 거고, 그 사람들이 군인 혈기로 총칼 빼들었는지 모르지만 사병들 훈련시키는 것처럼 쉽진 않겠지. 어쨌든 군바리들이 총칼로 정권 뒤엎고 나선 것을 국민들은 과히 달가워하지 않을 거야."

"그래, 내 생각도 대충 그런데……. 자네, 여기저기 다니면서 사람들 반응을 좀 살펴보는 것이 어떻겠나. 난 어설프게 돌아다닐 수도 없고 말야."

"응, 나도 그럴 생각이었네. 돌아다니다 보면 얻는 정보도 있을 거고."

"자네나 내가 현역에 있었어도 이 정치 상황을 보고 쿠데타를 일으킬 맘이 생겼을까?"

한인곤이 불쑥 물었다.

"……글쎄." 남재구는 잠시 생각하더니, "난 안 그랬을 것 같은데. 군인의 길과 정치인의 길은 다르니까" 하며 쓰게 웃었다.

그들은 밥을 반도 먹지 않고 상을 물렸다. 그 밥상을 들고 나가며 한인곤의 아내가 가느다란 한숨을 쉬었다.

큰길에는 여느 날과 다름없이 많은 사람들이 출근길을 서두르고 있었다. 그 말없는 군중의 흐름 속에서는 밤새 벌어진 정권 탈취 사건에 대한 반응은 전혀 느낄 수가 없었다. 남재구는 그 침묵한 무리에 섞여 걸으며 감추어진 마음의 무서움을 생각하고 있었다. 라디오가 없는 집이 절반이라 하더라도 일단 거리로 나선 사람들은 전파사에서 확성기에 대고 틀어놓은 라디오라도 들었을 것이

다. 다 나름대로 생각이 있을 터인데도 침묵의 무표정 속에 감추어진 마음을 탐지해 낼 방법은 없었다.

그래, 아직 이르지. 이 침묵은 충격의 반응일 테니까. 오늘 하루라도 지나야 무슨 소리들이 나오지.

남재구는 광화문에 이르러 쿠데타의 현장을 섬찟한 실감으로 목격했다. 차량통행이 금지된 그 넓은 길에는 총을 멘 군인들만 깔려 있었고, 저쪽 중앙청 앞에는 긴 포신을 세운 탱크가 곧 발사를 할 것처럼 험상궂게 서 있었다. 서울의 심장부이면서 정치의 핵심지역에는 살기와 공포만이 가득 서려 있었다. 밤새 어둠 속에서 한 정권은 살해되었고, 그 어떤 저항도 용납하지 않겠다는 살벌함이 군인들의 철모와 총구와 몸짓에서 번뜩이고 있었다.

남재구는 다방을 찾아 들어갔다.

"석간은 언제 나오나 그래."

"이거 원 답답해서. 지금 몇 시야?"

뒤숭숭한 사람들 속에서 남재구도 신문이 나오기를 기다릴 수밖에 없었다.

두어 시간이 지나고 드디어 석간신문이 다방에 모습을 드러냈다. 사람들은 신문을 따라 이리저리 몰렸다. 남재구도 급한 김에 사람들 틈에 끼어들었다. 장도영·박정희·김윤근 세 사람의 이름과 함께 사진들이 크게 드러났다. 남재구는 그만 어리둥절해졌다. 아니, 장도영 이 사람이? 골수 장 총리 사람이……?

비상계엄이 선포된 상태에서 혁명군사위원회에서는 정권 인수와 국회 해산을 선언함과 아울러 장면 내각 장·차관 전원에 대한 체포령을 내리고, 주한미국 대리대사와 미8군 사령관은 불법적인 쿠데타를 부인하고 장면 정권을 지지하는 공동성명을 발표하고, 윤보선 대통령은 쿠데타 지지를 표명하고, 쌀값은 당일로 치솟아 혁명위에서는 매점매석하는 미곡상들을 극형에 처한다는 포고령을 발동하고, 장면 총리는 어디에 숨어 있는지 그 행방이 묘연하고, 혁명위에서는 서울시내 각 경찰서장들을 중위 대위로 임명하고, 검열을 당한 신문들은 부분부분 먹통이 된 채 찍혀 나오고, 혁명 수행상 필요시에는 체포·구금·수색을 영장 없이 집행한다는 포고령이 잇따르고 있었다.

그런 살벌하고 어지러운 분위기에서 강의는 제대로 이루어지지 않았다. 학생들이 강의실에 들어오지 않고 교정에서 끼리끼리 모여 웅성거리고 있으니 교수들은 헛걸음질만 하는 판이었다.

"모든 정당이고 단체들의 활동을 금지시켰으니 우리의 통일운동도 좋다가 말았다 그건가?"

"이거 다 된 밥에 재 뿌린 건데, 이렇게 당하고 있어야만 되나? 한 번쯤 밀어붙여 봐야 되는 것 아냐?"

"목숨이 몇 갠데? 극형이라는 말 아직 안 들려?"

"괜히 똥폼 잡지 말어. 군대에서 말하는 시범쪼에 걸렸다간 국물도 없어. 저치들 지금 지네들 위신 세울려고 아무나 하나 걸려들기만 바라고 독이 올라 있는 것 몰라?"

"맞어. 쿠데타 일으킨 이유 중에 하나가 우리 대학생들의 통일운동 때문이란 소문 못 들었어? 그 거룩하시고 신성불가침한 혁명공약 제1장을 보라고. 반공을 국시의 제1의로 삼고 지금까지 형식적이고 구호에만 그친 반공체제를 재정비 강화한다 그 말씀이야. 괜히 형장의 이슬로 사라지기 전에 꿈 깨라구."

"얼어죽을, 혁명공약은 무슨 놈에 혁명공약이야. 쿠데타 일으킨 것들이."

"그래, 왜 쿠데타를 일으켜놓고는 뻔뻔스럽게 혁명공약이지? 우리 4·19혁명을 모독해도 분수가 있지."

"허, 그래도 군바리 대가리로도 쿠데타보다는 혁명이 더 낫다는 걸 알았던 모양이라. 아주 기특하잖아?"

"이봐, 군인들을 전부 그렇게 우습게 보진 말어. 젊은 장교들 중에는 우수한 사람들이 수두룩해. 머리는 좋은데 가난해서 사관학교를 간 사람들이 우리 주변에 흔하잖아."

"하긴 그래. 3군 사관학교 출신들이야 미국식 군사교육을 제대로 받은 무시 못할 집단이라고 할 수 있지."

"어떤 면에서는 쿠데타가 잘 일어난 것 아닐까? 어느 일정 기간 동안 군대의 과단성과 조직력으로 이 사회의 부패를 전부 청소해버리게 말야."

"이거 왜 이래. 이러다간 육사생들처럼 쿠데타 지지 행진 나서게 생겼네. 쿠데타를 용납할 수 없는 건 민주국가의 헌법을 유린하고, 국민의 존엄성을 짓밟은 불법을 저질렀기 때문 아니겠어. 그 점을 혼동하지 말라구."

"맞어. 장면 정권을 타도하거나 바꿔도 그건 국민이 해야 할 일이지 군인들이 총 들고 나설 일이 아니야."

"그거 역시 공자님 말씀이야."

"그런데 미국은 도대체 어쩔 셈이야?"

"미국이 느닷없이 뒤통수 맞고 어리벙벙하고 있는 것 아니겠어?"

"작전권을 훼손당한 미국이 되게 기분이 상했을 것은 분명한데, 어쨌거나 이번 쿠데타의 운명은 미국 손에 달렸다고 봐야 해."

"그것도 기분 나쁜 일이잖아. 우리 일을 미국이 좌지우지한다는 거, 그거 정말 아니꼽고 더럽다니까."

유언비어를 유포하는 자는 즉각 체포한다는 포고령을 아랑곳하지 않고 학생들은 혈기 좋게 의견들을 털어놓고 있었다. 유일민은 그 거침없는 말들을 듣고만 있었다.

"아, 아, 잠깐 안내 말씀 드리겠습니다. 교내에 경제학과 3학년 유일민, 유·일·민 학생이 있으면 지금 즉시 학생과로 와주시기 바랍니다. 다시 한 번 말씀드리겠습니다. 교내에 경제학과⋯⋯."

그 느닷없는 교내 방송을 듣는 순간 유일민은 가슴이 섬뜩해지는 불길함에 휩싸였다. 무슨 까닭인지 모르게 엄습해 온 불길함은 한순간 의식을 몽롱하게 만들었다. 그 몽롱함 속에서 눈에 보이는 모든 것들이 일시에 회색빛으로 변했다. 그건 언젠가 두려움과 공포상태에서 경험했던 이상한 의식의 단절현상이었다.

"야, 향토장학금 왔나 부다. 빨리 가봐."

누군가가 유일민의 어깨를 쳤다.

"응, 그래."

유일민이 눈을 비벼서야 모든 것은 정상으로 돌아왔다. 그는 무겁게 몸을 일으켰다. 자신에게 올 향토장학금은 없었다. 시골 집에서 보내오는 등록금이나 하숙비를 그들은 향토장학금이라 불렀고, 주소가 바뀌거나 하면 학생이나 교무과로 부치는 경우가 더러 있었다.

"유일민인데요. 방금 방송 듣고······."

"아, 저 과장님께 가봐요."

직원이 가리키는 저쪽을 보는 순간 유일민은 가슴이 쿵 울리는 충격으로 정신이 아뜩해졌다. 학생과장 옆의 소파에서 두 남자가 벌떡 일어서고 있었다. 그 예감의 적중에 유일민은 순간적으로 도주하고 싶은 충동에 사로잡혔다. 그러나 그 충동만큼 빠르게 전신에 힘이 빠지며 맥을 쓸 수가 없었다. 소나 개가 백정 앞에서 아무 저항도 못하고 비실거리는 것처럼.

"유일민인가? 우리 신분은 과장님께서 확인하셨으니까 같이 좀 갈까."

그때 유일민의 머리를 스치는 것이 있었다. 혁명공약 첫 번째였다. 근거가 모호한 것 같았던 아까의 불길한 예감은 바로 거기서 비롯된 것이었다.

교문 앞에는 군용 앰뷸런스 비슷한 차가 서 있었다. 그러나 창문이라고는 없는 그 차는 온통 새카맸다. 유일민은 뒷문으로 떠밀려 올라갔다. 어둠침침한 차 안에는 사람들이 가득 차 있었다. 뒷문이 쇳소리를 내며 쾅 닫히자 차 안은 밤중처럼 어두워졌다. 차가 곧 움직이기 시작했다.

운전석 쪽으로 난 조그만 창문으로 빛이 들어오고 있었다. 운전석에서 이쪽을 감시하도록 되어 있는 그 창문에는 쇠창살이 쳐져 있었다. 차의 흔들림에 넘어지지 않으려면 유일민도 다른 사람들처럼 쪼그리고 앉을 수밖에 없었다.

유일민은 끌어안은 가방에 머리를 부렸다. 어머니의 얼굴이 떠올랐고, 언제까지 이런 식으로 살 것인가 하는 절망감에 짓눌렸다. 애비 팔자 그리 타고나서 좋은 대학만 다니면 뭘 해. 지난번 수사관이 했던 말이 스쳐갔다.

차는 어딘가로 계속 달리고 있었다. 그 누구도 말이 없었다. 차 안에는 공포에 찬 침묵만이 가득했다. 그러나 유일민은 지난번에 혼자 끌려갈 때보다는 나은 것 같은 느낌이었다.

이 사람들도 다 나와 같은 처지일까. 아니면, 직접 좌익활동을 했던 사람들도 있을까. 그런데 줄기차게 감시당하고 이렇게 아무 때나 끌려가야 하는 사람들 중에서 아직도 사회주의 혁명을 꿈꾸고 있는 사람들이 있을까. 있다면 실제로 활동하는 사람들도 있을까……. 어쨌든 이렇게 한꺼번에 잡아가서 어쩌려는 것일까. '지금까지 형식적이고 구호에만 그쳤던 반공체제를 재정비 강화'하기 위해서 실형이라도 때릴 작정일까.

유일민은 질정 없는 생각으로 머리가 어지러웠다.

어디인지 모를 곳에서 차가 멈추었다. 뒷문이 열리지 않고 아무런 기척도 없었다. 가끔 아이들의 외침이나 차의 경적이 스치고 지나가고는 했다. 또 누군가를 붙들러 간 모양이었다. 어둠침침한 속에서 침묵만 두껍게 쌓이고 있었다. 지루한 시간이 지나 뒷문이 덜컹 열렸다. 쏟아져 들어오는 빛 속에서 한 남자가 차로 올라왔다.

"씨부랄, 만만한 게 홍어좆이로구나. 월북한 작은아버지하고 나하고 무슨 상관이냐 그거야."

그 남자가 털썩 주저앉으며 소리쳤고, 뒷문이 쾅 닫혔다.

유일민은 남자의 그런 용기가 놀랍고도 부러웠다. 그나마 작은아버지라서 그럴 수 있는 것일까? 어쨌거나 그 남자는 자신보다 훨씬 더 억울한 심정일 거라는 생각은 들었다.

차는 세 번을 더 멈추었고, 그때마다 한 사람씩을 실었다.

차가 갑자기 덜컹거리며 요동치기 시작했다. 비포장 도로로 접어든 거였다. 그들은 엉덩방아를 찧어대지 않으려고 모두 바닥에서 엉덩이를 떼고 쪼그려 앉았다. 서울을 벗어난 것이 분명한 차는 어디론지 계속 달렸다.

"내려! 빨리빨리 내려!"

사방은 어디가 어딘지 분간할 수 없도록 어두웠다. 그런데 다른 자동차가 비춰대고 있는 헤드라이트 불빛에 드러나고 있는 것은 총을 겨눈 군인들이었다.

"전체, 두 손 머리에 올리고 일렬로 정렬!"

군인 하나가 외쳤고,

"이새끼들, 죽고 싶어! 동작 이것밖에 못 취해!"

네댓 명의 군인들이 곧 후려칠 것처럼 개머리판을 치켜들었다.

그 살벌함 앞에서 그들은 두 손을 머리에 올리고서도 재빠르게 일렬로 줄지어 섰다. 유일민은 가방을 머리에 인 꼴로 저쪽 먼 불빛을 바라보았다. 또 몸이 달아 허둥댈 동생 일표의 얼굴이 떠올랐다. 무언지 모를 멍울이 치밀어오르며 목이 메었다.

"전체 차렷! 앞으로이 갓!"

구령에 따라 그들은 멀리 보이는 불빛을 향해 걸음을 떼어놓았다.

"야, 나 홀태바지인데, 쌍짱구 형님 어디 가셨냐?"

전화기에서 흘러나오는 목소리는 다급하고 거칠었다.

"나 몰라요."

사무원 아가씨가 냉랭하게 대꾸했다.

"아, 어디 갔냐니까!"

"모른다고 했잖아요!"

아가씨가 송수화기를 귀에서 떼며 맞대거리로 소리쳤다.

"이 쌍년, 너 당장 뒈지고 싶어! 형님이 떼들어가도 좋아? 그럼 너 고이 살아질 것 같애?"

"뭐, 뭐라구요?" 아가씨는 금방 당황하며, "기다려요, 기다려요. 아래층에 내려가서 누구 아는 사람 있나 알아볼게요. 아니, 명태 불러올게요." 그녀는 송수화기를 던지듯 하고 밖으로 내달았다.

"명태, 명태, 어딨어요."

아가씨는 허둥지둥 계단을 뛰어 내려가며 소리치고 있었다.

"왜 그래? 사랑 고백하려고?"

한 사내가 어깨를 꺼떡거리며 매표소 쪽에서 걸어왔다.

"빨리 가서 전화 받아요. 주임님이 떼들어가게 생겼대요."

"뭐야!"

사내는 계단을 서너 개씩 뛰어 올라갔다.

"형님 어디 가셨냐?"

"아마 목욕탕 아니면 이발소에 계실 거예요. 무슨 일인데요."

"빨리 모시고 튀어. 짜부(형사)하고 군바리들이 전 시내에 쫙 깔렸다. 혁명인가 좆인가로 일망타진이라는데, 이번에 걸리면 시범쪼로 좆 빠지는 판이야. 애들도 빨리 튀게 하구."

"예, 알았어요. 끊어요."

사내는 얼굴이 굳어져 사무실을 뛰쳐나갔다.

"이봐, 미쓰 리, 나 주임님 모시러 갈 테니까 미쓰 리는 애들한테 연락해서 지금 당장 강원집으로 모이라고 해. 짜부들이 투망 던졌으니까."

"어머나! 알았어요."

매표소에서 나온 사내가 서둘러 극장문을 나서려는 참이었다. 서너 명의 남자들과 권총을 빼든 군인 한 명이 극장문을 먼저 밀고 들어섰다.

"느네 왕초 어딨어?"

형사가 사내의 앞을 막아서며 가슴을 떠밀었다.

"잘 모르겠는데요. 아직 안 나왔……."

사내는 말을 맺지 못하고 두 팔을 번쩍 들어올렸다. 군인이 권총을 겨눈 것이었다.

"이새끼, 오리발 까지 말고 빨리 대."

"정말 모른다니까요."

그때 권총 끝이 사내의 관자놀이를 밀어댔다. 중사 계급장을 단 군인은 말 한마디 없이 권총만 이동시키고 있었다.

"예, 예, 저기 저, 모, 목욕탕이나……."

하얗게 질린 사내의 눈동자는 총구 쪽으로 쏠리며 더듬거렸다.

한편, 아침운동을 마친 서동철은 식당을 거쳐 목욕탕에 들어앉아 느긋하게 노래를 뽑아대고 있었다.

"……동네 처녀 바람났네에. 물동이 호미자루 나도 몰래 내에던지고, 말만 들은 서울로 누구를 찾아아서……."

서동철은 제 노래에 취해가며 황홀한 꿈을 꾸고 있었다. 이제 터를 잡을 만큼 잡았으니까 머지않아 식구들을 서울로 이사시킬 수 있다. 4·19로 그 계획이 어긋나긴 했지만, 꼭 손해만 본 것은 아니다. 판이 뒤집어지는 바람에 자리가 껑충 올라갔으니 오히려 운수 대통한 거 아닌가. 식구들이 서울로 이사 오면 평생 고생만 하고 살아온 어머니 편히 모시고, 네 동생들도 잘 가르쳐야 한다. 두 여동생은 고등학교 정도까지만 보내더라도 남동생 둘은 꼭 대학공부를 시켜야 한다. 남자가 대학을 나와서 당당하게 살아야지 나처럼 사는 건 사람 사는 게 아니다. 식구들을 이사시키고 나서는 세력을 더욱 키워 안정된 사업을 한다. 주류도매업도 좋고, 맥주홀도 좋다. 그건 둘 다 땅 짚고 헤엄치기 장사다. 언제까지 영화관에 빌붙어 암표로 푼돈 긁고, 상점에서 세금 뜯어 애들 먹이는 피라미짓할 것인가. 어차피 이 판에서 크게 놀려면 주먹만 가지고는 안 되고, 주먹에다 돈이 붙어야 한다. 유식한 말로 완력 플러스 금력이 돼야 진짜 '왕' 자 붙은 왕초가 되는 것이다. 어디 두고 보자, 서른 안쪽에 이 서동철이가 깃발 날리는 것 보여줄 테니까…….

"아이고 형님, 크, 큰일났어요. 명태가 짜부들고 군바리까지 달고 왔어요."

서동철을 호위하는 사내가 목욕탕으로 뛰어들었다.

"뭐야!"

탕 안에 잠겨 있던 서동철이 벌떡 일어섰다.

"군바리는 초, 총을 들이대고 있어요."

"뭐라구? 요런 니기미 씨팔!"

거친 기세로 탕을 벗어나던 서동철의 어깨가 처졌다.

"얌마, 뭘 꾸물대고 있어. 빨랑 나와, 빨랑. 시간 없어."

형사가 목욕탕 문을 열어젖히며 소리쳤다.

서동철은 아래를 가리는 시늉도 하지 않고 느리게 걸어 밖으로 나왔다.

"형님, 이거 다 아는 처지에 너무하는 것 아닙니까? 남 좆대가리 구경하자는 것도 아니고."

서동철은 평소에 하던 대로 형님이라 부르며 형사를 꼬나보았다. 그는 유일민을 만날 때와는 달리 또렷한 서울말을 썼다.

"이새끼, 어디다 대고 형님이야!"

형사가 서동철의 얼굴을 후려쳤다.

서동철이 반쯤 돌아간 얼굴 그대로 굳어진 듯 서 있었다. 탈의실에는 문득 긴장감이 휘돌았다. 문 앞에 버티고 선 군인은 서동철을 향해 권총을 겨누고 있었다.

서동철이 마룻바닥에 침을 내뱉었다.

"좋시다. 떼가겠다면 가야지."

서동철은 옷장으로 뚜벅뚜벅 걸어갔다. 일하는 아이가 잽싸게 수건을 가지고 서동철에게 다가섰다.

"치워!"

서동철은 물이 방울져 흘러내리고 있는 몸에다 옷을 꿰입기 시작했다.

서동철이 옷을 다 입자 기다리고 있던 형사가 쇠고랑을 채우려고 들었다. 서동철은 민첩하게 피해 서며 내쏘았다.

"정말 이거 개 취급하지 맙시다. 치사하게 안 뛴다구요."

그때 군인이 군화를 신은 채 서동철 앞으로 다가왔다. 그리고 총구를 서동철의 입으로 틀어넣었다. 이빨이 부러지지 않으려면 입을 벌릴 수밖에 없는 형편이었다.

"또 아가리 놀리면 알지!"

군인이 서동철을 노려보며 내뱉었다.

서동철은 쇠고랑을 차고, 그의 부하들은 포승에 묶여 경찰서까지 걸어가야 했다. 사람 많은 큰길을 걸어가야 하는 그들은 하나같이 고개를 떨구었다. 줄줄이 묶인 열서너 명의 행렬은 좋은 구경거리가 아닐 수 없었다.

"아니, 아니, 저것들이 누구야!"

"쌍짱군지 마카오 까마귄지 하는 패거리지 누구야."

"누가 그걸 몰라서 그래. 그 기세 좋게 날뛰던 것들이 웬일이냐 그거지."

"저 총 든 군인 보면 몰라. 혁명바람에 다 추풍낙엽 된 거지."

"치이, 저리 잡아가면 뭘 해. 또 사나흘이면 풀려나고 말걸. 그런 꼴 어디 한두 번 당했나."

"글쎄, 이번에도 그럴까? 어쩌면 이번엔 좀 다를 것 같은데. 소문 들으면 군인들이 아주 야무지게 할 모양이던데."

"아이구, 김칫국부터 마시지 말어. 믿는 도끼에 발등 찍히니까. 이놈이고 저놈이고 다 썩은 판에 군인이라고 별수 있을라구."

"그리 도매금으로 막 넘기지 말어. 잘해보겠다고 혁명공약 내세우고 야단인데 초장부터 민주당처럼이야 하겠어. 저 패거리들 저리 싹 쓸어가는 것도 첨 있는 일이고, 저것들 없어졌으니 우린 당장 오늘부터 속 편하게 장사할 수 있잖은가배."

"그야 그렇지. 말대로 잘하기만 험사 그보다 더 고마울 게 없지. 하도 속아서 또 속을까 봐 그러는 거지."

"그래, 더 두고 볼 일이지만 어쨌든 저런 건 속시원하게 잘하는 일이야."

"그렇지. 모든 걸 저런 식으로 잘하기만 하면 군사혁명 잘 일어난 거지."

상점 주인들은 끼리끼리 모여 이렇게 입을 맞추기에 바빴다.

이틀, 사흘, 나흘이 지나도 형은 돌아오지 않았다. 유일표는 더는 견딜 수가 없었다. 어제는 학교에서 돌아오며 파출소에 실종 신고를 했다. 경찰은 우선 형의 친구들한테 알아보라고 실마리를 풀어 주었다. 그러나 형의 친구란 하나도 아는 사람이 없었다. 형의 친구는 서동철말고는 단 한 사람도 자취방을 찾아온 사람이 없었다. 그러고 보니 형에게도 친구란 것이 있는지 의심스러워지기도 했다.

경찰이 해준 귀띔을 따라 형의 학교를 찾아가 같은 과 학생들을 만나보기로 했다. 유일표는 결석을 하기로 하고 집을 나섰다. 대학생들을 만나자면 그 방법밖에 없었다.

유일표가 경제학과 3학년 강의실을 찾아가고, 거기서 다시 학생과장을 찾아가는 일은 순조롭게 이루어졌다.

"뭐, 아직도 안 돌아왔다고? 이거 참 미안하게 됐구나. 내가 집안에 연락을 취하도록 했어야 하는 건데. 워낙 갑작스럽게 일을 당하다 보니……."

학생과장은 퍽 민망해했다.

"저어, 형이 지금 어디 있는지 학교에서 좀 알아봐 줄 수 없겠습니까?"

학생과장을 바라보는 유일표의 눈길은 간절했다.

"글쎄, 그 형사들이 시경에서 나왔다고 했으니까 알아보긴 하겠는데……, 이게 군인들이 하는 일이라서 어떨지 모르겠군. 여기 연락처 적어놓고 가게."

유일표는 올 때보다 더 심한 절망감에 빠지며 학교를 나섰다. 한 가지 소득이 있다면 형이 어째서 행방불명이 되었는지를 알아낸 거였다.

그럼 어머니는 괜찮을까? 아니야, 괜찮을 리가 없어. 지난번에도 함께 당했는데. 우리 식구는 언제까지 이렇게 살아야 하는 걸까. 그런데……, 왜 군인들은 이런 일부터 하고 나선 것일까. 그들이 무슨 자격으로 아무 죄도 없는 사람들을 마음대로 잡아갈 수 있는가. 쿠데타를 일으켜 정권을 손아귀에 넣었으니 그런 일쯤은 멋대로 해도 된다는 것인가. 쿠데타……, 쿠데타…….

유일표는 군인들에 대한 반감으로 가슴에 경련이 일고 있었다.

"이 구역에서 무슨 일 생기면 연락해. 건달들은 내 이름 석자면 쪽도 못 쓰고, 형사들도 다 나하고 빠삭한 사이니까. 넌 형하곤 영 다른 게 내 맘에 쏙 든다."

서동철 형이 어깨를 두들겨주며 한 말이었다.

잘 아는 형사들이 많으면 길이 있을지도 몰랐다. 형이 일을 당한 것을 알면 서동철 형은 발벗고 나설 것이 분명했다. 유일표는 학생 과장보다 서동철 형을 더 믿으며, 그를 찾아가기로 했다.

"주임님하고 어떤 사인데?"

매표소 아가씨는 신기하다는 듯 유일표의 모자와 교복을 위아래로 훑으며 물었다.

"예, 우리 형 친군데요."

"어쩌지? 주임님 사흘 전에 떼들어갔어."

"예? 떼들어가요?"

"응, 역시 일류학교 순진한 학생이라 다르네. 형사들하고 군인한테 잡혀갔다고. 깡패들 전부 소탕한다는 소문 못 들었어?"

"아, 예에……."

유일표는 쿠데타바람이 여러 곳을 휩쓸고 있음을 느꼈다.

"아마 쉽게 못 풀려날 거라는 소문이던데. 이번엔 깡패들 뿌릴 뽑겠다고 군인들이 작심하고 나섰다는 거야."

아가씨는 묻지도 않은 말을 했다.

유일표는 허망하고 답답한 마음으로 극장을 등졌다. 깡패 소탕……, 서동철 형이 안됐긴 하지만, 세상사람들은 그 일을 환영할 것 같았다. 온갖 종류의 깡패나 건달들 등쌀에 세상사람들은 밤길 다니기를 두려워한 지 오래였고, 고등학생 주먹패들까지 생겨나 많은 말썽을 빚어왔던 것이다. 깡패나 건달들이 설쳐대며 선량한 사람들에게 갖은 피해를 입히는 세상은 분명 잘못된 세상이었다. 그런 세상을 쿠데타를 일으킨 군인들이 바로잡으려고 나섰다……?

유일표의 의식은 복잡해졌다. 그건 분명 잘 시작한 일이었다. 아까의 반감과는 반대인 호감에 갈등이 일어났다. 이 쿠데타를 어떻게 생각해야 하는 거지? 정반대를 이루고 있는 쿠데타의 두 개의 얼굴 앞에서 유일표는 혼란스러웠다. 어떻게 간추릴 수 없는 그 문제를 일단 접어놓고 형의 일만 생각하기로 했다.

유일표는 친구들을 다 더듬어보았지만 아버지가 계급 높은 군인인 아이들은 없었다. 결국 떠오른 것은 강자숙뿐이었다. 강자숙이 자기네 아버지한테 부탁하면 형이 있는 데를 알아낼 수 있을 것 같았다.

그러나 시간이 어중간했다. 강자숙이 학교에 갔으면 아직 돌아올 시간이 아니었다. 유일표는 해를 올려다보았다. 해가 서쪽으로 약간 기울기는 했는데 몇 시인지 시간을 가늠하기는 어려웠다. 유일표는 한동안 서성거리다가 양복 입은 사람에게 시간을 물어보았다.

"응, 2시 10분인데."

형의 학교가 멀어 시간을 많이 잡아먹은 거였다. 그러나 유일표는 목이 마를 뿐 배고픈 생각은 없었다. 우선 강자숙이 집에 있는지 없는지부터 확인해야 했다. 여기저기 상점들을 기웃거려보아도 빌려 쓸 전화는 눈에 띄지 않았다. 워낙 귀물인 전화가 아무 상점에나 있을 리 없었다.

유일표는 다방에 들어가기로 작정했다. 고등학생 출입금지였지만 급한 데 별수없는 일이었다. 다방으로 들어선 유일표는 아가씨들을 피해 한복을 입은 나이 든 여자에게로 다가갔다. 그런 여자가 다방의 실권을 쥐고 있는 '가오마담'이라는 것쯤 들어서 알고 있었다.

"안녕하세요. 제 이름은 유일표라고 합니다. 급한 일이 생겨서 그러는데 전화 좀 쓸 수 있게 해주셨으면 합니다."

유일표는 모자를 벗고 고개를 깊이 숙였다.

"어머, 어쩜 그리 예의가 바를까. 남자답게 당당하기도 하구. 길게는 말고, 어서 써요."

예쁘장하게 생긴 여자가 곱게 웃었다.

"예, 고맙습니다."

유일표는 급히 전화기로 다가갔다.

"어머 언니, 그 학생한텐 어찌 그리 인심이 후하시우? 동생 생각나서 그러는 거유?"

한 아가씨가 다가서며 비꼬듯이 말했다.

"동생 생각도 생각이지만, 저런 학생한테 내가 언제 그런 절을 받아봐. 절값을 해야지."

전화를 받은 건 목소리가 귀에 익은 식모아주머니였다.

"안녕하세요, 아주머니. 저 유일표라는 학생입니다."

"이이, 숙, 아니 자숙이 핵교 갔는디."

"네에, 다름이 아니고 급한 일로 제가 오늘 좀 만났으면 한다고 전해주시겠습니까. 이따 또 전화하겠습니다."

"이, 그려, 그려."

"정말 고맙습니다. 전화 요금……."

유일표는 마담에게 다시 절하며 주머니에 손을 넣었다.

"그게 무슨 소리야, 서운하게. 내가 싸비스한 거니까 그냥 가."

마담이 다정하게 웃음지었다.

유일표는 다방을 나서며 콧날이 시큰해지고 있었다. 면박당할지도 모른다 생각했었는데 그 마담의 인정이 꼭 세상을 떠난 누나

같았던 것이다. 누나가 살았으면 그 나이 또래였을 것 같았다.

누나……, 어쩌면 누나는 이런 힘든 세상살이를 다 알고 미리 떠나버린 것인지도 몰랐다. 누나는 어머니와 함께 경찰서에 끌려갔다 올 때마다 조금씩 웃음을 잃어가는 얼굴로 변했다. 그리고 마지막으로 논을 처분한 돈이 떨어져 식구들이 굶게 되자 누나는 말없이 요정 나가는 길을 택했다. 그때부터 누나는 슬픈 꽃이 되었다. 노래를 잘하고, 책을 유난히 좋아했던 누나는 끝내 그 생활을 이기지 못하고 저세상으로 떠나갔다.

"나는 아부지가 미워."

"아이고, 그런 소리허지 말어. 아부지는 훌륭허신 분이여."

"머시가 훌륭혀. 우리럴 요리 고상시키는디."

"아니여, 그리 생각허먼 안 되야. 아부지도 출세만 생각했음사 군수고 도청 국장이고 다 해묵었겠제. 근디 아부지는 그런 영화 마다허고 공평헌 시상 맹글라고 나선 것이여. 니가 후제 다 크먼 아부지 맘 알게 되야."

국민학교 5학년 때 누나가 소곤소곤 해준 말이었다. 그때 아버지와 함께 일본 유학을 했던 친구들은 정말 군수고 도청 국장 같은 자리를 차지하고 앉아 있었다.

누나는 자살을 하면서도 아버지를 미워하거나 원망하지 않았을까……?

유일표는 그 괴로운 생각을 지우려고 얼굴을 훔치며 숨을 들이켰다. 그때 문득 학생과장의 말이 떠올랐다. 형사들이 시경에서 나왔다고 했다. 그럼 시경을 직접 찾아가볼까 하는 생각이 들었다. 강자숙을 만나게 되려면 아직 시간이 많이 남아 있었다.

그런데……, 누굴 찾아가지?

이 생각과 함께 시경이라는 것에 주눅이 들었다. 그러나 이내 형을 생각했다. 형사들 이름을 모르더라도 그 일을 담당하는 책임자를 만나보면 될 거였다.

그런 사람을 만나게 해줄까?

또 주저가 생겼다. 그러나 안 될 때 안 되더라도 가봐야 했다. 가보지도 않고 포기하는 것은 형을 버리는 것이나 마찬가지 행위였다. 경찰을 '민중의 지팡이'라고 했다. 그 말을 꼭 믿지는 않지만 그나마 이런 때 의지하고 싶었다.

남대문 가까이에 있는 시경은 4·19데모 때 알게 되어 쉽게 찾아갔다.

"수고하십니다. 저는 ㅅ고등학교 3학년 유일표입니다. 수사과장님을 좀 뵈려고 왔습니다."

유일표는 보초 경관에게 거수경례를 붙이며 말했다.

"응? 무슨 일인데?"

경관은 얼결에 경례를 받으며 물었다.

"예, 대학생인 저의 형을 이 시경 형사들이 나흘 전에 학교에서 데려갔는데, 지금까지 아무 소식이 없어 어디에 있는지 알아보려고 합니다."

"왜, 무슨 사고 쳤나?"

"아닙니다."

"아니라니. 형사들이 아무 이유 없이 그런 일을 했겠어? 분명 무슨 이유가 있겠지."

유일표는 그만 난감해졌다. 그 사유를 아무에게나 말하고 싶지 않았고, 그 말을 꺼내면 일이 버그러질 것 같은 느낌이 들기도 했다.

"말 못하겠으면 그냥 돌아가."

경관이 짜증스럽게 말했다.

"아닙니다. 저어, 저희 아버지가 월북했다는 것 때문에 그런 것 같습니다."

"뭐야? 누가 그래? 그런 소리 함부로 하지 말고 어서 돌아가."

경관의 태도가 싸늘하게 변했다.

"좀 도와주십시오. 경찰은 민중의 지팡이고, 저는 대한민국 국민입니다."

"그래, 배우긴 옳게 배웠는데 넌 미성년자야. 너 지금이 어떤 상탠지 알지? 이제 그런 문젠 여기 소관이 아니니까 집에 가서 공부나 해."

경관은 더 상대하지 않겠다는 듯 고개를 돌려버렸다.

유일표는 절벽을 느끼며 그냥 돌아설 수밖에 없었다. 그 넘을 수도, 뚫을 수도 없는 절벽은 사방에 둘러쳐져 있었다. 아버지는 우리가 이런 일을 당하고 있는 것을 알고나 있을까……. 새롭게 밀려드는 절망감 속에서 유일표는 아버지에 대한 원망이 솟는 것을 느끼고 있었다. 아버지에 대한 기억은 차츰차츰 멀어지고, 흐려져가고 있는데 빨갱이 가족이라는 죄는 계속 서슬 퍼렇게 살아 있었다.

유일표는 순진한 기대를 했던 자신의 어리석음을 확인하며 집 쪽으로 길을 잡았다. 너무 목이 마르고 배고픔도 심하게 느껴졌다. 어디서 물을 좀 얻어마시고 싶었지만 마땅한 데가 없었다. 빵보다 싼 호떡이라도 좀 사먹을까 하다가 그만두었다. 한 끼 굶어 죽을 리 없고, 집에는 찬밥이 두 그릇이나 남아 있었다. 행여나 행여나 하며 저녁마다 형의 밥도 했고, 아침이면 찬밥으로 도시락을 싸고, 다시 형의 밥을 해서 밥상을 차려놓고 학교를 가고는 했었다. 오늘은 도시락을 싸지 않은 밥과 밥상의 밥이 그대로 남게 되었다.

유일표는 혜화동 로터리의 낯익은 빵집에서 강자숙에게 전화를 걸었다.

"응, 일표구나. 전화했다면서. 무슨 일 있어?"

강자숙의 목소리는 변함없이 밝고 쾌활했다. 언제나 즐겁게 노래하는 새 같은 느낌에 유일표는 마음 한구석의 그늘이 걷히는 기분이었다.

"좀 만났으면 해서요. 여기 로타리예요."

"알았어. 빨리 전화 끊어."

유일표는 아가씨가 눈치를 하거나 말거나 물을 연달아 석 잔이나 시켜서 마셨다. 푸른 천의 반칸막이로 가려놓은 저쪽에서 남녀 학생들이 웃고 떠드는 소리가 들려오고 있었다. 그 명랑하기 그지없는 소리들에서 유일표는 마음을 휘감는 추위와 슬픔을 느꼈다. 자신만 딴 세상에 버려진 것 같은 그 감정은 견디기 어려운 아픔이었다.

"오래 기다렸지. 아이, 숨차."

강숙자는 의자에 앉으며 숨을 몰아쉬었다.

"천천히 오시지 그랬어요. 그동안 어떻게 지내셨어요."

"아이구, 그런 인사하지 말구 자주자주 연락 좀 하지." 강숙자는 눈을 흘기고는, "말도 마. 요새 우리 집 초상집이야" 하며 손짓으로 일하는 아가씨를 불렀다.

"아니, 왜요?"

"거 있잖아, 국회 해산된 거. 감투 힘으로 살던 우리 아버지가 갓끈 떨어져 낙동강 오리알 신세 됐으니 집안 공기가 어떻겠어. 근데 문젠 그것만이 아냐. 혁명 일으킨 군인들이 인심 얻으려고 그러는지 농어촌고리채정리법이래나 뭐래나 하는 법을 만든대. 그래서 우리 아버지 지금 정신 하나도 없어."

"어째서요?"

기대가 어그러져 실망한 유일표는 건성으로 물었다.

"아니, 영리한 일표가 말귀 못 알아들을 때도 다 있네. 그 법 시행되면 우리 아버지 재산 한쪽 무너지잖아. 고리채놀이한 돈이 얼마나 많은데. 그 정보 빼내가지고 부랴부랴 고향에 내려가셨어. 그래도 무슨 뾰족한 수는 없을 거야. 자, 어서 빵 먹어."

"그런데, 어떻게 꼭 남 얘기하듯 하세요?"

유일표는, 강자숙이 너무 솔직한 것인지 생각이 남다른 것인지 잘 구분할 수가 없었다.

"응, 난 돈하고 권력밖에 모르는 아버지가 너무 딱하고 불쌍해.

영 체면도 염치도 없는 게 너무 창피하고 부끄러워. 근데 급한 일이란 건 뭐야?"

"그냥 갑자기 보고 싶어서요."

유일표는 태연하게 둘러댔다.

"뭐라구? 그거 정말이야?"

"정말이잖구요. 사나이 말을 의심하세요?"

30
굽이치는 시간

최영찬은 목을 늘이며 끄윽끄윽 트림을 해올렸다. 그러나 속은 시원하게 뚫리지 않고 더부룩하고 묵지그리하고 거북살스러웠다. 그날 충격을 받고, 다음날로 국회가 해산되는 꼴을 당하면서 생긴 증상이었다. 그 천금 같은 국회의원 자리를 학생놈들이 망치고 들더니, 이젠 군인놈들이 뒤엎고 든 것이다. 그건 생각할수록 울화통 터지고 속이 뒤집히는 일이었다. 4·19 때야 부정선거를 한 죄값으로 당했다 하더라도 이번에 당한 것은 도무지 분하고 억울해서 견딜 수가 없었다. 제까짓 군인놈들이 대체 뭐기에 총을 들고 나서서 난장판을 친단 말인가. 민주당바람이 몰아치던 작년 여름 선거에서 무소속으로 당선을 따내느라고 그 얼마나 애를 먹었던 것인가. 돈을 전보다 두 배를 쓰면서도 속은 열 배나 더 태우지 않았던가. 그 어려운 정치적 재기를 군인놈들이 겨우 9개월 만에 엎어버리다니……

최영찬은 신음을 물며 뿌드득 이를 갈았다. 또 속이 화끈 뜨거워지며 무슨 멍울이 치받쳐 오르는 것 같았다.

아니야, 이래선 안 되지. 이러다가 화병 얻으면 나만 손해지. 나 혼자 당한 일도 아닌데. 앞일만 생각해야 해.

최영찬은 스스로를 다스리며 오목가슴께를 천천히 쓸었다.

"의원님, 인삼물 대령했는데예."

"들어와."

최영찬은 또 트림을 끌어올리며 이부자리를 옆으로 밀쳤다.

방으로 들어선 처녀가 사발을 받친 쟁반을 최영찬 앞에 조심스럽게 놓았다.

"……!"

최영찬은 처음 보는 처녀의 모습에 순간적으로 눈길이 끌렸다. 가난하고 촌티 나는 입성에 비해 그 생김이 아주 그럴싸했다.

"너 누구냐?"

"야아, 영등댁 딸입니더. 어무이가 밤새 허리를 가물타서 지가 아침 진지 해디릴라꼬 온 깁니더."

처녀는 무릎을 굽힌 자세로 고개를 들지 못하고 말했다. 정수리의 곧은 가리마가 검은 머리 사이에서 유난히 희게 돋아 보였다.

"그래? 몇 살이지?"

"열아홉입니더."

"어디 보자. 이리 오너라."

최영찬은 처녀의 손목을 덥석 잡았다. 그는 뜻밖에도 마음이 동하는 기쁨에 들뜨고 있었다. 근자에 정력이 떨어지는 기미에 영 기분이 찜찜하던 참이었다.

"와 이카능교, 와……."

처녀가 끌려오며 겁먹은 소리를 냈다.

"어른 말 들어 손해날 것 없다. 어서 오너라, 어서."

최영찬은 다급하게 처녀를 끌어안더니 그대로 요 위에 눕혔다.

"안 되니더, 이카지 마이소."

"그래, 그래. 말 잘 들어야지. 암, 잘 들어야지."

거칠어지는 숨결만큼 빠른 손놀림으로 최영찬은 처녀의 옷을 벗기기 시작했다.

"살리주이소, 살리주이소……."

상대가 상대라서 그런지 처녀는 몸을 움츠리며 울먹일 뿐 반항의 몸짓을 하지 못했다. 저고리가 벗겨지고, 치마가 벗겨지고, 삼베 속곳이 끌어내려지면서 처녀의 알몸이 드러났다. 처녀가 흐느끼면서 알몸을 달팽이처럼 도르르 말았다. 길게 땋아내린 머리채 끝에 묶인 빨간 댕기가 흰 요 위에서 너무 선명했다. 그 새빨간색에 더욱 자극받으며 최영찬은 잠옷을 벗어던졌다.

발가숭이가 된 최영찬의 몸뚱이가 처녀를 덮쳤다.

"어, 어무이이……."

처녀의 흐느끼는 신음이 최영찬의 거친 숨소리에 휘말려버렸다.

"으이, 으이, 온냐, 온냐……."

기묘하게 흘러나오는 소리에 맞추어 최영찬의 동작은 점점 격렬해지고 있었다.

"의원님."

밖에서 들려오는 소리였다.

"의원님."

좀더 크고 가까워진 소리였다.

"거 누꼬!"

최영찬의 입에서 사투리가 터져나갔다.

"저 김 비섭니다."

"먼저 사무실에 나가 있어!"

"약속시간 다 됐습니다."

"알았다카니 니 귀먹었나!"

최영찬은 버럭 소리치며 몸을 일으켰다. 그때는 이미 풀죽은 그
것이 거기서 빠져버린 다음이었다.

"예, 예, 알겠습니다."

"저, 저 재수 없는 놈이……."

최영찬은 문 쪽에다 잔뜩 눈을 부라리고는, 그사이 몸을 일으켜
옷을 끌어당기고 있는 처녀를 다시 눕혔다.

그는 몸부림치듯 했다. 그러나 찬물을 뒤집어쓴 욕정은 다시 불
붙어주지 않았다. 독촉받은 약속시간 때문인지도 몰랐다.

"됐다, 그만. 이따가 저녁에 보자."

처녀의 몸을 놓아준 최영찬은 쩝쩝 입맛을 다시며 속옷을 입기
시작했다. 얼굴에 눈물이 얼룩진 처녀는 정신없이 옷을 챙겨입고

밖으로 나갔다.

담배를 끌어당기다가 최영찬의 눈길은 사발에 머물렀다. 그 인삼 달인 물을 마시고 싶은 생각이 별로 없었다. 정사의 그 황홀한 맛에 흠뻑 젖어들지 못한 부아가 꼬약꼬약 괴어오르고 있었다.

아니지. 저건 꼭 먹어둬야지. 정력도 정력이지만 이런 때일수록 몸이 실해야 하니까.

그는 사발을 집어들었다. 기죽지 말고 버텨야 한다는 강 의원의 말도 떠올랐다. 그는 인삼물을 들이켜기 시작했다. 대추를 넣고 달인 인삼물을 서른 나이에서부터 벌써 20년이 넘게 마셔오고 있었다. 정력에 좋고, 원기를 세우고, 보혈을 돕고, 잡물을 거르고, 수명 장수를 보장한다는 인삼이었다. 그는 그 약효를 찰떡같이 믿을 뿐만 아니라 강 의원같이 가까운 사람들에게도 약효를 설명해 가며 권했다.

최영찬은 양복을 차려입고 집을 나섰다. 인삼물을 마셔 속은 더 그득먹한 느낌인 데다가 아래 샅까지 찌뿌드드하고 무언가 막힌 듯 당기는 듯하는 게 영 기분이 지랄 같았다. 그 찜찜하고 떨떠름한 기분이 요새 세상 판세 돌아가는 것을 보고만 있어야 하는 심사와 별다를 것이 없었다.

"우리가 뭐 어려운 고비 한두 번 겪었소. 해방 직후 북새통, 6·25 난리통, 4·19 난장판 다 겪으면서도 끄떡없이 건재하지 않았소? 이번 소란통도 그런 것들에 비하면 별것 아니오. 소나기는 쏟아지다가 그치는 법, 쏟아지는 동안에만 살짝 피해 있으면 되는 거요. 이 소란통에는 잡혀가지 않은 것만 다행으로 여기고 그저 숨죽이고 숨어서 그 일이나 후딱후딱 해치우는 게 상수요."

이런 강 의원의 말은 옳은 말이었다.

강 의원을 사흘 전에 만난 것은 농어촌고리채정리법이 곧 시행될 거라는 정보를 입수하고 그 대비책을 세우기 위해서였다.

"그래요오?" 강기수는 언뜻 긴장하는 기색이더니, "그런데, 그거하나도 새로울 것 없는 시책 아니오? 우리 민주당에서 벌써 농어촌 고리채 문제의 심각성을 파악하고 중요 정책으로 삼지 않았소. 이놈들이 정책까지 도둑질하고 드는구만" 하며 쓴웃음을 지었다.

"그건 그런데, 이것들이 군대식으로 후닥닥 해치울까 봐 문제란말이오. 그 내용도 통 알 수가 없고."

"그야 그래요. 깡패들 잡아들이는 식으로 일을 몰아치면 그것참 골치 아파지지요. 이놈들은 국회 통과고 뭐고 없이 저희들 멋대로 발표하고 밀어대면 법이니까 그럴 위험이 아주 커요."

강기수의 얼굴이 금세 심각해졌다.

"그러니 빨리 대책을 세워야 하는데 그 내용을 알 수 없으니 큰일 아니겠소."

"그게 그러니까……, 다수의 농어민 위하고 소수의 채권자 골탕먹여 민심 회유하겠다는 수작인데……." 강기수는 담배에 불을 붙여 한참 동안 빨아대더니 "맞소. 농지개혁 때처럼 할 거요. 그때 말이 좋아 유상몰수에 유상분배였지 지주들이 받은 건 현찰이 아니라 지가증권이란 종이쪽지 아니었소. 5년 거치 몇 년 상환인가 하는. 6·25가 아니었어도 지주들은 그 종이쪽지 들고 앉아 다 망하게 되어 있었어요. 이번에도 그런 식으로 하면 우리 재산 한쪽 거덜나고 말아요.”

“그럴 수 있는데, 그거 난리 아니오?”

“예, 꼭 그런 식으로 하지 않더라도 채권자들이 골탕먹게 될 것은 자명한 일이니까 앉아서 당할 수만은 없지요.”

강기수는 앉음새를 단단하게 고쳤다.

“돈을 빨리 걷어들여야 하는데, 이거 몽둥이질을 해댈 수도 없고 원.”

“바로 그거요. 최단 시일 내에 돈을 걷어들이는 것이 최상책인데, 그게 현실적으로 어려우니까 방법은 딱 한 가지가 있소. 5일이든 1주일이든 여유를 주고 돈을 갚으라고 하고, 그걸 어기는 자들은 담보로 잡은 논들을 시가로 쳐서 빚돈만큼을 명의이전시키는 거요.”

“아 참, 그거 좋은 생각이오.” 최영찬은 무릎을 치고는, “그런데……, 그래 가지고는 인심을 너무 잃는 것 아니겠소? 언젠가는 또 선거를 치러야 하는데.” 그는 시무룩해졌다.

“최 의원, 어디 세상 한두 해 사셨소? 가난하고 무식한 것들은 힘있는 사람 앞에서 꼼짝달싹 못한다는 법칙 잊었소? 선거 때 막걸리다 고무신이다 풀어대면 다 해결돼요. 또, 무식할수록 지나간 일 잘 잊어먹으니까요.”

“그렇긴 한데……, 이 방법은 어떻겠어요? 인심 잃는 걸 막기 위해서 장학생들을 더 늘리는 것이."

"오라, 그것도 좋은 생각이오. 말을 듣고 번뜩 생각난 건데, 대학생들보다 중·고등학생들을 대상으로 하는 게 어떻겠소? 대학생 한 명 등록금이면 중·고등학생 열 명 이상한테 혜택이 돌아갈 텐데. 혜택을 받는 자들이 많을수록 효과가 큰 것 아니겠소."

"그렇지요, 그렇지요. 아주 기막힌 생각이십니다. 그 문젠 잘 해결됐고, 근데 말이오, 정작 우리 앞날이 큰 걱정 아니겠소?"

"글쎄요, 걱정은 걱정인데, 당분간 죽은 듯이 엎드려 돈이나 잘 챙기면서 사태 돌아가는 것을 눈치껏 잘 살펴야 해요. 내 생각으로는, 두고 보면 알겠지만, 저것들도 결국 우리 힘을 필요로 하게 될 거요. 세상이 제아무리 엎어지고 뒤집어져도 지금까지 재력 있고 기반 있는 사람들이 도로 다 해먹지 않았소. 세상이 공산당 세상으로 뒤바뀌지 않는 담에야 우리 같은 사람들 괄시 못해요. 그때 가서 힘쓰는 건 역시 돈이니까 돈이나 단단히 간수합시다."

"예, 정치란 건 복잡미묘한 거니까요. 근데, 혁명 주동세력하고 은밀하게 접촉을 시도해 보는 건 어떻겠어요? 지금 벌써 뒷구멍으로 줄대기를 시작한 자들도 있을지 모르는데."

"줄만 정통으로 제대로 댈 수 있다면 그거 나쁠 것 없지요."

"예, 그럼 고리채 건은 언제 시작하지요?"

"시일이 다급하니까 한시라도 빠를수록 좋지요. 지체 말고 내일이라도 당장 고향으로 뜹시다."

"그게 좋겠어요. 강 의원님도 잘하세요."

최영찬은 지구당 사무실로 가며 사방을 유심히 살펴보았다. 날마다 신문들이 요란한 것에 비해 여기서는 세상이 바뀌었다는 낌새를 거의 느낄 수가 없었다. 그는 자신이 국회의원직을 잃었다는 것도 아직 실감이 되지 않았다.

사무실에는 대여섯 명이 기다리고 있었다. 그들을 대하는 최영찬의 당당한 기세에 어울리도록 그들은 그저 굽실거렸다.

"통고하는 건 어떻게들 됐어?"

최영찬은 머리 조아리고 있는 그들을 휘둘러보았다.

"오늘꺼지 허믄 다 끝납니더."

"후딱 끝내라고. 그래, 반응은 어때?"

아무도 입을 열 기미가 보이지 않았다.

"귀들 먹었어!"

최영찬이 버럭 소리쳤다.

"저어……, 말씸디리기 거북시러분데, 인심 너무 잃는 기 아인가 걱정임더."

"그래? 다들 똑똑히 들어. 이번 2학기부터 중·고등학생 각각 100명씩에게 장학금을 줄 테니 희망자는 신청하라고 오늘부터 선전해. 자아, 빨리 출동하고, 아침신문을 가져와."

신문을 뒤적이던 최영찬의 눈길이 한 군데 머물렀다. 혁명 이후 용공분자 3천여 명과 깡패 4천여 명을 검거했다고 치안국이 발표하고 있었다. 최영찬은 오늘이 22일인 것을 새삼스럽게 확인했다.

학교 앞 이발소에는 학생들이 버글거리고 있었다. 안으로 들어오지 못한 학생들은 바깥의 그늘에 책가방을 깔고 줄지어 앉아 있었다.

　　"아니, 우리가 뭐 군인이냐? 머리를 빡빡대가리로 깎으라고 하게."

　　"이건 정말 말도 안 돼. 혁명하고 우리 머리하고 무슨 상관이냐."

　　"그러니까 말야. 너무나 자기들 멋대로야. 스포스가리(스포츠형)도 짧아 더 기르자고 하고 있었는데."

　　"누가 아니래. 빡빡 중대가리로 창피해서 어떻게 모자를 벗냐."

　　"이봐, 왜들 이리 말들이 많아. 좆으로 밤송이 까라면 깠지."

　　학생들은 그만 웃음을 터뜨렸다. 그 군대용어는 그들 사이에서 새롭게 유행바람을 타고 있었다.

　　"근데 말야, 보성고등학교 애들도 머릴 깎아야 할까?"

　　"걔네들이라고 뭐 통뼈냐? 까라면 까는 거지."

　　"아, 그것 참 고소하다. 이젠 걔네들도 사복 입고 대학생 행세하며 꺼떡대긴 글렀구나."

　　"맞어, 걔네들 떡 머리 기르고 다니는 거 부럽고도 배 아팠었는데. 그나저나 걔네들은 얼마나 분하고 기분 잡칠까?"

　　국가재건최고회의에서는 6월 1일을 기해서 대학생의 교복 착용과 중·고등학생의 삭발령을 내렸다. 그런데 보성고등학교는 전국에서 유일하게 머리를 일반인들처럼 기르게 했을 뿐만 아니라 이름표도 달지 않았다.

　　"어쨌거나 신바람 나는 건 이발소들뿐이야."

"아저씨, 아저씬 군인들이 고맙고 또 고맙겠네요."

"암, 고맙고말고. 좋아 죽겠다. 자, 자, 다음 사람 와서 앉아."

"이렇게 떼돈 벌어 다 뭘 할 거예요?"

"아저씨, 장학금 좀 내세요."

"장학금? 조옷치. 이름을 뭐라고 할까? 이발장학금?"

"아니요, 빡빡대가리장학금이요."

학생들이 와아 웃었다.

"다음 사람, 이쪽 의자로 와."

이런 분위기 속에서 유일표는 혼자 멍하니 밖에 헛눈을 팔고 있었다. 핏기 없이 핼쑥한 그의 얼굴에는 근심이 서려 있었다. 그는 여태껏 형의 소식을 모르고 있었다. 밥맛을 잃은 지 오래였고, 밤이면 잠을 자지 못했다. 여동생의 편지를 받으면서 마음이 갈가리 찢겨지고 있었다.

……사람들이 그러는데 이번엔 징역을 살릴지도 모른대. 오빠, 우린 어떡하면 좋아. 우린 언제까지 이렇게 살아야 해. 난 이런 무서운 세상에서 더 살고 싶지 않아. 엄마만 아니었으면 난 진작 죽었을 거야. 언니처럼 저세상으로 가버리면 얼마나 행복하겠어. 그치만 오빠, 걱정하지 마. 나 맘 단단히 먹고 엄마가 무사히 돌아오실 때까지 참고 기다릴 테니까.

잉크가 번져 흐려진 글씨가 여럿이었다. 그 여동생의 눈물이 편지 내용보다 더 슬프고 아리게 마음을 흔들었다. 혼자 있는 여동생에게 사흘거리 편지를 쓰면서 유일표는 그 어느 때보다 심각하게 가족과 자신의 앞날에 대해 생각하고 또 생각했다. 더는 살고 싶지 않아 하는 여동생의 마음이 문득문득 마음을 사로잡고는 했다. 그 막다른 감정에서 자신을 일으키려고 몸부림치다 보면 먼동이 터오고, 설핏 잠이 들었다가도 악몽에 놀라 깨어나고는 했다. 집에서는 책 한번 들추지 않았고, 학교에서도 전혀 공부가 되지 않았다. 입시제도가 바뀔 거라고 아이들은 술렁거렸지만 그것에도 아무 마음이 쓰이지 않았다.

유일표가 날마다 하고 있는 일은 따로 있었다. 자신의 학년은 말할 것도 없고 1학년과 2학년의 반마다 돌아다니며 아버지가 장군인 아이들을 찾고 있었다. 그동안 찾아낸 것이 모두 넷이었다. 그러나 그들의 아버지는 모두 국가재건최고회의와 가깝지 않았다.

"우리 아버지도 이번에 잘렸어요."

아버지가 소장이라는 1학년 아이가 울먹이면서 한 말이었다.

유일표는 날마다 수업이 다 끝나면 교무실 구석의 급사자리에서 신문을 열심히 뒤졌다. 행여나 잡혀간 사람들의 소식이 나오지 않았나 해서였다.

그러다가 엊그저께 내무부 장관의 발표를 보게 되었다. 군인인 그 사람은 '용공분자나 국시를 위반한 자를 단시일 내에 발본색원하기 위하여 옥석을 제대로 가리지 못한 점도 있다'고 잘못을 시인하고는, 이제부터 군경수사기관에서 합동심사회의를 열어 무혐의자는 석방 조처를 취할 거라고 했다.

유일표는 순간적으로 마음이 밝아졌다가 이내 어두워지고 말았다. 형과 어머니가 무혐의자인 것은 분명한데 이제부터 심사회의를 연다니 언제 석방될지는 막연하기 이를 데 없었다. 지금까지 열흘이 넘도록 무엇을 했기에 이제부터 심사회의를 한다는 것이며, 3천여 명을 다 심사하자면 그 시일이 얼마나 오래 걸릴지 모를 일이었다. 유일표는 그 낙담 앞에서 또 어머니와 형의 고통을 생각하며 마음을 추슬렀고, 밤늦도록 여동생을 위로하는 편지를 길게 썼다.

"일표야, 너 요새 무슨 큰 고민 있지? 제발 말 좀 해라."

이상재가 속삭이듯 낮게 말했다.

"아니야, 아무 일도 없어."

유일표는 마음을 수습하며 억지웃음을 지어 보였다.

"아무 일도 없긴. 너 혹시 상사병 걸린 것 아니냐? 짝사랑하는 여학생 생긴 것 아니냐구."

최주한이 말을 받았다.

"어쩌면 그런지도 모르지."

유일표는 허전하게 웃으며 고개를 끄덕였다. 부잣집 아들 최주한의 그 한가한 상상이 철없이 느껴지기도 하고 부럽기도 했다.

"너, 우리가 친구 아니냐?"

이상재가 정색을 하고 물었다.

"그래, 너희들의 맘 내가 알아. 근데 너희들이 해결할 수 없는 집안 문제가 생겼어. 도움이 필요했으면 진작 말했지. 담에 기회 있을 때 말할 테니까 좀 기다려."

"너 용돈 필요하면 나한테 말해."

최주한이 더 낮게 속삭였다.

"그래, 고마워."

"근데 말야, 머리 깎고 나서 허진한테 가는 게 어떻겠냐? 중간고
사 시험지 전해주는 게 너무 늦었거든. 허진이가 우리 우정이 변한
줄 알까 봐 걱정이다."

이상재가 유일표의 눈치를 살피며 말했다.

"그래, 우리 빡빡 깎은 머리도 보여주고 말야."

최주한이 반갑게 받았다.

"그거 좋은 구경거리 되겠다. 그래, 오늘 가자."

유일표는 웃으며 고개를 끄덕였다. 말을 듣고 보니 허진한테 가
는 게 늦어진 건 바로 자신 때문이었다. 그동안 중간고사도 어떻게
치렀는지 모를 정도로 정신없이 보내느라고 허진은 까맣게 잊고
있었다.

"야, 넌 대가리가 어찌 그리 못생겼냐. 모과처럼 울퉁불퉁한 게."

"넌 임마 잘생긴 줄 알어? 꼭 못난 호박덩어리다."

"얌마, 나야 율 부린너지. 난 〈왕과 나〉에 주연할 거다."

"얼씨구. 대한 독립 만세고, 쿠데타 만만세다."

머리를 다 깎은 학생들이 서로를 손가락질하며 쿡쿡거리고 키들
거렸다.

이상재와 최주한, 유일표는 평소보다 더 모자를 눌러쓰고 이발

소를 나섰다.

"우린 머리만 깎였지만 당수반 애들은 이중으로 당했으니까 굉장히 뿔이 돋겠지? 걔네들이 안됐어."

이상재가 지나가는 여학생들을 보며 모자를 더 눌러썼다.

"그게 무슨 소리지?"

유일표가 이상재를 쳐다보았다.

"너 그거 몰라? 느네 담임선생이 종례시간에 당수반 해체된다는 얘기 안 하던?"

"아니. 근데 당수반을 왜 해체하지?"

유일표가 놀라는 기색을 드러냈다.

"응, 당수반 때문에 깡패가 생기는 거라고 특별활동반에서 당수반을 없애라는 지시가 내려왔대."

"참 별짓 다 하는구나. 자기네들이 무슨 깡패 연구 전문간가?"

"그러게 말야. 그 유명한 깡패 왕초 이정재는 당수 9단짜리가 아니라 씨름꾼이라구, 씨름꾼."

최주한이 코웃음을 쳤다.

"빌어먹을, 나도 한판 잡아보게 육군사관학교나 갈까 부다."

유일표는 한숨을 폭 쉬었다.

"야, 야, 그런 징그러운 소리 농담으로라도 하지 말아라."

이상재가 손을 내저었고,

"그렇지도 않아. 일표 기질에는 군인이 잘 어울릴 수도 있어. 20년 후에, 정권을 장악한 유일표 장군! 하고 나타나면 멋들어지지 않겠어? 너하고 난 그 덕에 장관 한 자리씩 꿰차고 말야. 흐흐흐……."

최주한을 따라 이상재와 유일표도 키들키들 웃어대며 버스를 탔다.

세상이 어수선한 것은 아랑곳하지 않고 용산의 공작소 길목은 온갖 쇳소리들이 뒤엉키며 요란스러웠다. 녹슨 쇠에서 일어나는 불그스름한 먼지가 소음과 함께 자욱하게 피어나고 있었다. 그 무겁고 칙칙하게 느껴지는 색깔 있는 먼지는 6월 초순의 더위를 더 무겁게 만들고 있었다. 그들은 다른 때와 다름없이 무슨 기계를 만지고 있는 사장 앞에 깊은 절을 했다.

"진이 그놈 없다."

사장이 무뚝뚝하게 내질렀다.

"사장님, 무슨 말씀이세요?"

유일표가 다급하게 물었다.

"그놈 아프다고 며칠째 안 나온다."

"아니, 어디가 아픈데요?"

이상재가 사장 앞에 쪼그리고 앉으며 물었다.

"나도 잘 모르니까 궁금하면 집에 가서 알아봐. 그놈 골골해서 이런 데는 안 맞는다. 제 주제도 모르고 기술 배울 생각보단 공부에나 정신 팔고. 니들, 일 방해하지 말고 어서들 가."

사장은 화난 얼굴로 팔을 내저었다.

"가자, 집으로."

이상재가 몸을 일으켰다.

"나 그럴 줄 알았어. 여기서 일하는 사람들은 결국 다 귀먹고 폐병에 걸려 죽을 거야."

몇 걸음 옮기자 최주한이 내뱉었다.

"그래, 허진이도 그래서 병이 생겼는지도 몰라. 잘 먹지도 못하고 일은 힘들고……."

유일표가 침울하게 말했고,

"거기다가 공부 욕심까지 냈잖아. 좀 빨리빨리 걷자."

이상재가 가방끈을 어깨에 걸치며 말했다.

그들은 지름길을 택해 원효로를 질러 효창운동장을 감고 돌아 공덕동 산동네로 접어들었다.

"주한아, 너 차비 빼고 있는 돈 다 내놔 봐."

이상재가 걸음을 멈추고 제 주머니를 뒤지며 최주한을 쳐다보았다.

"응, 얼마 안 될 것 같은데."

"원기소 한 병은 살 돈이 돼야 할 텐데."

"원기소? 그거 좋은 생각이다."

둘의 돈을 합해 그들은 가까운 약국으로 들어갔다. 제일 큰 병을 사기에는 돈이 모자라 중간치로 원기소를 샀다. 원기소는 몇 년 전부터 그야말로 선풍적인 인기를 끌고 있는 영양제였다. 어른부터 어린이용까지 종류가 다양했고, 특히 공부에 시달리는 입시 수험생들은 필히 복용해야 할 효과 좋은 약으로 알려져 있었다. 학생들은 친구 집에 놀러갔다가 책상 위에 원기소병이 있으면 다투어

한 주먹씩 입에 털어놓고 우물거렸다. 고소한 콩가루 냄새가 나서 씹어먹는 맛이 괜찮았던 것이다.

산동네의 좁고 비탈진 골목들은 여전히 지저분하고 퀴퀴한 냄새를 풍기고 있었다. 여름인데도 비싼 석유를 쓸 수 없는 형편들이라 연탄재가 여기저기 깨져 뒹굴고, 쓰레기통으로 쓰는 사과상자에는 파리들이 들끓고 있었다.

"왜 가난한 사람들은 사는 것도 이렇게 지저분하게 사냐."

물이 질퍽거리는 데를 건너뛰며 최주한이 투덜거렸다.

"너 그렇게 말하지 말어. 부자동네에는 쓰레기 치는 리야카가 매일 오지만 이런 가난한 동넨 1주일에 한 번도 안 와. 그리고 이런 덴 상수도도 안 들어오고 하수도 시설도 안 돼 있어."

유일표가 내쏘았다.

최주한은 더 말이 없었다. 산동네하고는 거리가 먼 괜찮은 동네에서 하숙을 하고 있는 그가 그런 것을 알 리 없었다.

"아이구, 귀한 손님들이 오셨구만. 이거 너무 어질러놔서 어쩌나."

허진의 할머니는 봉투 붙이던 것을 치우느라고 허둥거렸고, 누워 있던 허진도 일어나 앉으려고 했다. 그러나 그 모습이 너무 힘겨워 보여 유일표는 일어나지 말라고 일렀다. 허진의 얼굴에는 한눈에 느낄 수 있게 병색이 드러나 있었다. 눈은 풀리고 혈색이라고는 없이 누르께한 얼굴은 부석부석했다.

"어여 들어와, 어여."

허진의 할머니가 앞치마를 풀며 쪽마루로 나섰다.

"할머니, 괜히 뭐 사러 가시지 말고 저희들하고 함께 계세요. 저희들 빵이고 사이다고 다 먹고 왔으니까요."

유일표는 허진의 할머니를 감싸안듯 해서 방으로 들어갔다.

"아니야, 그런 게 아니야."

"네, 네, 알았으니까 편히 앉으세요."

이상재도 유일표에게 안 밀리려는 허진의 할머니를 붙들어 앉혔다.

"공작소에 갔다가 알았다. 어디가 아프냐?"

벽에 기대앉은 허진에게 다가앉으며 유일표가 물었다.

"괜찮아, 그냥 뭐 몸살이야."

허진이 흐릿하게 웃음지었다.

"몸살? 며칠 됐어요, 할머니?"

이상재는 할머니를 쳐다보았다.

"공장 못 나간 게 나흘 됐는데, 어째 몸살 같지도 않고 그렇네. 무슨 몸살이 얼굴이 붓고 윗배가 결리고 그러는지 원."

허진의 할머니가 근심스러운 얼굴로 코밑을 훔쳤다.

"너 딴 데 아픈 것 아니냐? 돈 아까워하지 말고 병원에 가봐."

최주한이 허진의 팔을 잡으며 말했다.

"아니, 괜찮아. 할머니가 괜히 걱정하시는 거지 첨에 비하면 다 나은 거야. 낼 모레면 공장에 나갈 거고. 느네들 대학은 다 정했니?"

허진은 변함없이 학교에 관심을 드러냈다.

"글쎄, 난 법대고 주한이는 상댄데 일표는 모르겠어. 야, 지금 말해 봐."

이상재는 유일표의 허벅지를 질벅였다.

"일단 문과를 정했으면 됐지 학과야 급할 것 없잖아. 학과 따라 시험과목이 달라지는 것도 아니고. 아직 시간 많이 남았으니까 천천히 골라잡지 뭐."

유일표의 태도는 무척 태평스러운 것 같기도 하고 수험생들이 흔히 보이는 방황 같기도 했다.

"그래, 평생을 좌우하는 거니까 신중하게 정해야지. 전공 선택 잘못해 후회하고 실패하는 사람들도 많잖아."

어딘가 아픈지 허진이 얼굴을 찡그리다 말고 웃음지으며 말했다.

유일표는 친구들에게 전혀 내색을 하지 않고 있지만 심각한 고민에 빠져 있었다. 3학년이 되어 문과와 이과를 가를 때, 형은 정치에 연관되는 학과는 절대 진학하지 말라고 했다. 그리고 평생 정치행위를 해서도 안 된다고 했다. 그건 어머니의 뜻이고, 형도 그렇게 생각하는데, 그 이유는 아버지 때문이라고 했다. 그런데 자신은 정치학과를 지망해 멋진 정치인이 될 꿈을 꾸고 있었다. 그리고 두번째 좌절한 것은 형의 일기장을 보고서였다.

그날도 여느 때와 다름없이 형보다 일찍 집에 돌아왔다. 저녁밥을 하려고 교복을 갈아입다 보니 형의 책상에 일기장이 놓여 있었다. 남의 일기장을 들추는 것이 예의가 아닌 줄 알면서도 무엇을 쓰다 말고 학교를 간 것인지 슬그머니 호기심이 일었다. 그날의 일기는 형이 아버지 때문에 ROTC 지원을 포기할 수밖에 없었던 일을 적어놓고 있었다.

　　……하나씩 인생의 길이 끊기고, 인생의 문이 닫히고 있다. 앞으로 얼마나 많이 길이 끊기고 문이 닫힐 것인가. 그러나 이 비극은 나한테서 끝나는 것이 아니다. 동생도 똑같이 되풀이해서 당해야 한다는…….

형의 일기는 여기서 중단되어 있었다.

그 두 번의 좌절 앞에서 어떤 학과를 선택해야 하는지 혼란에 빠지고 말았다. 그리고 어느 날 문득, 형이 직접 그런 말을 하기 곤란하니까 일부러 일기장을 그렇게 두고 나간 것이 아닌가 하는 생각이 떠올랐다.

"넌 검정고시 어떻게 됐어?"

이상재가 가방에서 반으로 접은 시험지를 꺼내며 물었다.

"응, 아무래도 안 되겠어서 시험 포기했어. 뭐 공부한 게 있어야지. 학비도 좀 모으고, 내년에 보기로 했어."

허진의 힘없는 대답이었다.

"그래, 인생에서 1년 늦는 건 아무것도 아니야. 우리가 마음먹은 대학 떨어져 1년 묵으면 그게 그거 되는 거고."

최주한이 말했다.

"아이구, 말도 고맙게는 하네. 그 한마디를 어른 열이 어찌 당할꼬. 내가 10년만 더 젊었어도……."

허진의 할머니가 최주한의 등을 쓸며 목이 메었다.

"야 진아, 우리 뭐 달라진 것 모르겠냐?"

이상재가 눈길로 셋을 가리키며 장난스럽게 웃었다.

"······글쎄, 잘 모르겠는데."

허진이 셋을 둘러보며 고개를 갸우뚱했다.

"잘 봐, 금방 표가 날 텐데."

"······글쎄, 뭐가 달라졌지?"

"아이구 이 답답아, 이 빡빡대가리 된 거 안 보이냐?"

이상재가 머리를 가리켰고,

"이거다, 이거. 너 몸살 앓는 게 아니라 눈살 앓고 있구나. 그것도 못 알아보게."

최주한이 머리를 허진 앞으로 디밀었다.

"아, 그렇구나. 그래, 아까부터 너희들이 뭔가 이상해 보인다 싶었는데도 머리가 그리 된 줄은 몰랐어. 어떻게 된 거냐?"

허진이 새삼스럽게 셋을 둘러보며 처음으로 환한 웃음을 지었다.

"속세가 싫어서 입산수도하기로 했다."

이상재가 수도승 같은 몸짓을 지었고,

"쿠데타의 선물이다."

유일표가 불쑥 말했다.

"뭐라고?"

허진의 얼굴이 어리둥절해졌다.

"전국 중·고등학생들에게 삭발령이 내렸어."

최주한이 대답했다.

"에이, 왜놈시대에나 시켰던 짓을 왜 또 하누. 흉하게시리."

허진의 할머니가 끌끌끌 혀를 찼다.

그때 갑자기 여자의 외침이 들려왔다.

"이놈아, 못 나간다, 절대 못 나가!"

"이것 못 놔! 죽어야 알겠어!"

남자의 고함이 터져나왔다.

"그래 이놈아, 니 죽고 나 죽자. 그년 집을 대라는데 왜 안 대고 거짓말이야, 거짓말이!"

"이게 정말 뒈지고 싶어서 환장을 했나. 이것 놔, 놔!"

"아이고, 아야야……."

"앗, 이게 물어뜯어. 아, 아……."

"학생들 와 있는데 저런 망신살이 있나. 체면도 염치도 없이."

허진의 할머니가 고개를 내둘렀다.

"왜 저러냐? 밤중도 아닌데."

이상재가 허진에게 물었다.

"응, 이 집 주인이 구청에 다니던 공무원인데, 병역기피하고 축첩에 걸려서 이번에 잘렸어. 근데 부인은 첩 있는 걸 이번에야 알았거든. 남편은 아니라고 발뺌하고, 부인은 첩의 집을 대라고 덤비고, 매일 저렇게 싸워."

"이 집도 혁명바람에 망했네. 어쨌든 저 남자 능력 있다. 병역기피에 축첩까지 하면서 공무원 해먹고. 자, 우리 그만 가자."

유일표가 가방을 들고 일어섰다.

"진아, 이거 원기소야. 이거 먹고 어서 기운차려라."

이상재가 허진에게 원기소를 건넸다.

"에이, 학생들이 무슨 돈이 있다고 이런 걸. 앉어, 앉어. 밥때 됐으니 밥 먹고 가야지 이런 법이 어디 있누."

허진의 할머니가 그들을 붙들었다. 그러나 그들은 서로 눈짓하며 재빠른 동작으로 마당을 가로지르고 있었다.

"안녕히 계세요. 또 오겠습니다."

31

무정한 임아

해남댁은 다 닳아서 앞뒤축에 구멍이 난 검정고무신 세 켤레를 챙겨 마루 끝에 놓았다. 하나는 아들 것이고, 두 켤레는 시동생들의 것이었다. 해남댁은 아들의 고무신을 매만졌다. 오늘 장에서 때워오기로 해서 아들은 맨발로 학교를 갔다. 운동화는 너무 황감해서 아예 바라지도 않고, 흰고무신은 신기지 못하더라도 검정고무신이나마 땜질하지 않고 구멍나기 전에 새것으로 사 신기는 살림이기를 바랐다. 그러나 남편이 떠나버리고 나서 걷잡을 수 없이 기울기 시작한 살림은 아들을 맨발로 학교에 보내는 지경에 이르러 있었다. 해남댁은 아들이 가엾고 안쓰러워 또 목이 메었다. 여름이면 맨발로 학교에 다니는 아이들이 더러 있으니 놀림감이 되진 않겠지만, 연약한 발이 찔리고 베일까 봐 마음이 놓이지 않았다. 그러나 더 큰 시름과 근심은 언제쯤 아들에게 검정고무신이라도 마음 편하게 사 신기게 살림이 필 것인지 기약이 없는 거였다.

시어머니가 방을 나서는 기척에 해남댁은 아들의 고무신을 놓고 돌아섰다. 장날만이라도 집을 벗어나 장나들이를 해보고 싶었지만 시어머니가 맡기지 않으니 나설 수 없는 일이었다.

"채비 다 혔냐?"

영암댁이 마루로 나서며 물었다.

"야아, 고무신 여그 있구만이라."

해남댁은 삼베 보자기를 마루에 펼치고 보리쌀 한 말이 든 자루를 그 위에 옮겨놓았다.

"그려, 달구새끼도 욜로 가지고 오니라."

영암댁은 보자기에 고무신과 달걀 두 꾸러미를 함께 싸며 일렀다.

암탉의 한쪽 다리를 묶은 새끼줄을 보퉁이의 고리에 연결시켰다. 그러고 보니 암탉은 보퉁이 위에 의젓하게 올라앉은 모습이 되었다.

"소용되는 것 머 없냐?"

토방으로 내려선 영암댁은 보퉁이를 머리에 이며 며느리에게 눈길을 돌렸다.

"여름도 되고 혔응께 사카리나 잠 있으면 쓰겄구만이라."

설탕가루는 비싸서 못 사먹는 처지니까 사카린이 필요했다. 개떡을 찌거나 국수 국물을 만들어야 할 계절이었다.

"그려. 석유 지름도 한 병 사야겠지야? 아그덜 공부허니라고 석유 지름도 대기 바쁘다. 달구새끼덜 집 밖에다 풀어 깨구락지고 벌거지고 잡아묵게 허고, 기(게) 한 단지 잡아오는 것이 으쩌겄냐. 여름 보리밥 반찬에 기장 당할 것이 없응께."

영암댁은 사립으로 가며 며느리에게 이르고 있었다.

"알겄구만이라. 편히 댕게오시씨요."

해남댁은 사립을 나서는 시어머니를 배웅했다.

유행인 나이롱옷은 입지 못했지만 삼베옷이나마 빳빳하게 풀 먹여 손질해 입은 영암댁의 맵시는 깔끔하고 단정했다. 고샅을 벗어나는 영암댁의 걸음이 빨라질수록 보퉁이 위에 올라앉은 암탉의 뒤뚱거림과 푸득거림이 심해지고 있었다. 해남댁은 시어머니의 모습이 사라지자 하르르 한숨을 쉬며 돌아섰다.

해남댁은 아들의 고무신에 좀 부드러운 고무를 대서 땜질해 달라는 말을 하려다가 그만두었다. 그 말이 자칫 잘못하면 시어머니 비위를 상하게 할 수도 있었다. 그런데 고무신을 오래 신을 욕심만 앞세워 빳빳한 자동차 바퀴 고무를 대서 발이 부르트고 물집이 잡히는 아이들도 흔했다.

어찌 된 일인지 솥이나 냄비를 때우는 사람들은 심심찮게 동네를 찾아다니는데 고무신 땜쟁이들은 꼭 장날에만 나타났다. 고무신의 구멍난 데다 고무를 오려 고무풀로 붙이고, 그것을 다시 뜨거운 쇠틀에 고정시켜 한동안 지지고 쪄내는 땜질 기술도 여간 기술이 아니었다. 철판 아래 석탄불이나 숯불을 지피고, 그 위에 고무신을 넣은 쇠틀을 달구면서 고무가 타지 않게 번갈아가며 물을 축이는 바람에 고무 눋는 냄새가 코를 못 두를 지경으로 진동했다.

그러나 그 과정을 거치고 나면 헌 고무신의 밑창은 신기하게도 새 것처럼 변해 있었다. 어쩌면 철판과 쇠틀 같은 것들이 너무 무거워 고무신 땜쟁이들은 동네를 찾아다니지 못하는 것인지도 몰랐다.

해남댁은 무심결에 텃밭을 두른 싸리울을 둘러보고는 닭장문을 열었다. 장닭을 앞세운 열대여섯 마리의 닭들이 우르르 닭장을 벗어났다. 그 모습을 물끄러미 바라보고 있는 해남댁의 풀기 없는 얼굴에 슬픈 그늘이 덮였다.

저것들도 장닭이 있어야 되는데…….

해남댁은 선하게 떠오르는 남편을 보고 있었다. 투명하게 붉은 볏을 세운 장닭은 그 호화로운 깃털의 죽지를 세우고 당당하게 걸어가고, 네댓 마리 암탉과 병아리들은 그 뒤를 졸랑졸랑 따라가고 있었다. 행복하기 이를 데 없는 닭 일가족의 나들이 모습이었다.

닭들은 지렁이 같은 먹이를 찾아 텃밭가로 몰려들었다. 해남댁은 긴 댓가지를 흔들며 닭들을 사립 쪽으로 몰았다. 텃밭에 둘러친 싸리울은 닭들이 텃밭농사를 망치지 못하게 하려는 것이었다. 남정네가 텃밭농사를 거드는 것은 부엌에 쪼그리고 앉아 불을 때는 것만큼이나 흉거리였다. 그러나 해동이 되면서 텃밭갈이를 하고 싸리울을 두르는 것은 남편들이 도와주는 일이었다. 그렇지만 해남댁은 금년에도 그 일을 손수 할 수밖에 없었다. 텃밭갈이를 할 때보다 싸리를 산에서 쳐다가 실새끼줄로 엮어 울을 치는 그 고되고 까다로운 일을 하면서 남편이 사무쳐 그리운 만큼 자신이 청상 과부 신세라는 게 절절하게 아팠고, 앞날의 막막함에 차라리 죽고 싶은 마음뿐이었다.

해남댁은 망태기에다 단지를 담고, 헛간에서 뻘 묻어 있는 길쯤한 판자쪽을 찾아 들었다. 게잡이에 없어서는 안 될 물건이었다. 머릿수건을 털어 고쳐 쓴 해남댁은 맨발로 집을 나섰다. 뻘일을 하려면 누구나 신발을 신지 않았다. 뻘밭에서 일을 하며 신발 간수하기가 귀찮았고, 일이 끝나고 나서도 무릎까지 뻘이 맥질된 다리로 굳이 신을 신을 게 없었다.

동네는 텅 빈 것처럼 인기척이 멀었다. 고샅에는 꼬막껍질로 소꿉장난을 하는 아이들이나 개들만 어슬렁거리고 있었다. 집집마다 부산하게 읍내 장터로 떠난 장날 기운이 완연했다. 보리타작에다 모내기까지 끝내고 나자 한숨 돌린 사람들은 너나없이 장구경을 나선 모양이었다.

"어이 해남댁, 어디 간가?"

"이, 보면 몰릉가? 자넨 장귀경 안 가고 머 하고 있능가?"

"자네나 나나 씨엄씨덜 등쌀에 장귀경은 무신 놈에 장귀경."

"음마, 누구 듣겄네. 글먼 나허고 동무 삼아 기나 잡으로 가세."

"하이고, 속 편헌 소리 허덜 말소. 씨엄씨 장에서 오기 전꺼정 겉보리 시 말을 찧어놔야 허는 신세란 말시."

"그려, 메누리덜 신세 다 그렇제. 글먼 욕 보소."

해남댁은 동네를 벗어나 논길로 들어섰다. 어느새 뿌리발을 한 벼들이 싱싱한 초록빛으로 자라나고 있었고, 제비들은 그 초록빛 바다에 곧 빠질 듯이 낮게 날고 있었다. 그러나 해남댁은 그런 정겨운 풍광이 하나도 눈에 들어오지 않았다. 언제부턴가 논길을 걸으면 마음에 찬바람이 휘돌고 시름만 깊어져갔다. 논을 처분하기 시작하면서 생긴 쓰라림이고 막막함이었다. 논 판 돈으로 여러 형제들의 학자금을 대는 것은 가뭄에 논물 마르듯 했고, 보릿고개에 쌀독 바닥나듯 했다. 머지않아 닥칠 새 학기에 맞추어 또 논을 처분해야 할 형편이었다. 그런 식으로 가다간 3, 4년 안에 살림이 거덜나게 되어 있었다. 시어머니는 작은아들을 하늘같이 믿었지만, 자신의 마음은 꼭 그렇지 않았다. 사람의 마음 한 치 건너 두 치더라고, 시동생이 성공했다 해도 장가들어 자기 자식들 두게 되면 형제간들 수발에 조카들 수발까지 제대로 해낼 것인지, 도무지 마음이 놓이지 않았다. 쌀밥도 눈칫밥이면 살로 가지 않는다고 했는데, 작은아버지의 눈치를 보며 살아야 할 자신의 아이들을 생각하면 벌써 서러움이 앞섰다.

해남댁은 눈물 흐르는 가슴으로 포구의 둔덕으로 올라섰다. 기나긴 포구에는 아침 썰물이 지고 있었다. 해남댁은 40리가 넘는 포구만큼 긴 한숨을 내쉬었다. 포구는 서리서리 감긴 한이었다.

물에 휩쓸려간 남편을 찾아 몇날 며칠이고 이 포구를 오르내리며 뿌린 눈물이 얼마였던가. 끝내 남편의 흔적은 보이지 않았고, 가슴에 켜켜이 쌓이는 서러움은 세월 따라 한으로 멍울지고 있었다. 남편을 데려간 포구가 무정하기도 하고 원망스럽기도 해 포구를 멀리하며 등지고 살리라 했었다. 그러나 그 작심은 서너 달이 못 가 허물어졌다. 찬바람이 일면서 꼬막 맛이 돌게 되자 이웃 아낙네들을 따라 꼬막을 캐러 나서지 않을 수 없었다. 꼬막 캐기는 궁한 살림에 아이들의 속옷이며 양말 같은 것을 장만할 수 있는 겨울 한철의 돈벌이였다. 그리고 철따라 반찬을 마련하려면 포구를 등지고 살 도리가 없었다.

포구 양쪽으로 펼쳐진 갈대밭은 짙푸른 색깔로 넓고 깊었다. 겨울 철새가 떠나가면서 새 줄기가 솟기 시작하는 갈대는 어느새 어른 키가 넘도록 자라나 무성한 숲을 이루고 있었다. 연한 바람결에도 잎들이 서로 몸 부비는 갈숲의 사운거림이 먼 물결 소리처럼 아득하게 흐르고 있었다. 속으로 속으로 끌어당겨 우는 속울음의 느낌 같은 그 사운거림에 서러움이 더 깊어지며 해남댁은 갈대밭을 따라 한참이나 걸었다. 드넓은 갈대밭이 끝나야 뻘밭이 시작되었다. 뻘밭은 밀물에 잠겼다가 썰물에 모습을 드러냈고, 갈대밭은 밀물에도 그저 물결이 찰랑거릴 뿐이었다.

썰물로 차츰 넓게 드러나고 있는 뻘밭에 작고 새빨간 꽃들이 무수히 피어나 있었다. 그런데 그 꽃들은 이리저리 움직이는 게 많았다. 그건 제 몸집만큼 큰 농게의 한쪽 집게다리였다. 다른 몸 색깔은 뻘하고 흡사해 잘 눈에 띄지 않고 새빨간 집게다리만 도드라져 보이는 것이었다. 밀물 진 동안 집에 갇혀 있던 게들은 썰물이 되자 부지런히 밖으로 나오고 있는 참이었다. 게 잡기에는 딱 좋은 때였다.

해남댁은 몸뻬를 허벅지가 드러나도록 걷어올리고 삼끈으로 묶었다. 그리고 단지와 판자쪽을 두 손에 나눠 들고 뻘밭으로 들어섰다. 그 인기척에 주변의 게들이 순식간에 자취를 감추었다. 제각기 집으로 숨어버린 그 재빠름이 게눈 감추듯 한다는 말을 실감나게 했다. 그러나 해남댁은 게들이 숨어버리는 것은 아랑곳하지 않고 느리게 발을 옮겨놓고 있었다. 발을 옮길 때마다 다리는 뻘 속으로 더 깊게 빠졌다. 금세 장딴지까지 뻘투성이가 되어버렸다.

해남댁은 뻘밭 가운데서 발길을 멈추고 단지를 내려놓았다. 그러나 그녀가 지나온 데는 게들이 다시 나와 꽃을 피우고 있었지만 정작 그녀의 주위에는 게가 한 마리도 보이지 않았다. 해남댁은 차분한 손놀림으로 양쪽 저고리 소매를 걷어올렸다. 그리고 뻘에 찔러놓았던 길쯤한 판자쪽을 뽑아 허리를 굽히며 여기저기 살피기 시작했다. 뻘밭에는 물이 실려 있는 작은 구멍들이 수없이 많았다. 그건 게들의 집이었다.

해남댁은 판자쪽을 한 곳에 비스듬하게 찔러넣었다. 그러자 한 구멍에서 게 한 마리가 재빠르게 기어나왔다. 그 순간 해남댁의 손이 게를 덮치는가 싶더니 게는 단지 속으로 들어갔다. 게를 잡아 단지에 넣는 것이 게들이 숨는 것보다 훨씬 빠르게 한 동작으로 이루어지고 있었다.

그런데 해남댁이 잡은 것은 농게가 아니라 색깔이 뻘색과 똑같은 길게였다. 몸통이 동그란 농게는 물이 많고 감칠맛이 덜해서 게장 감으로 즐기지 않았다. 몸통이 납작한 길게는 껍질도 연하고 고소해 통째로 먹기에 게장감으로도 일품이었고 튀김으로도 상찬이었다. 뻘일을 오래 한 눈으로는 그 게집을 쉽게 구분해 낼 수 있었다.

해남댁은 느릿느릿 발을 옮겨놓으며 게 잡기에 부지런히 손을 놀렸다. 뻘밭이 넓기도 했지만 사람들이 그리도 잡아내는데도 게는 줄어들 줄 모르고 언제나 풍성했다.

"보소 보소 무정헌 임아, 가고 아니 오는 무정한 임아, 꽃 피고 새 우는……."

구슬픈 육자배기 가락이 적막한 뻘밭에 낮게 흐르기 시작했다. 그 구성진 가락은 노래라기보다 서러움에 겨운 흐느낌이고 한이 사무치는 탄식이었다.

가끔 물총새가 쏜살같이 날며 물고기를 찍어 올리고는 했다. 햇살은 점점 따갑게 쏟아져 내리고, 사람이 먼 점으로 드문드문 찍혀 있는 들녘은 고즈넉하기만 했다. 그 아늑한 고요로움 속을 제비들은 날렵하고 경쾌하게 날고 있었고, 초록색 논 가운데서 흰빛이 더욱 새하얗게 돋아 보이는 해오라기는 가늘고 긴 다리 하나로 선 채 정물이 되어 있었다.

해남댁은 게가 단지의 절반에 이르자 허리를 폈다. 게장은 자주자주 담가 먹어야지 열흘이 넘으면 벌써 제맛을 잃었다. 게장은 그저 깡보리 밥을 쉽게 넘기게 하는 반찬만이 아니었다. 커나가는 아이들의 뼈를 실하게 했고, 특히 산모의 들뜬 이빨이나 얼병들다시피 한 삭신을 제대로 추슬러주기도 했다.

해남댁은 허리를 두들기며 둔덕에 주저앉았다. 머릿수건을 풀어 얼굴을 훔치고, 판자쪽으로 다리에 맥질된 뻘을 긁어내리기 시작했다. 그대로 말라붙으면 씻어내기가 고역스러울 뿐 아니라, 뻘이 말라붙는 동안 살갗이 상했다.

뻘을 대충 긁어낸 해남댁은 몸빼를 무릎께로 내렸다. 그리고 단지를 망태기에 넣고 일어섰다. 제 그림자가 발에 밟히는 것을 보고 잰걸음을 치기 시작했다. 점심때가 되어 아이들이 배고플 거였다.

"워메!"

갈대밭 옆을 바삐 걷던 해남댁은 소스라쳤다.

"와따, 멀 그리 놀래. 나 춘길이여."

갈대밭에서 불쑥 나타난 남자는 해남댁을 무작정 끌어당겼다.

"워째 이러요, 워째 이러요."

해남댁은 갈대밭으로 끌려 들어가지 않으려고 버팅기며, 이 남자가 오래전부터 자신을 기다리고 있었다는 것을 퍼뜩 깨달았다.

"다 알면서. 오늘은 실수 안 혀."

남자는 힘찬 말에 맞추어 억센 기운으로 잡아끌었다.

"나 소리질를라요."

"질러, 맘대로 질러. 하늘이나 들을 것잉께 어서 질러."

포구고 들녘이고 인적은 까마득했고, 해남댁의 한 발은 벌써 갈대밭으로 끌려 들어 있었다.

"대낮에, 뻘건 대낮에 어쩔라고 이러요."

"보리밭에서도 허고 밀밭에서도 허는디, 거그다 대면 이 갈대밭은 안방이드랑께."

송촌댁네 머슴 춘길이는 그간에 자신의 몸을 한두 번 탐한 게 아니었다. 고샅에서 젖가슴을 거머잡은 뒤로 대여섯 차례나 덫을 쳤었다.

"갈밭에 비암이고 독벌거지고 많은 것 몰르요?"

"걱정을 말어. 그려서 담배연기 뿜고, 담배가리 뿌려서 자리 잘 맹글어놨응께로."

해남댁의 몸은 완전히 갈대밭 속에 끌려 들어와 있었다. 키가 넘는 갈대숲 속에는 햇살이 들어오지 못해 푸른 그늘이 가득했고, 흔들리는 갈잎 사이사이로 햇빛이 눈부신 가루로 부서지고 있었다.

"나 시방 꽃 보고 있는 참이오. 꽃이나 시들면……."

"찬밥 더운밥 개레묵게 생겼간디."

물론 월경을 한다는 것은 둘러댄 말이었다.

"아이고 엄니!"

해남댁은 황춘길이 불끈 쓴 완력에 나둥그러졌다. 해남댁이 넘어진 그 자리에는 요를 깔듯이 갈대들이 깔려 있었다. 황춘길은 황급히 해남댁을 덮쳐 눌렀다.

"해남댁, 날 머슴이라고 우습게 보덜 말어. 나는 알거지가 아니여. 해남댁 호강시킬 재산이 있단 말이여. 새경받은 것 차곡차곡 모아 장리 논 것이 시물다섯 가마니여. 읍내 광주상회에 가서 알아봐, 참말인지, 거짓말인지. 나허고 여그 떠서 살자고. 호강시킬 팅께 어여 뜨자고."

해남댁은 황춘길의 어깨를 밀어대고, 황춘길은 말하는 데 박자라도 맞추듯 옷을 입은 채로 하체를 요동질하고 있었다. 그런데 해남댁의 두 팔이 차츰 힘을 잃어가며 굽혀지고 있었다. 해남댁은 황춘길의 달콤한 말에 마음이 허물어지고 있는 것이 아니었다. 남자의 그것이 자꾸 밑을 받쳐대자 거기가 스멀스멀해지고 간질간질해지면서 몸을 가눌 수 없이 맥이 풀어지고 있었다. 어찌 된 일인지 몸이 마음의 말을 듣지 않고 있었다.

남자가 그 기미를 놓칠 리 없었다. 더 격렬하게 하체를 요동쳤고, 해남댁은 숨을 몰아쉬며 팔이 갈대요 위에 힘없이 부러졌다. 남자는 다급하게 저고리를 밀어올렸다. 삼베 홑적삼 아래서 젖가슴이 드러났다. 남자의 입이 젖꼭지를 삼켰다.

"으흐……"

해남댁의 몸이 꿈틀하더니 두 팔이 남자의 머리를 감싸잡았다.

남자는 젖무덤에 얼굴을 묻은 채로 여자의 몸뻬를 밀어내리기 시작했다. 남자의 마력에 휘둘리기 시작한 여자의 몸에서 옷은 쉽게 벗겨졌다. 싱싱한 초록색의 갈대요 위에서 젊은 여자의 알몸은 더욱 탄력 좋게 그 윤곽이 선명했다. 온갖 농촌일로 다져지며 군살이라고는 붙지 않은 그 몸매는 날씬하고 매끈하여 야성미가 넘치고 있었다. 그리고 크고 팽팽한 젖가슴을 드러낸 채 위로 밀려 올라간 삼베 홑적삼이 알몸을 한층 자극적으로 돋보이게 하고 있었다. 남자는 속옷 입지 않은 잠방이와 바지를 순식간에 벗어던지고 알몸이 되었다. 남자의 몸도 힘든 농사일로 다져진 젊은 몸뚱이라 단단한 근육으로 뭉쳐져 억센 힘을 발산하고 있었다. 특히 남자의 그것은 온몸의 힘이 그곳에 집중되어 뻗치고 있는 것처럼 빳빳하게 곤두서 무엇이든 뚫을 것 같은 기세였다. 남자는 뜨거운 숨을 내뿜으며 여자 위에 몸을 실었다. 여자의 팔이 남자의 등을 감으면서 두 다리가 벌어졌다. 두 몸이 한 덩어리가 되면서 꿈틀거리고, 비릿한 소리들이 엉키기 시작했다. 짙은 갈대숲의 초록 그늘 아래 두 알몸은 싱싱하게 요동 치고, 무수한 갈잎들이 사운거리는 소리가 그들이 흘리는 진득진득한 소리를 감추어주고 있었다.

강진의 7월은 유별나게 무더웠다. 남쪽이라 일조량이 많은 데다가 습기 많은 바닷바람이 어우러져 7월 초순인데도 푹푹 찌는 가마솥더위가 기승을 부리고 있었다. 그 끈적거리면서 후끈거리고 숨막히는 더위는 강진만이 아니라 해변을 끼고 있는 해남, 장흥, 보성, 벌교가 다 마찬가지였다. 그러나 그 더위는 사람이나 가축을 괴롭힐 뿐 나락이 크고 과실에 살이 오르는 데는 더할 수 없이 좋은 보약이었다. 예로부터 초의선사와 함께 해남 차가 유명하고, 일본인들이 보성에 대단위 차밭을 일구었던 것도 그 특이한 기후에 연유하는 것이었다.

그 무더위 속에서 극성스럽게 창궐하는 모기떼처럼 날로 기세를 더해가고 있는 험담이 있었다. 사람들이 모인 곳이면 어디서든지 강기수는 욕바가지를 뒤집어쓰고 있었다.

농어촌고리채정리법이라는 것이 공포되고 나서야 사람들은 왜 강기수가 그렇게 인정사정없이 고리채 쓴 채무자들의 논을 명의이전해 댔는지 알게 되었다. 그러나 욕하는 사람들은 부질없이 헛기운만 빠질 뿐이었다. 강기수는 그 법이 세상에 알려지고 며칠이 지나 서울로 훌쩍 떠나고 말았다.

김선오의 어머니 월하댁은 세상 살맛을 잃고 있었다. 김선오네도 이번에 논 세 마지기를 강 의원에게 넘겨주지 않을 수 없었다. 월하댁은 닷새 안에 돈을 갚지 않으면 논을 빼앗기게 된다는 통고를 받고서야 그 돈이 강 의원의 것이라는 걸 알게 되었다. 소문대로 강 의원은 여러 사람을 심부름꾼으로 앞세웠던 것이다. 그 돈이 누구 것이건 간에 월하댁으로서는 논이 날아가게 생긴 것이 세상 뒤집힐 일이었다. 논은 그저 곡식이 나는 땅이 아니라 남편의 육신이었다. 월하댁은 작은아들을 시켜 큰아들에게 편지를 쓰랴, 새로 고리채 낼 데를 알아보랴, 강 의원을 만날 수 있는 줄을 대랴, 논을 지키려고 정신이 하나도 없었다.

강 의원은 만나지도 못하고 날짜만 열흘로 연기되었다. 새로 고리채를 내서 막지도 못한 채 유일한 희망인 큰아들이 내려오기만 목 빠지게 기다리고 있었다. 공부 잘하고 인물 잘나 판검사는 말할 것도 없고 장차 대통령감으로도 소문 뜨르르하고, 강 의원네 사윗감으로도 꼽히는 큰아들이 내려와 강 의원을 만나면 일이 속시원하게 풀릴 것이 틀림없었다. 그러나 월하댁의 그런 기대는 산산이 깨지고 말았다. 큰아들은 편지 한 장을 달랑 보냈는데, 어쩔 수 없으니 논을 그냥 넘겨주라는 것이었다.

저세상으로 간 남편의 몸뚱이를 잘라낸 것 같은 죄 된 마음으로 실의에 빠져 있는 월하댁의 속을 또 썩이는 건 작은아들이었다.

"나가 뻘밭에 대가리를 처박고 죽었으면 죽었제 그놈 돈은 안 받을라요."

논문서가 넘어가던 날 기둥을 붙들고 눈물을 떨구었던 작은아들은 강 의원이 2학기부터 준다는 장학금을 받지 않겠다고 성깔을 부렸다.

"워째 그냐. 그것이라도 안 받으면 누가 손해냐. 어찌 그리 답답허냐."

"모두가 그런 식으로 대허니께 그런 놈들이 활개친단 말이오."

"글먼 워쩔 것이냐. 심없는 사람덜이 따지기럴 허겄냐, 뎀비기럴 허겄냐."

"왜 못 혀요. 모두가 다 힘을 합쳐서 다시는 국회의원 못 해묵게 맹글어야제라. 그보담 더 큰 힘이 어디 있다요."

"철없는 소리 허덜 말어라. 사람 맴이란 것이 지 이문 앞에서는 창호지보담도 더 얇니라. 급헌디 그냥 돈얼 받자."

"참말로 나 그 돈 받느니 학교 안 댕기고 말라요. 더 말허지 마씨요."

작은아들은 끝내 마음을 굽히지 않은 채 장학금 신청 마감일이 지나고 말았다. 월하댁은 그런 작은아들이 야속하기도 하고 한편으로는 듬직하고 장하게 여겨지기도 했다. 작은아들의 굳은 마음이 사내다웠고, 어쩌면 남편의 뜻도 그러리라 싶기도 했다. 신청자가 너무 넘쳐 그 돈을 서로 받으려고 뒷손을 쓰고 했다는 소문을 월하댁은 애써 못 들은 척 귀를 닫았다.

그려, 있는 사람이 더 무섭고, 배불른 사람이 거렁뱅이 쪽박 깨는 시상 아니드냐. 논 아흔아홉 마지기 지닌 사람이 백 마지기 채우자고 한 마지기 가진 사람보고 폴라고 허는 것이 사람 맴잉께…….

월하댁은 저녁밥솥에 쪄낼 호박잎대 껍질을 벗기며 시름겹게 이런 생각을 되뇌이고 있었다. 아무리 마음을 다스리고 잊으려고 해도 날마다 논을 둘러볼 때면 강 의원에 대한 서운함과 원망이 되살아나고는 했다. 그러나 아직 도움을 받고 있는 큰아들을 생각해서 아무에게도 그런 속내를 드러내지 못했다.

"엄니이!"

반가움으로 들뜬 소리에 월하댁은 얼른 사립 쪽으로 고개를 돌렸다.

"아이고메, 느그가 누구여!"

월하댁은 맨발로 토방을 밟고 마당으로 뛰어내렸다. 큰딸 광자와 둘째딸 명숙이가 마당으로 들어서고 있었다. 그런데 월하댁의 마음에는 반가움을 밀치며 불길한 생각이 스쳐갔다.

"느그 어쩐 일이다냐?"

월하댁은 큰딸이 든 작은 보퉁이를 받아들며 두 딸을 살폈다.

"나럴 요 촌구석에 도로 처박을라고 역부러 왔당마."

둘째딸 명숙이가 내쏘았다.

"워째, 시상이 시끌시끌허등마 거그도 무슨 일이 생겼드라냐?"

월하댁의 얼굴이 금세 어두워졌다.

"가시네가 어찌 그리 입바르게……." 광자는 동생에게 눈을 흘기고는, "일이 잠 안 좋게 되야서……." 그녀는 눈길을 떨구며 마루에 걸터앉았다.

"아, 무신 돈 나올 야그라고 뜸딜이고 그려. 말 나온 짐에 꽉꽉 혀불제. 언니 댕기든 회사가 망해 문 닫아불고, 딴 디 취직얼 혔는 디 월급이 절반으로 줄어 언니는 친구허고 합치고, 나럴 띠내니라 고 요리 왔당께로."

성깔이 돋은 명숙이가 한달음에 말을 해치웠다.

"글먼 니 혼자 오제. 왔다 갔다 차비 아까운디."

월하댁은 얼결에 말을 해놓고 곧 후회했다. 무작정 도회지로만 나가려고 발버둥치는 명숙이가 순순히 말을 들었을 리 없었다. 혼 자 보내면 무슨 일을 저지를지 몰라 데려온 눈치였다.

"글안혀도 나 혼자 갈 팅께 그 차비 나 도라고 혀도 귀먹쟁이 시 늉이드랑께. 위메 더운 거, 낯 씻쳐야겄네."

명숙이는 획 돌아섰다.

"니도 얼렁 씻쳐라. 땀 찼다."

월하댁은 큰딸의 어깨를 어루만졌다.

"집안에 무신 일 없제라?"

광자는 안개 서린 눈길로 어머니를 바라보았다.

"하먼, 촌살림 그냥저냥 살제."

월하댁은 작은아들이 돌아오기를 기다리기로 하며 논 넘어간 일을 입에 올리지 않았다.

저녁을 서두르려고 부엌으로 들어가며 월하댁은 새로운 수심에 소리 없는 한숨을 지었다. 큰딸은 손수 돈을 벌어 중도에 작파한 공부를 이어갈 꿈을 꾸고 있었다. 그런데 중학교를 졸업한 둘째딸이 무작정 언니를 찾아가서 얹혀 있다가 되돌아온 것이다. 둘째딸도 제 언니와 똑같은 꿈을 꾸고 있었지만, 대학을 나오고서도 취직 못한 사람들이 수두룩하다는 세상에서 겨우 중졸짜리가 어디 취직이 될 리 만무였다. 동생을 데려온 것을 보면 큰딸의 형편도 여간 곤궁해진 것이 아닌 모양이었다.

낯을 씻어 땀을 들인 광자는 부엌으로 들어섰다.

"무신 헐 일 있다고 들어오냐. 곤헌디 평상에 뉘서 쉬어라."

월하댁은 팔을 내저었다.

"엄니도 참. 엄니가 쉬서 딸이 해디리는 진지 받아 잡숫씨요."

광자는 부지깽이를 들며 아궁이 앞에 앉았다.

"아서, 아서. 이 더운디."

"음마, 나만 덥고 엄니넌 안 덥소? 이따가 밤에 목간헐랑께 아무 걱정 마시씨요."

광자는 불쏘시개 짚과 솔가지나무를 끌어당겼다. 겨울 부엌일 중에서 가장 힘든 것이 찬물 설거지라면, 여름 부엌일 중에서 가장 힘든 것은 불때기였다. 철든 큰딸은 남편보다 낫더라고 월하댁은 콧마루가 찡해졌다.

이것저것 일손을 놀리며 한참을 망설이던 월하댁은 큰딸 옆에 앉았다.

"야아 야, 니도 고상 그만 허고 에지간헌 자리 골라 시집이나 가는 것이 으쩌겄냐. 니 나이도 인자 시물인디."

광자는 아무 말이 없이 아궁이의 불길만 바라본 채 부지깽이를 놀리고 있었다.

"촌에서 고등핵교 중퇴면 여자로 높은 학벌 아니겄냐. 그만허면 군청이고 읍사무소고 든든헌 신랑감 구허기넌 안 에로울 것잉께. 여자가 많이 배운다고 벨수 있겄냐. 팔자만 드세지제."

"엄니, 엄니 말 알아듣겄는디, 쪼깐 더 기둘리씨요. 나가 허는 디 꺼지 혀볼랑께라. 엄니 속 태우지는 안컸구만요."

광자는 낮지만 힘이 들어간 어조로 말했다. 그녀의 가슴에 도사린 꿈은 학교선생이었다. 동창들이 이미 대학생이 된 것을 생각하면 도저히 그 꿈을 포기할 수가 없었다. 돌아가신 아버지도 자신의 그런 꿈을 북돋워주고는 했었다.

"그려, 뒷대지도 못험시로⋯⋯."

월하댁은 큰딸의 심지를 아는 터라 거기서 말을 거두었다.

"와아아, 우리 큰누나가 질이여. 우리 큰누나가 최고여."

어딘가를 싸돌아다니다가 뒤늦게 돌아와 큰누나한테 연필 두 자루와 해태 캐러멜 한 갑을 받은 선진이는 환성을 질러대며 춤추 듯 했다.

"하이고, 공부는 안 허는 것이 연필보담은 캬라멜이 더 좋아 저 발광이겄제."

동생과 똑같은 선물을 받은 금숙이가 눈을 흘겨댔다.

"이 가시네럴 팍 그냥!"

눈을 부라린 선진이는 누나를 곧 내려칠 것처럼 주먹을 치켜들었다.

"아이고, 아이고, 저 불량기 보소. 어디 보자, 많이 컸다."

광자가 막냇동생을 끌어당겼고, 선진이는 언제 그랬냐는 듯 어리광을 부리며 큰누나의 품에 안겼다. 그런 선진이를 보며 식구들이 모두 웃었다.

그러나 밥상이 차려지고 그들은 곧 침울해졌다. 월하댁이 논 넘어간 이야기를 하게 된 탓이었다.

"강기수 그거 순 도적놈이시. 오빠, 그놈이 헌 짓거리 다 적어 최고회의에 보내. 최고회의서 그런 못된 놈들 다 잡아딜인다고 안 허등가."

명숙이의 느닷없는 말이었다.

"쩌, 쩌 방정맞은 주딩이!"

월하댁이 주먹을 치켜들며 눈을 부릅떴다.

"명숙아, 분허다고 그런 말 되나캐나 허는 것 아니여. 강 의원이 나쁘기넌 헌디, 큰오빠 생각도 혀야제."

김선태의 차분한 말이었다. 그 말에는 오빠로서의 무게가 실려 있었다.

광자는 가슴이 막혀 밥이 넘어가지 않았다. 집안이 망하고 있다는 생각이 너무 절박하게 닥쳐왔다. 아버지 돌아가시고, 오빠 일은 자꾸 예상이 빗나가고, 머슴농사는 날로 엉망이고, 이제 논까지 줄어들기 시작했으니……, 자신의 수입마저 형편없이 되고, 나머지 논이 줄었으면 줄었지 늘어날 가망은 없었다.

동생 명숙이가 돌아올 수밖에 없게 된 이야기를 듣고 나서 김선태는 무겁게 입을 열었다.

"명숙이 니 중앙강의록으로 공부험서 1년 반만 꾹 참어. 나가 책임지고 학교 보내줄 것잉께. 농고 우등 졸업생들은 읍·면사무소에 우선적으로 취직시켜 준다고 나라가 정했응께로."

'중앙강의록'이란 독학생을 위한 교재였다. 그리고 우선적 취업이란 최고회의가 내놓은 실업학교 진흥책이었다.

그런데 명숙이는 열흘이 못 되어 자취를 감추어버렸다. 한동네 중학교 동창도 그날부터 모습이 보이지 않았다.

32

산골 여행

청량리역에는 새벽안개가 자우룩이 끼어 있었다. 큰길에는 사람이 드문드문한데도 역 앞의 빈터에는 사람들이 넘쳐나고 있었다. 그런데 바글거리는 수많은 사람들에 비해 소란스러운 소리는 별로 퍼지지 않고 있었다. 멀리서는 안개에 싸여 잘 안 보이지만 그 사람들은 총을 든 군인들의 울타리 안에 갇혀 있었다.

"이봐 동철이, 보증 선 내 입장 봐서라도 죽었다 하고 1년만 참게."

"예 사장님, 이 은혜 죽어도 잊지 않겠습니다."

서동철은 누가 보거나 말거나 윤 사장 앞에 허리가 절반으로 꺾이도록 절을 했다.

"은혜는 무슨, 이 사람아. 어찌 보면 잘되기도 했어. 1년 고생으로 군대까지 때우는 거니까. 감독들 말도 잘 들어야겠지만, 자네들끼리도 조심해. 괜히 패 짜고 어쩌고 하다가 재수 없으면 병신 되게 몸 상할 수도 있으니까. 몸이 재산이니까 건강한 몸으로 만나자구."

"예 사장님, 명심하겠습니다."

서동철은 자동인형처럼 또 허리를 꺾었다.

"아, 아. 알려드립니다, 알려드립니다. 이상으로 면회시간이 끝났습니다, 면회시간이 끝났습니다. 가족 친지 여러분께서는 지금 즉시 경비병들 밖으로 물러나 주시기 바랍니다. 그리고 건설대원 여러분은 신속히 대열을 정비하기 바랍니다. 다시 한 번 알립니다……"

삐익 삑 잡음을 내는 마이크에서 울려퍼지는 말이었다.

"김밥은 쉴 것 같아서 싸지 말라고 했네. 자, 이거 넣게."

몸이 두껍고 단단하게 생긴 윤 사장이 반으로 접은 봉투를 내밀었다.

"아닙니다. 괜찮습니다."

"어서 받어. 건강하구."

윤 사장은 봉투를 서동철의 손에 쥐여주며 다른 손으로 그의 어깨를 두들겼다.

"사장님……!"

다시 허리가 반으로 접혀지는 서동철의 입에서 터져나온 소리는 그대로 울음이었다. 사실 서동철은 너무 감격해 울음이 터지고 있었다.

"건설대원, 건설대원, 빨리빨리 정렬하라. 기차가 곧 출발한다, 기차가 곧 출발한다."

명령으로 바뀐 마이크의 어조는 아까와는 다르게 탄력 강하고 위압적이었다. 그 지시를 따라 군인들이 대열 사이사이로 빠르게 움직이며 소리쳤고, 각양각색의 옷을 입은 젊은 남자들은 넷씩 줄을 맞춰 나가고 있었다.

봉투를 주머니 깊이 넣은 서동철은 손등으로 눈물을 훔쳤다. 어금니를 맞물고 고개를 뒤로 젖혔지만 자꾸 울음은 솟고 눈물은 쏟아졌다. 윤 사장이 이렇게까지 고맙게 해줄 줄은 몰랐던 것이다. 이런 뜨거운 인정은 난생처음 받아보는 것이었다. 꼼짝없이 콩밥을 먹게 된 막다른 골목에서 구해주고, 또 이 새벽에 쫓아나와 배웅해 주며 돈까지 주리라고는 상상도 못했다.

"건설대원! 1소대부터 차례차례 출발한다. 열차는 인솔자의 지시에 따라 질서정연하게 타라. 만약 무질서할 시는 응분의 대가가 있을 것이다. 그럼 출발한다. 전체에 차려어우왓! 1소대 출발!"

서동철은 배웅객들 쪽으로 고개를 돌렸다. 안개로 희부옇게 흐린 저쪽에서 사장의 얼굴을 찾을 수는 없었다. 그러나 서동철은 눈을 더 크게 떴다.

"2소대 출발!"

서동철은 마이크의 명령에 따라 발을 떼놓을 수밖에 없었다.

사장님, 지 평상 두고두고 이 은혜 갚겠구만이라우. 참말로 고맙고 고맙고 또 고맙구만요…….

서동철은 또 눈물이 솟았다. 참으려고 해도 뜻대로 되지 않았다. 철이 들고 처음 흘리는 눈물이었다.

인솔 군인이 총 끝으로 지시하는 대로 네 사람씩 자리잡아 나갔다. 서동철은 자리를 잡자 눈을 감았다. 살아났다는 안도감과 함께 지난 두 달 동안의 끔찍스러움이 밀려왔다. 그건 사람 취급이 아니었다. 그들이 말끝마다 내뱉은 바로 그 개새끼였다. 개새끼, 개새끼, 개새끼…….

그러나, 걷어채이고, 조사받고, 자술서 쓰고, 또 얻어맞고, 조사받고, 자술서 쓰며 개새끼 취급당하는 게 문제가 아니었다. 주먹 휘두르며 그동안 잘못했던 것이 있으니 그 정도 당하는 것은 당연할 수도 있었다. 그런데 문제는 재판을 받아 징역살이를 해야 하는 A급으로 분류된 점이었다. 이정재나 임화수 같은 특급은 혁명재판에서 사형을 당하게 될 거라는 말이 떠도는 가운데 A급들 중에서 재수가 좋아야 5년이고 대개는 10년 이상 콩밥을 먹일 거라는 말이 오갔다. 설마 그렇게까지야 하다가도 춤바람 난 여자들에게 1년씩을 때리는 판인데 깡패 소탕의 시범조로 걸린 데다가, 일반인들이 그 일을 잘한다고 환영까지 해대고 있으니 보나마나 틀림없는 일이라는 말 앞에서는 모두가 사색이 되고 말았다.

재수가 좋아 5년 동안 콩밥을 먹는다……. 그 끔찍스러움 앞에서 하나같이 살아나 볼 길을 찾느라고 몸살을 대는 기색이 뚜렷했다. 자신도 날마다 그 생각만 했다. 그러나 자신을 구해줄 사람은 이 세상에 아무도 없었다. 장성 빽이 아니고서는 빠져나갈 수 없다는데 장성은커녕 소위도 아는 사람이 없었다.

"좆도 씨팔, 이럴 줄 알았으면 진작 군대에 말뚝 박는 건데. 중위

들이 서울 시내 경찰서장 해먹는 판인데, 고등학교 졸업하고 바로 군대에 들어갔으면 난 소령은 됐을 텐데 말야. 씨팔놈으 인생, 좆이 나 탱고로구나."

이런 탄식들을 하며 어깨가 처졌다.

그러던 어느 날 서동철은 또 불려나갔다. 이제 그 지긋지긋한 조사에 지칠 대로 지쳐 있었다.

"너, 윤석만이 잘 알아?"

수사관은 뜻밖의 말을 물었다.

"예에, 제, 제가 모시고 있던 사장님이십니다."

너무나 반갑고, 그게 자신을 구해줄 빛인지도 모른다 싶은 생각에 서동철은 말을 더듬었다.

"새끼, 사장 한번 잘 됐군. 못해도 5년은 썩어야 할 깜빵살이 면하게 됐으니."

수사관은 묘하게 웃으며 중얼거리더니, "이리 와, 여기 지장 찍어" 하며 인주를 내밀었다.

서동철은 그 말이 믿어지지 않는 어지러움 속에서 서약서에 손도 장을 눌렀다. 그리고 그날로 딴 데로 옮겨졌다. 거기는 B급과 C급의 주먹패들이 수용된 곳이었다. 거기서 며칠을 머물다가 '탄광지대 국토건설사업 근로대'로 기차를 타게 되었다.

덜커덩거리더니 기차가 움직이기 시작했다. 서동철은 팔짱을 풀며 천천히 눈을 떴다. 창밖에 안개는 여전히 자욱했다. 앞으로 꼬박 1년을 발걸음할 수 없는 서울이었다. 강원도 산골의 탄광지대에서 길 닦는 중노동을 한다는 것인데, 군인들 감시 아래서 그건 감옥살이나 마찬가지인 셈이었다. 중노동도 자유가 없는 것도 과히 두렵지 않았다. 그런데 문제는 식구들이었다. 1년 동안 돈 한푼 보낼 수 없게 되면 어머니와 동생들이 어찌 될 것인가……. 안개 속에서 어머니와 동생들의 얼굴이 어릿거리고 있었다.

그래도 이만하기 얼마나 다행인가. 1년은 금방 간다. 어쨌거나 죽어 지내면서 무사히 풀려나자. 군바리 세상이 천년만년 가는 것도 아니고…….

서동철은 윤 사장의 고마움을 다시 새기며 스스로를 위로했다.

"형씨들, 앞으로 한솥밥 먹게 생겼는데 우리 인사나 틉시다. 나 영등포에서 놀던 늑대 이창일이오."

서동철과 대각선을 이루는 통로 쪽 자리에 앉은 사내가 입을 열었다.

서동철은 혀를 차며 그 사내에게 눈길을 던졌다. 그건 너무 노골적으로 그 제의를 거절하는 반응이었다.

"왜, 형씬 뙇다 그거야?"

그 사내의 얼굴이 금방 사나워지며 반말을 내질렀다.

"……."

입을 굳게 다문 서동철은 그 사내를 뚫어지게 노려보고 있었다. 그 각진 눈에서는 서늘한 독기가 뻗쳐나고 있었다. 그 사내도 적의를 드러내며 마주 노려보는 눈싸움이 시작되었다.

한 30초쯤 지났을까. 그 사내의 눈길이 스르르 떨구어졌다.

"이봐, 영등포 석탄가루 양아치. 괜히 설레발 까지 말고 얌전하게 죽치고 있어. 우리가 뭉개고 개길 날은 앞으로 창창하게 1년이나 남았으니까. 여기서 눈치 없이 아구창 나불대며 개폼 잡다가 저치들한테 찍혀 시범쪼로 삥삥이치는 꼴 보기 싫으니까 말야."

착 가라앉은 채 느릿느릿한 서동철의 한마디, 한마디는 그 사내를 향해 차가운 얼음조각으로 날아가고 있었다. 그런데 그 말에 따라 사내의 눈꺼풀만 내려앉는 것이 아니라 고개까지 차츰차츰 수그러들고 있었다.

영등포 석탄가루 양아치란 영등포역에 하차시키는 석탄가루나 빼먹는 것들이란 뜻으로, 주먹세계에서는 가장 하급으로 멸시하는 호칭이었다. 서동철이 그 호칭을 거침없이 쓰는 것은, 난 네까짓 놈과는 달리 상급인 중앙에서 놀았다는 과시인 동시에 주먹세계의 족보를 환히 꿰뚫고 있다는 관록을 드러내는 거였다. 일단 기싸움에서 꺾이기 시작한 사내에게 서동철의 살기 어린 그 한마디, 한마디는 급소만 골라 가격하는 치명적인 공격이 아닐 수 없었다.

"이봐, 석탄가루. 담배 있나?"

서동철이 던진 싸늘한 말이었다.

"아, 예에……."

그 사내는 당황스럽게 담배를 꺼내 내밀었다. 담배는 군용인 화랑담배였다. 수용되어 있는 동안 배급받은 것이었다.

서동철은 담배를 입꼬리에 물고 있었다. 당연한 순서처럼 그 사내는 담배 끝에 라이터를 켜댔다.

그 행위는 쓰러진 자의 목줄기를 마저 밟아 완전한 항복을 받아내는 잔인함이고 비정함이었다. 또한 앞으로 절대복종을 맹세받는 예식이기도 했다. 서동철이가 푹푹 내뿜는 담배연기 속에서 다른 두 명도 굳어진 듯 앉아 있었다. 그들도 담배연기로 퍼지고 있는 서동철의 기세에 포박당해 있었다.

기차는 시간이 지날수록 속력이 느려지고 있었다. 양쪽 창밖으로 보이는 것이라고는 점점 험하고 가팔라지는 산들뿐이었다. 끝없이 덮쳐오는 파도더미들처럼 산들은 쉴새없이 밀려들었다가 지나가고 또 밀려오고는 했다. 그건 아름다운 경치가 아니라 그들에게는 점점 깊게 파묻혀 들어가는 유배의 길이었다.

억센 산줄기 너머로 해가 뉘엿뉘엿 지는데 기차는 작은 산골역에 다리를 풀었다. 세월이 묻은 이정표에는 장성이라고 씌어 있었다.

"이새끼들 동작들 봐, 이거! 골통이 까져야 정신차리겠어!"

군인들은 청량리역에서의 군인들이 아니었다. 그들은 전혀 딴사람으로 표변해 마구 개머리판을 휘둘러댔다.

건설대원들은 제각기 눈치 빠르고 기민한 동작으로 줄을 서고 번호를 외쳐댔다. 그들은 자기방어를 위한 현실 적응력을 재빨리 발휘하고 있었다. 갇혀 있는 동안 그들은 군대의 무서움을 터득할 만큼 터득한 몸들이었다.

건설대원들은 소대별로 군용 트럭에 실렸다. 산골의 도로는 좁은 데다가 너무 울퉁불퉁해 서 있어도 머리가 울릴 정도로 차체의 요동이 심했다. 그들은 한 시간 남짓 방아 찧기와 조리질을 당하고 나서 어느 산자락의 빈터에 당도했다.

"이새끼들아, 빨리빨리 정렬해! 원산폭격을 당해봐야 알겠나, 앙!"

역에서 교체된 군인들은 한결 더 거칠고 사나왔다. 그럴수록 건설대원들의 동작은 신속하고 민첩해졌다.

"에에 그러니까 너희들은 이 시각부터 영광스러운 국토건설대원인 동시에 군인이다. 왜냐하면 너희들은 사회에서 잘못한 죄를 국토건설에 이바지함으로써 속죄하는 동시에 군복무도 마치게 되기 때문이다. 그러니까 너희들은 전부 깜빵살이를 시켜야 되는데도 불구하고 이런 혜택을 받은 것은 그러니까, 바로 우리의 위대한 혁명정부가 베풀어준 은혜다 그거야. 에에 그러니까, 너희들은 투철한 군인정신을 발휘하여 혁명정부에 충성을 다해야 한다. 투철한 군인정신이란 세 가지 그러니까, 공격정신, 명령 절대복종 정신, 필승의 정신이다. 이 정신에 입각하여 너희들은 앞으로 1년 동안……."

'그러니까'를 연발하며 대위는 30분이 넘도록 훈시를 했다.

그런 다음 그들은 작업복을 받으려고 줄을 섰다. 그들이 받아든 작업복은 낡을 대로 낡아 국방색이 다 바랜 데다, 해지고 구멍이 났는가 하면 어설픈 남자 솜씨로 꿰맨 것들이 태반이었다. 그 옷들은 흙을 파는 작업을 할 때나 걸칠 수 있는 그야말로 작업복이었다.

그들은 인솔자를 따라 소대별로 막사로 갔다. 가운데 통로를 끼고 양쪽 침상에는 양은 밥그릇과 국그릇, 숟가락이 한 벌을 이루며 줄맞추어 죽 놓여 있었다.

"주목, 주목! 다들 배식기 하나에 한 사람씩, 질서정연하게 침상으로 올라간다. 실시!"

중사의 명령이 떨어지자 그들은 일시에 작동되는 기계처럼 재빠르게 침상으로 올라갔다. 서동철의 옆에는 기차에서 한자리에 앉았던 세 사람이 따라붙고 있었다.

"저녁 배식 전까지 20분간 휴식이다. 그동안 모두 옷을 갈아입어라."

중사가 지휘봉인지 몽둥이인지 모를 것을 돌리며 막사를 나갔다.

"에에 그러니까, 이것도 옷이라고 주냐 이거야."

누군가가 대위의 말투를 흉내냈다.

"그러니까 좆같은 게 군대라 이거야."

누군가가 말을 받았다.

여기저기서 웃음소리가 터졌다. 벌써 그 대위의 별명은 '그러니까'가 되고 있었다.

중사가 지명한 앞자리의 네 명이 식사당번이 되어 밥과 국을 받아왔다.

"이 식사는 바로 국민들의 혈세다. 감사한 마음으로 먹고 충성을 다할 것을 맹세하라. 내가 식사 실시! 하면 너희들은 다같이, 감사히 먹겠습니다, 크게 복창하고 식사를 시작한다. 만약 소리를 작게 내거나, 안 하는 놈은 아구통이 돌아갈 줄 알아라. 지금부터 식사를 시작한다. 실시!"

"감사히 먹겠습니다."

"쭈아!"

중사는 퉁거운 막대기로 손바닥을 치며 만족스럽게 돌아섰다.

"야아, 이것도 사람 먹으라고 주냐. 이건 개밥이다, 개밥."

"에에 그러니까, 누가 깡패질 하랬어. 개 취급 당하는 건 당연하지."

"좆이나 씨팔, 우리 같은 것들 싹쓸이하기 전에 때려잡을 놈들이 따로 있다구. 거 남대문 동대문시장에 허천나게 많은 군복이나 군화는 누가 다 해먹은 거고, 타이야나 휘발유는 어떤 놈들이 다 빼먹은 거야. 그뿐이야, 청계천이고 을지로 철물상에 1개 사단 병력이 무장할 수 있는 장비가 있다는 소문인데, 그건 또 어떤 새끼들이 돌려치기 한 거냐구. 밥이 이따위로 개판인 것도 알짜는 다 빼먹어서 이 꼴 아니냔 말야. 니기미 씨팔, 크게 해먹는 놈들은 다 떵떵거리고 살고 우리 같은 하발이 인생들이나 잡아다 족치고, 좆이나 이 나라 잘되나 봐라."

"옳소, 국회로 보냅시다."

"말이야 한번 앗싸리하게(시원하게) 한다만, 그 주둥이가 매타작깨나 당하게 생겼다."

와아 웃음이 터졌다.

밥은 쌀알을 찾기 어려울 정도로 거무튀튀한 보리밥이었고, 국은 콩나물 몇 가닥씩이 둥둥 뜬 묽은 된장국이었다. 그리고 반찬이라고는 누런 색깔이 밥에 배는 단무지 두 쪽씩이었다.

서동철은 전혀 입맛이 없었지만 밥을 억지로 밀어넣다시피 했다. '몸이 재산'이라는 사장의 말을 생각했고, 그저 밥이 보약이니 세 끼 거르지 말라는 어머니의 당부 때문이었다. 어쨌든 내일부터 중노동을 하자면 먹어두는 것이 상책이었다.

저녁식사 시간은 5시 30분부터 7시까지였다. 그동안에 식기를 각자가 씻어서 간수해야 했다.

"내무사열은 매일 오후 7시부터 9시까지다. 오늘의 내무사열은 혁명공약 암기다. 여기 있는 1에서부터 5까지 앞으로 한 시간 동안에 한 자도 틀리지 않게 외워야 한다. 이따가 대장님 확인 사열 시틀려서 내 체면에 똥칠하는 새끼들은 죽었다 복창을 해라."

중사는 한쪽 출입구 옆에 붙어 있는 혁명공약을 막대기로 가리키며 살벌하게 으름장을 놓고 나갔다.

"씨팔, 뱃속에서 보리알 사까다찌(물구나무섬) 하게 하네."

"니기미, 사람 미치고 환장하게 하네 이거. 내가 왜 학교 안 다닌 줄 알아? 구구단 외우기 싫어서야."

"좆도, 혁명인지 구테탄지 일으킨 즈네들이나 외울 일이지 왜 우릴 좆 빠지게 만들어?"

그러면서도 그들은 붓으로 써붙인 혁명공약 앞으로 몰려들고 있었다. 그러나 40명이 한꺼번에 밀어닥치니 수라장이 되고 말았다.

"이거 이래 가지고 되겠어? 딴 종이에 적어서 몇 사람씩 보기로 하자구."

"그것 좋네. 빨리 종이하고 뭐 쓸 것들 찾아보자구."

"좋아하지 말어. 있는 건 불알 두 쪽에 주먹밖에 없는 치들인데."

"그래두 좀 찾아보라구. 혹시 알아?"

역시 그들 사이에서는 종이 한 장, 필기구 하나도 나오지 않았다.

"자, 자, 이러다간 죽도 밥도 안 되니까 모두 제자리에 앉고, 한 사람이 소리 내서 읽고 다 같이 복창하는 식으로 외워나갑시다."

서동철이 내놓은 의견이었다.

"아, 그것 좋시다. 그럼 형씨가 큰소리로 읊으슈."

"맞어, 그런 방법이 있었네. 다 앉자구."

서동철은 어쩔 수 없이 혁명공약 앞에 섰다.

한 조항을 열 번씩 되풀이했다. 그리고 전체적으로 다섯 번을 되풀이하고 나니 예정된 시간이 다 되어 있었다.

중사는 정확하게 한 시간이 되자 나타나서 점검을 시작했다. 그는 기분 내키는 대로 아무나 지적해 댔다. 그리고 틀리면 군홧발로 사정없이 정강이를 걸어찼다. 누구나 비명을 지르며 주저앉았다. 그러면 중사의 군홧발은 장딴지고 허벅지고 가리지 않고 난타를 가했다. 그 구타에서 벗어나려면 빨리 부동자세를 취해야 했다. 그러나 그 '쪼인트 깐다'고 하는, 정강이뼈를 걸어차이는 아픔이 너무 극심해 부동자세를 취하고 있기란 거의 불가능했다. 열 명이 지적당했는데 쪼인트를 면한 것은 둘뿐이었다.

"요런 개에새끼들! 왕년에 북괴군이고 중공군이고 닥치는 대로 때려잡은 이 역전의 용사, 김 중사의 체면에 똥칠할 거야. 너희들, 이따위로 굴면 앞으로 1년 동안 각오해. 앞으로 10분 동안 완전하게 외운다. 실시!"

중사는 찬바람을 일으키며 나갔다.

그들은 농담 한마디 하지 못하고 바짝 얼어붙어 입술을 달싹거리기 시작했다. 그 태도들은 사뭇 진지하고도 엄숙했다.

중사는 대위를 앞세우고 나타났다.

"제2소대 보고합니다. 정원 40명, 현재 인원 40명, 이상 무!"

중사가 군인다운 시범을 보이듯 목청 드높여 대위에게 보고했다.

"에에 그러니까, 너희들은 더러운 과거를 씻고 새로운 사람으로 태어나기 위해서 그 누구보다도 투철하게 혁명과업 완수에 매진해야 한다. 그러기 위해서는 그러니까, 혁명공약을 골수에 박히도록 외우고 실천하지 않으면 안 된다. 지금부터 암기를 점검하겠다. 너!"

대위가 느닷없이 지휘봉으로 한 사람을 겨누었다.

다섯이 지적을 당했는데 틀리지 않은 사람은 둘이었다.

"상태 불량! 더 노력하도록."

대위가 나갔고, 중사가 일그러진 얼굴로 돌아서며 그들을 훑었다. 그들은 어느새 잘 훈련된 군인들처럼 미동도 없이 부동자세를 취하고 있었다. 틀린 세 명은 아까보다 더 호되게 당했다.

"9시, 지금부터 취침한다. 기상은 내일 아침 5시 30분. 실시!"

서동철은 헌 담요 한 장을 깔고 누웠다. 내가 어쩌다가 여기 와 있는가……, 나도 국민학교 때는 가정환경조사서의 희망사항란에 선생님이나 장군을 써넣기도 했었는데……, 여기 끌려온 저치들도 다 무슨 사연이 있겠지……, 어머니가 아프지 말아야 할 텐데……, 여기선 편지나 쓰게 하려나…….

여기저기서 울리기 시작하는 코고는 소리를 들으며 서동철도 잠에 묻혀갔다.

"기상, 기상! 이새끼들, 동작 봐!"

운치 있기도 한 나팔 소리는 중사의 외침과 발길질이 대신했다.

"5시 30분 현재부터 6시까지는 세면과 청소다. 실시!"

세면장이 따로 있는 것이 아니고 바로 앞 개울이 세면장이었다. 그들이 받은 것은 헌 수건 하나씩일 뿐 비누도 치약·칫솔도 없었다. 하긴 가난한 사람들 대부분은 소금을 손가락에 찍어 이빨을 닦는 현실에서 그들에게 치약·칫솔이 지급되지 않는 것은 당연한 일인지도 몰랐다. 막사와 그 주변 청소를 끝내자 6시부터 30분 동안 아침식사 시간이었다. 그 30분 동안 식기까지 씻어서 작업장에 차고 나가도록 주머니를 옆구리에 매달아야 했다. 용변 볼 시간은 따로 짜여져 있지 않아 군대 용어로 '요령껏' 할 수밖에 없었다.

6시 30분부터 7시 50분까지가 도구 정비와 정신훈화 시간이었다. 그들은 소대별로 곡괭이, 삽, 들것 재료들을 지급받았다. 먹서리 (가마니)와 대나무, 새끼줄로 들것들을 만들었다. 솜씨들도 서툰 데다가 도구라고는 나뭇가지밖에 없어서 들것 만들기에 애를 먹고 있었다.

"군대는 무에서 유를 창조하는 것이다. 머리를 써서 빨리빨리 해."

중사는 막대기를 휘두르고 다니며 이 말을 되풀이하고 있었다.

"그래. 좆대가리로 밤송이 까고 있다 새끼야. 아가리 좀 닥치고 있어."

중사가 멀어지면 누군가가 군시렁거렸다.

들것이 다 만들어지자 소대마다 두 명씩 식당 근무자를 뽑는 일이 시작되었다.

"식당 근무 지원자, 선착순으로 두 명이다. 앞으로 나오라."

"중사님, 그거 뭐 하는 겁니까?"

"밥하고 국 끓이는 거지 뭐야."

아무도 나서는 사람이 없었다.

"없나! 이건 중노동이 완전 면제되는 특과 중의 특과다. 빨리 나와."

그래도 아무도 나서지 않았다. 그들은 과연 주먹패다웠다.

"좋다, 명령한다. 너, 너!"

중사의 지목에 두 명이 울상이 되어 몸을 일으켰다.

애국가 봉창과 혁명공약 암송으로 정신훈화가 시작되었다.

"에에 그러니까, 너희들은 금일부터 정식으로 영광스러운 국토건설대원이 되었다. 너희들은 일일 책임량을 충실히 완수함으로써 그러니까……."

대위는 '그러니까'를 수십 번 반복해 가며 30분이 넘도록 훈화를 했다.

7시 50분에 작업장으로 출발했다. 8시에 작업이 개시되었다. 땅을 파고 흙을 날라야 하는 도로 확장공사였다. 50분 작업에 10분 휴식으로 12시까지 일을 계속했다. 중사가 감독하지 않더라도 일을 게을리할 수가 없었다. 그날 책임량은 일과시간과 상관없이 밤중까지라도 반드시 마치도록 되어 있었다.

12시부터 1시까지 점심시간이었다.

"아이고, 밥이 꿀맛이다 야."

"밥이 이거 너무 적잖아."

"아이구 허리야. 사람 환장하겠네."

"이래 가지고 1년을 어찌 사냐."

그들은 흙범벅이 되고 땀 찬 몸으로 점심을 먹으며 입을 모았다. 그들 앞에는 인적 없는 억센 산들만 겹겹이 싸여 굽이굽이 산줄기를 이루고 있었다.

오후 작업은 1시부터 5시까지 계속되었다. 작업도구들을 챙겨서 돌아오는 것으로 하루 일과가 끝났다. 5시 30분의 저녁식사 전까지 개울에서 얼굴과 손발을 씻으며 서동철은 자신도 모르게 전에 없었던 긴 한숨을 내쉬었다. 하루가 그야말로 몇 년이나 되는 것 같은 기분이었다.

"이거 정말 사람 미치고 팔딱 뛰겠네. 무슨 수가 없을까?"

"있지. 총살당할 각오하고 튀는 것."

"참아. 그래도 국방부의 시계는 도니까."

그들이 서로 나누는 푸념이었다.

그래, 이겨내자. 5년 감옥살이에 비하면 천국이다.

서동철은 불끈 몸을 일으켰다.

33

아버지, 그 사슬

유일민은 7월 16일 해거름에 휘청거리는 걸음걸이로 판자대문을 밀고 들어섰다. 연탄 화덕에 저녁밥을 짓고 있던 유일표는 한순간 멈칫하더니 형을 와락 끌어안았다.

"혀어엉!"

그 소리는 울컥 터져오르는 울음이었다.

"그래, 표내지 말고 들어가자."

유일민이 동생의 등을 두들기며 낮게 말했다. 유일표는 그 말뜻을 얼른 알아듣고 주위를 살폈다. 다행히 주인집이나 셋방 사람들은 나와 있지 않았다. 그동안, 가정교사를 맡고 있는 고3 학생의 기본실력을 길러주느라고 당분간 입주한 거라고 둘러댔었다.

"그래, 어찌 지냈냐?"

유일민은 가방을 떨어뜨리듯 놓으며 흐릿하게 웃음지었다. 그러나 눈에는 눈물이 번지고 있었다. 유일표는 그제서야 형이 가방을 들고 있었다는 것을 알았다. 그 순간, 공부는 해서 뭘 해, 하는 생각이 스쳐갔다.

"나야 뭐⋯⋯, 근데 형 몸이 왜 그래? 고문당했어?"

"고문당하긴. 오래 갇혀서 수사받느라고 시달려서 그렇지." 유일민은 힘없이 주저앉으며 등을 벽에 기대고는, "엄니는 어찌 되셨냐?" 떨리는 목소리로 물었다.

"응, 선희한테서 나흘 전에 편지가 왔는데, 그때까지 못 나오셨대."

"그래, 아마 엄니도 오늘 풀려나셨을 게다. 더 걱정하지 마라."

유일민은 눈을 감으며 뒷머리를 벽에 기댔다.

"근데 형의 죄가 뭐야?"

유일표가 불쑥 물었고, 유일민은 고개를 바로 세우며 더디게 눈을 떴다.

"죄는 무슨 죄. 죄가 없으니까 풀려났지."

"이건 순 나쁜 놈의 새끼들이야. 아무 죄도 없는 사람들을 무조건 잡아다가 두 달씩이나 죽을 고생을 시키고. 이 군바리새끼들을 그냥!"

유일표는 부르르 떨며 이를 갈았다.

"일표야, 너 몇 살이냐. 어린애가 아니잖냐. 억울하지 않을 수 없지만 분한 것을 표내는 건 어리석은 짓이야. 너, 운명이라는 말 알지? 다 운명이라고 생각해라."

"학생, 일표 학생. 밥 타네, 밥!"

밖에서 외치는 여자의 목소리였다.

유일표는 밖으로 뛰쳐나갔다.

유일민은 다시 고개를 뒤로 젖히며 눈을 감았다. 두 달······, 몸서리가 쳐졌다. 무자비한 고문을 당하지는 않았지만 언어맞기는 꽤나 많이 언어맞았다. 정강이를 걷어채이고 따귀를 언어맞고······, 그러나 그런 것은 거친 군인들의 버릇으로 넘길 수도 있었다. 정작 견디기 어려웠던 것은 무조건 빨갱이로 몰아대는 공포 분위기와, 터무니없는 의심을 품고 반복하고 또 반복하는 수사였다. 그들은 두 가지를 집요하게 추궁해 댔다. 그동안 아버지가 남파되지 않았다 하더라도 어느 누군가로부터 소식 한 번 전해 듣지 않았다는 것은 말이 안 되고, 그걸 속이고 있다는 거였다. 그리고 또 하나, 학생들의 통일운동에 가담하지 않았다는 것은 위장일 뿐이며, 비밀리에 배후에서 활동하고 있다는 의심을 품고 있었다. 통일운동은 곧 아버지와 접촉할 수 있는 좋은 기회인데 무관심하거나 방관했다는 것은 뻔한 속임수라는 우격다짐이었다. 혼자였다면 그들이 원하는 대로 해버리고 싶을 만큼 견디기 어려웠다. 그러나 어머니가 꺾일 리 없는데 자신이 꺾일 수 없었다.

유일민은 무슨 중병 환자처럼 몸이 허약해 보였다. 핏기라고는 없이 초췌한 얼굴은 메말라 광대뼈가 불거져 있었고, 감고 있는 눈자위는 움푹 들어가 그늘져 있었다.

"형, 형, 어서 밥 먹어."

유일민은 설핏 든 잠 속에서 악몽에 시달리다가 눈을 떴다.

"응, 밥이 어찌 이리 빨리 됐냐?"

"날마다 형 밥을 해왔거든."

날마다……, 유일민은 가슴이 찡 울렸다. 눈물이 금방 목을 가득 채웠다.

"그동안 너 어떻게 살았니?"

저금통장에는 한 달 정도 살 돈밖에 없었던 것이다.

"응, 친구들이 도와주고, 가게에 외상도 좀 지고 그랬어. 빨리 먹어."

유일표는 형 앞으로 밥상을 더 밀었다. 쌀이 드문 보리밥에 콩나물국, 반찬은 푸성귀 김치 하나였다. 그런 밥상을 형 앞에 내놓는 것이 유일표는 너무 미안하고 면목없었다.

"그래, 먹자."

유일민은 무거운 듯 숟가락을 들었다.

"형, 서동철 형이 잡혀갔어."

"……그래……"

유일민은 보일 듯 말 듯 고개를 끄덕였다.

"왜 안 놀래?"

"응, 그런 사람들 일소했다는 소식 안에서 들었다. 넌 어떻게 알았나?"

"형이 어디 있는지 알아내는 데 혹시 도움을 받을 수 있을까 해서 찾아갔었어."

밥을 먹은 유일민은 이내 잠이 들었다. 그 잠은 다음날을 꼬박 채우고 그 이튿날 아침까지 이어졌다. 그는 밥때에나 동생의 성화에 못 이겨 가까스로 일어나 겨우겨우 밥을 먹고는 곧 잠에 빠지고는 했다.

몸이 무겁고 기운이 없었지만 잠의 늪에서 벗어난 유일민은 옷을 챙겨 입었다. 또 가정교사 자리는 날아간 거니까 어쩔 도리가 없는 일이고, 어서 학교에 나가보아야 했다. 자리를 소개한 서동철이나마 있었다면 또 모르겠는데 그도 없어진 형편에서 두 달 동안이나 아무 통고도 없이 발을 끊은 가정교사를 기다릴 집이 있을 리 없었다. 그런데 한 학기 중에 두 달을 장기결석한 학교 문제가 어떻게 될 것인지 불안하고 걱정스러웠다.

유일민은 학교로 들어서며 낯선 것 같은 서먹함을 느꼈다. 그건 두 달 동안 결석을 해서 생기는 감정만이 아니었다. 교정에 있는 동료들과 자신은 다르다는 어떤 소외감이 그들과 거리를 느끼게 했다.

"난 이 나라를 떠나고 싶소. 여긴 우리 같은 인간들이 설 자리가 없거든요. 그렇지만 떠나는 것도 맘대로 되지 않을지도 모르죠."

유일민의 의식 속에 그의 말이 떠올랐다. ㅇ대학 사회학과를 다닌다는 그의 처지도 자신과 똑같았다. 사회학을 전공해서 그러는지 그의 안목은 예리한 데가 있었고, 장래에 대해서는 아주 비관적이었다.

"두고 보시오. 반공주의는 갈수록 강화될 거요. 왜 반공주의를 혁명공약 첫 번째로 내세웠겠소. 그게 정통성 없는 정권을 유지해 가는 데 가장 효과적이고 손쉬운 방법이기 때문이오. 미국의 지지를 얻는 데도 절대 유리하고. 상황이 그렇게 전개되어 갈수록 우리 같은 인간들은 내몰리고 짓밟힐 수밖에 없잖겠소."

학교도 더 다니고 싶지 않다고 했던 그의 모습을 지우려고 애쓰며 유일민은 강의실로 발길을 서둘렀다.

강의실은 텅 비어 있었다. 유일민은 교무과의 벽보를 보고서야 3·4학년의 학기말 시험은 어제로 끝났고, 1·2학년의 시험이 내일까지라는 것을 알았다.

유일민은 현기증을 느끼며 벤치에 주저앉았다. 중간고사도 기말고사도 치르지 못하고 말았다. 중간고사는 5월 20일경이고, 기말고사는 7월 10일경부터 시작되니까 하필이면 갇혀 있었던 시기였다. 한 학기가 망쳐진 낙담 속에서도 유일민은 교무과를 찾아가 보기로 했다. 특별한 경우니까 혹시나 무슨 방법이 있을지도 모른다 싶어서였다.

"글쎄, 사정은 딱하지만 어떻게 하겠나. 한 학기 더 다녀야지 다른 방법이 없네."

교무과장의 사무적인 말이었다.

"우리 신분은 이민 가는 데도 결격사유가 될 수 있소. 그럼 난 입산이나 할 생각이오."

그의 말이 또 떠올랐다. 그는 2~3년 전부터 말이 나오고 있는 브라질 이민을 꿈꾸고 있었다.

유일민은 휴지조각이 된 한 학기 등록금을 생각하며 벤치에 주저앉았다.

"그거 큰일났잖아. 신 선배는 어떻게 됐대?"

"신 선밴 아직 무사한가 봐."

"통일운동이고 뭐고 다 끝장이구나. 무조건 잡아넣고 빨갱이로 몰아대니 원."

몇 학생이 지나가며 하는 말이었다.

그들이 말하는 신 선배는 신무영일 거라고 유일민은 생각했다. 통일운동에 나섰던 학생들도 이미 수배가 시작된 모양이었다. 수사관들이 왜 그렇게 끈질기게 통일운동과의 연관을 추궁해 댔는지 유일민은 비로소 깨달았다. 그때 신무영의 그 진지하고도 빈틈없는 논리에 이끌려 통일운동에 가담했더라면 어찌 되었을 것인가. 지금 풀려나지 못한 것은 말할 것도 없고, 그들마저 빨갱이로 몰렸을 것이 뻔했다. 유일민은 그 아슬아슬함에 몸을 떨며 벤치에서 일어났다.

학기에 맞춰 휴학을 할 것인지 어쩔 것인지, 어머니의 건강은 어떠신지, 가정교사 자리는 또 어떻게 구할 것인지, 착잡한 심정으로 유일민은 교문을 나섰다.

"오빠, 오빠아!"

한 여자가 소리치며 길을 건너 뛰어오고 있었다.

"아니, 너 채옥이……."

유일민은 어리둥절한 채 내달아오는 임채옥을 바라보고 있었다.

"오빠, 언제, 언제……, 풀려났어요?"

임채옥은 곧 끌어안고 싶은 충동을 억제하는 듯 허둥거리는 몸짓을 지으며 심하게 말을 더듬었다. 입술이 떨리고 있는 그 얼굴에는 반가움과 울음이 뒤섞여 있었고, 눈에는 눈물이 그렁그렁했다.

"너 그걸 어떻게 알았어?"

"오빠 동급생이 가르쳐줬어요. 약속한 날 세 시간을 기다려도 오빠가 안 나와 다음날 학교에 찾아왔었어요. 근데 오빤 나흘 전에 잡혀갔다고……."

임채옥의 눈에서는 눈물이 주르르 흘러내렸다.

"가자, 어디로. 헌데 오늘은 어쩐 일이냐?"

유일민은 당황스럽게 주위를 살피며 걸음을 떼어놓았다. 대낮에 젊은 남녀가 손 잡고 다니는 것은 아예 용납이 안 되고, 어깨를 마주대고 걷는 것도 눈총을 받는 사회 분위기 속에서 여자가 남자 앞에서 운다는 것은 더없는 흉거리가 아닐 수 없었다.

"그날부터 하루도 빠짐없이 날마다 여기 와서 오빨 기다렸어요."

임채옥은 손수건으로 눈물을 닦으며 말했다.

"뭐라구……?"

유일민은 걸음을 멈칫하며 임채옥을 바라보았다. 그의 가슴에서는 순간적으로 형용하기 어려운 이상한 바람이 회오리치듯 일어나고 있었다.

"또 그래서는 안 된다고 말하려고 그러세요?"

"아니야, 아니야……."

이 세상에서 유일하게 자신을 기다려준 타인……, 그녀가 실한 바람벽처럼 느껴지고, 그녀에게 기대고 싶은 자신의 감정에 유일민은 놀라고 있었다.

"채옥아, 너 이러다가 큰 피해를 입을 수도 있어. 너만 아니고 부모님까지도 말야."

이 말은 임채옥에게 하는 것만이 아니라 자신의 흔들리는 감정을 깨뜨리는 것이기도 했다.

"걱정 마세요. 난 오빠가 아무 죄도 없이 당하고 있다는 것 다 알아요. 날 잡아간대도 하나도 무섭지 않아요."

임채옥은 오히려 바짝 다가섰다.

한편, 유일표는 강당에 모인 학생들의 심각하고 진지한 분위기하고는 달리 멍한 얼굴로 앉아 있었다.

"……이번에 새롭게 확정된 대입 국가고시는 다음과 같은 두 가지 특징이 있다. 첫째로 국가에서 전국적으로 통일된 시험을 치르게 하는 것이고, 둘째는 시험문제가 완전 객관식으로, 다시 말해 네 가지 예문 중에서 답을 고르는……"

교무주임은 이틀 전에 공포된 새 대입고사 요강을 설명하고 있었다. 그러나 공부는 해서 뭘 하느냐는 회의에 사로잡혀 있는 유일표의 귀에는 그 설명이 제대로 들어오지 않았다. 형이 갇혀 있는 동안 그 회의는 자꾸만 깊어져 이제는 헤어나기 어려운 상태가 되어 있었다.

"일표야, 너 아까 무슨 생각을 하느라고 그렇게 멍하니 앉아 있었냐? 대학에 안 갈 놈처럼. 너 요새 무슨 고민 있어? 말도 통 안하고 말야."

강당을 나오면서 이상재가 유일표의 팔을 붙들었다.

"모르겠다. 돈이 있으면 술이나 실컷 마시고 뻗어버렸으면 좋겠다."

유일표의 입에서 불쑥 나온 말이었다.

"뭐라구? 너 무슨 심각한 고민이 있구나?"

이상재는 유일표의 속마음을 탐지해 내려는 듯한 눈길로 쳐다보았다.

"고민은 무슨 고민. 괜히 짜증나고 싫증나고……, 요새 유행하는 말로 10대의 '이유 없는 반항'이다."

유일표는 건달들의 몸짓을 지어 보이며 속마음을 감추려고 했다.

"너, 괜히 얼렁뚱땅 넘기려고 하지 말어. 지금은 시간 없으니까 좀 있다가 방과후에 얘기해. '이유 없는 반항'은 아무나 하나? 잘살고 속편한 미국애들이나 하는 거지. 특히 넌 어른처럼 철이 들어버린 놈이잖아. 괜히 날 속이려고 하지 말어. 네 얼굴에 다 써 있으니까."

이상재는 유일표의 어깨를 두들기고는 자기 교실 쪽으로 발길을 서둘렀다.

유일표는 자신에게 마음 쓰는 이상재를 고마운 마음으로 바라보았다. 그러나 한편으로는 부담스럽기도 했다. 그 누구에게도 자신의 고민에 대해 말하고 싶지 않았다. 연좌제에 대해 말하다 보면 아버지에 얽힌 집안 사정을 다 얘기해야 하고……, 그건 흠만 내보이는 것일 뿐 해결되는 것은 아무것도 없는 부질없는 짓이었다. 연좌제와 아무 상관이 없는 사람들은 이쪽의 절박함을 이해하기 어렵고, 괜히 경계심만 갖게 하거나 사이가 멀어질 수도 있었다. 서울에 올라와서 형이 경찰에 처음 끌려갔을 때 이규백 형과 김선오 형이 보인 냉담함은 잊을 수가 없었다.

"그건 이해해야 해. 그 사람들의 인간성이 나빠서 그러는 게 아니니까. 사상 문제는 생사를 좌우하는 문제니까 우리라도 그럴 수밖에 없어. 나쁜 건 모든 사람들을 그렇게 만든 나라야. 서운한 마음은 아는데 그 사람들한테 유감은 갖지 마. 그 사람들도 어쩔 수 없이 그래 놓고 우리한테 미안하고 면목없을 테니까."

형은 솔직하게 말했다. 자기도 그 선배들한테 너무 놀랐고 서운하다고. 그래서 형의 말대로 그들을 이해하려고 애썼다. 그러나 한 번 실망해 버린 마음은 그전으로 돌이켜지지 않았다. 웃으면서 대했지만 마음에는 유리벽 같은 것이 막혀 거리감이 좁혀지지 않았다.

모든 것을 털어놓았을 때 이상재는 어떤 반응을 보이게 될지 두려움이 앞섰다. 이상재도 그 두 사람처럼 변할 수 있었다. 그건 정말 두려운 일이었다. 그들은 관계를 하지 않아도 아무렇지도 않은 타인이었다. 그러나 이상재는 형제처럼 정이 깊어진 친구였다. 그런 친구를 나라가 조성해 놓은 공포 때문에 잃고 싶지 않았다.

그러나 또다른 생각이 고개를 들었다. 그런 사실을 두려워해서 태도가 변한다면 그게 진정한 친구일 수 있는가. 진정한 친구라면 그런 것을 초월할 수 있어야 하지 않는가. 이상재의 우정이 어느 정도인지 재보고 싶은 유혹이 생기기도 했다.

그러나 그 유혹을 뿌리쳤다. 일방적으로 친구의 우정을 측정한다는 것이 너무 야비했고, 자신이 이상재의 진정한 친구라면 그런 짓을 하지 말아야 된다는 생각이 들었다.

"가자, 빵집으로."

교문을 나서며 이상재가 말했다.

"참 골치 아프다. 나라에 할 일도 많을 텐데 뭐 하려고 대입 제도까지 그렇게 완전히 뒤바꾸느라고 이 난리냐. 군인들이 뭘 안다고."

유일표는 자신에게 신경 쓰는 것을 둔화시키려고 일부러 자신들에게 가장 다급한 관심사를 꺼냈다.

"그러게 말야. 바꾸더라도 2학년부터나 적용하든지. 꼭 군대식으로 무조건 '돌격 앞으로!'야. 이러니까 자꾸 욕을 얻어먹지. 그나저나 우린 앞으로 정말 골치 아프게 생겼다. 보지도 듣지도 못했던 객관식에 적용해야 되니 말이야."

"우리보다 골치 아픈 건 선생들이야. 갑자기 객관식으로 시험문제를 내야 하니 그거 어찌 되겠어. 생고생들 하게 생겼지. 월급 더 받는 것도 아닌데."

"어쩌겠냐. 다들 당하는 수밖에."

이상재가 빵집 문을 밀치며 탄식하듯 했다.

"말해 봐. 무슨 고민인지."

빵을 시키고 나서 이상재는 앉음새를 고쳤다.

"별거 아니야. 어머니가 좀 아프셔."

유일표의 입에서 나간 말이었다.

"어디가? 나쁜 병이냐?"

이상재가 긴장하며 연달아 물었다.

"아니, 나쁜 병은 아니고, 너무 과로를 해서 그렇대나 봐."

"나쁜 병은 아니니 천만다행이다. 너무 고생을 하시니까 병 나는 거야 당연하지. 넌 그럴수록 힘내야지 왜 그렇게 맥이 빠져 있냐. 물론 가보지도 못하고 걱정이야 많이 되겠지만, 어머니 고생이 빨리 끝나게 하려면 네가 좋은 대학부터 붙어야 되잖아. 제발 힘 좀 내라. 네가 우울하니까 나까지 그리 된다. 자아, 어서 빵 먹어."

"알았어. 힘내야지."

유일표는 정말 힘을 내는 것처럼 포크로 빵을 콱 찍었다.

"근데, 너 학과는 정했냐?"

이상재의 말에 유일표는 가슴이 뜨끔해졌다.

"글쎄, 급한 것 아니니까 좀더 생각해 봐야지."

"너 참 이상하다. 평소의 성격을 봐서는 과단성 있게 남들보다 먼저 정할 것 같은데. 너 정치학과 가는 건 어떠냐? 말솜씨 좋고, 행동적이고, 아주 잘 어울릴 것 같은데."

"응, 그것도 생각 중이야."

유일표는 웃으며 고개를 끄덕였다. 그러나 '정치'는 어머니가 제일 싫어하는 것이었다. 아버지 때문에 그 옆에는 얼씬거리지도 말라는 것이 어머니의 당부였다.

"뭐, 오래 생각할 것 없어. 대학은 자기 적성에 맞춰 가야지. 근데 한 가지 웃기는 일이 있다. 장경식이 그놈이 정치학과를 갈까 어쩔까 재고 있어. 제놈 적성에 영 안 맞는지도 모르고. 아마 아버지가 아들이 국회의원 노릇 하기를 바라는 모양인데, 돈 많으니까 부산 바닥에서 나서면 될지도 모르지. 걔네 아버지가 돈이 많으니까 이젠 아들을 통해 권력을 갖고 싶은 모양이야."

"그럴 수도 있겠지." 유일표는 씁쓰레하게 웃으며 빵을 씹어 넘기고는, "너 전에 얼핏 이런 말 한 적 있었지. 넌 6·25 때 인민군을 보지 못했다고. 그게 무슨 소리지?" 그는 장경식의 얘기가 싫어서 갑자기 화제를 돌렸다.

"그야 당연하지. 난 부산사람이잖아."

"부산사람……?"

"너, 국사 점수 낙제냐? 부산은 낙동강 전선으로 끄떡없이 보호됐잖아. 그 덕으로 난 인민군들은 말할 것도 없고 빨치산들도 하나도 보지 못했어. 그 대신 미군이나 구호물자, 양공주나 피난민들을 보면서 6·25가 끝났어. 부산사람들은 제일 안전하고 편안하게 6·25를 치른 셈이지."

"맞아, 낙동강 전선. 내가 미처 그 생각을 못했구나. 그쪽 사람들은 아주 큰 혜택을 받은 셈이네. 세금 몇 배로 더 내야 되겠는데."

유일표는 웃으면서 농담을 했다. 그러나 속으로는 이상재에게 속내를 털어놓지 않기 잘했다고 생각했다. 인민군이나 빨치산을 본일이 없이 6·25를 치른 이상재가 연좌제 같은 것에 관심이 있을리 없었다. 6·25를 그렇게 치른 사람들도 있다는 것이 새삼스러웠고, 은근히 이상재가 부럽기도 했다.

"그만 가자."

유일표는 가방을 끌어당겼다.

"힘내, 힘. 새 전쟁 시작이잖아."

이상재가 주먹을 쥐어 보였다.

유일표는 전차에 흔들리며 형을 생각하고 있었다. 형은 대학을 계속 다닐 것인지 어쩐지 알 수가 없었다. 어렵게 가정교사까지 해가며 대학을 나와보았자 무슨 소용이 있는가. 겉으로 말은 하지 않지만 형도 혼자서 많이 고민하고 있을 것이다. 형은 얼마나 참담하고 절망스러울 것인가. 형은 ROTC를 지원하려고 하기 전까지만 해도 연좌제라는 올가미를 알지 못한 모양이었다.

연좌제라는 그 흉물의 존재를 알기 전까지는 아버지가 남겨준 것은 경찰의 감시와 가난이었다. 아버지가 내려오지만 않는다면 감시는 무서울 것이 없었고, 가난은 언젠가는 물리칠 자신이 있었다. 형과 자신이 대학을 나와 좋은 직장을 구하게 되면 가난에서는 이내 벗어날 수 있었다.

가난은 참 고통스럽고 지긋지긋한 것이었다. 가난은 누나를 요정으로 밀어넣었고, 끝내 누나를 잡아먹고 말았다. 그러나 누나가 남겨놓고 간 돈은 겨우 굶주림을 면할 수 있는 밑천일 뿐이었다. 형이나 자신이 학교를 다닌다는 것은 가난의 수렁에서 계속 허덕거려야 하는 것이나 다름없었다.

중학생이 되었어도 새 모자는 생각지도 못하고 남의 것을 얻어 썼으며, 더구나 교복은 비싼 재봉틀도 없이 어머니가 손수 만들었고, 학년이 바뀌어도 새 책을 한 번도 가져본 적이 없었다. 그 어디에서나 가난은 감출 도리 없이 남루하게 드러나 있었다. 그러나 중학생 때는 이발을 이발소에서 하게 되어 그나마 형편이 좀 나아진

편이었다. 국민학생 때는 이발소에 가지 못하고 집에서 어머니가 가위로 깎았다. 아무리 잘 깎고 다듬는다 해도 이발기계처럼 말끔하게 되지 않고 가위 흔적이 머리를 감고 돌아가며 남게 마련이었다. 머리가 약간 길어나 그 흔적이 지워질 때까지 아이들에게 '토란 대가리'라고 놀림을 당해야 했다. 가위 흔적이 토란의 털무늬와 너무 흡사했던 것이다.

깁고 또 기워 입은 속옷과 달리 겉으로 드러난 가난은 큰 괴로움이고 고통이었다. 그러잖아도 창피스럽고 부끄러운 것을 참고 견디기 어려운데 남들에게 자꾸 놀림감이 되고 업신여김을 당하게 되면서 창피스러움과 부끄러움은 괴로움과 고통으로 변해갔다. 그리고 마음에도 차츰 변화가 일어났다. 잘사는 사람들을 될 수 있는 대로 피하고 싶은가 하면, 호화로운 상점 같은 데 들어가는 게 쭈뼛거려지고 주눅이 들었다. 그뿐이 아니었다. 어느 때는 수많은 사람들 앞에서 웃음거리가 되며 겹겹의 누더기를 벗기도 하고, 어떤 으리으리한 건물에 들어가려다가 거지 취급을 당해 내쫓기는 꿈을 자주 꾸기도 했다. 그러나 겉으로는 아무렇지도 않은 척했고, 특히 어머니 앞에서는 그런 속마음을 전혀 내색하지 않았다.

물론 형하고도 그런 얘기를 한 적은 한 번도 없었다. 그러나 형이라고 그런 마음이 없을 리 없었다. 더구나 형은 나이가 많은 만큼 자신보다 더 오래 가난에 찌들리고 시달려온 처지였다. 형이 늘 우울하고 그늘져 있는 것은 어려서부터 경찰한테 당한 고통 때문만은 아닐 수도 있었다. 거기에는 가난이 준 병이 합해져 있을지도 몰랐다.

가난이 남겨놓은 상처는 한두 가지가 아니었다. 자전거포에서 자전거를 빌릴 수가 없어서 지금까지 자전거를 타지 못하는 사내로 만들었고, 중학교 3학년 때와 고등학교 2학년 때 실시하는 수학여행도 가지 못했다. 특히 중학교 때 수학여행을 가지 못한 것은 두고두고 큰 슬픔으로 가슴에 남아 있었다. 어쩌면 처음 당한 일이라서 그런지도 몰랐다. 경주를 향해 새벽안개 속으로 사라지던 버스들을 생각하면 지금도 눈물이 나려고 했다.

그러나 이제 그런 아픔들은 하잘것없는 것이었다. 연좌제라는 괴물은 내일을 위협하며 다가오고 있었다. 그것을 피해 선택할 수 있는 대학의 학과가 무엇인지 알 수가 없었다. 그것을 피해 고를 수 있는 직업이 무엇인지 알 수가 없었다. 그것을 피해 이 세상에서 살 수 있는 길이 무엇인지 알 수가 없었다.

형이 ROTC 지원을 포기한 것을 어머니에게 비밀로 했듯이 이 일도 알릴 수가 없었다. 형과 자신이 좋은 대학을 나와서 당당하게 출세하는 것이 어머니의 유일한 바람이고 희망이었다. 어머니가 그 꿈을 포기해야 한다는 것을 알게 되면 어찌 될 것인가. 어머니를 보호하는 유일한 길은 어머니가 그 일을 서서히, 하루라도 늦게 알게 하는 것뿐이었다.

아버지……, 그 모습이 자꾸만 희미해져 가고 있었다. 아버지는 우리가 이런 일을 당하고 있는 것을 알고 있는 것일까. 이런 것을 안다면 아버지는 어떤 심정일까. 북쪽에는 분명 월남한 사람들

의 가족들이 있을 텐데, 그들에게 북쪽에서는 어떻게 하고 있을
까……. 결코 보호해 줄 리는 없고, 남쪽과 똑같이 감시하고 학대
하고 연좌제를 들이대는 것인가.

　유일표는 더는 세상을 살고 싶지 않은 마음으로 전차에서 떠밀려
내렸다. 버스 요금은 배 가까이 오르고 전차 요금은 그대로 25환이
라 전차는 터져나갈 지경이었다.

34

이유 없는 피신

　박영자는 빨간 입술연지를 살짝 발라 위아랫입술을 맞물어 비비며 색깔이 고루 퍼지게 했다. 입술연지를 짙게 발랐다간 '쥐 잡아먹은 고양이 주둥이'라고 욕을 먹기 십상이었다. 나이 많은 층에서 하는 그 욕은 서양식의 야한 입술을 보기 싫어하는 단순한 비유가 아니라 화류계 여자 같은 천한 계집이거나 품행 나쁜 계집이라는 뜻이 더 강했다. 그런 지탄을 우려하면서도 남자를 만나러 나갈 때면 꼭 입술연지를 바르고 싶어지는 스스로의 마음이 박영자는 얄궂고도 우스웠다.

　"후니쿠니 후니쿠라, 후니쿠니 후니쿠라아······."

　자신도 모르게 흘러나오는 경쾌한 노래에 맞춰 몸짓하며 옷을 꺼내던 박영자는 퍼뜩 떠오른 오빠 생각에 그만 입을 다물었다.

　"너, 수학이나 과학 과목들은 어쩔 수 없다 치고, 음악이나 미술 과목 교과서가 이상하다고 생각해 본 적이 없니? 온통 서양 음악에 서양 미술인 거 말이다. 그렇다고 우리 음악이 없고 우리 미술이 없는 거냐? 우리 것은 무조건 무시해 버리고 서양 것이면 무엇이든 사족을 못 쓰고 가르쳐대는 이런 식의 교육이 앞으로 몇십 년 계속돼 봐라, 우리 꼴이 뭐가 되겠는지. 모두 서양 것이면 무조건 높고 귀하게 보고, 우리 것이면 무조건 천하고 나쁘게 보는 얼간이들이 돼 있을 테니까. 조선시대에만 사대주의가 있었던 게 아니야. 해방 이후의 이런 작태는 신사대주의다."

그래서 그런지 오빠는 젊은이들 사이에서 퍽 고급한 문화생활로 치부되고 있는 르네상스니 세시봉이니 하는 음악감상실에 드나드는 일이 별로 없는 것 같았다. 오빠의 말은 되새겨볼수록 맞고, 그럴수록 박영자는 안타깝기만 했다. 일개 대학생이 깨닫고 있는 그런 일을 어째서 교과서를 만드는 유식한 사람들이 모를까 하는 점이었다. 그리고 더욱 당황스러운 것은 친구들에게 그런 말을 했을 때였다. 친구들은 하나같이 그 유치하고 촌스러운 것을 배워 무엇 하느냐고 비웃었다. 우리의 것은 이미 친구들의 의식 속에 유치하고 촌스러운 것으로 인식되어 있었고, 그런 말을 하는 자신까지 유치하고 촌스럽게 취급하려고 들었다. 그러나 자신의 능력으로는 그들을 설복시킬 도리가 없었다.

옷을 차려입은 박영자는 마지막 순서로 뒷거울을 비쳐 뒷머리의 모양새를 살폈다. 뒷머리와 함께 앞거울에 비치는 자신의 모습에, 이만하면 판검사 아내로 손색이 없잖아, 하는 생각이 순간적으로 떠오른 게 부끄러워 박영자는 얼른 뒷거울을 내리며 돌아섰다.

"오빠한테 갈 때 뒤 밟히지 않게 조심조심해라."

박영자의 어머니는 딸의 차림을 눈여겨 살피며 돈을 내밀었다. 엷은 녹두빛 바탕에 작은 꽃무늬들이 하얗게 찍혀 있는 플레어 원피스는 여름 차림으로 더없이 상큼했다.

"염려 마세요. 무슨 원망을 들으려고 어설프게 하겠어요. 열 명이 미행해도 감쪽같이 따돌릴 수 있어요."

박영자는 돈을 받아 넣으며 명랑한 척 꾸며댔다. 숨어 있는 오빠 때문에 어머니의 근심은 너무 컸다.

"그래, 너무 장담하지 말구. 너 화장했구나?"

"네, 쪼끔요."

댓돌로 내려서던 박영자는 검지손가락 반매듭을 짚어 보이며 곱게 웃었다.

"여자는 그저 행실을 조심해야 하느니라."

"네에, 다녀올게요."

박영자는 어머니의 에둘러 하는 말에서 야릇한 행복감을 느끼고 있었다. 어머니의 그 말에는 나, 너 애인 생긴 것 다 안다 하는 말이 감추어져 있었다. 어머니는 자신을 믿어주며 언젠가 애인 얘기를 털어놓기를 기다리고 있는 거였다. 자신도 그날이 어서 오기를 기도하는 마음으로 기다리고 있었다.

어머니가 자신이 남자와 입맞춤한 것을 알면 어떻게 될까? ……박영자는 그 비밀이 간직한 짜릿한 전율에 어깨를 움츠렸다. 그와의 첫 입맞춤은 지난가을 낙엽이 흩날리던 우이동 골짜기에서 이루어졌다. 그 느낌이나 감각이 어떠했는지 그때 당장에는 아무 기억이 없었다.

서로 호감을 가진 남녀가 만나다가 손을 잡게 되면 사랑한다는 표시고, 입맞춤을 하게 되면 결혼을 약속하는 것으로 일반화되어 있었다. 순결이 여자의 생명으로 규정된 사회에서 흥미나 재미로 남자와 손을 잡고 입맞춤을 할 수는 없는 일이었다. 자신도 첫 입맞춤을 받아들이며 가졌던 생각은 마침내 한 남자를 결혼 상대로 선택했다는 무겁고도 뿌듯한 보람 한 가지였다. 그 무게에 눌려 어떤 색다른 감정이나 감각 같은 것은 느낄 겨를이 없었다. 집에 돌아와 잠자리에 누워서야 남모를 비밀을 간직하게 된 것에 짜릿한 전율을 느끼게 되었다.

그와 사귀기 시작해 6개월쯤 지나 영화관에서 손을 잡혔고, 1년 가까이 되어 입술을 허락했다. 그런 진전은 경험자들의 말을 들으면 빠르지도 늦지도 않고 무난한 편이었다. 그런데 조심해야 할 것은 그 다음부터였다. 흔히 말하는 '속도위반'의 함정에 빠질 위험이 도사리고 있었다. 속도위반을 해버리면 남자들의 마음이 거의 다 변한다고 했다. 몸을 망친 여자의 신세……, 그건 생각만으로도 끔찍스러웠다. 어머니가 말하는 '행실 조심'도 바로 그 대목이었다. 그도 그동안 입맞춤에 이어 서너 차례나 그 욕구를 드러냈었다. 입맞춤의 뜨거운 황홀감에 휘말리며 자칫 허물어지려는 마음을 동이느라고 애를 먹고는 했다. 그가 합격한 당당한 모습으로 부모님께 인사를 드리기 전까지는 그의 욕정을 단호하게 물리쳐야 했다.

박영자는 동네 어귀의 약국에서 원기소를 제일 큰 병으로 사고, 어제 맡겨둔 꿀단지를 찾았다. 그는 고등고시의 막바지에 이르러 매일 밤샘을 하다시피 하고 있었다. 장면 정권에서 응시자의 자격 제한을 하려고 했던 것이 5·16으로 무효가 되어 그는 이번 기회에 꿈을 이루려고 그야말로 사력을 다하고 있었다.

김선오는 휘청거리는 듯한 걸음걸이로 다방으로 들어섰다. 몸집 실하던 그는 표나게 말라 키만 껑충하게 커 보였다. 박영자는 자신도 모르게 벌떡 일어났다.

"더 마르셨어요. 어디 아프진 않으세요?"

김선오를 바라보는 박영자의 눈길에 애처로움과 안쓰러움과 걱정스러움이 뒤섞여 있었다.

"아니 괜찮아. 잠 안 재우는 게 지독한 고문이란 걸 이제야 실감하겠어."

김선오는 스산한 웃음을 지었다. 그 얼굴도 창백할 정도로 메말라 있었다. 그는 박영자의 손을 잡게 된 다음부터 자연스럽게 반말을 썼고, 박영자는 그 말에서 더 정다움을 느끼고 있었다.

"강 의원은 아직까지도 학생들을 다시 불러들일 생각은 안 하나 부죠?"

김선오가 다시 장학사로 들어가면 가정교사 노릇에서 벗어날수 있었다. 박영자는 그가 가정교사로까지 시달리는 것이 안타까워 견딜 수가 없었다.

"글쎄, 강 의원은 그런 것 생각할 겨를이 없겠지. 자기 앞길 찾느라고 정신이 하나도 없을 텐데."

김선오는 힘없이 고개를 저었다.

"뭘 드시겠어요?"

쟁반을 든 아가씨가 와서 물었다.

그들은 커피를 시켰다.

"국산인 거 아시죠?" 하며 아가씨가 돌아섰다. 그 말은 커피가 맛없다고 시비하지 말라는 뜻이었다.

"외제라고 커피까지 단속하는 건 좀 심한 것 아닌가요? 국산 커피라도 어차피 원료는 외젠데."

박영자는 불만스럽게 말하며 입술을 삐죽했다.

재건국민운동 단체가 새로 생겨 생활혁명을 내세우며 혼분식 실천, 교통질서 확립, 가정의례 간소화, 국산품 애용, 간편하고 검소한 재건복 착용 같은 바람이 일어나고 심지어 서로간의 인사도 '재건합시다', '재건하자'로 바꾸도록 하고 있었다. 외제 커피 단속도 그 바람 중의 하나였다.

"글쎄, 그건 좀 다른 문젠데. 국산 커피는 정식으로 허가를 내준 사업이니까 세금을 거둬들일 수 있지만, 외제 커피는 모두가 밀수거나 미국 PX에서 흘러나오는 거니까 세금 징수가 안 되지. 결국 국고 손실은 국민의 손해잖아."

"어머, 그렇네요. 거기까진 미처 생각하지 못했어요. 이 사람들도 잘하는 일이 있긴 있네요."

박영자는 아주 솔직한 태도를 보였다. 새로운 것을 알고, 자신의 식견을 넓히고 하는 것은 김선오를 만나는 또다른 기쁨 중의 하나였다.

"음, 이 사람들의 가장 큰 문제점은 정권을 불법적으로 장악한 건데……, 앞으로 더 두고 봐야겠지만, 지금까진 비교적 잘하고 있는 셈이지."

박영자는, 통일운동에 나섰던 대학생들을 무조건 용공으로 몰아 잡아들이는 건 어떻게 생각하느냐고 물으려다가 그만 참았다. 이야기가 나오다 보면 오빠 일을 발설할지도 몰라서였다.

"그만 가셔야지요. 너무 힘들어 보이는데 어떡하죠. 이거 꿀하고 원기소예요."

동그란 눈에 슬픈 기색이 가득해져 박영자는 보퉁이를 탁자 위에 올려놓았다.

"자꾸 이런 걸 뭐……." 김선오는 멋쩍게 웃더니, "무슨 좋은 영화나 한 편 봤으면 좋겠는데" 하며 담배에 불을 붙였다.

"아니에요, 전 괜찮아요."

박영자는 당황해서 손까지 내저었다.

"아니야, 나 머리 좀 식혀야겠어."

"정말요?"

"그럼. 머리가 어질어질하고 뒤죽박죽인 게 엉망이야. 좀 쉬어야 되겠어."

"그렇담 냉방 시설 제일 잘된 대한극장으로 가요. 영화도 좋아요, 〈스파르타〉."

박영자는 금세 생기가 넘쳤다.

개봉관이라는 일류극장들은 새 영화 광고마다 '냉방 시설 완비'라고 써넣어 여름손님 끌기에 바빴는데, 어느 극장에서는 그것도 모자라 '미국에서 직수입한 에어 콘디쇼너 설치'라고 표시하기도 했다. 선풍기도 없어서 부채에 의지하고 있는 대다수 서민들의 형편에서는 냉방 시설 잘된 극장은 도심의 피서지가 아닐 수 없었다.

"괜찮아요. 몸도 그런데."

"무슨 소리야. 내가 병잔가."

김선오는 굳이 보퉁이를 뺏어 들었다.

"남자가 안 좋아 보여요."

"남자? 짐 든 여자 옆에 맨손으로 빈둥빈둥 걸어가는 남자 꼴은 좋아 보이고?"

이렇게 말하는 김선오를 박영자는 눈부신 감정으로 바라보았다. 자기 일에 몰두하고 혼신을 다하느라고 초췌하게 메마른 그 모습이 너무나 남자답게 믿음직스럽고, 한 인간으로서도 감동을 일으킬 만큼 아름답게 빛나 보였다.

영화가 시작되고 30분쯤 지났을까. 무엇이 왼쪽 어깨에 부딪쳐 박영자는 깜짝 놀랐다. 그건 한쪽으로 기울어진 김선오의 머리였다. 김선오는 깊은 숨소리를 내며 잠들어 있었다.

박영자는 앉은키를 약간 높여 김선오의 머리를 받쳤다. 영화가 끝날 때까지 그가 깨지 않기를 바라면서.

박영자는 김선오와 점심을 먹고 헤어졌다. 길을 건너면서 미행자가 없나 또 살폈다. 의심 가는 사람은 잡히지 않았다. 그동안에도 김선오가 눈치채지 않게 수시로 뒤를 살펴왔었다. 오빠가 수배당한 뒤로 감시의 눈초리는 집 주위에서 번뜩이고 있었다.

그래도 박영자는 안심할 수가 없어서 시발택시를 잡아탔다. 그리고 종로5가에서 내려 재빨리 동대문시장으로 몸을 숨겼다. 늘 사람들로 번잡스러운 동대문시장을 이리저리 돌아 종로4가 쪽으로 나왔다. 그리고 다시 시발택시를 탔다. 삼선교에서 택시를 내리며 살펴보아도 이상한 사람은 눈에 띄지 않았다. 그러나 안심이 안되어 잡화 행상 앞에서 물건을 고르는 척하다가 막 출발하려는 전차에 뛰어올랐다. 돈암동에서 전차를 내려 개천을 따라 안암동 쪽으로 걸었다. 그 길은 자동차가 다니지 않고 한적해서 미행자를 최종적으로 점검하기에 안성맞춤이었다. 한참을 걸으며 살폈지만 미행의 그림자는 느껴지지 않았다.

박영자는 작은 규모의 그만그만한 한옥들이 촘촘하게 어깨동무하고 있는 골목으로 접어들었다. 그리고 잰걸음을 치기 시작했다. 그러다가 골목을 꺾어돌며 뒤를 살피고, 또 골목을 꺾어돌며 뒤를 살폈다. 박영자는 비로소 긴 숨을 내쉬었다.

"히야, 오늘은 이거 선녀 하강이시네. 가만있거라, 어떤 놈씨를 만나고 오시는 길인가, 아니면 죄수 아닌 죄수로 갇혀 있는 이 외로운 사나이 원병균을 위로하려고 저리도 화사하게 차려입은 것인가. 답을 하라, 나의 아씨 박자영이여!"

오빠 친구 원병균의 넉살 좋은 구변에 박영자는 쿡쿡대고 웃었다. 오빠가 피신하면서 알게 된 그는 준수한 생김과는 달리 능청스럽게 농담을 잘했다. 박영자는 그의 농담도 농담이었지만 그 이름을 생각하면 절로 웃음이 비어졌다. '병의 균'을 떠올리게 하는 이름도 우습지만, 성까지 합해놓고 보면 '원래 병균'이 되고 말아 웃음이 나오지 않을 수 없었다.

"앉아라. 요새도 그자들이 아버지 괴롭히는 눈치던?"

박준서가 동생에게 부채를 건네주며 물었다.

"아니. 요샌 회사도 집에도 발길이 뜸해졌는데, 그게 수법일 수 있으니까 꼼짝 말라는 아버지 당부셔. 오빠, 더운데 뭐 시원한 것 좀 사오라고 시켜. 난 누가 뒤따라올까 봐 신경 쓰느라고 아무것도 살 여유가 없었어."

박영자는 어머니가 준 돈을 오빠한테 내밀었다.

"그래, 아버지 말씀도 옳은데, 그자들이 이제 체포를 포기할 만도 할 거다. 즈네도 지칠 만큼 지쳤고, 사건을 마무리해서 재판에 회부해야 하니까."

박준서가 담배를 빼들며 말했다.

"우리 아씨 더우신데 수박부터 사다가 얼음 채워서 먹고 보지."

원병균이 몸을 일으켰다.

"사람이 좀 솔직해 봐. 괜히 남 걸고 넘어가지 말고."

박준서가 퉁을 놓았고,

"원님 덕에 나팔 불고, 잔치 덕에 거지 배 채우는 건데 괜히 사람

모함하지 말어."

원병균은 여전히 넉살 좋게 받아넘겼다.

"근데 한 가지 난처한 일이 생겼어. 앞으론 오빠 학비를 일체 안 주시겠대. 아빠 성질 잘 알잖아. 큰일났어."

동생의 말에 박준서는 묵묵히 담배만 빨고 있었다.

"그거 오히려 잘됐소. 이제 통일운동이고 뭐고 다 틀렸으니까 박 형도 따분한 사학과 대학원 때려치우고 부친께서 원하시는 대로 사업이나 배워."

식모아주머니에게 심부름을 시킨 원병균은 빙글거리고 웃으며 농담인지 진담인지 모를 말을 했다.

"그래, 그건 더 두고 볼 일이고. 어떠냐, 대학생들은 이 군사정권 이 하고 있는 일들을 어떻게 생각하데?"

"으응, 여학생들은 대개 깡패 소탕한 걸 좋아하고, 남학생들은 병역기피자들을 색출하는 것에 박수를 치고 있어. 기피자 자수 신고 기간에 40만 명이 넘게 신고한 것에 학생들은 너무 놀라는 거야. 근데도 아직 20여만 명이 더 숨어 있대잖아. 그걸 다 합치면 현역 보다 많은 수가 병역기피를 하고서도 공무원이고 뭐고 다 해먹은 거 아니냐고 학생들은 이승만과 장면 정권의 부패, 무능을 매도해 대는데, 그러다 보니까 자연히 군사정권에 박수가 돌아갈 수밖에 없잖아."

"그건 당연히 박수를 받을 만큼 잘한 일이오. 조직폭력을 일삼 아 시민생활을 불안하게 한 깡패들을 소탕해 사회질서를 바로잡고, 국민의 기본의무를 기피해 개인의 이득만 추구한 파렴치한 자들을 색출해 내 국가의 기강을 바로세우는 건 백번 잘한 일이오. 그런데 그런 겉에 드러난 몇 가지 사실만 가지고 국민들이, 아니 이성적인 대학생들이 쿠데타정권의 부당성까지 망각하게 된다면 그건 큰 문제요. 무슨 말인고 하면, 지금 군인들이 진정한 마음으로 그런 일을 한다고 하더라도, 그 저변에는 불법으로 정권을 탈취한 부당함을 하루빨리 정당화시키기 위해 자기네 능력을 과시하고 민심을 회유하려는 정치적 의도가 깔려 있다 그거요. 그들이 참으로 진정성을 인정받으려면 그런 중요한 일들을 빨리 끝내고 군인 본연의 임무로 돌아가야 하고, 그땐 온 국민이 박수를 치고, 박정희에게는 중장 진급이 아니라 국민의 이름으로 별 다섯, 원수를 달아줘도 아까울 것 없소. 허나, 지금은 감시의 시기요.”

아니, 이 사람이 누구야? 박영자는 그만 어리둥절해졌다. 앞에 앉아 있는 사람은 농담할 때의 ‘원래 병균’이 아니라 전혀 딴사람이었다. 그가 오빠와 친구인 것도, 통일운동에 나선 까닭도 이제야 비로소 확실한 느낌이 잡혔다. 그런 남다른 인식을 품고 겉으로는 느긋하게 농담을 즐기는 그가 꽤나 매력적이기도 했다.

“근데 미국에선 아직까지도 군사정권을 지지하지 않은 채 민정이양 계획을 어서 밝히라고 압력을 가하고 있는데, 민정이양 가능성을 어떻게 보세요?”

“하 이거, 우리 아가씨가 본격적으로 나오시네.” 원병균은 싱긋 웃으며 담배에 불을 붙이고는, “지금 그건 아무도 예측하거나 속단

할 수 없소. 열 길 물속은 알아도 한 길 사람 속은 모른다고 하지 않았소. 혁명공약이란 것에 밝히기는 했지만 그걸 전적으로 믿는 건 바보 중에 상바보요. 그건 모세가 받은 십계명이 아니라 자기들의 정치 목적을 위해 내세운 구호니까 상황의 변화에 따라 얼마든지 달라질 수 있는 거요. 다시 말하면 쿠데타를 일으킨 군인들은 이미 쿠데타를 모의할 때부터 군인이 아니라 정치인들이었고, 정치란 거짓말 올림픽이고 정치인들이란 거짓말 선수들이라 그거요. 그리고 또 한 가지 주시해야 할 것은 미국 태도요. 쿠데타정권을 싫어하는 사람들이 현재의 미국 태도를 보고 미국이 한국의 민주주의를 보호하려 한다고 믿는다면 그건 혁명공약을 믿는 것보다 더 바보요. 미국이 민주주의를 내세우는 것은 자기네 목적을 달성하기 위한 허울뿐이고, 그들이 진짜 노리는 것은 자기네들 말 고분고분 잘 듣는 기생 같고 하인 같은 정권인 거요. 미국은 날벼락 맞듯 한국에서 쿠데타를 당했고, 그 불쾌감과 불안감 속에서 지금 쿠데타정권을 겁먹이고 어르기에 한창 열중하고 있는 참이오. 그러다가 어느 때 서로 짝짜꿍이 되면 미국은 민주주의고 정권이양이고 싹 감추고 딴전 피울 거요. 미국 정치인들은 한국 정치인들보다 훨씬 더 고수의 금메달감들이니까. 현재 미국의 손아귀에 들어가 있는 약소국들의 한 가지 공통점이 뭔지 알겠소? 그 나라 지배자들이 모두 미국의 말을 굽실굽실 잘 듣는 반민주적 독재자들이라는 점이오."

"어머머, 혁명재판에 회부되면 꼼짝없이 사형 언도예요. 용공 통일운동에, 혁명 모독에, 반미까지."

박영자는 슬쩍 농담을 던졌다. 복잡한 머리를 정리해 주는 그 명료한 논리에 놀라워하거나 정색을 하는 것은 오히려 어색할 것 같았다.

"그거 참 영광 중에 영광이오. 이 미천한 몸이 위대한 혁명재판으로 세 번씩이나 사형을 당할 수 있다니."

"수박 왔슈. 어서들 드셔유."

식모아주머니가 수박에 얼음을 띄운 유리그릇을 앞앞이 놓았다.

그들은 한동안 수박을 먹으며 8월의 더위를 식혔다. 좁은 마당가 화단의 분꽃이며 나팔꽃 잎들은 더위에 지쳐 늘어져 있었다.

"혹시 박정희란 사람에 대해서 뭐 좀 들은 거 없나?"

박준서가 입술을 훔치며 동생에게 물었다.

"글쎄, 그걸 다 궁금해하는데 잘 아는 사람이 별로 없는 것 같애. 신문에 나는 사진을 보면 그 사람은 외국사람들을 만날 때는 꼭 썬그라스를 끼는데, 사람들은 그것도 영 이상하게 생각해."

"그거 하나도 이상할 거 없어요. 좀 유식한 말로 압축해서 말하자면 범죄의식을 은폐하려는 심리거나, 군대식의 촌스런 권위주의 발로요."

원병균의 입가에 쓴웃음이 어렸다.

"오빠, 나 그만 가야겠어."

"그래, 어머니한테 걱정 마시라고 전하구."

"이거 서운한데. 내가 기사도 정신을 발휘해서 광화문까지 바래

다드리지."

원병균도 일어서며 정말 따라나설 것처럼 괴춤을 추켰다.

"잘됐군. 나간 김에 아주 최고회의까지 예방하라구."

오빠의 말에 박영자는 쿡쿡거리며 구두를 신었다.

오빠는 언제까지 숨어 있어야 하는 것인지, 앞으로 어떻게 할 것인지, 박영자는 마음이 무겁기만 했다.

"뭐라구? 옷을 벗고 중앙정보부로 옮겨?"

한인곤은 매제 양용석을 쏘아보았다. 그 눈길에는 놀라움과 의아함이 섞여 있었다.

"예, 모처럼 기회가 아닐까 싶어 형님한테 의논드리는 겁니다."

상관을 대하는 태도를 취하고 있는 양용석의 말은 조심스러웠다.

현역 장교를 예편시켜 중앙정보부 요원으로 배치한다? 이게 도대체 무슨 뜻이지? 중앙정보부는 이미 사법부와 행정부 위에 군림하는 무소불위의 권력기관으로 등장했는데, 그 조직을 더욱 확대하고 강화하자는 것인가? 그 저의가 뭐지……?

무언가 확실하게 잡히지는 않지만 한인곤은 심한 불쾌감을 느꼈다. 영장 없이 그 누구나 잡아갈 수 있고, 가택수색도 제멋대로 할 수 있는 조직이 더 커지고 있다는 느낌만으로도 불길한 예감을 떨칠 수가 없었다.

"모처럼의 기회라니, 출세할 수 있는 기회라 그건가?"

"아니, 뭐……"

"이보게, 자넨 왜 군인이 됐지? 겨우 대위에서 군인의 길을 포기하고 부당한 권력의 앞잡이 노릇을 하며 뻐기고 살겠다 그건가? 그게 옳다고 생각해?"

"저어, 그게……."

"오빠, 또 원리원칙 좀 찾지 마세요. 남들은 좋은 자리 찾느라고 허겁지겁 난리들인데 오빠 왜 굴러온 자리도 못 가게 그러세요. 양서방이 좋은 자리로 가면 우리만 좋은 게 아니잖아요. 오빠한테도 힘이 되고 득이 되면 됐지 손해날 건 없다구요."

제대로 말대꾸를 못하고 몰리는 남편을 대신해 한정임이 나섰다.

"넌 가만히 좀 있어. 여자들이 괜히 설쳐대서 남편들 신세 망쳐대는 꼴 못 봤어!"

한인곤이 냅다 소리를 질렀다. 꾹 눌러오고 있던 화를 누이동생에게 터뜨리고 있었다.

"어머, 오빤 괜히……."

놀란 한정임은 주춤 물러나 앉았다.

"양 서방, 자네도 생각이 있고, 자네 장래가 걸린 문제니까 자네 나름대로 많이 고심했겠지. 헌데 자네가 꼭 내 의견을 듣고 싶다면, 난 반댈세. 왜냐, 군인은 어디까지나 군인이어야지 정치를 간섭하고 나서서는 안 되고, 또 수사기관에 종사해서 인간 망치지 않기가 어려워서야. 자네도 알고 있지? 구악 대신 신악이 판치기 시작한다는 사회 여론, 권력을 잡은 군인들의 횡포가 벌써 도처에서 말썽을 일으키고 있네. 오죽했으면 박정희가 그런 잘못을 인정하고,

시정하겠다고 공개적으로 나섰겠나. 이런 혼란한 물결에 휩쓸리지 말고 군인답게 깨끗하고 당당하게 사는 게 최상책이야. 자네보다 계급 낮은 자들이 엉뚱한 감투 쓰고 나서는 게 부럽기도 하고 속상할 수도 있는데, 그건 다 정도가 아니고 일시적인 물거품이야. 내 의견은 이러니까 다음은 자네가 잘 생각해서 해."

한인곤은 더 말하고 싶지 않다는 듯 고개를 외틀었다.

"오빠아, 양 서방은 오빠 말이면 꼼짝을 못하는데 오빠가 그렇게 말하면 어떡해요. 세상은 그게 아닌데."

울상이 된 한정임은 애원하는 눈길로 오빠를 바라보았다.

"됐다, 그만 가거라. 난 약속이 있어서 나갈 준비 해야겠다."

한인곤은 손을 내저었다.

"피이, 오빤 하나만 알고 둘은 몰라. 구 정치인들 운명이 다 저 사람들 손에 달린 판에 매제가 그런 힘쓰는 기관에 있으면 덕을 봤으면 봤지 손해 보겠수. 여보, 갑시다."

한정임은 차가운 기세로 내쏘고는 방을 나갔다.

한인곤은 옆걸음질치며 제 아내를 따라나가고 있는 매제를 외면했다. 이상하게도 여동생은 시집을 가더니 자꾸만 속되게 변해 갔다. 그게 허영 많은 여자의 속물근성인지, 남편의 욕심에 덩달아 춤을 추는 것인지 분간할 수가 없었다. 어쨌거나 한인곤은 새삼스럽게 심기가 뒤틀리고 있었다. 구 정치인들의 운명이 어쩌고 한 누이동생의 말이 무슨 고약한 악취처럼 비위를 상하게 했다.

한인곤은 한정식을 하는 음식점이 많은 낙원동의 한옥골목으로 접어들었다.

"얘, 새로 온 미용사는 왜 그리 굼뜨니. 언니한테 야단맞겠다."

"그래두 기술은 괜찮잖아."

"에구, 머리 잘 만져놓으면 뭘 하니. 군바리들 한바탕 휘젓고 가면 미친년 꼴 돼버리는걸."

"근데 군인들은 왜 그 모양이냐. 술 마시는 것도 전쟁하는 것처럼 거칠게."

"제 버릇 개 주니. 학교 선생들은 얌전하지만 쩨쩨하고, 공무원들은 기마이 좋지만 꺼드름 피우는 거 욕지기 나고, 앗싸리하면서 여자 곱게 다룰 줄 아는 건 역시 사업가들이야."

"그나저나 군인들 살판났다."

"그래, 메뚜기 한철이지 뭐니."

한인곤을 앞서 바삐 걸어가고 있는 두 아가씨의 재잘거림이었다. 한인곤의 눈에는 아가씨들이 말하는 상황이 환히 드러나 보였다. 그런데 밤이 되면 아가씨들을 앉혀놓고 술을 파는 이런 데 술값은 요정보다는 쌌지만 군인들이 드나들기에는 너무 벅찬 곳이었다.

남재구와 정동진은 먼저 와 독방에 자리잡고 있었다.

"이 사람 하루거리 앓나, 몸이 왜 이래 이거."

정동진과 악수하며 한인곤이 걸친 말이었다. 남재구는 그런 한인곤을 곁눈질하며 비식 웃었다. 그건 얼핏 들으면 농담이었지만 한 꺼풀 벗기면 가시 돋친 야유였다. 내가 예편당하니까 싹 인상 바꿀 때는 언제고 네가 예편당하고 나선 이 꼴이냐 하는.

"글쎄, 나도 모르겠어."

정동진이 허전하고 쑥스럽게 웃었다.

"그야 이젠 우리 셋이 다 아는 병인데, 어서 털어버리고 잊어버리는 게 상수야. 밥부터 시키세."

한인곤은 자리잡고 앉으며 정동진과 달리 여유 있는 웃음을 피웠다.

정동진은 한 달 반 사이에 몰라볼 정도로 그 몰골이 변해 있었다. 무슨 병을 앓고 있는 것처럼 안색 나쁘게 핼쑥한 얼굴에는 근심이 가득했고, 알록달록한 나일론 남방을 걸치고 있는 모습은 너무 풀죽고 초라해 보였다. 얼마 전까지 양쪽 어깨에 별이 반짝거리고 있었던 육군 준장의 위세는 전혀 찾을 길이 없었다.

한인곤은 그런 정동진을 보며 '제복이 사람을 만든다'는 나폴레옹의 말은 역시 명언이라고 생각하고 있었다. 한 인간이 자기가 속했던 조직에서 축출당하면서 제복이나 직위를 빼앗기면 얼마나 허약하고 초라하게 되는가. 정동진의 모습은 2년 전 대령 계급을 잃은 자신의 모습이었고, 또한 국회의원 자리를 잃은 지금의 모습이기도 했다. 그런데 정동진과 다소 차이가 있다면 먼저 당해본 자로서의 여유였다.

"술을 한잔해야지?"

밥상을 받으며 한인곤이 말했다.

"낮술을?"

남재구가 고개를 갸웃했다.

"그래두 한 잔씩은 해야지."

한인곤이 술을 시켰다.

먼저 만나자고 한 것은 정동진인데, 그는 술이 한 순배 돌고 밥을 시작했는데도 이야기를 꺼내지 않았다.

"어떻게 무슨 계획은 좀 세워봤나?"

남재구가 넌지시 물었다.

"으응, 거 뭐, 그저……, 그게……." 정동진은 어색하게 웃음을 지으며 주저주저하더니, "실은 모처에서 만나자고 해서 만났는데, 그 일 때문에 의논을 좀 해볼까 해서……" 하며 그는 또 어색스럽게 웃었다.

"모처? 무슨 자리를 제의하던가?"

남재구가 물었고, 한인곤은 느리게 밥을 씹으며 정동진을 바라보고 있었다.

"아니, 자리가 아니고 마음이 있으면 군납사업을 해보라는 거야. 소화할 수 있는 능력의 범위 내에서 한 품종을 선택하면 검토해서 지원해 주겠다는 거야."

"흥, 반대세력 안 만들려는 회유책치고는 아주 그럴듯하군. 땅 짚고 헤엄치기 장사로 슬슬 돈벌이 시켜주면서 코를 꿰면 감시하기 편할 테니까."

한인곤이 헛웃음을 쳤다.

"글쎄, 병 주고 약 주곤데. 그리 되면 엉뚱하게 기존 업자들이 피를 보겠군."

남재구가 쩝쩝 입맛을 다셨다.

두 사람의 반응이 너무 나빠 정동진은 그만 당황했다. 이러다간 자신의 생각은 꺼내보지도 못할 분위기였다. 국회가 해산되어 피해를 입은 그들은 어쩌면 군부에 대해 자신보다 더 감정이 나쁠 수도 있었다.

"나도 억울하고 분한 감정 눌러가며 이모저모로 많이 생각해 봤는데, 일단 군복을 벗은 내가 사회인으로서 아무 능력도 없다는 게 문제야. 세상 돌아가는 물정을 아나, 군대 경험을 써먹을 데가 있나, 그렇다고 돈이나 모아둔 게 있나. 무슨 새 기술을 배우기에도 어중간한 나이에 아이들은 커나고……, 참 내가 이렇게 미약하고 보잘것없는 인간인지는 몰랐어. 너무 기막히고 한심해서 살 마음이 없어."

정동진은 서글픈 그늘이 덮인 음울한 얼굴만큼 절망스러운 한숨을 길게 내쉬었다.

한인곤과 남재구는 말없이 고개만 끄덕였다. 그들로서는 이미 겪었던 경험이었고, 장군이었던 정동진은 그 쓰라림과 외로움이 더 크리라는 것도 헤아리고 있었다.

군대에서의 별들은 단순히 장군이 아니었다. 그들은 제각기 자기 관할 안에서는 황제였고, 살아 있는 신이었다. 별 하나를 달고 사단장을 하면 그 영향력은 1만 5천여 명의 부하들로 그치는 것이 아니었다. 사단이 방어하고 있는 넓은 지역의 행정에도 직접, 간접으로 권력을 행사할 수 있었다. 전방으로 갈수록 사단장 호령에 산

천초목까지 떨고, 사단장이 탄 지프의 별판을 보고 강아지도 오줌을 질금거린다는 말은 결코 과장이 아니었다.

정동진은 그런 막강한 권한을 하루아침에 잃어버리게 되었으니 그 절망감과 참혹함이란 말로 형용이 안 될 거였다. 별 둘, 별 셋을 꿈꾸고 있었던 정동진으로서는 억울하기 짝이 없는 일이겠지만 그 정치적 회오리바람은 피할 수 없는 것이었다. 말이 좋아 '참신하고 양심적인 후진들에게 길을 열어주기 위해' 장성들이 예편한 것일 뿐, 40명을 헤아리는 그 무더기 예편은 쿠데타 세력이 자기네 정권을 안정시키기 위해 위협이 될 만한 세력을 미리 제거한 당연한 수순이었다.

"자네 심정이나 처지는 우리가 너무나 잘 알고 있는데, 그런데 자넨 그 제의를 받아들일 의향이 있다는 것인가?"

한인곤은 숟가락을 놓으며 물었다.

"글쎄, 앞길이 막막해서 다른 방법이 없을 것 같은데, 그 일을 하자고 해도 또 문제가 있어서 의논 좀 하려는 거네."

정동진은 용건을 꺼낼 기회를 놓치지 않으려고 자신의 심중을 드러냈다.

"무슨 문제가?"

한인곤은 무표정하게 물었고, 남재구는 마땅찮은 기색으로 담배에 불을 붙였다.

"응, 그 납품 품종이라는 게 수도 없이 많은데, 아무리 손쉽고 간단한 거라고 해도 기본적인 자본이 있어야 되겠더군. 그런데 난 그런 돈이 없잖나. 어떻게, 궂은일은 내가 다 할 테니까 자네가 자본을 대서 함께 사업을 해보면 어떨까 해서. 자네도 앞으로 정치를 계속하자면 자금이 있어야 하니까."

"으음……."

한인곤은 무겁게 고개를 주억거렸다. 그러나 그는 여전히 무표정했다.

국회의원이 되고 나서 남재구의 조언으로 정동진을 다시 만나게 되었다. 그러나 그에 대한 인간적 신뢰는 이미 무너져 있었다. 그리고 아무런 배알도 없이 당장 편하게 살 궁리를 하는 그의 태도도 마음에 들지 않았다.

"글쎄, 그 뜻은 좋은데……, 우리 집 재산이라는 건 어디까지나 아버지 것이니까 아버지한테 상의 말씀을 드려야 하네. 좀 시간 여유를 주게."

"그럼, 그렇겠지. 춘부장 어른께서도 군납사업이 안전하다는 건 아실 테니까 자네가 잘 말씀드리면 되겠지."

정동진의 긴장된 얼굴에는 비굴한 기색이 스쳐 지나갔다.

"만약 아버지께서 마음 내켜하시지 않으면 딴사람을 소개해 줄 수는 있네. 내가 아는 군납업자가 있으니까."

한인곤은 한 번 더 완곡하게 거절의 뜻을 나타냈다. 그러나 자기 생각에만 빠져 있는 정동진은 그 눈치를 채지 못하고 있었다.

〈3권에 계속〉

한강 2

제1판 1쇄 / 2001년 11월 5일
제1판 58쇄 / 2006년 10월 10일
제2판 1쇄 / 2007년 1월 30일
제2판 38쇄 / 2020년 5월 5일
제3판 1쇄 / 2020년 11월 30일
제3판 4쇄 / 2024년 3월 31일

저자 / 조정래
발행인 / 송영석

발행처 / (株)해냄출판사
등록번호 / 제10-229호
등록일자 / 1988년 5월 11일(설립일자 | 1983년 6월 24일)

04042 서울시 마포구 잔다리로 30 해냄빌딩 5·6층
대표전화 / 326-1600 팩스 / 326-1624
홈페이지 / www.hainaim.com

ISBN 978-89-6574-392-7
ISBN 978-89-6574-466-5(세트)

파본은 본사나 구입하신 서점에서 교환하여 드립니다.